随园文史研究丛书

江苏省社科基金项目结项成果(07WXB002)

江苏词文化史论

Jiangsu ciwenhua shilun

高峰 著

凤凰出版社

图书在版编目（CIP）数据

江苏词文化史论 / 高峰著. -- 南京 : 凤凰出版社,
2011.12
ISBN 978-7-5506-1000-2

Ⅰ. ①江… Ⅱ. ①高… Ⅲ. ①词（文学）－诗词研究
－江苏省 Ⅳ. ①I207.23

中国版本图书馆CIP数据核字(2011)第245848号

书　　名	江苏词文化史论
著　　者	高　峰
责任编辑	卞　岐
出版发行	凤凰出版传媒集团 凤凰出版传媒股份有限公司 凤凰出版社(原江苏古籍出版社) 发行部电话025-83223462
集团地址	南京市湖南路1号A楼,邮编:210009
集团网址	http://www.ppm.cn
出版社地址	南京市中央路165号,邮编:210009
经　　销	凤凰出版传媒股份有限公司
照　　排	江苏凤凰制版有限公司
印　　刷	江苏凤凰新华印务有限公司 中国江苏南京经济技术开发区尧新大道399号,邮编:210038
开　　本	880×1230毫米　1/32
印　　张	9.625
字　　数	277千字
版　　次	2011年12月第1版　2011年12月第1次印刷
标准书号	ISBN 978-7-5506-1000-2
定　　价	35.00元

(本书凡印装错误可向承印厂调换,电话:025-68037411)

目　录

绪　论

地域文化与地域文学关系研究，在中西文学研究史上具有悠久的传统。19世纪文艺理论家丹纳《艺术哲学》依据“种族”、“环境”和“时代”三原则，对文学艺术展开研究。其中，一部作品所赖以产生的地理、气候等自然条件和政治、制度、风习等文化氛围，被认为是艺术产生的最重要因素。20世纪初，章太炎、梁启超、刘师培等前辈学人的学术研究中，已经十分重视地理环境、地域文化对文学发展、风格形成的重要作用。

20世纪80年代以来，地域文化研究蓬勃发展，地域文化与地域文学关系研究也取得了丰硕成果，杨义提出了“重绘中国文学地图”的前沿命题，涌现了诸如《清代诗学与地域文学传统的建构》(蒋寅)、《唐代三大地域文学士族研究》(李浩)、《江南文化与唐代文学研究》(景遐东)等代表性论著，都为古代文学研究开拓了多学科交叉探索的新视野。

江苏区域拥有悠久的文化传统。永嘉东渡以来，伴随着国家政治中心的南移、江南经济的迅速发展，江苏文化呈现出繁盛的局面。中唐以降曲子词的兴盛，更为江苏文化的发展增添了旖旎的风情。唐五代以来，江苏词坛先后涌现出诸如李煜、冯延巳、范仲淹、秦观、叶梦得、范成大、蒋捷、倪瓒、沈宜修、陈维崧、徐灿、顾贞观、黄景仁、张惠言、蒋春霖等等杰出的词人，创作出大量歌咏江苏风土人情、富有鲜明地方特色的优秀词作，产生了诸如南唐词派、吴中词派、阳羡词派、常州词派等等著名的词学流派，留下了《艺苑卮言》(王世贞)、《灵芬馆词话》(郭麐)、

《介存斋论词杂著》(周济)、《蒿庵论词》(冯煦)、《白雨斋词话》(陈廷焯)、《艺概》(刘熙载),以及《宋六十名家词》(毛晋)、《词律》(万树)、《词林正韵》(戈载)等等影响深远的词学著作。王安石、苏轼、周邦彦、贺铸、陆游、辛弃疾、姜夔、吴文英、萨都剌、王士禛、厉鹗等词坛大家先后流寓江苏,也都创作了大量著名词作,深刻影响了江苏词坛的繁兴与发展。民国以来,江苏词坛又先后涌现出吴梅、陈匪石、汪东、任讷、赵尊岳、唐圭璋、缪钺、卢前、沈祖棻等众多知名学者,为现代词学的发展起到了巨大的引导、推动作用。

江苏词学的发展轨迹与中国文化的演变历程紧密相连,同时又带有鲜明的地方特色。本书立足于词学发展史和江苏文化演进史的高度,力图运用人文地理学、区域文化学等诸多学科的理论和知识,对研究对象进行审视、观照和诠释,从地域文化与地域文学互动发展的视角,将江苏词学的发展放置于江苏文化发展的环境当中,截取富有地方文化特色的词坛现象,进行深入的梳理和分析,以点带面地揭橥历史演进过程中江苏文化特征形成与发展的内在轨迹,并且以时代文化、地域特色的动因,探析词学演变的实质,以及江苏文化风气对于词体文学创作思潮的濡染、词学流派的深刻影响;在展现江苏词学独特成就的同时,形象地凸显出词作文本所渗透出来的文化魅力。

1. 金陵文化与南唐词风

一、南唐金陵文化的繁盛基础

“四十年来家国，三千里地山河。凤阁龙楼连霄汉，玉树琼枝作烟萝。几曾识干戈。”这是南唐亡国之君李煜在其《破阵子》词中，追念故国的繁华景象。南唐（937—975），是五代十国时期割据江淮地带的一个小王朝，历烈祖李昪、元宗李璟、后主李煜三世，享国39年；当其极盛之时，据有35州之地，人口约500万。南唐继承唐朝礼仪典章制度，依托江淮自然、人文条件，吸纳北方中原英杰豪士，发展生产，富甲东南，在五代十国的政治、经济、文化等等方面都占有非常重要的地位；并且对北宋的经济恢复、政权建构、文化繁兴提供了大量的资金保障和人才资源，发挥了极大的作用。

南唐定都金陵，使得这座六朝金粉都市重新焕发了生机。三国东吴以来，东晋以及南朝宋、齐、梁、陈相继定都金陵，形成了繁盛绚丽的文化发展态势。但是，隋朝一统天下以后，为了消弭南方王朝近400年统治的影响，刻意压制金陵的地位。隋文帝下令摧毁六朝宫殿，诸如台城、华林园、乐游苑等一大批六朝文化的标志性建筑尽数拆毁。到了唐高宗武德末年，金陵的地位降至润州辖属下的一个小县，与号称“扬一益二”的近邻扬州的富庶繁华真有天壤之别。于是，许多唐代文人途径金陵，纷纷抒发出“吴宫花草埋幽径，晋代衣冠成古丘”（李白《登金陵凤凰台》）、“朱雀桥边野草花，乌衣巷口夕阳斜”（刘禹锡《乌衣巷》）、“英雄一去豪华尽，惟有青山似洛中”（许浑《金陵怀古》）等等沧桑浩叹。

金陵城的再度繁兴，始于五代十国的动荡时世。唐末各路军阀长期混战，东南地区崛起了以杨行密为首领的强大军事势力，这就是所谓的杨吴政权。杨吴定都于唐代淮南节度使所在地扬州，同时又看中了金陵城得天独厚的防守形势，将其定为西都。由于战乱频仍，扬州城数遭兵燹，加之江淮漕运系统的停废，昔日的繁华再难复现。于是，统治者更多地将迁都的目标指向金陵。杨行密死后，杨吴政权更迭频繁，大丞相徐温秉吴实权，并且产生了取代之心。为了控制江南，与杨吴政权分庭抗礼，徐温派谋士陈彦谦营建隋唐时期早已废弃的金陵城，并于天祐十四年（917）迁居于此。在徐温操秉杨吴实权的过程中，其养子徐知诰显示出非凡的才干。天祐六年（909），徐知诰刚满 22 岁，被徐温任命为昇州（今江苏南京）防遏使兼楼船副使，前去修整金陵城并操练水军。九年（912），徐知诰协助大将柴再用平定李遇叛乱，建立了功勋，升任为昇州刺史。当时军阀混战，武夫悍将侵扰百姓，使得民不聊生，鸡犬不宁。徐知诰上任后，即着力扭转这样的局面。当时“州县吏务赋敛为战守，知诰独褒廉能，课农桑，求遗书，招延宾客，倾身下之。虽以节俭自励，而轻财好施，无所系吝”。正由于他励精图治，招纳贤才，故而治绩斐然，声名鹊起，大批儒士闻风向慕，纷纷投奔到其门下，“以宋齐丘、王令谋、王翃、曾禹、张治、徐融为宾客，马仁裕、周宗、曹悰为亲吏”；“是时中原多故，名贤耆旧皆拔身南来，知诰豫使人于淮上赀以厚币，既至，縻之爵禄，故北土士人闻风至者无虚日”①。孙晟、韩熙载、江文蔚、常梦锡、高越、史虚白、陈陶等著名文士，纷纷从中原南下进入吴国。这就为徐知诰赢得民心，进而建立南唐政权奠定了基础。徐温闻其治政名声，亲自巡察金陵，“见其城隍浚整，楼堞完固，府署中外肃肃，咸有条理”，心里十分满意，遂将自己的治所迁至金陵，而将知诰调任润州。“时金

① 吴任臣：《十国春秋》卷十五，第 185、186 页，中华书局 1983 年版。

陵之民，顾怀其惠，莫不心折气沮，但逼迫义祖(徐温)之威，而无敢建白者”①，但是人心的向背已判然分明。

徐温死后，徐知诰加速了争夺政权的步伐。天祚三年(937)，徐知诰逼宫废吴，建立齐国，在金陵即皇帝位，改元“昇元”，任命百官，封吴国废帝杨溥为让皇。昇元三年(939)，在朝廷诸多大臣的一片“恳请”声中，徐知诰复姓李，改名为“昪”。为了抬高自己的出身门第，为篡夺帝位寻找合适的依据，他宣称自己是唐朝李氏皇族的后裔，乃唐宪宗李纯的五世孙，并且改国号为“唐”。为了区别李渊建立的大唐王朝，史称以江淮为中心的李昪建立的唐政权为“南唐”。

李昪自幼饱尝战乱之苦，懂得广大百姓热切盼望和平安宁生活的心愿，所以南唐建立之后，他便采取了一系列有效的措施，保境息民，发展生产，革除弊政，推行文治，促使南唐的经济很快得以恢复，文化也出现了繁兴的局面。李昪重用儒雅文人主政，他在昇元六年(942)十月颁布的诏令中指出：“前朝失御，四方崛起者众。武人用事，德化壅而不宣，朕甚悼焉。三事大夫其为朕举用儒者，罢去苛政，与吾民更始。”②烈祖还从组织制度上整顿官僚队伍，命张延翰为礼部尚书，赋予其选拔各级官员的重任，“士有献书论事者，第其优劣选用，烈祖悉以委延翰，号为精效称职。兼选事，务进孤贫，吏不敢为奸利”③。正是由于南唐烈祖重用文臣，很大程度上改善了朝廷官员的素质和结构，初步形成了文官统治的政治模式，对此后北宋政权组织形式产生了直接影响；而且儒雅文士的秉政，也促进了地方稳定和社会发展，赢得了广泛的民心。此外，南唐烈祖还十分重视发展文化事业，于昇元二年(938)正式设置太学，并下令“删定礼乐”，恢复传统的儒学教育，昌明教化。由于烈祖着力招揽儒雅贤俊、复兴文教、收集典籍，使得南唐的文化事业有了很大发展，成为五代十国时期的人文胜地、才俊渊薮。

南唐中主李璟、后主李煜进一步推动了文官统治的政治模式，并且

① 史温：《钓矶立谈》，《知不足斋丛书》本。
② 陆游：《南唐书》卷一，《四部丛刊续编》本。
③ 陆游：《南唐书》卷六，《四部丛刊续编》本。

以自身儒雅的文化气质越发引导着南唐文人文化的煊赫和繁兴。在他们的词作中，我们不难感受到金陵文化，尤其是宫廷文化的旖旎风味。欧阳修《新五代史》卷六二称李煜“性骄侈，好声色，又喜浮图，为高谈，不恤政事”。他从小出身在帝王富贵之家，后来又做了江南富庶之国的君主，生活自然是极其豪华奢靡的。他的前期词中有不少内容，就是描写南唐皇宫内歌舞宴乐的场景。例如《浣溪沙》词写道：

> 红日已高三丈透，金炉次第添香兽，红锦地衣随步皱。　佳人舞点金钗溜，酒恶时拈花蕊嗅，别殿遥闻箫鼓奏。

这首词真实地记录了帝王之家的生活景象。金炉香兽、红锦地衣、金钗歌舞、酒恶嗅花，等等描写都非常形象地刻画了华贵、奢靡的宫廷生活。最后一句又添上了重要一笔：“别殿遥闻箫鼓奏。”别的宫殿内箫鼓管弦也演奏了起来，那边的嫔妃宫娥又在演出什么新鲜花样的歌舞来讨皇上的欢心呢？他当然要即刻起驾，前去观赏一番。这样就显示了一个时间的延展，表明这种纵情欢乐是日以继夜、无休无止的。南唐境内桑麻遍野，盛产丝绸、布帛，如润州的方纹绫、水波绫，宣州的五色线毯等。朝廷对官员的奖赏，也多奖励帛品。监察御史张宪上书，李煜“赐帛三十段，以旌敢言”①。李后主描摹南唐宫廷生活的诸多词作中，往往充斥着红罗绮锦的美艳词句，例如“绣床斜凭娇无那”（《一斛珠》）、“淡淡衫儿薄薄罗”（《长相思》）等；他还“尝于宫中以销金红罗幂其壁，以白银钉玳瑁而押之。又以绿钿刷隔眼，中糊以红罗，种梅花于其外。又于花间设彩画小木亭子，才容二座，煜与爱姬周氏对酌于其中，如是数处。每七夕延巧，必命红白罗百匹以为月宫天河之状”。由于纺织业的发展，染色技术也有了很大改进，李煜宫人“染碧，夕露于中庭，为露所染，其色特好”②。这种若有若无、近乎青绿色的色泽效果，需要高超的印染技艺，在当时享有盛誉，金陵市内染肆之榜多题曰“天水碧”。非但如此，南唐皇宫内的奢靡生活，还经常别出心裁，

---

① 佚名：《江南余载》卷上，《丛书集成初编》本。

② 佚名：《五国故事》卷上，文渊阁《四库全书》本。

花样翻新。陶宗仪《南村辍耕录》卷十引《道山新闻》云:“李后主宫嫔窅娘,纤丽善舞。后主作金莲,高六尺,饰以宝物细带缨络,莲中作品色瑞莲,令窅娘以帛绕脚,令纤小,屈上作新月状,素袜舞云中,回旋有凌云之态。唐镐诗曰‘莲中花更好,云里月长新’,因窅娘作也。由是人皆效之,以纤弓为妙。”

不仅皇宫奢靡绮丽,南唐许多大臣的生活同样轻靡华贵。中书侍郎韩熙载目睹南唐国势日蹙,难以挽救,遂蓄女乐四十余人,与客杂居,帷簿不修,彻夜宴饮,放荡嬉戏。萧俨、江文蔚、常梦锡、冯延巳、徐铉、徐锴、潘佑、张洎等人俱集其门,顾闳中所绘传世名画《韩熙载夜宴图》即描绘其豪宅内夜宴之盛景。陶岳《五代史补》卷五则生动、详细地描述了韩府内混居杂处的情况:“韩熙载仕江南,官至诸行侍郎。晚年不羁,女仆百人,每延请宾客,而先令女仆与之相见,或调戏,或殴击,或加以争夺靴笏,无不曲尽,然后熙载始缓步而出,习以为常。复有医人及烧炼僧数辈,每来无不升堂入室,与女仆等杂处。伪主(指李煜)知之,虽怒,以其大臣,不欲直指其过,因命待诏画为图以赐之,使其自愧,而熙载视之安然。”

南唐词的涌现,与金陵城市文化传统密切相关,当然也离不开江南秀美柔静的水乡风情的深刻影响,它表现在词人的作品当中,就处处闪现出波光粼粼、清新淡雅的色泽:“回首绿波三峡暮”、“西风愁起绿波间”(李璟《摊破浣溪沙》),“碧波池皱鸳鸯浴”(冯延巳《鹊踏枝》),“小塘春水涟漪”(冯延巳《临江仙》)。素雅清淡的自然景观,给人以野逸疏朗的审美感受,也使得曲子词作的格调显得非常空灵清远。南唐词清丽疏淡风格的生成,也受到了南朝时期流行于长江下游的吴歌的影响。吴歌的特点是抒情细腻,语言清新,大多描写爱情相思和离愁别恨。这种文学遗产影响到南唐君臣词体创作中言情的内容和技巧。清人徐釚在《词苑丛谈》卷四中指出:“予谓巨源之论词之源于乐府,是矣;独所言《子夜》、《懊侬》善言情者也,唐人小令尚得其意,是词贵于言情矣。”南唐词受到《子夜》、《懊侬》等吴歌的影响,注重表达细腻的内心感受,吐属清华,含蓄蕴藉。尤其是李煜词出语天然,言短情长,更加具备南朝吴歌的神韵。南唐词基本上都是君主和权贵大臣娱宾遣兴之作,自然跟南朝梁、陈两代宫体诗具有一定的类似性。李煜前期词的创作，更加显示出华贵富丽的生活环境、美女如云的声色享受和及时行乐的情趣态度，这些内容与宫体诗可谓颇为接近。但是，从整体而言，南朝宫体诗侧重对于宫女秀色的静态描摹，将之作为华美的器物一般肆意地把玩，欣赏者本人对那些美貌的宫女并没有应有的尊重和爱意。南唐词则通过对身边美女的细致描摹，渲染出宫廷生活的富足、美妙，如李煜的《浣溪沙》（红日已高三丈透）；同时，在其《菩萨蛮》（花明月暗笼轻雾）、（蓬莱院闭天台女）等词作中，则非常形象逼真地表露出真挚炽热的爱情。另外，如冯延巳《谒金门》（风乍起）、《鹊踏枝》（几日行云何处去）等词作，于女子相思愁怨的表象之外，又似乎蕴含着比兴寄托的政治感怀。因此，南唐词较之南朝吴声歌曲以及梁、陈宫体诗歌，内涵更加复杂，意蕴更加深厚，格调也更加清雅，从而开创了江南文学发展的新局面。

二、金陵文化笼罩下的南唐词风

虽然说，南唐词在表现君主奢靡生活方面，与花间词具有内容上的相似性，但是由于金陵文化与西蜀文化的差异等因素，致使两者之间存在着本质的区别。

首先，花间词与南唐词的创作主体颇不相同：花间词主要出自晚唐冶游词人以及前蜀、后蜀朝廷当中的文臣；南唐词则出自南唐君王及其身边的显贵宰臣，两者的精神气质、文化品位存在着显著的差异。花间词的产生，得力于五代之际西蜀地域相对和平的生存环境、繁华富庶的经济背景，以及巴蜀文士倾城游乐的习俗风尚。在统治者奢靡风气的熏染之下，寄生于西蜀的广大词人纷纷沉迷在对醇酒美人的追逐之中，寻求乱世之中的心理慰藉和感官享受，导致花间词作的内容题材带上了鲜明的艳情化、享乐化的倾向。欧阳炯在《花间集序》中指出："唱《云谣》则金母词清，挹霞醴则穆王心醉"、"家家之香径春风，宁寻越艳；处处之红楼夜月，自锁嫦娥"，非常形象地展现出西蜀整个社会的享乐风尚。在这样的时风濡染之下，文人们不免行为放纵而不拘礼法，以狎游晏饮为乐，“逐弦吹之音，为侧艳之词”。这是声色大开的特定时代所产生出来的俗艳化的文学倾向，体现出鲜明的“伶工之词”的功能与特质。

南唐时期的妓乐文化同样非常兴盛。中主李璟“嗣位之初，春秋鼎盛，留心内宠，宴私击鞠，略无虚日”①。后主李煜性尚奢侈，“大展教坊，广开第宅。下条制则教人廉隅，处宫苑则多方奇巧”，“以户部侍郎孟拱辰宅与教坊使袁承进”②。他还“常微行倡家，乘醉大书石壁曰：‘浅斟低唱偎红倚翠大师，鸳鸯寺主，传风流教法。’”③后主的昭惠皇后周氏，“通书史，善歌舞，尤工琵琶。尝为寿元宗前，元宗叹其工，以烧槽琵琶赐之。至于采戏、弈棋，靡不妙绝。……创为高髻纤裳及首翘鬓朵之妆，人皆效之。尝雪夜酣燕，举杯请后主起舞。后主曰：‘汝能创为新声，则可矣。’后即命笺缀谱，喉无滞音，笔无停思。俄顷谱成，所谓‘邀醉舞破’也”。又有宫人流珠者，“性通慧，工琵琶。后主演《念家山破》，及昭惠所作《邀醉舞》、《恨来迟》二破，久而忘之。后主追念昭惠，问左右，无知者，流珠独能追忆，无所忘失，后主大喜”④。正是在如此娱乐文化的背景下，南唐君臣所填制的曲子小词，也便如同花间词一样，具备了侑酒佐欢、娱宾遣兴的功能，即如宋人陈世修在《阳春集序》中所指出的那样：“公（指冯延巳）以金陵盛时，内外无事，朋僚亲旧，或当燕集，多运藻思，为乐府新词，俾歌者倚丝竹而歌之，所以娱宾而遣兴也。”李煜亡国之前的宫廷词作，轻靡华艳丝毫不逊于花间词，因此明人沈际飞评价曰：“后主、炀帝辈，除却天子不为，使之作文士荡子，前无古，后无今。”⑤

但是南唐君臣的文化品位、艺术修养要远远高于花间词人。烈祖李昪出身微贱，笃志向学：“时江淮初定，州、县吏多武夫，务赋敛为战

① 郑文宝：《南唐近事》卷二，文渊阁《四库全书》本。
② 张宪：《谏后主书》，《唐文拾遗》卷四七，中华书局 1983 年版。
③ 吴任臣：《十国春秋》卷十七引《诗话类编》，第 256 页，中华书局 1983 年版。
④ 陆游：《南唐书》卷十六，《四部丛刊续编》本。
⑤ 沈际飞：《草堂诗余别集》卷二，明万贤楼刊本。

守，昪独好学，接礼儒者”，仕吴期间“起延宾亭以待四方之士”，“士有羁旅于吴者，皆齿用之”[①]；建立南唐之后，他宽仁修政，广施恩信，通过保境安民的政策而得到了久经战乱的江淮人士的拥护。因此众多有名才士汇聚在南唐境内，为此后由李璟、李煜主持的南唐文苑储备了雄厚的创作队伍。李璟幼承其父儒雅之风，“趣尚清洁，好学而能诗。然天性儒懦，素昧威武”[②]，“多才艺，好读书，便骑善射”[③]。他精通诗词，书学羊欣，尤善八分，尽显清雅的韵致。宋史温《钓矶立谈》称赞李璟“天性雅好古道，被服朴素，宛同儒者，时时作为歌诗，皆出入风骚，士人传以为玩，服其新丽”。

后主李煜比起乃祖乃父，更有青出于蓝的风姿。他“广颡隆准，风神洒落”[④]，“幼而好古，为文有汉魏风”[⑤]，能够校雠编秩图书，题跋书画，“精究六经，旁综百氏”[⑥]；工书，学柳公权，传钟、王“拨镫法”，续羊欣《笔阵图》，有“聚针钉”、“金错刀”、“撮襟”诸书体，其中金错刀书“虽若甚瘦，而风神有余”[⑦]；善画，尤工翎毛墨竹，“所画林木飞鸟，远过常流，高出意外”[⑧]；收藏之富，笔砚之精，冠绝一时。他更“洞晓音律，精别雅郑”[⑨]，“凡度曲莫非奇绝”[⑩]，为南唐倚声填词第一高手。因有这祖孙三代儒雅风流之君连续主政，南唐举国人文精神高涨，正如南唐刘崇远《金华子杂编》卷上所赞：“六经臻备，诸史条集，古书名画，辐辏绛帷；俊杰通儒，不远千里而家至户到，咸慕置书。”

南唐所管辖的区域，文人气息非常浓郁，中国古代的文房四宝：纸、笔、砚、墨，无一不与南唐密切相关。李煜写字选用宣州（今安徽宣城）

---

① 欧阳修：《新五代史》卷六二，第765、766页，中华书局1974年版。
② 龙衮：《江南野史》卷二，豫章丛书本。
③ 陆游：《南唐书》卷二，《四部丛刊续编》本。
④ 史温：《钓矶立谈》，知不足斋丛书本。
⑤ 陈彭年：《江南别录》，学海类编本。
⑥ 徐铉：《李煜墓志铭》，《徐公文集》，《四部丛刊初编》本。
⑦ 夏文彦：《图绘宝鉴》，《四库全书》本。
⑧ 郭若虚：《图画见闻志》卷三，第102页，中华书局1985年版。
⑨ 徐铉：《李煜墓志铭》，《徐公文集》，《四部丛刊初编》本。
⑩ 邵思：《雁门野说》，宛委山堂《说郛》本。

制笔世家诸葛氏特制的紫毫笔，又将其妻娥皇所使用的特别精致的紫毫笔命名为“点青螺”。他使用的墨是被称为南唐一宝的著名墨工李廷珪创制的松烟墨，当时就有“天下第一品”的美誉。李煜还亲自主持制造了一种质地细薄光润的澄心堂纸。这种纸被誉为“众纸之冠”，到了北宋时期身价倍增，欧阳修编纂《新唐书》、《新五代史》，李公麟绘制《五马图》、《醉僧图》等名画，所用的都是澄心堂纸。李煜使用的歙州生产的造型优美、质地温润的龙尾砚，更是南唐一宝。他所收藏的一座天下罕见的宝石砚山，利用天然奇石精心制作而成，更是鬼斧神工、妙手天成的艺术品。天下神笔、奇墨、名纸、宝砚，尽为一人独占拥有，这样一位具有深湛文化修养和高雅审美趣味的词人提起笔来写诗填词，其文学风格自然也就不同于流俗。

他的高雅情趣也表现在对于皇宫环境的艺术化的改造。据陶谷《清异录》卷下记载，在南唐皇宫里面，有专门的主香宫女，负责根据不同的环境燃起不同的香料，御用的香料，都是用丁香、檀香、麝香等以梨汁蒸干精制而成。在李煜的词里，享乐的生活也便增添了高雅的情调，例如《玉楼春》词所云：

> 晚妆初了明肌雪，春殿嫔娥鱼贯列。笙箫吹断水云间，重按《霓裳》歌遍彻。　　临风谁更飘香屑？醉拍栏干情未切。归时休放烛花红，待踏马蹄清夜月。

整首词描写皇宫之内歌舞升平的景象，值得注意的是最后两句。一场酒宴结束之后，君王就要回后宫歇息了。他不让侍从们点上蜡烛在前面引路，破坏那美丽朦胧的月光。原来他还想骑马踏月，尽情地享受清夜之下潇洒清幽的情趣。据宋人王铚《默记》记载，“江南大将获李后主宠姬者，见灯辄闭目云：‘烟气！’易以蜡烛，亦闭目云：‘烟气愈甚！’曰：‘然则宫中未尝点烛耶？’云：‘宫中本阁每至夜则悬大宝珠，光照一室，如日中也。’”由此可见，李煜皇宫的奢华是如此的清雅别致。

在南唐二主的风尚引领之下，朝中众多“俊杰通儒”积极参与曲子词作的填制，他们的笔法、格调自然要较之花间词人显得更为高雅深致。冯延巳出身官宦之家,"有辞学,多伎艺"①,宋史温《钓矶立谈》称其"学问渊博,文章颖发,辩说纵横,如倾悬河,暴而听之,不觉膝席之屡前,使人忘寝与食"。他工诗,虽贵且老不废,"识者谓有元和词人气格"②;又擅书法,似虞世南;尤喜乐府小词,是李璟文学创作的主要唱和伙伴。其词"平视温、韦,下开欧、晏,为南方词家鼻祖"③。南唐君臣这样的儒雅风流、才富学赡的上层文化人来从事小词写作,势必将自身的学识襟抱自觉不自觉地熔铸到此类原先只属秦楼楚馆的流行歌曲之中,提升其审美品位,使其风格趋向高雅,呈现出比花间词更为士大夫化的体貌与内蕴。宋人李清照在《词论》一文中,即对南唐词作的文雅表示出格外的称赞:"五代干戈,四海瓜分豆剖,斯文道熄,独江南李氏君臣尚文雅。"南唐君臣特有的极为高雅丰富的"学识襟抱"为艳体小词输入了抒情新质,使南唐词成为词体文学发展演变新阶段的标志。

与此同时,南唐所处的地缘政治环境和行将亡国的危殆形势,又使得李璟、李煜、冯延巳等词人产生了鲜明的忧患意识。南唐虽然在十国当中号称"大邦",但是它地处江淮平原、丘陵区域,不像西蜀那样四境有山川之险可以倚仗,与中原只隔一条淮河,简直无险可守,面对北方政权的虎视眈眈,南唐君臣和广大百姓始终身处在惶恐、忧惧之中。而且江南山青水秀,使得当地民众性情温厚柔静,尚文厌武,缺乏北方之人雄健强悍的习性。烈祖颇有自知之明,立国之初就"志在守吴旧地而已,无复经营之略也"④。到了中主时代,更是屡遭北方后周世宗大军的侵扰和挤压,不得不割地称臣,削去国号,成为退处江南的外藩小邦。及至后主时代,北方建立了赵宋政权,对南唐造成了更大的威胁。面对严峻的政治、军事形势,南唐风雨飘摇,岌岌可危,后主李煜"尝怏怏以国蹙为忧,日与臣下酣宴,愁思悲歌不已"⑤。公元 975 年,享国 39 年的南唐政权终于在宋朝军队的打击下凄然灭亡。身处在如此凄迷无奈

① 马令:《南唐书》卷二一,《四部丛刊续编》本。
② 陆游:《南唐书》卷十一,《四部丛刊续编》本。
③ 夏承焘:《唐宋词人年谱》,上海古籍出版社 1979 年版。
④ 欧阳修:《新五代史》卷六二,第 768 页,中华书局 1974 年版。
⑤ 欧阳修:《新五代史》卷六二,第 779 页,中华书局 1974 年版。

的政治环境中的南唐君臣，他们在填制小词时，虽然仍以词作为娱宾遣兴的工具，但是却始终难以忘怀放达、竭尽欢娱，在他们的作品中已大量浸染了花间词中较少表现的彷徨、感伤、忧患色彩，充溢着浓重的悲剧气氛。陈洵《海绡说词》深刻地揭示出南唐词整体的精神风貌："天水（宋朝）将兴，江南（南唐）国蹙，心危音苦，变调斯作，文章世运，其势则然。"南唐词人在短小的令词创作中，较之花间词，增添了一层深沉的身世感慨、一种凄迷的忧患意识和一腔哀伤的时代情调，李清照在《词论》中即概括南唐词"语虽奇甚，所谓'亡国之音哀以思'也"。清冯煦在《阳春集序》中认为冯延巳的大量词作，都流露出一种"类劳人思妇羁臣屏子郁伊怆怳之所为"的忧生忧世之情，并且指出：当时"周师南侵，国势岌岌"，"翁负其才略，不能有所匡救，危苦烦乱之中，郁不自达者，一于词发之"。忧患意识、感伤之情融入其中，促使南唐词的创作带上了更为明显的士大夫情调和意味，使词体在从纯粹的娱乐文学向抒情文学的历程中迈出了关键的一步。

三、宗教文化与南唐词风

南唐时期的宗教信仰对于社会文化风尚的形成奠定了深刻的思想基础。

唐朝统治者自称是老子后裔，对道教非常尊崇。南唐烈祖崇尚道教，特别是晚年，幻想统治的长久，更是寄希望于道士的丹药、方术，以求长生不老之道，然而终为丹药所害，昇元七年（943）二月疽发于背，不幸去世。他临终前嘱咐嗣主李璟说："吾服金石，欲求延年，反以速死，汝宜视以为戒。"①

元宗李璟虽然没有服食丹药，却仍然热衷于道教。据清吴任臣《十国春秋》卷十六记载，李璟"少喜栖隐，筑馆于庐山瀑布前，盖将终焉，迫于绍袭而止"。其次子庆王李茂"雅言俊德，宗室罕伦"，却未冠而薨，元

① 吴任臣：《十国春秋》卷十五，第201页，中华书局1983年版。

宗深自哀悼，左右劝慰道："臣闻仁而不寿，仙经所谓炼形于太阴之中。然庆王必将侍三后于三清，友王乔于玉除，伏望少寝矜念。"①君臣之间以道教术语相对答，可见崇道风气之盛。

但是在南唐的历史上，更为兴盛的还是佛教。南唐礼佛始于先主李昪时代。据陆游《南唐书》卷十八所载："初烈祖辅吴，吴都广陵，而烈祖居建业，大筑其居，穷极土木之工。既成，用浮屠说作无遮大斋七会，为工匠役夫死者荐福。俄有胡僧自身毒中印土来，以贝叶旁行及所谓舍利者为贽。烈祖召豫章龙兴寺僧智玄译其旁行之书，又命文房书《华严论》四十部，皮帙副焉，并图写制论李长者像班之境内，此事佛之权舆也。然烈祖未甚惑，后胡僧为奸利，遂出之，国人则浸已成俗矣。"中主李璟时期，以文益为代表的佛教法眼禅宗在金陵清凉山报恩禅院开宗传法，深受君王礼遇。举国大肆崇佛则是到了后主统治中后期、国势日危时。国难当头，李后主束手无策，加之性格的懦弱、家族命运的不幸、婚姻的悲剧等等因素，都促使其遁入佛门，寻求解脱。此前北方后周世宗改革的一项重要内容就是大规模灭佛、废寺院，逼使僧侣弃佛务农，此举对恢复中原经济起了积极作用。南唐的状况却与之相反，佛教得到了极大尊崇。据载，"后主罔恤政务，晓于禁中卧听内道场行童撞钟有节数，喜而召之，与剃度为僧。而童子奸滑，对曰：'不敢独受恩泽，愿陛下如佛慈悲，广覃诸郡。'于是普度焉。"②及至大周后和幼子仲宣夭折后，李煜与小周后越发沉溺于浮屠，"命境内崇修佛寺，又于禁中广署僧尼精舍，多聚徒众"。他参禅拜佛极其虔诚，"与后顶僧伽帽，衣袈裟，诵佛经，拜跪顿颡，至为瘤赘"③。

上有所好，下必效焉，南唐群臣纷纷崇信佛教，由此导致"上下狂惑，不恤政事"。张洎善于揣摩李煜心理，一伺机会便与其谈论佛理，由此得到赏识，地位迅速提升。歙州进士汪涣上封事，言："梁武惑浮屠而

① 郑文宝：《南唐近事》卷二，文渊阁《四库全书》本。

② 龙衮：《江南野史》卷三，豫章丛书本。

③ 马令：《南唐书》卷五，《四部丛刊续编》本。

亡,陛下所知也,奈何效之?"后主虽然擢升他为校书郎,但"终不能用其言"①。

南唐后期,崇佞佛教成为举国的风尚,佛寺及僧尼极其泛滥。"宫中造佛寺十余,出金钱募民及道士为僧,都城至万僧,悉取给县官"。这种风尚的一味泛滥,也必然带来统治秩序的混乱,社会风气的日益堕落。"僧尼犯奸淫,狱成,后主每曰:'此等毁戒,本图婚嫁,若冠笄之,是中其所欲。'命礼佛百而舍之"。个人对佛教的礼敬凌驾于国家法律之上,严重地影响了朝廷正常司法程序的执行,"奏死刑日,适遇其斋,则于宫中佛前燃灯以达旦为验,谓之命灯,未旦而灭,则论如律,不然,率贷死。富人赂宦官,窃续膏油,往往获免"②。李后主所谓的宽恕、仁爱之举,如同南朝梁代的简文帝萧纲那样滑稽可笑,自以为是地以命灯的燃烧来判决人之生死,而全然将法律的尊严视同儿戏。正是由于后主的极度佞佛,使得僧侣成为一个受到特别优待的阶层,整个国家供养着无数不劳而获的寄生僧尼。同时,兴修佛寺又须花费大量财力,这些无疑都令南唐国库入不敷出,经济如雪上加霜。

南唐末年的疯狂崇佛,也被宋朝所利用,成为消灭南唐的重要手段。北方僧侣小长老乘机潜入南唐,他携有大量珍宝怪物,贿赂权贵,得以接近李煜。李煜对他佩服不已,称其为一佛出世。在其鼓动下,李煜耗费巨资广造佛塔佛像,另在牛头山(今南京牛首山)造寺千余间,容纳僧众千余人,"日给盛馔。有食不能尽者,明旦再具,谓之'折倒',盖故造不祥语,以摇人心"③。恰恰是这些牛头山佛寺,后来成为宋军攻打南唐时的兵营。开宝八年(975),宋军围困金陵城,李煜退兵无策,遂将军政大事交托给陈乔、张洎等人,自己退回宫中,率僧侣道士们吟经祈祷,对战况不闻不问。他曾经召小长老问祸福,小长老保证:"臣当以佛力御之。"乃登城大呼,"周麾数四。后主令僧俗军士念救苦菩萨,满城沸涌。未几,四面矢石俱下,复召小长老麾之,称疾不起,始疑其诞,

① 陆游:《南唐书》卷十八,《四部丛刊续编》本。
② 陆游:《南唐书》卷十八,《四部丛刊续编》本。
③ 陆游:《南唐书》卷十八,《四部丛刊续编》本。

遂杀之"[①]。在城破之前最危急的时候，后主无计可施，只得躲在佛堂中向神祷告，并许愿在兵退之后为佛重塑金身并广建庙宇。但是上苍不会眷顾软弱无能的君主，南唐王朝终于在一片青烟梵声中灭亡了。对此，南宋陆游不由感叹道："呜呼！南唐褊国短世，无大淫虐，徒以浸衰而亡，要其最可为后世鉴者，酷好浮屠也。"[②]

南唐的宗教信仰，对于南唐词风格特征的形成产生了重要影响。西蜀地区盛行道教，注重世俗的现实快乐，往往通过各种道术，满足人们现世生活中的主要欲望：长生、求财、享乐。唐朝社会里的女冠普遍地具有半娼化的性质，花间词里不少以《天仙子》、《女冠子》等为词调的作品，都隐晦地描绘出文人狎妓的放荡生活。南唐则盛行佛教，充满着人间苦海无边的悲悯和感伤，这份感伤又适逢国势衰微的现实，更加增添出无法排解的郁苦和愁绪。透过宗教因素的影响，我们可以发现：花间词比较轻巧、靡丽，注重现世的冶艳柔情，适足以表现秦楼楚馆、巫山神女的曼妙姿态和缠绵情意；南唐词则更为沉着深致，传递出某种阴郁感、空寂感，更能够表达士大夫文人对于国家前途、生命意义的深沉思索和忧患。

南唐后主李煜虽然从即位君王到国家沦亡的十几年时间内，一直享受着花天酒地、纵情声色的生活。但是在他的心灵深处，却充满着种种的无奈和感伤。李煜从小生活在皇宫内院、脂粉堆中，沉迷于文学艺术的爱好之中，根本无心于政治，但是由于几位兄长纷纷死去，他便被迫登上了南唐国主的宝座。为了这个王位，皇宫内曾经发生过许多残酷的争斗。这些情况都给心地善良、胆小懦弱的李煜心头投下了可怕的阴影。当上国主之后，李煜的家庭生活充满着不幸和悲哀。先是在他 28 岁时，次子仲宣突然夭折。李煜悲痛欲绝，并且亲撰《悼仲宣铭》以寄托哀思。令他更为无法接受的是，就在爱子夭折之后的一个月，他的昭惠皇后(大周后)也一命呜呼。李煜竟然像平常人一样寻死觅活，准备投井殉情。大周后死后，他悲伤过度，"哀苦骨立，杖而后起"，为大

① 马令：《南唐书》卷二六，《四部丛刊续编》本。

② 陆游：《南唐书》卷十八，《四部丛刊续编》本。

周后撰写了两首挽辞，表达自己连遭不幸的痛苦；又饱含眼泪，写下了一篇洋洋数千言的《昭惠皇后诔》，详尽地描绘周后的美貌和聪慧，回忆自己和她甜美的夫妻生活，最后则倾诉了无限悲痛的情意，并且自称为“鳏夫”。虽然此后李煜跟小周后结婚，生活更加豪华奢侈，但是毕竟难以排遣精神的空虚和苦闷。于是，他醉心于佛教，跟小周后每次下朝后就穿上袈裟，念诵佛经。

南唐灭亡后，李煜被押送到汴京，备尝辛酸苦楚，“此中日夕，只以眼泪洗面”①。他深情地追忆往事，想望故国芳春美景：“还似旧时游上苑，车如流水马如龙，花月正春风”（《望江南》）、“船上管弦江面绿，满城飞絮辊轻尘。忙杀看花人”（《望江梅》），留恋金陵清秋的潇洒：“千里江山寒色远，芦花深处泊孤舟。笛在月明楼”（《望江梅》）。然而这一切都是“痴人说梦”，如此繁花似锦、清秋寥廓的景致统统映现在词人的深情梦境当中，更加让他感受到格外孤寂凄惨的愁绪；同时也更加感受到人生迷茫、空幻的悲怨，例如《浪淘沙》词写道：

> 往事只堪哀！对景难排。秋风庭院藓侵阶。一任珠帘闲不卷，终日谁来？　金锁已沉埋，壮气蒿莱！晚凉天静月华开。想得玉楼瑶殿影，空照秦淮。

这首词上片劈头就是一句“往事只堪哀”，抒发出激昂沉痛的感情。紧接着“对景难排”四个字，表明对于往事的悲怨愁苦只能郁结在胸而无法排遣、宣泄。接下来通过对眼前孤寂的囚禁生活场景的描写，烘托了无限的凄凉和寂寞。下片最后三句再度描写夜晚秋风萧瑟、月华如水的景致，然后不由得浮想联翩：玲珑的秋月，一定正映照在南唐的“凤阁龙楼”之上，它们的倒影，投映在空荡荡的秦淮河水中了吧！如此的美景，令人神往，饱含着词人的无限深情，但是一个“空”字，又蕴涵着难言的凄凉。这首词真幻结合、虚实相生，表达出繁华如梦、往事如烟的惆怅。

李煜后期的许多词作又能从自身故国沦亡的悲叹，进一步升华为

① 王铚：《默记》卷下，《知不足斋丛书》本。

对于人生悲剧的体悟，生发出带有更为普遍意义的哲理感慨，如《乌夜啼》（又名《相见欢》）词云："林花谢了春红，太匆匆！常恨朝来寒雨晚来风！　胭脂泪，留人醉，几时重？自是人生长恨水长东！"这首词一反普通伤春诗词的哀婉风格，而是以极其富有气势的语句来表达他郁结于胸的悲恸。"太匆匆"三个字喟叹春天红花开放的短暂，同时也就喟叹人生的美好总是如此地短暂，往日的繁华转瞬即逝。词作最后，词人抛开春花的感伤、自我的嗟叹，升华为对历史、自然、人生的慨叹与悲愤："自是人生长恨水长东"。到了这里，李煜已经完全失望，已经勘破人生：人生是无边的苦海，死亡才是最终的解脱！因此，王国维《人间词话》对李煜有一段著名的评论："尼采谓：'一切文学，余爱以血书者。'后主之词，真所谓以血书者也。宋道君皇帝（宋徽宗）《燕山亭》词亦略似之。然道君不过自道身世之戚，后主则俨有释迦、基督担荷人类罪恶之意，其大小固不同矣。"王国维对于李煜的词非常推崇，他的这种评价未免有比喻不当和过分夸张的毛病，但是他认定李后主词是用其生命（血）所谱写而成，并且充满着像释迦牟尼和耶稣基督那样一种悲天悯人的忧患意识，却又是值得肯定的。李煜后期词中，诸如"往事已成空，还如一梦中"（《子夜歌》）、"世事漫随流水，算来一梦浮生"（《乌夜啼》）、"流水落花春去也，天上人间"（《浪淘沙》）等等词句，都包含着极其深沉的人生忧患感，传达出震撼人心的悲剧力量。作者所郁结在胸的满腔政治悲恸和身世感慨，就像"一江春水向东流"那样深沉似海、绵延不尽、奔腾不息，其思想的深度和感情的力度，都绝非过去花前月下的花间词作品所能望其项背。

概而言之，金陵文化于南唐之际的兴盛，为南唐词体的创作提供了丰富的生活素材和情意濡染，促使南唐词风呈现出富丽、清雅的格调；国势的日渐衰颓、崇佛风气的影响，又令南唐词普遍充满着忧患的意绪，隐含着现实无奈的苦闷和人生空茫的悲感，在使得词体创作由"伶工之词"向"士大夫之词"的演进历程中发挥了很大的作用。南唐词的文化特质和体性风格直接影响到晏殊、欧阳修等人的创作，并且对后代词的发展产生了深远的影响。

2. 宋词与扬州

历史文化名城扬州，历经两千多年世事沧桑，几度废兴，引发了无数文人墨客的歌咏、慨叹。汉、魏、晋三代，“当昔全盛之日，车挂轊，人驾肩，尘闬扑地，歌吹沸天”（鲍照《芜城赋》）。隋大业元年至六年（605—610），凿通大运河，改造邗沟，扬州成为水运枢纽，炀帝曾三次巡幸，并广建宫苑，穷尽奢华，定为“行都”。唐权德舆《广陵》诗云：“广陵实佳丽，隋季此为京。八方称辐辏，五达如砥平。大旆映空色，笳箫发连营。层台出重霄，金碧摩灏清。”唐时，扬州商业及手工、造船、运输业非常发达，雄富冠天下，为全国最大都会之一，有“扬一益二”之说[①]，杜荀鹤《扬州》诗也有“维扬景物胜西川”之咏，李绅《宿扬州》诗有“夜桥灯火连星汉，水郭帆樯近斗牛”句，极写其繁华胜景。宋时扬州为淮南东路驻所，韩琦、欧阳修、苏轼等人均曾出知扬州。宋王象之《舆地纪胜》卷三七引述沈括的评述，记载当日扬州贸易之盛：“自淮南之西，大江之东，南至五岭、蜀汉十一路，百州之迁徙、贸易之人，往还皆出扬州之下，舟车日夜灌输京师者，居天下十之七。”[②]南渡后，宋金争战，扬州城又成为南北军事要冲，即如祝穆《方舆胜览》所云：“分淮海之巨屏，控东南之要津。昔号往来之会，今当守御之冲。”[③]透过宋代词人笔下扬州的

---

① 洪迈：《容斋随笔》卷九，《四库全书续编》景宋刻本。

② 王象之：《舆地纪胜》卷三七，第 415 页，江苏广陵古籍刻印社 1991 年版。

③ 祝穆：《方舆胜览》卷四四，清文渊阁《四库全书》本。

秀美景物、旖旎风情及其盛衰变迁，我们自然能够感受到这座城市的性格与魅力，抒发出沧桑巨变的历史慨叹。

一、琼花芍药世无双

扬州地处长江、运河交汇处，是江南漕粮和盐运的中心，经济发达，都市繁华，人民生活富足安逸，自古即有种花赏花的习俗。最能代表扬州文化特质的花卉要数琼花和芍药。欧阳修《答许发运见寄》诗即写道："琼花芍药世无伦，偶不题诗便怨人。曾向无双亭下醉，自知不负广陵春。"由此可见，琼花和芍药是广陵春色中不可忽略的风景，宋代文人墨客游赏于此，必然要提笔欣赏此类佳卉。

琼花是一种珍贵的花卉，叶柔而莹泽，花色微黄而有香。扬州栽培琼花已有两千多年历史，早在西汉成帝元延年间(前 12)，扬州后土祠即因花而有封号为"琼花观"。隋炀帝烟花三月下扬州赏琼花的故事也流传至今。北宋太宗至道二年(996)，王禹偁担任扬州知府，曾写有《后土庙琼花诗》二首。诗注为："扬州后土庙有花一株，洁白可爱，其树大而花繁，不知实何木也，俗谓之琼花云，因赋诗以状其态。"诗作写道："谁移琪树下仙乡，二月轻冰八月霜。若使寿阳公主在，自当羞见落梅妆"，"春冰薄薄压枝柯，分与清香是月娥。忽似暑天深涧底，老松擎雪白婆娑。"此后，文人胡宿《后土观琼花》"楚地五千里，扬州独一株"、韩琦《琼花》"维扬一株花，四海无同类"等诗句，皆特别强调扬州琼花独一无二的名声。仁宗庆历八年(1048)，时任扬州太守的欧阳修在王禹偁邂逅琼花的后土庙旁，特意构筑了无双亭，进一步开启了宋代文士吟咏歌赞的浪潮，刘敞《无双亭观琼花赠圣民》诗即云："东方万木竞纷华，天下无双独此花。"秦观《醉蓬莱》词歌咏扬州琼花的秀美姿态："见扬州独有，天下无双，号为琼树。占断天风，岁花开两次。九朵一苞，攒成环玉，心似珠玑缀。瓣瓣玲珑，枝枝洁净，世上无花类。"贺铸《第一花》词更加凸显此花的独特风神："豆蔻梢头莫漫夸。春风十里旧繁华。金楼玉蕊皆殊艳，别有倾城第一花。"

晁补之《下水船·和季良琼花》词则通过浪漫的想象，揭示琼花冰清玉洁的品质：

百紫千红翠。唯有琼花特异。便是当年，唐昌观中玉蕊。尚记得、月里仙人来赏，明日喧传都市。　甚时又，分与扬州本，一朵冰姿难比。曾向无双亭边，半酣独倚。似梦觉，晓出瑶台十里。犹忆飞琼标致。

南宋词人赵以夫还将琼花与聚八仙进行细致的比较，其《扬州慢》词前小序写道："琼花，唯扬州后土殿前一本，比聚八仙大率相类，而不同者有三：琼花大而瓣厚，其色淡黄，聚八仙花小而瓣薄，其色微青，不同者一也。琼花叶柔而莹泽，聚八仙叶粗而有芒，不同者二也。琼花蕊与花平，不结子而香，聚八仙蕊低于花，结子而不香，不同者三也。"

扬州琼花富有坚贞自守的特质。据周密《齐东野语》卷十七"琼花"条记载，"仁宗庆历中，尝分植禁苑，明年辄枯，遂复载还祠中，敷荣如故。淳熙中，寿皇亦尝移植南内。逾年，憔悴无花，仍送还之"。韩琦《琼花》诗中所云"尝闻好事家，欲移金毂地。既违孤洁情，终误栽培意"，即是歌咏此类故事。徐积《琼花歌》更将琼花比譬为贤德之妇、正色之臣，歌颂其孤洁自守的品节。因此，相对北宋咏琼花词作的秀丽华美而言，南宋词人咏琼花更加清雅缥缈，如郑觉斋《扬州慢》"弄玉轻盈，飞琼淡泞，袜尘步下迷楼。试新妆才了，炷沉水香球。记晓剪、春冰驰送，金瓶露湿，缇骑新流。甚天中月色，被风吹梦南州"、岳珂《酹江月》"天然灵种，遍尘寰、不许一枝分植。瀛海沉沉群玉宴，迥出八仙标格。珠幄留云，翠绡笼雪，浅露宫黄额。无双亭下，未容凡卉连璧"等等。这些词句都将琼花比拟为迥出人寰、独标高格的仙子，流露出词人自身的精神追求。周密的《瑶花慢》词则于字里行间流露出许多人生的悲凉："朱钿宝玦。天上飞琼，比人间春别。江南江北，曾未见，谩拟梨云梅雪。淮山春晚，问谁识、芳心高洁。消几番、花落花开，老了玉关豪杰。"

南宋的扬州，屡遭金、元军队南下侵夺洗劫，琼花也在兵燹之中枯萎凋零。郑思肖《吊扬州琼花》诗序云："扬州琼花，天下惟一本，后土夫人司之。花之盛衰，淮境丰歉系焉。南渡前经兵火，此花亦死；今遭大故，丙子岁维扬陷，丁丑岁此花又死。孰谓草木无知乎！”赵棠《吊琼花》、谢翱《琼花引》等诗作都歌咏其“忍将一死报东风”、“孤贞抱一不再识”的忠烈气质。

如果说洁白的琼花传递出清雅脱俗的文人气韵，那么红色的芍药则更多绰约、多情的世俗风味。芍药亦称“红药”、“可离”、“婪尾春”等，是一种多年生草本植物。五月开花，花大而美丽，参差烂漫，有紫红、粉红、白等多种颜色，花型变化甚多，供观赏。早在《诗经·郑风·溱洧》中即云：“维士与女，伊其相谑，赠之以芍药。”由于其形态优美，故有“绰约”、“没骨花”、“第一娇”、“花相”等美称。元程棨《三柳轩杂识》云：“芍药为娇客。”《事物异名录》卷三一引元杨允孚诗：“扬州朱帘东风里，曾惜名花第一娇。”宋陆佃《埤雅》又云：“芍药花有至千叶者，俗呼小牡丹，今群芳中牡丹品第一，芍药第二，故世谓牡丹为花王，芍药为花相。”

扬州芍药栽培，早于宋代就声誉卓著，禅智寺、龙兴寺、朱氏园等处均为栽培芍药胜地。宋王观在《扬州芍药谱》中记载朱氏园盛况云：“今则有朱氏之园最为冠绝，南北二圃所种几于五、六万株，意其自古种花之盛，未之有也。朱氏当其花之盛开，饰亭宇以待，来游者逾月不绝。”扬州人还喜欢簪戴芍药，王观《扬州芍药谱》云：“扬之人与西洛不异，无贵贱皆喜戴花，故开明桥之间，方春之月，拂旦有花市焉。”禅智寺的“四相簪花”佳话更是流传至今。苏轼《东坡志林》云：“扬州芍药天下冠，蔡繁卿为作万花会，步聚绝品十余万本于厅宴赏，旬日既残归各园。”此语介绍蔡京知扬州时，仿效洛阳万花会的方式，在扬州也举办万花会，一次要用绝品芍药十余万枝。此后相沿成习，年年兴办，晁补之《望海潮·扬州芍药会作》即记载了芍药会的盛况：

> 人间花老，天涯春去，扬州别是风光。红药万株，佳名千种，天然浩态狂香。尊贵御衣黄。未便教西洛，独占花王。困倚东风，汉宫谁敢斗新妆。　年年高会维阳。看家夸绝艳，人诧奇芳。结蕊当屏，联萼就幄，红遮绿绕华堂。花面映交相。更秉菅观洧，幽意难忘。罢酒风亭，梦魂惊恐在仙乡。

南宋词人吴文英作有《风流子》（金谷已空尘）、（温柔酣紫曲）

二词，皆咏扬州芍药，但是又都借物抒情，流露出“碎劈芳心，萦思千缕”的缠绵愁绪。姜夔也对扬州芍药情有独钟，其《侧犯·咏芍药》词写道：

> 恨春易去。甚春却向扬州住。微雨。正茧栗梢头弄诗句。红桥二十四，总是行云处。无语。渐半脱宫衣笑相顾。　　金壶细叶，千朵围歌舞。谁念我、鬓成丝，来此共尊俎。后日西园，绿阴无数。寂寞刘郎，自修花谱。

作品大量采用比拟、双关的修辞手法，用生机勃发、孕育着醉人诗意的芍药映现出词人“无可奈何花落去”的感伤情绪，创造出清空骚雅的词境。这是低迷时代的阴影在词人心头的自然折射，因此他在《扬州慢》词中抒写出更加沉痛的悲慨：“二十四桥仍在，波心荡、冷月无声。念桥边红药，年年知为谁生。”

所以说，琼花和芍药见证了宋代扬州城的繁华荣耀和消沉衰败，并且透过文学的载体，留下了充满旖旎风情和感伤格调的历史记忆。

二、十里春风旖旎香

中唐以来，伴随着社会经济重心向南转移，在南方涌现了大批繁华的都市，如扬州、益州（今四川成都）、杭州等。扬州更被认为是除了长安之外最繁华的城市，众多文人墨客冶游于此，沉醉于扬州城秀美的风光和绮艳的生活，创作了大量歌咏之作，如“人生只合扬州死，禅智山光好墓田”（张祜《纵游淮南》）、“天下三分明月夜，二分无赖是扬州”（徐凝《忆扬州》）、“夜市千灯照碧云，高楼红袖客纷纷”（王建《夜看扬州市》）等等。特别是晚唐著名诗人杜牧，曾经在扬州担任淮南节度使掌书记，游历扬州各处景点，并且与美貌歌妓产生恋情，创作了大量歌咏扬州的佳作，其中许多诗句为人们千古传诵，已经成为扬州美景的标志，例如“谁知竹西路，歌吹是扬州”（《题扬州禅智寺》）、“二十四桥明月夜，玉人何处教吹箫”（《寄扬州韩绰判官》）、“十年一觉扬州梦，赢得青楼薄幸名”（《遣怀》）、“谁家唱水调，明月满扬州”（《扬州》）、“春风十里扬州路，卷上珠帘总不如”（《赠别二首》其一）等等。由此可见，唐朝歌咏扬州的诗歌大多是华美旖旎的，真实地再现了扬州城繁花似锦的热烈景象。

宋词当中不乏对扬州风情的歌咏，晁补之《蓦山溪》词追忆扬州全盛之日令人神往的景状：“扬州全盛，往事今何处。帆锦两明珠，罥蔷薇、月中嬉语。朱衣白面，公子似神仙，登云屿。临烟渚。狂醉成怀古。”秦观《满庭芳》词同样歌咏扬州城冶游之乐：“多情。行乐处，珠钿翠盖，玉辔红缨。渐酒空金榼，花困蓬瀛。豆蔻梢头旧恨，十年梦、屈指堪惊。”词人流连于此绮丽柔美的氛围里，屈指一算，已匆匆十年。其《梦扬州》词也是深情忆恋当年的扬州游乐：“长记曾陪燕游。酬妙舞轻歌，丽锦缠头。殢酒为花，十载因谁淹留。醉鞭拂面归来晚，望翠楼、帘卷金钩。佳会阻，离情正乱，频梦扬州。”维扬自古多佳丽，自小生长在扬州的朱自清先生在《说扬州》一文中说：“许多人一提到扬州，便想到那是‘出女人’的地方。”在如此风光旖旎的十里春风之中，自然产生了许多才子佳人缠绵的情事。贺铸的《罗敷歌》（东南自古繁华地）、《南乡子》（秋半雨凉天）、《望扬州》（铁瓮城高）、《第一花》（豆蔻梢头莫漫夸）等等词作，即形象细腻地刻画出词人对扬州美妓的沉醉迷恋、真切思念，以及旧情不再的惆怅感伤。

南宋词人同样频繁使用“二十四桥”、“十年一觉”、“春风十里”之类的“语码”，深情追忆扬州曾经的风华。高似孙《金人捧露盘》词下片即写道：“南山客，东山妓，蒲萄酒，鹔鹴裘。占何逊、杜牧风流。琼花红药，做珠帘、十里遨头。竹西歌吹，理新曲、人在春楼。”但是时代的阴影越发令人感受到盛衰巨变的悲凉，往日的旖旎情事更能激发起无限哀愁。孙惟信《南乡子》词即感叹道：“璧月小红楼。听得吹箫忆旧游。霜冷阑干天似水，扬州。薄幸声名总是愁。”姜夔更加真切地抒发出时世变迁的悲怆：“杜郎俊赏，算而今、重到须惊。纵豆蔻词工，青楼梦好，难赋深情。”（《扬州慢》）十里春风的旖旎风情已经成为引发文人墨客怀古伤今的典型对象。

三、远眺平山传雅韵

北宋著名文学家欧阳修、苏轼、秦观，都和扬州平山堂有着千丝万缕的因缘。它坐落在西郊瘦西湖北，负堂而望，江南诸山，拱列檐下，与堂栏相平，故称。北宋庆历八年(1048)，由郡守欧阳修所建。据叶梦得《避暑录话》卷一记载："欧阳文忠公在扬州作平山堂，壮丽为淮南第一。堂据蜀冈，下临江南数百里，真、润、金陵三州，隐隐若可见。公每暑时，辄凌晨携客往游，遣人走邵伯取荷花千余朵，以画盆分插百许盆，与客相间。遇酒行，即遣妓取一花传客，以次摘其叶，尽处则饮酒。往往侵夜载月而归。"其《答通判吕太博》诗即对此平山雅集的盛况进行了形象的描绘："千顷芙蕖盖水平，扬州太守旧多情。画盆围处花光合，红袖传来酒令行。"仁宗嘉祐元年(1056)，刘敞出守维扬，欧阳修联系自己守扬时的相关景物，写下了词作《朝中措》："平山栏槛倚晴空，山色有无中。手种堂前垂柳，别来几度春风。　　文章太守，挥毫万字，一饮千钟。行乐直须年少，尊前看取衰翁。"词里蕴含着作者对扬州的深情忆恋，也表达出"文章太守"当年纵情畅饮、挥斥方遒的豪迈之气，"现身说法，神采奕奕动人"①。

苏轼从熙宁四年(1071)自汴京赴杭州通判任算起，到元祐七年(1092)赴扬州知州，前后多次经过扬州。他对扬州感情深厚，并且经常在平山堂流连忘返，其词作《西江月·平山堂》即云："三过平山堂下，半生弹指声中。十年不见老仙翁，壁上龙蛇飞动。"这里的"老仙翁"当指欧阳修。因为平山堂地势较高，凭栏远望，视野开阔，而欧阳修词里却说"山色有无中"，于是有人就嘲笑其"短视"。其实欧词乃化自王维《汉江临泛》诗中名句"江流天地外，山色有无中"，为此苏轼还替欧公辩解："东坡笑之，因赋《快哉亭》道其事云：'长记平山堂上，攲枕江南烟雨，杳

① 黄苏：《蓼园词选》，民国九年(1920)惜阴堂刻本。

杳没孤鸿。认取醉翁语，山色有无中。’盖‘山色有无中’，非烟雨不能然也。”①

扬州高邮才子秦观于神宗元丰三年(1080)自会稽还里，“时复扁舟，循邗沟而南，以适广陵。泛九曲池，访隋氏陈迹。入大明寺，饮蜀井。上平山堂，折欧阳文忠所种柳，而诵其所赋诗，为之喟然以叹。遂登摘星寺。寺，迷楼故址也”②。由此他创作了《望海潮》词，上片极写扬州城风景秀美，扬州人冶游之乐：“星分牛斗，疆连淮海，扬州万井提封。花发路香，莺啼人起，珠帘十里东风。豪俊气如虹。曳照春金紫，飞盖相从。巷入垂杨，画桥南北翠烟中。”下片大量用典，追忆隋宫旧事，最后点到平山堂，化用欧阳修词句：“最好挥毫万字，一饮拚千钟。”流露出对于前辈词人的崇仰。晁补之《八声甘州·扬州次韵和东坡钱塘作》词同样围绕平山远眺，抒发出潇洒放达的人生情怀：“应倚平山栏槛，是醉翁饮处，江雨霏霏。送孤鸿相接，今古眼中稀。念平生、相从江海，任飘蓬、不遣此心违。登临事，更何须惜，吹帽淋衣。”

南宋词人张榘创作了一组平山堂抒怀的词作，不仅描绘出眼前景象的孤寂冷落：“素壁走龙蛇，难觅醉翁真迹。惟有断岗衰草，是几番经历”(《好事近》)、“怅杨柳春风，晴空栏槛，陈迹总非是”(《摸鱼儿》)，而且于字里行间渗透出“沙霭暗中原，横戈谁夜眠”(《唐多令》)的萧瑟肃杀之气。方岳《水调歌头·平山堂用东坡韵》词则更多英雄豪壮慷慨之音：“人间俯仰陈迹，叹息两仙翁。不见当时杨柳，只是从前烟雨，磨灭几英雄。天地一孤啸，匹马又西风。”

同一景点由多位文学家完成创作的“接力”，堪称文坛佳话。文学家触景生情，抒发出诸多人生的感慨；名胜景点也因了这些题咏而闻名千古。平山堂作为代表扬州雅文化的典型地标，形成了宋词扬州歌咏中的独特符号。

---

① 胡仔：《苕溪渔隐丛话后集》卷二三引《艺苑雌黄》，清乾隆刻本。

② 秦观：《与李乐天简》，《淮海集》卷三十，《四部丛刊》景明嘉靖小字本。

四、芜城登览赋兴亡

扬州城历经两千多年世事沧桑，几度废兴，引发了无数文人墨客的歌咏、慨叹。早在南北朝初期，扬州作为南北交通枢纽，曾经非常繁盛。但在宋文帝末，却在十年之间先后遭受了两次战乱，广陵城繁华荡尽，庐舍丘墟，凄惨荒凉。大明三年(459)，文人鲍照途径广陵，目睹满城疮痍，不禁悲从中来，感发而为《芜城赋》，通过今昔盛衰巨变的对照，重点描绘如今荒凉冷落的广陵城，所以称为芜城。作品描写登城时所见的荒凉残破的景象，慨叹广陵盛时的豪华生活一去不复返，字里行间渗透着作者无限的叹惋，寄寓着对国家前途命运的深沉隐忧。

靖康之难以后，扬州频遭兵燹，往日的繁华景象经过金兵数度逾淮洗劫、蹂躏，已满目疮痍，令无数文士徒增悲怆。对于芜城的怀古伤今、悲愤感慨，再度成为文学创作的重心。淳熙五年(1178)，辛弃疾由大理寺少卿出任湖北转运副使，溯江而上，舟次扬州，抚今追昔，无限感慨，写下了词作《水调歌头 · 舟次扬州，和杨济翁、周显先韵》：

> 落日塞尘起，胡骑猎清秋。汉家组练十万，列舰耸高楼。谁道投鞭飞渡，忆昔鸣髇血污，风雨佛狸愁。季子正年少，匹马黑貂裘。
>
> 今老矣，搔白首，过扬州。倦游欲去江上，手种橘千头。二客东南名胜，万卷诗书事业，尝试与君谋。莫射南山虎，直觅富民侯。

上片追忆词人年轻时投身抗战，信心百倍，情绪高昂。下片则转而抒发年岁老大，事业无成，内心充满着报国无门的悲愤。刘过《六州歌头》(镇长淮)词上片着力描摹经历金人洗劫之后的扬州城一片萧条："谁知艰难去，边尘暗，胡马扰；笙歌散，衣冠渡，使人愁。"下片抒写国事沧桑兴亡之感和个人身世飘蓬的无奈："笑书生无用，富贵拙身谋，骑鹤东游。"李好古创作了一组扬州怀古词，追忆当日扬州的繁华："古扬州、壮丽压长淮，形胜绝东南"(《八声甘州》)，描绘眼前的凄凉："清淮北去，千里扬州路。过却瓜州杨柳树，烟水重重无数"(《清平乐》)，抒发出国家沦丧、千古兴亡的无限悲楚："骨冷英雄何在，望荒烟、残戍触悲凉。无言处，西楼画角，风转牙樯"（《八声甘州》）、"千古英雄成底事，徒感慨，谩悲凉"（《江城子》），同时也流露出呼唤英雄、收复中原的爱国激情："点点尽堪肠断，行人休望长安"、"更愿诸公著意，休教忘了中原"（《清平乐》）。南宋灭亡之后，汪元量所作《六州歌头》词则表达痛彻心扉的国破家亡之悲："绿芜城上，怀古恨依依。淮山碎，江波逝。昔人非，今人悲。"由此可见，南宋之际的扬州，已然成为怀古伤今、感发民族沦亡悲怨意绪的典型意象。

概而言之，宋词里的扬州，是一座风光旖旎、风情万种的城市，她是春风骀荡的温柔乡，也是文士雅集的竞技场。靖康之难后，扬州城的频遭劫难，又令其染上了凄寂、衰败、冷落的色调，使得文人墨客在抚今追昔的巨大反差中，越发强烈地抒发出盛衰兴亡的悲叹，增添了格外厚重的悲剧精神力量。

3. 论京口的宋词坐标

一、金山雄瞰大江流

“千古江山，英雄无觅，孙仲谋处。舞榭歌台，风流总被，雨打风吹去。斜阳草树，寻常巷陌，人道寄奴曾住。想当年，金戈铁马，气吞万里如虎。”南宋著名词人辛弃疾的这一首《永遇乐·京口北固亭怀古》，非常形象地总结了历史文化名城镇江山川雄伟、英才辈出的特色。镇江，位于江苏省南部，长江下游南岸，京杭运河与长江交汇处。西周称“宜”，为周康王所封宜侯领地。春秋称朱方，属吴。战国属越，称谷阳，后属楚。秦置丹徒县，筑驰道，开运河，凿通京岘山口，后称京口缘此。清人顾祖禹《读史方舆纪要》中云：“京口西接石头（指江苏南京），东至大海，北距广陵（今江苏扬州），而金（山）、焦（山）障其中流，实天设之险。”可见它自古即为江山形胜之地。

金山位于镇江市西北部江边，原为屹立于大江中的山岛，故又名泽心山。唐杜光庭《洞天记》云：“金山，万川东注，一岛中立，丹辉碧映，揽数州之奇于俯仰间。”最高峰为妙高峰，山势挺拔，树木苍翠，建筑宏伟，风光甚美，明人都穆称道“其胜概为天下第一”。金山寺为金山最大的建筑群，原名龙游寺，又名泽心寺、江天寺。北宋天禧初，宋真宗梦游此寺，乃赐名“金山寺”。全寺依山而建，殿宇巍峨。

历代歌咏金山名胜的佳句不胜枚举，例如张祜《题金山寺》“树影中流见，钟声两岸闻”、王安石《次韵平甫金山会宿寄亲友》“山月入松金破碎，江风吹水雪崩腾”、王令《金山寺》“楼台影落鱼龙骇，钟磬声来水石寒”、秦观《金山晚眺》“西津江口月初弦，水气昏昏上接天。清渚白沙茫不辨，只应灯火是渔船”等，将金山的美景写得清新脱俗，洒落自然。北宋诗人郭祥正长诗《金山行》开头四句，境界极其雄旷：“金山杳在沧溟中，雪崖冰柱浮仙宫。乾坤扶持自今古，日月仿佛悬西东。”把秋日的金山描绘成雪崖冰柱的世界，金山寺宛如玉苑仙宫；日月仿佛悬在它高高峰顶的东西两边，朝夕照耀，千古相伴。这样就为整首诗歌抹上了神奇、壮阔的色调。南宋孝宗皇帝游览金山寺，亦曾经题诗道：“崒然天立镇中流，雄跨东南二百州。”北宋大文豪苏轼与金山深有因缘，他曾游历金山十余次，创作了许多诗歌。据蔡絛《铁围山丛谈》卷三记载，苏轼曾于中秋之夜与客共登金山妙高台赏月，歌者袁绹歌其《水调歌头》(明月几时有)，东坡起舞，而顾问曰：“此便是神仙矣。”作者由此慨叹道：“吾谓文章人物，诚千载一时，后世安所得乎！”早在仁宗嘉祐年间，苏轼陪同润州知州裴煜(字如晦)游金山所作诗歌中，即已描摹出金山形胜、楼观之美：“试上蓬莱第几洲？长云漠漠鸟飞愁。海山乱点当轩出，江水中分绕槛流。”(《陪润州裴如晦学士游金山回作》)神宗熙宁四年(1071)十一月初三，苏轼途径镇江金山，访宝觉、圆通二僧，夜宿寺中，写下了千古名篇《游金山寺》。诗中写道：“微风万顷靴文细，断霞半空鱼尾赤”，描绘黄昏时分所见江面的景象：微风吹起粼粼细浪，如同靴底的纹线；血红的晚霞遍染江面，重重叠叠就像鱼鳞一般，这样的比喻色彩绚丽，境界壮美，富有旷远爽朗的神韵。诗人于此感发出复杂的人生情绪，流露出一片诚挚、浓郁的乡愁。汪师韩《苏诗选评笺释》曰：“一往作缥缈之音，觉自来赋金山者，极意著题，正无从得此远韵。”元丰二年(1079)四月，苏轼由徐州改知湖州，赴任途中，经过金山时又作《大风留金山两日》诗，极其形象地传写出江上风雨的壮大声势：“朝来白浪打苍崖，倒射轩窗作飞雨。龙骧万斛不敢过，渔舟一叶从掀舞。”惠洪评价道：“东坡征意特奇，如曰：‘见说骑鲸游汗漫，亦曾扪虱话辛酸。’……又曰：‘龙骧万斛不敢过，渔舟一叶纵掀舞。’以‘鲸’为‘虱’对，以‘龙骧’为

‘渔舟’对，大小气焰之不等，其意若玩世。谓之秀杰之气终不可没者，此类是也。”①

宋代词人登临金山，同样抒写出山叠水涌、气象万千的雄奇景象。米芾《渔家傲·金山》词写道：

> 昔日丹阳行乐里。紫金浮玉临无地。宝阁化成弥勒世。龙宫对。时时更有天花坠。　　浩渺一天秋水至。鲸鲵鼓鬣连山沸。员峤岱舆更赑屃。无根蒂。莫教龙伯邦人戏。

祝穆《方舆胜览》卷三记载，金山“大江环绕，每风四起，势欲飞动，故南朝谓之浮玉山”。词人调动丰富的想像，化用佛、道典故，把金山比喻成传说中的海上仙山，给人缥缈浪漫的感觉和神奇飞动的气势。仲殊《南徐好》组词十首遍咏京口景致，既描绘出“山放凝云低凤翅，潮生轻浪卷龙鳞”的山水之胜，也表现了于金山寺化城阁纵目远眺的情致：“云外月轮波底见，倚栏人在一光中。”南宋孝宗乾道三年(1167)，张孝祥舟过金山，登临观月，写下了名作《水调歌头·金山观月》：

> 江山自雄丽，风露与高寒。寄声月姊，借我玉鉴此中看。幽壑鱼龙悲啸，倒影星辰摇动，海气夜漫漫。涌起白银阙，危驻紫金山。
>
> 表独立，飞霞佩，切云冠。漱冰濯雪，眇视万里一毫端。回首三山何处，闻道群仙笑我，要我欲俱还。挥手从此去，翳凤更骖鸾。

词人置身于雄丽江山之中，驰骋奇幻的想像，创造出浩渺迷漫的神奇境界。在如此奇丽的景象面前，作者油然产生奇妙的感怀，袒露自己萧散出尘的神态。陈应行《于湖先生雅词序》指出：张孝祥“所作长短句凡数百篇，读之冷然洒然，真非烟火食人辞语。予虽不及识荆，然其潇散出尘之姿，自然如神之笔，迈往凌云之气，犹可以想见也”。该词与其《念奴娇》(洞庭青草)词一样，均通过情景交融、虚实相间的艺术表达，创造了飘然欲仙的浪漫世界，显示出作者的奇特英气和旷达心胸。此外，他登临金山上的浮玉亭，也抒发出“此意忽翩翩，凭虚吾欲仙”(《菩萨蛮·

① 惠洪：《冷斋夜话》卷四，《四库全书》本。

登浮玉亭》)的高远超迈的精神意态。

二、缅想当日孙仲谋

镇江地处吴头楚尾、南北要冲，地理位置十分优越，历来成为英雄用武和建功立业之地。东汉建安十三年(208)，孙权移治于此，称为京城，通称京口城。其城"一水横陈，连岗三面"(陈亮《念奴娇》)，因山而垒，临江为城，俯临江津，号铁瓮城，为江防重镇。孙权曾在此与刘备结盟拒曹，建安十七年始移治秣陵(今江苏南京)。吴嘉禾三年(234)，改武进县，取以武力北进中原之意。自孙吴以来，东南有事，必以京口为襟要，东晋祖逖由此渡江北伐，击楫中流。南朝宋武帝刘裕即以京口为根据地起兵夺取天下，东晋及宋、齐、梁、陈建都建康(今江苏南京)，均以镇江为都城门户，地位更见重要。宋人汪藻《京口月观记》云："京口以江山名天下，其来尚矣。而为国屏蔽，尤重于晋、宋、齐、梁之间。"西晋永嘉后，为北人南迁侨寓集中之地，宋永初二年(421)，侨置徐州，后称南徐州。大批来自北方的军队驻扎于此，也令京口文化滋生了雄武豪壮之气。

历代文人墨客来到镇江，都会追忆其三国、东晋时代曾经辉煌的历史，抒发出怀古伤今之情。杜牧有诗《润州二首》，其一中间两联写道："青苔寺里无马迹，绿水桥边多酒楼。大抵南朝皆旷达，可怜东晋最风流。"描绘桥下绿水荡漾，桥上酒旗招展，一派繁盛喧腾的景象，但是人们却淡忘了往日的英豪霸气，六朝的慷慨意气、风流旷达也随着流水一去不返。诗人由览物而思古，充满着物在人空的无限哀惋之意。

位于镇江市东北部长江南岸的北固山，三面临江，陡崖绝壁，形势险固，有许多名胜古迹，如甘露寺、北固亭、走马涧、试剑石、狠石、多景楼、宋铁塔等，多与六朝人物故事关涉。南朝梁大同十年(544)，武帝萧衍曾登北固楼，改楼名为"北顾楼"，作《登北顾楼诗》，有"南城连地险，北顾临水侧"之咏，并且赞誉北固山为"天下第一江山"。北固山又传为三国时刘备招亲、孙权与刘备、诸葛亮结盟之地，遗迹甚多。唐宋以来，北固山成为文人墨客争趋竞游、怀古抒愤之区，即如清人王士禛《北固山题名记》所言，登凌云亭，憩多景楼，自是“缅孙刘之雄风，忆梁帝之胜游……搔首四顾，慷慨不能已”。辛弃疾于宁宗嘉泰四年(1024)三月起被任命为镇江知府，在北固亭上创作了《永遇乐·京口北固亭怀古》、《南乡子·登京口北固亭有怀》等词作。北固亭位于北固山后峰顶上，又名北固楼、北顾楼、凌云亭、摩云亭、祭江亭，始建于晋宋时期。东晋谢安镇守京口时曾在山上建军实库，后库房颓坏，“山上犹有小亭”。辛作《永遇乐》(千古江山)上片深情追忆京口无限雄豪的风流往事，蕴含着词人澎湃景仰的激情；《南乡子》词上片描绘登亭所见的风光：“何处望神州？满眼风光北固楼。千古兴亡多少事？悠悠，不尽长江滚滚流！”词人伫亭远眺，思接千古，痛感历史的沧桑巨变犹如滔滔江水一般，滚滚东逝，永不回头，无限悲郁之情见于言外。此外，南宋词人赵善括《水调歌头·渡江》词也赞叹“山险号北固，景胜冠南州”的形胜之美：“洪涛江上乱云，山里簇红楼。”宋代词人缅想京口六朝孙权、刘裕的兴兵霸业，祖逖北伐的英雄情怀，同时也有感于“元嘉草草，封狼居胥，赢得仓皇北顾”(辛弃疾《永遇乐》)的失败故事，感发出“六朝人物，五胡妖雾不胜愁”(赵善括《水调歌头》)的历史悲叹。京口怀古词作的兴亡感怀，又时时与南宋的时代特征密切相关，统统表达出强烈的爱国激情和伤今之意。

三、北望神州抒忠愤

靖康之难后，宋室南渡，京口成为与金人对垒的第二道防线。无数英雄壮士、文人墨客于此北望神州，自然抒发出拳拳爱国之情、报国之志。人们常常选择凝聚此类情感的典型意象：多景楼。它位于北固山甘露寺内，旧传为刘备夫人、孙权之妹孙尚香梳妆处，名梳妆楼。北宋以来，多景楼即为文人墨客登临览景之地，米芾题为“天下江山第一楼”，并有诗作。登上斯楼，凭高远眺，水色山光，风月胜景，无不尽收眼底。苏轼赞叹曰：“润州甘露寺多景楼，天下之殊景也。”(《采桑子》词序)其《甘露寺》诗有“一览吞数州，山长江漫漫”之咏。张邦基《墨庄漫录》卷四也称:“江山之胜,烟云显晦,萃于目前。”南宋乾道六年(1170),郡守陈天麟重建,并作《多景楼记》云:“至天清日明,一目万里,神州赤县,未归舆地,使人慨然有恢复意。”诗人王琮登楼远眺所作七绝《题多景楼》,抒发出别样的历史慨叹:“秋满栏干晚共凭,残烟衰草最关情。西风吹起江心浪,犹作当时击楫声。”诗歌写景染上一片衰飒、凄凉之意。诗人远观西风吹水,巨浪滔天,不由得追忆起东晋祖逖北伐时中流击楫的声音。祖逖胸怀澄清天下、统一疆土的壮志,在这里渡江时击楫而誓曰:“祖逖不能清中原而复济者,有如大江!”[①]诗人通过对祖逖北伐故事的追忆,流露出志在恢复的宏愿。缅怀历史与感时伤世的情调两相融合,表达出诗人积极进取的报国之志。

孝宗隆兴元年(1163),陆游出任镇江府通判。时金兵方踞淮北,镇江为江防前线。词人登临多景楼,江北草木,历历可数,不由得思绪联翩,抚今追昔,其《水调歌头·多景楼》词上片写道:“江左占形胜,最数古徐州。连山如画,佳处缥渺著危楼。鼓角临风悲壮,烽火连空明灭,往事忆孙刘。千里曜戈甲,万灶宿貔貅。”作品一起苍莽横空,气象森严,于悲壮中蓄雄健之气。由此追忆三国时代孙、刘合兵共破强曹往事,激发起图强自振的勇气,横戈跃马的豪情。淳熙十五年(1188)春,陈亮登临多景楼,创作了《念奴娇》词,上片描绘多景楼的豪壮气势:“一水横陈,连岗三面,做出争雄势。”词人由此咏史怀古,慨叹“六朝何事,只成门户私计”,批评六朝君王苟且偷安,只顾极少数人利益,未能北向争衡。作者表面咏怀往事,实则讽喻南宋君王的妥协苟安。下片感慨中原板荡、金兵南下的残酷现实:“凭却长江管不到,河洛腥膻无际。”最后词人立志效法祖逖、谢玄,表达出强烈的爱国激情:“正好长驱,不须反顾,寻取中流誓。小儿破贼,势成宁问强对!”陈亮正是通过这样的纵横议论,痛快淋漓地抒写出自己的“平生经济之怀”,“忠愤之气,随笔涌出,并足唤醒当时聋聩,正不必论词之工拙也”[②]。岳珂《祝英台近·登多景楼》词上片咏怀历史的沧桑:“古来多少英雄,平沙遗恨。又总被、

① 房玄龄:《晋书》卷六二,第1695页,中华书局1974年版。
② 冯煦:《蒿庵论词》,唐圭璋《词话丛编》第3591页,中华书局1986年版。

长江流尽。”下片则转入对南宋国事衰微的感伤：“倩谁问，因甚衣带中分，吾家自畦畛。落日潮头，慢写属镂愤。断肠烟树扬州，兴亡休论。正愁尽、河山双鬓。”词人悲叹山河破碎、南宋朝廷的昏聩无能、先祖岳飞的遭陷而亡，字里行间充满着无限怨愤。俞陛云《唐五代两宋词选释》分析道：“珂为忠武王之孙，宜其北望神州，有属镂遗恨也。”程珌《水调歌头·登甘露寺多景楼望淮有感》词上片由眼前的多景引出了满目疮痍的中原，触发起内心的家国之恨。下片写道：“望淮阴，兵冶处，俨然存。看来天意，止欠士雅与刘琨。三拊当时顽石，唤醒隆中一老，细与酌芳尊。孟夏正须雨，一洗北尘昏。”据《晋书·祖逖传》记载，祖逖北伐，渡江，“屯于淮阴，起冶铸兵器，得二千人而后进”。词人感怀祖逖、刘琨北伐的英雄往事，抒发还我河山、恢复中原、统一天下的壮志，饱含着作者满腔澎湃的爱国激情。张辑的《月上瓜洲·南徐多景楼作》词则感时伤事，悲慨苍凉，上片结以“塞草连天何处是神州”，表达出词人报国无望、壮志难酬的悲愤。过片三句“英雄恨，古今泪，水东流”，怀古伤今，无限遗恨；下片最后以景结情：“惟有渔竿明月上瓜洲。”蕴含着词人抑郁孤独和无可奈何的悲慨。吴潜《沁园春·多景楼》词同样写道：“凭栏久，问匈奴未灭，底事菟裘”，“算当时多少，英雄气概，到今惟有，废垄荒丘。梦里光阴，眼前风景，一片今愁共古愁。”抚今追昔，无限凄凉。

四、雄豪气概振词畴

“人禀七情，应物斯感。感物吟志，莫非自然。”①文学创作与自然环境具有密切的联系。在以婉约柔美为主导风格的宋代词苑里，京口雄丽的山川形胜、沧桑的历史遗迹，无疑带给广大词人别样的审美感受，使得他们“集体无意识”地创作出风格豪放的佳词。北宋神宗熙宁七年(1074)冬，苏轼由杭州通判调知密州，途径润州，与孙洙诸人萃集于甘露寺多景楼，并且填制了《采桑子》词。词云：“多情多感仍多病，多

① 刘勰：《文心雕龙》卷二，《四部丛刊》影印明嘉靖本。

景楼中。尊酒相逢，乐事回头一笑空。　　停杯且听琵琶语，细捻轻拢。醉脸春融，斜照江天一抹红。"词人于人生驿站的酒筵尊前，固然感受到仕途坎坷、多愁多病的抑郁寡欢，但是他又能凭藉江山景物之助，尽显清雄放旷之意。沈义父《乐府指迷》指出："结句须要放开，含有余不尽之意，以景结尾最好。"该作最后一句"斜照江天一抹红"，境界雄阔，富有远韵。

南宋词人蔡戡于淳熙十年(1183)淮水总领任上，在京口秋季阅兵，创作了《水调歌头》词：

> 肃霜靡衰草，骤雨洗寒空。刀弓斗力增劲，万马骤西风。细看外围合阵，忽变横斜曲直，妙在指麾中。号令肃诸将，谈笑听元戎。
> 坐中客，休笑我，已衰翁。十年重到，今日此会与谁同。差把龙钟鹤发，来对虎头燕颔，年少总英雄。飞镞落金碗，酣醉吸长虹。

作品上片描写马啸西风的练兵景象、雄壮严整的军营氛围。下片转而抒发豪迈的人生情怀，结末两句渲染军中将士的武艺非凡，营宴痛饮的英雄壮气，充满豪放的精神力度。岳珂的《祝英台近·北固亭》词则又触景生情，抒发沉雄苍凉的历史悲叹：

> 淡烟横，层雾敛，胜概分雄占。月下鸣榔，风急怒涛飐。关河无限清愁，不堪临鉴。正霜鬓、秋风尘染。　　漫登览。极目万里沙场，事业频看剑。古往今来，南北限天堑。倚楼谁弄新声，重城正掩。历历数、西州更点。

词人目睹山河破碎的惨状，充满无限悲怆之意。他极目沙场，抚今追昔，心潮澎湃，忠愤感慨，与辛弃疾《永遇乐》(千古江山)词相伯仲。明卓人月《古今词统》卷十一评价该词"槎枒垒块，不减乃祖之《满江红》"。

清人周济编纂《宋四家词选》，标举周邦彦、辛弃疾、王沂孙、吴文英四大家，并且以姜夔为辛弃疾的附庸，其理由是："白石脱胎稼轩，变雄健为清刚，变驰骤为疏宕。"作为南宋清雅文士之词的代表，姜夔的词风与辛弃疾为代表的豪放英雄之词自然存在较大的差异；但是姜夔词内的清空、骚雅之气，其实与辛弃疾具有本质上的相通之处。而且在他们的诗词唱和之中，也表现出词风借鉴、吸引的迹象。姜夔所作《永遇乐·次稼轩北固楼词韵》就是效法辛词而又不失自己特色的佳作：

> 云鬲迷楼，苔封很石，人向何处？数骑秋烟，一篙寒汐，千古空来去。使君心在，苍崖绿嶂，苦被北门留住。有尊中酒差可饮，大旗尽绣熊虎。　　前身诸葛，来游此地，数语便酬三顾。楼外冥冥，江皋隐隐，认得征西路。中原生聚，神京耆老，南望长淮金鼓。问当时依依种柳，至今在否？

此词乃步辛弃疾《永遇乐》（千古江山）词原韵以和。作品由京口北固楼前风景起兴，通过对三国历史遗迹的凭吊感怀，揭示出呼唤英雄的主题，引出当朝抗金英豪辛弃疾独当一面、统率千军万马的伟岸形象。下片反映北方人民盼望统一的迫切心情，激励老年的辛弃疾努力完成收复中原的重任，由此寄寓着作者心系天下兴亡、拥护北伐大业的政治热情。此词吊古抒怀，不同于其《扬州慢》（淮左名都）词的凄迷荒寂，而是通过北固典故的咏叹，尽显雄豪清壮的气魄。当然，姜词整体而言，毕竟不同于辛弃疾词怀古伤今的满怀忠愤、苍凉悲怆，终究难掩才士抒情的韵味，特别是结尾两句，饶富摇曳生姿、幽隽秀雅之致。这又是姜、辛词作风格同中有异之处。

综而言之，这些立足爱国激情背景下的词体创作，其风格特征自然倾向于豪放雄健；雄丽江山之助，又使得广大词人可以很方便地择用大量抒情言志的外在物象和俯拾皆是的前朝典故，由此构成了该类词作普遍展现出厚重的历史感怀和艺术魅力。

4. 苏轼与江苏

一、江南江北好风光

自从京杭大运河开通以来，许多文人墨客南来北往，往往要途径江苏，由此也就带来了运河沿岸的经济繁华和文化兴盛。北宋神宗熙宁四年(1071)，苏轼出任杭州通判，途径江苏泗州、润州，即作有《泗州僧伽塔》、《游金山寺》等诗，流露出人生无奈、怀乡思亲之情。六年(1073)，东南大旱，发生饥荒。苏轼受命赴常州、润州赈灾，七个月间辛苦奔忙，在《除夜野宿常州城外二首》等诗歌中表达了思念亲人、厌倦仕途的感受。

熙宁十年(1077)四月，苏轼出任徐州太守。在三年的徐州官任上，苏轼饱览当地优美风光，创作了不少优秀的诗文作品。他与诗僧参寥等人泛舟徐州城东南两里处的风景胜地百步洪，眼见水势汹涌、激浪翻滚，感到极大的刺激和兴奋，于是采用博喻修辞手法，写下了著名的诗歌《百步洪》："长洪斗落生跳波，轻舟南下如投梭。水师绝叫凫雁起，乱石一线争磋磨。有如兔走鹰隼落，骏马下注千丈坡。断弦离柱箭脱手，飞电过隙珠翻荷。四山眩转风掠耳，但见流沫生千涡。"苏轼一连用了兔奔、鹰击、马驰、断弦、脱箭、飞电过隙、跳珠翻荷这七种形象，来表现轻舟急驶的迅捷，淋漓尽致地营造出令人惊心动魄的艺术效果。他在徐州黄楼邀友畅饮，还特意身穿五彩的羽衣，把自己打扮成凌空欲飞的仙人，耳听远处传来的悠扬笛声，心情格外舒畅："我时羽服黄楼上，坐见织女初斜河。归来笛声满山谷，明月正照金叵罗。"(《百步洪》其二)

徐州城西二里的云龙山上，云雾缭绕，蜿蜒如龙。苏轼经常携友登山游玩，结识了隐居山间的道士"云龙山人"张天骥。张天骥曾于山上风景绝胜处修建一座小亭，且驯养了两只善飞的白鹤，每天早起，便去亭中放飞。苏轼经常和张山人一起在亭中饮酒、观山、赏鹤，并且在其名篇《放鹤亭记》中描绘出登山远望的美好景象："春夏之交，草木际天，秋冬雪月，千里一色。风雨晦明之间，俯仰百变。"尽显苍茫辽阔、气象万千的意境。他还徘徊于徐州城东南二里的戏马台，感怀项羽往事："废沼夜来秋水满，茂林深处晚莺啼。行人肠断草凄迷。"(《浣溪沙》)词人触景生情，抒发抚今追昔的慨叹。苏轼留恋彭城风土人情，甚至还打算终老泗水之上，其《灵璧张氏园亭记》中即表示："余为彭城二年，乐其土风。将去不忍，而彭城之父老亦莫余厌也，将买田于泗水之上而老焉。"

苏轼一生多次逗留润州，为此地山水风情所深深吸引。熙宁四年(1071)，他登上宋时镇江城西北长江岛上的金山寺，创作了名诗《游金山寺》，描摹晚霞映照下辽阔无垠的江面景象："微风万顷靴文细，断霞半空鱼尾赤"，写出空旷渺远之致；并且真实地记载了当夜所出现的奇异天象："江心似有炬火明，飞焰照山栖鸟惊。怅然归卧心莫识，非鬼非人竟何物?"作者还特别在诗句后自注曰："是夜所见如此。"元丰八年(1085)五月，苏轼起知登州。他于七月从常州启程，一路游山玩水，直至八月下旬，仍逗留在润州一带。据蔡絛《铁围山丛谈》卷三记载，"东坡公昔与客游金山，适中秋夕，天宇四垂，一碧无际，加江流澒涌，俄月色如昼。遂共登金山山顶之妙高台，命(袁)绹歌其《水调歌头》曰：'明月几时有？把酒问青天。'歌罢，坡为起舞，而顾问曰：'此便是神仙矣。'"在大江东流、月色澄澈的中秋静夜中，苏轼临风起舞，意态洒然，尽显"坡仙"的独特风神。

苏轼很早就对常州情有独钟，并且将此作为退居归老之地。据明人吴宽《跋东坡楚颂帖》记载，"嘉祐初，公登进士第，与同年蒋之奇联宴席。蒋，阳羡人也，谈及其乡山水之胜，遂有终老此地之约"[1]。苏轼在《次韵蒋颖叔》诗中写道："琼林花草闻前语，罨画溪山指后期。岂敢便为鸡黍约，玉堂金殿要论思。"及至神宗熙宁六年(1073)，苏轼前往常州赈灾，亲身感受到宜兴秀美的景色、丰饶的物产以及淳朴的民风，更加坚定了退归宜兴的意愿，并且准备拿出多年积蓄的薪俸，在这里购田置产。清人周烨《清波杂志》卷三称，"东坡初入荆溪，有乐死之语，盖喜其风土也"。苏轼反复表示"买田阳羡吾将老，从来只为溪山好"(《菩萨蛮》)、"阳羡姑苏已买田，相逢谁信是前缘"(《浣溪沙》)，还预约好友将来到他宜兴田舍作客："惠泉山下土如濡，阳羡溪头米胜珠。卖剑买牛吾欲老，杀鸡为黍子来无。"(《常润道中，有怀钱塘，寄述古五首》其一)因此，正如宜兴人费衮《梁溪漫志》卷四所云："出处穷达三十年间，未尝一日忘吾州者。"苏轼一生漂泊，却将卜居宜兴作为自己的人生归宿，并且认为这是前缘所定的精神家园："吾来阳羡，船入荆溪，意思豁然，如惬平生之欲。逝将归老，殆是前缘。"(《楚颂帖》)在经历了"乌台诗案"、贬居黄州的打击之后，苏轼于元丰七年(1084)连续上奏两篇《乞常州居住表》，词情哀婉，意态真切，终获朝廷恩准。然而此后，苏轼又卷入政治纷争，在仕途沉浮不定，未能安居常州。直至徽宗建中靖国元年(1101)，苏轼度岭北归，才拖着病弱之躯归居常州。六月十五日，舟赴常州，苏轼著小冠，袒露半臂，坐于舱中，运河两岸百姓观者如潮，东坡戏问坐客曰："莫看杀轼否?"[2]苏轼题画诗《惠崇春江晓景》对江南早春之美进行了细致入微的描摹，其中"蒌蒿满地芦芽短，正是河豚欲上时"二句，不自觉地透露出作者对于口腹之欲的嗜好。据孙奕《示儿编》所载，苏轼在常州，"颇嗜河豚"，仔细品尝河豚美味之后，下箸感叹道："也直一死!"他在《蝶恋花·述怀》词中歌咏宜兴风景："云水萦回溪上路。叠叠青山，环绕溪东注。月白沙汀翘宿鹭，更无一点尘来处。"在如此的青山秀水之中，词人忘怀污浊官场的纷纷扰扰，得到了澄澈空明的精神享受。

---

① 吴宽：《跋东坡楚颂帖》，《家藏集》卷五十，《四库全书》本。

② 邵博：《邵氏闻见后录》卷二十，民国涵芬楼刊本。

二、关爱民生热心肠

苏轼素有“忠臣体国，知无不为”①的济世胸怀。他先后为宦江苏徐州、扬州，积极关心民生疾苦，取得了不俗的政绩，透过他的文学作品，也不难感受到作者热忱爱民的深挚情意。

神宗熙宁十年(1077)，苏轼调知徐州，到任不足三个月，即发生了黄河大堤决口，洪水围困城池的灾难。当时形势十分危急，“方水之淫也，汗漫千余里，漂庐舍，败冢墓，老弱蔽川而下，壮者狂走无所得食，槁死于丘陵林木之上”②。苏轼抱定人在城在的决心，号召民众全力抗洪，并且誓言“吾在是，水决不能败城”③！在苏轼身先士卒的精神感召下，徐州军民共同努力，经过历时七十多天的努力，终于取得了抗洪斗争的胜利。苏轼难掩内心的喜悦，写下了《河复》一诗，以供人们在胜利庆典上歌唱。诗中写道：“吾君盛德如唐尧，百神受职河神骄。帝遣风师下约束，北流夜起澶州桥。”

洪水退去后，苏轼积极组织民众加固城池，生产自救；并且奏请修建徐州防洪大堤，得到朝廷批准。次年八月中旬，防洪大堤竣工，同时一座纪念抗洪胜利的黄楼也正式落成。九月初九重阳节，苏轼在盛大的庆典上抚今追昔，感慨万千，其《九日黄楼作》诗歌写道：“去年重阳不可说，南城夜半千沤发。水穿城下作雷鸣，泥满城头飞雨滑。黄花白酒无人问，日暮归来洗靴袜。岂知还复有今年，把盏对花容一呷。莫嫌酒薄红粉陋，终胜泥中千柄锸。”

徐州的洪灾刚刚消除，紧接着又逢大旱，“冬无雪而春不雨，烟尘蓬勃，草木焦枯”④。苏轼遵从徐州父老的劝告，前往城东二十里外的石

---

① 苏轼：《答李琮书》，《苏轼文集》卷四九，第1437页，中华书局1986年版。

② 苏辙：《黄楼赋叙》，《栾城集》卷十七，《苏辙集》，第33页，中华书局1990年版。

③ 脱脱：《宋史》卷三三八，第10808页，中华书局1977年版。

④ 苏轼：《徐州祈雨青词》，《苏轼文集》卷六二，第1903页，中华书局1986年版。

潭求雨，并作《起伏龙行》，不久竟然接连得雨，旱情解除，人们欢天喜地，农业生产重现生机。一个初夏的早晨，苏轼照例去谢雨，沿途所见清新淳朴的村野风情，引起内心的兴奋，于是创作了中国词史中第一组描绘乡村景象的词作《浣溪沙》。在这组词中，既展现了雨后二麦生机勃勃，丰收在望："惭愧今年二麦丰，千畦翠浪舞晴空"；也反映出农民生产劳动的繁忙情状："簌簌衣巾落枣花，村南村北响缫车，牛衣古柳卖黄瓜"；还刻画了乡村妇女争睹使君风采的热闹场景："旋抹红妆看使君，三三五五棘篱门，相排踏破茜罗裙"；当然更表达出作者"何时收拾耦耕身"、"使君元是此中人"的由衷喜爱。词人以新奇的眼光，充分调动五官感受，敏锐地捕捉乡村生活的朴野景致和醇厚风情，通过"枣花"、"黄瓜"、"煮茧"、"豆叶"等物象的描摹，为唐五代以来绮靡华艳的词坛吹进了清新淳朴的泥土芳香，拓展了表现乡野生活的艺术世界。

正因为苏轼在徐州取得了突出的政绩，宋神宗表彰他"救护城壁，一城生齿并仓库庐舍，得免漂没之害"①。徐州百姓对他更是感恩戴德，当元丰二年(1079)三月苏轼迁知湖州离开徐州城时，父老们遮住马头送行，衷心感谢他带领民众战胜洪水，保全了生命和家园："前年无使君，鱼鳖化儿童。"苏轼深受感动，却不肯居功，他答谢乡亲们："吏民莫扳援，歌管莫凄咽"、"而我本无恩，此涕谁为设"、"水来非吾过，去亦非吾功"(《罢徐州，往南京，马上走笔寄子由五首》)。

元祐七年(1092)二月，苏轼以龙图阁学士徙知扬州。甫一到任，就着手解决本州"积欠"难题，并向朝廷先后呈奏《论积欠六事并乞检会应诏所论四事一处行下状》、《再论积欠六事四事札子》，为民请命，情辞急切，终获准诏免除"积欠"。扬州盛产芍药花，蔡京知扬州时，仿效洛阳万花会的方式，在扬州也举办万花会，一次要用绝品芍药十余万枝。此后相沿成习，年年举办。芍药会虽然非常热闹，但是大批官吏、奸商也藉此机会牟取暴利，百姓不堪其苦。苏轼本人对芍药非常喜爱，他在《题赵昌芍药》诗中细致描摹芍药可人的姿态："倚竹佳人翠袖长，天寒犹著薄罗裳。扬州近日红千叶，自是风流时世妆。"其《浣溪沙》词中也

① 苏轼：《奖谕敕记》，《苏轼文集》卷十一，第380页，中华书局1986年版。

对芍药之美给予了特别的欣赏:"红玉半开菩萨面,丹砂浓点柳枝唇。尊前还有个中人。"但是当个人的喜好与人民的生活发生冲突的时候,他决不肯"以一笑乐,为穷民之害"①,所以他毅然决定停办劳民伤财的万花会,百姓闻之欢欣鼓舞。他作书报王定国云:"花会检旧案,用花千万朵,吏缘为奸,乃扬州大害,已罢之矣。虽杀风景,免造业也。"②取消了这个盛极一时的游乐活动,苏轼这年春天显然过得有些寂寞:"羡君湖上斋摇碧,笑我花时甑有尘。为报年来杀风景,连江梦雨不知春。"(《次韵林子中春日新堤书事见寄》)但是想到免除了百姓的负担,他的内心也是踏实、快乐的。

在个人生活方面,苏轼从不为自己的家庭利益而侵害百姓的生计。元丰八年(1085),苏轼卜居阳羡,委托士人邵民瞻操办此事,出资五百缗购得一宅。入住以后,他"夜与邵(民瞻)步月,偶至村落,闻妇人哭声,推扉入,见一老妪泣曰:'吾有一居,相传百年,吾子不肖,举以售人,今日徙此。百年旧居,一旦诀别,所以泣也。'坡为怆然,问其居所在,即以五百缗得之者,即取屋券焚之。呼其子,命翌日迎其母还旧居,不索其值。自是遂还毗陵,不复置宅"③。己所不欲,勿施于人,斯为仁也。

三、师友交游勤酬唱

苏轼《文与可字说》写道:"君子不恶人,也不恶于人。"并且自称"上可陪玉皇大帝,下可以陪卑田院乞儿"、"眼前见天下无一个不好人"④。他是一个具有天然热力的人,不管身在何处,总是能够得到各方人士的崇仰和礼遇,由此也就产生了许多交游酬唱的文学作品。

早在苏轼知徐州期间,在他的周围就形成了一个成员众多的文人

① 苏轼:《以乐害民》,《苏轼文集》卷七二,第2293页,中华书局1986年版。

② 张邦基:《墨庄漫录》卷九,四部丛刊《稗海》本。

③ 方岳:《深雪偶谈》,丁传靖《宋人轶事汇编》卷十二引,第609页,中华书局2003年版。

④ 贾似道:《悦生随抄》,丁传靖《宋人轶事汇编》卷十二引,第604页,中华书局2003年版。

创作团体，许多年轻文士纷纷前来求教，拜他为师，并以能够跻身“苏门”为莫大的荣耀。远在大名府任国子监教授的黄庭坚，寄来书信和两首《古风》，虚心求教，表示愿意列在苏轼门下。秦观也从高邮赶到徐州，专程拜谒苏轼，并在诗中写道：“我独不愿万户侯，惟愿一识苏徐州。”（《别子瞻》）苏轼对秦观十分欣赏，称许他的才华：“江湖放浪久全真，忽然一鸣惊倒人。”（《次韵秦观秀才见赠》）此外，晁补之、张耒、陈师道、李廌也先后求列于苏轼门下，因而被称为“苏门六君子”。此后苏轼在高邮、润州、扬州等地，均与秦观、张耒、晁补之多有诗词唱和，并且得到了弟子们的精心照料。值得注意的现象是，“苏门六君子”当中，秦观、张耒、陈师道都是江苏人，他们在苏轼的影响下，诗歌创作都取得了突出的成就。可以说，苏轼对于北宋中后期江苏文才的培育、文坛的繁兴作出了突出的贡献。

苏轼与胞弟苏辙的感情非常深笃，他们经历了七年阔别后，终于在徐州聚会，两人感慨万千。苏辙赋诗道：“逍遥堂后千寻木，长送中宵风雨声。误喜对床寻旧约，不知漂泊在彭城。”（《逍遥堂会宿二首》其一）苏轼和诗曰：“别期渐近不堪闻，风雨萧萧已断魂。犹胜相逢不相识，形容变尽语音存。”（《子由将赴南都……》其一）字里行间充满着仕途漫长、历经风尘的悲慨，以及兄弟之间相互牵挂的深厚情意。

苏轼与退居金陵的王安石的交往，成为文学史上的一段佳话。他们虽然在政治上意见相左，但是在文学方面却彼此倾慕，并且保持着不错的私交。王安石所作《桂枝香·金陵怀古》流传广泛，苏轼见之，“不觉叹息曰：‘此老乃野狐精也！’”[①]对于王安石词作深厚的艺术功力颇为赞赏。及至元丰七年（1084），遭受新党奸人“乌台诗案”打击的苏轼，由黄州移汝州团练副使，途经金陵，不幸病倒。在此期间，他专程前往半山园，拜望了闲居在家的王安石。两人同游钟山，谈禅说诗，叠相唱和。王安石殷切地劝说苏轼在金陵买田置产，比邻而居。面对此番盛情，苏轼深受感动，在《次荆公韵四绝》其三中诚恳地写道：“骑驴渺渺入荒陂，想见先生未病时。劝我试求三亩宅，从公已觉十年迟。”苏轼积极

---

① 杨湜：《古今词话》，唐圭璋《词话丛编》，第22页，中华书局1986年版。

在金陵购置田宅，却未能成功，于是转而前往附近的真州（今江苏仪征）访求。他在《与荆公二首》其二中介绍说："近者经由，屡获请见，存抚教诲，恩意甚厚。……某始欲买田金陵，庶几得陪杖履，老于钟山之下。既已不遂，今仪真一住，又已二十日，日以求田为事，然成否未可知也。若幸而成，扁舟往来，见公不难矣。"①词语之间，态度谦恭，真情流露。可惜买田之事终于未能如愿，一年之后，王安石黯然离世。

苏轼一生中有许多方外之交，他在《付僧惠诚游吴中代书十二》中说："独念吴越多名僧，与予善者常十九。"苏轼在江苏期间，与两位佛家子弟交情深厚。一位是道德崇高、不慕虚名的诗僧道潜（字参寥）。早在知徐州时，参寥经由秦观引荐，专程前往拜访。苏轼与他一见如故，盘桓近四月，结为终生挚友。苏轼赞赏参寥的品节孤高、才思敏捷，说："新诗如玉屑，出语便清警。"（《送参寥师》）并且逢人便夸赞参寥的才华。他在写给好友文同的信中说："诗句清绝，可与林逋相上下，而通了道义，见之令人萧然。"（《与文与可十一首》第十简）又对秦观说："何妨却伴参寥子，无数新诗咳唾成。"（《次韵参寥师寄秦太虚三绝句》其三）苏轼与参寥的友情终生不渝，当苏轼身处惠州、儋州的艰难困苦之际，参寥不仅派人专程问候，而且准备浮海南渡，亲往陪同。苏轼深情追忆与他的交往："予友二十余年矣，世所知独其诗文，所不知者，盖过于诗文也。独好面折人过失，然人知其无心，如虚舟之触物，盖未尝有怒者。"②

另外一位就是热情睿智的金山寺住持佛印。元丰七年（1084），苏轼与老友滕元发在金山相聚，即得到佛印禅师的盛情接待。在此后的岁月里，苏轼多次前往金山寺，与佛印禅师谈锋斗智，甚至输掉了所系玉带，至今成为该寺镇山之宝。苏轼还赋诗二首记录此事，自嘲"病骨难堪玉带围，钝根仍落箭锋机"（《以玉带施元长老，元以衲裙相报，次韵二首》其一）。佛印素知苏轼爱吃猪肉，每当苏轼来访，必定烧上一锅味道鲜美的猪肉款待。岂料有一天，烧得喷香的猪肉竟然不翼而飞，不知

① 苏轼：《与荆公二首》其二，《苏轼文集》卷五十，第1444页，中华书局1986年版。
② 苏轼：《付僧惠诚游吴中代书十二》，《东坡志林》卷二，第40页，中华书局1981年版。

被哪个馋嘴的和尚偷吃了，苏轼因而戏作一绝句："远公沽酒饮陶潜，佛印烧猪待子瞻。采得百花成蜜后，不知辛苦为谁甜？"(《戏答佛印》)流露出旷放豁达、随缘自适的情怀。

苏轼是北宋著名的书画大家，他与米芾同样建立了深厚的友谊。在苏轼贬居黄州期间，米芾即从远道专程拜谒。苏轼将家藏吴道子画佛真迹取出，请米芾欣赏。米芾仔细品赏，竟至终生不忘。晚年他在所著《画史》中还特意提到该画："当面一手，精彩动人，点不加墨，口浅深晕成，故最如活"。临别之际，苏轼画墨竹图相赠，笔法奇特，运思清拔。米芾对苏轼所绘枯木怪石，尤为激赏："子瞻作枯木，枝干虬屈无端；石皴硬，亦怪怪奇奇无端，如其胸中盘郁也。"[①]后来米芾寓居润州，与苏轼有了更多切磋交流的机会。徽宗建中靖国元年(1101)，米芾在真州主办西山画院，与苏轼意外相逢。苏轼又惊又喜，动情地写道："岭海八年，亲友旷绝，亦未尝关念。独念吾元章迈往凌云之气，清雄绝俗之文，超妙入神之字，何时见之，以洗我积年瘴毒耶！今真见之矣，余无足言者。"[②]字里行间流露出对米芾文学艺术才华的极度褒奖，以及朋友之间热忱关爱之心。

苏轼还有更多的诗词作品属于跟同僚好友的酬唱之作，同样表达出真淳亲切的情意。扬州人孙洙(字巨源)曾知海州，熙宁七年(1074)，罢海州内召，先由海州回家，与苏轼相遇于润州，为多景楼之游。然后一同北上，到楚州后二人分手，苏轼赴密州，巨源赴汴京。苏轼临别之际，作《更漏子·送孙巨源》，感叹"槎有信，赴秋期，使君行不归"。此后，他又填《永遇乐·寄孙巨源》，"今朝有客，来从淮上，能道使君深意。凭仗清淮，分明到海，中有相思泪"，流露出深长真挚的相思之意。元祐七年(1092)八月，苏轼离开扬州，赴京任职，与好友苏伯固依依惜别。他创作《生查子·诉别》词表达离别的凄苦、别后的相思："酒罢月随人，泪湿花如雾。后月逐君还，梦绕湖边路。"所有这些酬唱之作，都表现出

---

① 米芾：《画史》，《四库全书》本。

② 苏轼：《与米元章二十八首》之二十五，《苏轼文集》卷五八，第1783页，中华书局1986年版。

苏轼真淳笃厚的人格与真挚和善的品性。

四、人生如寄路茫茫

苏轼自从科举得意、顺利步入官场之后，得到了包括宋仁宗、欧阳修等人的高度评价，由此也激发了他积极入世的政治热情。即便此后遭受新党的排挤，仍然无法磨灭自己的人生理想。他在知徐州期间，创作了《水调歌头》词，其中写道："一旦功成名遂，准拟东还海道，扶病入西州。雅志困轩冕，遗恨寄沧州。"词人自比为谢安，表达出功成身退的志向以及鄙弃荣华的高尚情操。

但是，险恶的政局令这位"一肚子不合时宜"的政治家屡遭打击，这也迫使苏轼不得不重新审视自己的人生理想，甚至以自嘲的态度流露出政治失落的情绪。苏轼在黄州暮年得子，在《洗儿戏作》诗中写道："人皆养子望聪明，我被聪明误一生。惟愿孩儿愚且鲁，无灾无难到公卿。"通过戏谑的语句，暗含着人生失意的深切悲怨。在他人生的最后一年，重游金山寺，创作一首六言绝句《自题金山画像》，写道："心似已灰之木，身如不系之舟。问汝平生功业，黄州惠州儋州。"黄州、惠州、儋州，十多年的贬居生活，固然磨炼了苏轼的人生意志和旷达情怀，但是它也无情地消磨了作者的青春，摧残了他的政治命运，在他的自嘲诗句中自然饱含着无限的悲凉。

西蜀士子从唐五代以来，就有不愿出仕的传统。范镇《东斋纪事》卷四云："初，蜀人虽知问学，而不乐仕宦。"苏辙《伯父墓表》也说："苏氏自唐始家于眉，阅五季皆不出仕。盖非独苏氏也，凡眉之士大夫，修身于家，为政于乡，皆莫肯仕者。"①早在初入仕途的嘉祐六年（1061），苏轼即与苏辙订下对床夜语、同返故里的誓盟。多年的政治坎坷，令苏轼感受到人生漂泊的痛苦，由此也就越发产生了厌倦仕途、思亲怀乡的情感。早在熙宁四年（1071），他在《游金山寺》诗中即借奇异的天象，表达

① 苏辙：《栾城集》卷二五，《苏辙集》，第 414 页，中华书局 1990 年版。

对于自己贪恋世俗的警诫，抒发出归田还乡的志愿："江山如此不归山，江神见怪警我顽。我谢江神岂得已，有田不归如江水。"熙宁七年(1074)，他在京口得乡书，作《蝶恋花》词，写道："一纸乡书来万里。问我何年，真个成归计。白首送春拚一醉，东风吹破千行泪。"字里行间充满无奈悲苦的意绪。其《醉落魄·席上呈元素》词更加表达了"人生到处萍飘泊"的痛苦，流露出故乡难返的愧疚："故山犹负平生约。西望峨嵋，长羡归飞鹤。"我们透过苏轼"故山归计何时决"(《醉落魄》)、"故山知好在，孤客自悲凉"(《临江仙》)、"虽非吾土且登楼。行尽江南南岸、此淹留"(《南歌子》)等词句，自然能够深切地感受到作者世路风尘、厌倦思乡的情怀。

在世路的沉浮当中，苏轼更加真切地滋生出人生如梦的感受。唐时徐州节度使张建封之子张愔为爱妻关盼盼建有燕子楼。盼盼善歌舞，雅多风态。张愔死后，盼盼眷恋旧情，誓不再嫁，独自隐居燕子楼达十余年，最后不食而亡。白居易《燕子楼》诗三首咏叹此事，抒发出浓重的愁绪："相思一夜情多少，地角天涯未是长"、"燕子楼中霜月夜，秋来只为一人长。"苏轼知徐州期间，盘桓于燕子楼前，创作了《永遇乐》词。下片写道："天涯倦客，山中归路，望断故园心眼。燕子楼空，佳人何在，空锁楼中燕。古今如梦，何曾梦觉，但有旧欢新怨。异时对、黄楼夜景，为余浩叹。"表达出幽情难已的喟叹，凄迷之感溢于言外。该词虽为情爱主题所作，但是"古今如梦"的浩叹，却又隐含着作者对人生空幻的真切体悟。元丰二年(1079)，苏轼由徐州改知湖州，途径扬州，游览恩师欧阳修三十年前修建的名胜平山堂。他凭栏远眺，抚今追昔，顿觉岁华骎骎、物是人非，其《西江月》词最后写道："休言万事转头空，未转头时皆梦。"无限感慨溢于言外。此语化用白居易《自咏》诗"百年随手过，万事转头空"，却又能"追进一层，唤醒痴愚不少"①。

在苦闷的人生当中，苏轼也在努力寻求精神的超越，追求豁达的胸襟和怀抱。他在《灵壁张氏园亭记》中写道："古之君子，不必仕，不必不

① 陈廷焯：《白雨斋词话》卷六，第152页，人民文学出版社1959年版。

仕。必仕则忘其身，必不仕进则忘其君。譬之饮食，适于饥饱而已。"①理解了进退出处的关系，从而养成了乐天知命、无可无不可的达然心境。元祐七年（1092），苏轼宦居扬州后，越来越推崇任真自得、狷介闲逸的陶渊明，并且开始创作《和陶〈饮酒〉二十首》，表达自己超脱尘俗、率性旷逸的精神追求。他还经常与得道高僧谈禅论道，进一步实现内心世界的净化和升华。元丰七年（1084），苏轼逗留泗州期间，经常光顾当地雍熙塔下一所寺院经营的澡堂，痛痛快快地洗个热水澡，并且兴致勃勃地写下两首《如梦令》词："水垢何曾相受，细看两俱无有。寄语揩背人，尽日劳君挥肘。轻手，轻手，居士本来无垢"、"自净方能净彼，我且汗流呀气。寄语澡浴人，且共肉身游戏。但洗，但洗，俯为人间一切。"诗人以佛教思想来观照沐浴这一日常生活细节，从中悟出了"垢"与"净"、"自"与"彼"之间的统一性。佛教认为，众生皆有佛性，万物本无差别，种种分别都源于人们内心的不净；心净则眼净，所谓"以佛眼观之，一切皆佛"，一旦涤除了自己心中的污垢，则所见无非清净。作者采用诙谐的笔触，生动地揭示了深刻的哲理，也从中获得了精神的解脱。苏轼晚年心境越发澄澈，在其临终前两天，写下了绝笔诗《答径山琳长老》："与君皆丙子，各已三万日。一日一千偈，电往那容诘？大患缘有身，无身则无疾。平生笑罗什，神咒真浪出！"他嘲笑后秦天竺高僧鸠摩罗什病危时，口出三道神咒令他的外国徒弟诵读禳解，结果毫无灵验，说明只有参透生死才是真正的大彻大悟。

苏轼早年时常打算买田归乡，但是最终还是归居常州宜兴。他在《归宜兴留题竹西寺三首》其一中写道："十年归梦寄西风，此去真为田舍翁。"他是把常州作为自己的精神栖息地，故而清人翁方纲《苏诗补注》称："宣和间，禁苏文，学者私记曰毗陵先生。"不过，苏轼一生都在出世与入世之间矛盾，始终无法真正做到忘怀一切，甘心归隐。元丰八年（1085），当朝廷同意苏轼两次请求、允许其常州居住之后，苏轼当即填制了《满庭芳》词，表现了自己获此讯息的复杂心情：既有如愿以偿的幸运、君恩深重的感怀，也有"老去君恩未报，空回首、弹铗悲歌"的壮志未

① 苏轼：《苏轼文集》卷十一，第369页，中华书局1986年版。

酬的怅惘。从这个角度来看，他更能够深透地理解了陶渊明躬耕田园与“金刚怒目”的内在矛盾，在深沉的沧桑和无奈之中，安放疲惫的身心，走向人生的彼岸。

综而言之，苏轼与江苏结下了不解之缘，苏轼的一举一动都成为江苏文坛的焦点。徽宗建中靖国元年(1101)七月二十八日，苏轼病卒于毗陵。苏辙《亡兄子瞻端明墓志铭》描述其病逝后四方震悼的情状：“吴越之民，相与哭于市，其君子相吊于家，讣闻四方，无贤愚皆咨嗟出涕。”[①]由此可见，苏轼在吴越之地影响广泛，深得吴越民众的普遍爱戴。他纵览江苏山水，关心民生疾苦，并且以自身的坦诚、忠厚与热情，广交同僚文友，指导后辈创作，带动了江苏文坛的繁兴。苏轼运用自身的文学作品，流露出浓厚的江苏情结，表达了丰富复杂的人生感慨。江苏因苏轼而增光添彩，苏轼也在江苏寻找到了人生的归宿。

① 苏辙：《栾城后集》卷二二，《苏辙集》，第1117页，中华书局1990年版。

5. 贺铸的江苏情缘

一

贺铸(1052—1125),字方回,号庆湖遗老,祖籍会稽山阴(今浙江绍兴),卫州共城(今河南辉县)人。他是宋太祖元配贺皇后的五代族孙,但早已家道没落。贺家七世为武官,贺铸之父只做到低级侍卫武官,贺铸的仕宦生涯也从武弁开始。神宗熙宁初,他以门荫入仕,其后二十余年一直在低级侍卫武官的阶梯上磨勘迁升。

元丰五年至元祐元年(1082—1086),贺铸在江苏徐州任宝丰监钱官。在这官徐的五年间,他与寇昌朝、张仲连等当地诗友结成了"彭城诗社"。他们登临宴饮、分题赋诗,尽享文人雅趣。关于贺铸的仪容,历来多有记载,程俱《贺方回诗集序》云:"方回仪观甚伟,如羽人剑客","方回少时,侠气盖一座,驰马走狗,饮酒如长鲸。"陆游《老学庵笔记》卷八则云:"方回状貌奇丑,色青黑而有英气,俗谓之'贺鬼头'。"钱钟书先生评析道:"夫'羽人剑客'之与'鬼头'、'仪观甚伟'之与'状貌奇丑',有加膝坠渊之殊,而言贺氏非子都之姣、徐公之丽,则归乎一揆。"[①]叶梦得《贺铸传》称:"(贺方回)长七尺,眉目耸拔,面铁色。喜剧谈天下事,

---

① 钱钟书:《管锥编》,第660页,中华书局1979年版。

可否不略少假借；虽贵要权倾一时，小不中意，极口诋无遗词，故人以为近侠。"但是身处在崇文抑武的时代背景下，贺铸才无所用，沉沦下僚，深切地感受到人生的无奈和失落。在为宦徐州期间，他崇仰陶潜、王维诗歌的田园隐逸情怀，《田园乐》、《题张氏白云庄》等诗作表达出对于桃花源世界的精神追求。他自诉"我已困摧辱，壮心如湿灰"（《寄杜仲观》），感叹"三年官局冷如冰，炙手权门我未能"，面对现实的苦闷，努力地寻找心灵的寄托："赖与白云之隐者，不谈黄卷即寻僧"（《留别张白云谋父》）。

作为一位热忱爱民的大丈夫，贺铸对广大民众的苦痛身同感受。元丰七年（1084）冬，他在徐州亲眼目睹了"役夫前驱行，少妇痛不随。分携仰天哭，声尽有余悲"（《部兵之狄丘道中怀寄彭城社友》）的惨状，内心充满了愤懑和同情，创作了组词《古捣练子》，代思妇征夫倾诉他们的痛楚："寄到玉关应万里，戍人犹在玉关西"（《杵声齐》）、"连夜不妨频梦见，过年惟望得书归"（《望书归》），字里行间饶富唐人《塞下曲》风致。

贺铸虽身属武弁，却矢志文学，程俱《贺方回诗集序》称其暇时"俯首北窗下，作牛毛小楷，雌黄不去手，反如寒苦一书生"，终至"老于文学，泛观古今，词章议论，迥出流辈"[①]。哲宗元祐六年（1091），因李清臣、范百禄、苏轼等人举荐，贺铸得以改入文阶，为承事郎。此后十八年，历宣义郎、宣德郎、奉议郎而至承议郎，通判泗州（今江苏盱眙）、太平州（今安徽当涂）等，"竟以尚气使酒，不得美官，悒悒不得志"[②]。哲宗元符元年（1098）秋，贺铸解鄂州宝泉监钱官任，沿江东下，过江宁，创作《台城游》词，追忆"南国本潇洒，六代浸豪奢"的昔日繁华，感慨"旧时王谢，堂前双燕过谁家"，寄托深沉强烈的盛衰兴亡之感，也将词人自身抑塞磊落的情怀融入其间，"声情激越而又美听"，"显示其抑塞磊落、纵

① 龚明之：《中吴纪闻》卷三，知不足斋丛书本。
② 脱脱：《宋史》卷四四三，第 13104 页，中华书局 1977 年版。

恣不可一世之气概”①。

在浪迹江苏期间，贺铸与苏轼、黄庭坚、秦观、李之仪、叶梦得、米芾等文苑名士多有交游，建立了深厚的情谊。贺铸曾经作有多首诗歌，怀念远谪黄州、儋州的苏轼，而且其早年为宦徐州、晚年求田阳羡的经历，恰又与苏轼的人生轨迹有所叠印。贺铸与米芾交往甚笃，《宋史》卷四四三记载：“是时，江淮间有米芾，以魁岸奇谲知名，铸以气侠雄爽适相后先。二人每相遇，瞋目抵掌，论辩锋起，终日各不能屈。谈者争传为口实。”②

二

正如陈廷焯所称：“方回词，儿女、英雄兼而有之。”③贺铸的情爱世界是丰富多彩的。

首先表现在他对妻子赵氏的深挚感情。贺铸一生困顿，他的妻子赵氏虽然贵为皇族公爵家里的千金小姐，却毅然嫁给他，并且不辞辛劳，勤俭持家，夫妻之间情深意笃。可惜赵氏很早就病逝在苏州。贺铸为了悼念亡妻，创作了著名的悼亡词《半死桐》：

> 重过阊门万事非，同来何事不同归？梧桐半死清霜后，头白鸳鸯失伴飞。　原上草，露初晞。旧栖新垅两依依。空床卧听南窗雨，谁复挑灯夜补衣？

哲宗元符元年(1098)六月后至徽宗建中靖国元年(1101)九月前，贺铸为其母服丧，停官闲居苏州，其间曾于元符三年(1100)冬北上过一次。赵夫人可能去世于词人北行之前，而本篇则作于北行返后。作品化用枚乘《七发》典故，以“半死桐”为词牌，本身就表达出深切的悼亡之情。

---

① 龙榆生：《论贺方回词质胡适之先生》，《龙榆生词学论文集》，第 314 页，上海古籍出版社 1997 年版。

② 脱脱：《宋史》卷四四三，第 13104 页，中华书局 1977 年版。

③ 陈廷焯：《云韶集》，南京图书馆藏清钞本。

上片通过简单的重复，透露出悲伤、凄凉之情；并且以半死桐和失去伴侣的鸳鸯来比喻自己的丧偶之悲，而“清霜”、“头白”的刻画越发增添了无限沧桑、悲楚之意。下片采用多重对比，渲染了无可挽回的丧妻之痛，更加表达出难以割舍、两情依依的悲绪。特别是最后两句，词人独卧在如此寂静凄凉的寒夜里，回忆往日爱妻“挑灯夜补衣”的感人形象。贺铸二十九岁时在磁州都作院供职时曾写过一首《问内》诗，描绘妻子大伏天为作者缝补冬衣的情状：“庚伏厌蒸暑，细君弄针缕。乌绨百结裘，茹茧加弥补。”全诗通过一件生活小事引出夫妻间的一段对话，活脱脱地展现出妻子的贤惠与勤劳。这一对贫贱夫妻只有在人生的磨难中，方才更能显现出爱情的纯洁和可贵。挑灯补衣的细节刻画，更显含辛茹苦的清寒，越发渲染出相濡以沫的深情。“谁复”两字点明往事如梦，旧情不再，抒发出词人内心的失落和无限的悲绪。此词与苏轼的《江城子》（十年生死两茫茫）堪称同调，共同表达出对亡妻的深切思念和痛失亲人的悲苦，特具催人泪下的文学魅力，成为宋代悼亡词中的双璧。

作为封建时代的才士，贺铸难掩风流的气质，并且留下了不少恋情词作。早在哲宗绍圣元年（1074）九月，他途径润州所作《鸳鸯语》词里，即已抒发出与所恋之人“难叩鸳鸯语”的惆怅，表达了“为谁来为谁还去”的离别愁绪。元祐六年（1091）二月，贺铸解和州管界巡检任，回京途中经过润州、扬州，同样沉醉于美貌歌女的秀色，描摹其“富美发、丰肌素手”（《问歌颦》）的神态韵致，尽显词人风流倜傥的意气：“红尘十里扬州过，更上迷楼一借山”（《思越人》）。此后，贺铸于八年（1093）秋再过扬州，作《罗敷歌》词，赞美“东南自古繁华地，歌吹扬州”的旖旎风光，同时迷恋扬州“十二青楼，最数秦娘第一流”的妖娆可人。哲宗绍圣元年（1094）八月，词人自海陵赴润州，途径扬州，果然与当地的一位青楼女子产生了恋情。在华堂盛宴之上，偶遇“彼美个人，的的风流心眼”，词人顿感“恨寻芳来晚”（《河传》）；于是他“二十四桥游冶处，留连。携手娇娆步步莲”（《南乡子》），演绎了一段冶艳缠绵的情事。短暂的欢会之后，就是匆匆的离别，词人“想见琼花开似雪”的纤柔美好，抒写“江北江南新念别”的“煎人愁绝”（《新念别》），内心充满着无限惆怅。在随后的岁月里，贺铸每当途径润州、扬州，都会深情地追念往日情事，表达无限流连的意绪。他的《望扬州》词，“念凄绝秦弦，感深荆赋，相望几许凝愁。殷勤裁尺素，奈双鱼、难渡瓜洲”；《侍香金童》词描写午夜梦回，“尚想见、扬州桃李。姿秀韵闲何物比”；《第一花》词追怀昔日情人的美艳绝伦：“金楼玉蕊皆殊艳，别有倾城第一花。”同时也感慨旧情不再的悲楚：“无端却似堂前燕，飞入寻常百姓家”；《雨中花》词表达故地重游、物是人非的无奈，流露出“忍过阳台折柳，难凭陇驿传梅”的失落和感伤；《蓦山溪》词中，作者重回“青楼旧处”，“回肠断尽，犹剩尔多愁”，“恨难续、高唐后赋”，充满着凄冷荒寂的怀旧之悲。直至元符三年(1100)秋，贺铸自苏州北上，故地重游，仍然难以忘怀“十年一觉扬州梦”的风流情事，“当时玉管朱弦句，忍泪重吟”(《忍泪吟》)，由此抒发出“十二玉楼空更空”(《罗敷歌》)的无限悲叹。

赵氏夫人亡故之后，贺铸曾与苏州的一位歌妓萌生过一段恋情。其创作于元符三年(1100)十二月的《辟寒金》词，描绘与吴地歌女邂逅的情态：“赏心不厌杯行缓。待月度、银河半。”当该女子宴罢归去之时，词人随之心驰神往：“缥缈郢人歌已断。归路指、玉溪南馆。”其创作于徽宗建中靖国元年(1101)初夏的《青玉案》词，则更加表达出对于意中情人的无限倾慕和追怀：

> 凌波不过横塘路，但目送，芳尘去。锦瑟华年谁与度？月桥花院，琐窗朱户。只有春知处。　　碧云冉冉蘅皋暮。彩笔新题断肠句。试问闲愁都几许？一川烟草，满城风絮。梅子黄时雨。

横塘在苏州盘门之南十余里。作者晚年隐居横塘附近的昇平桥，修筑了“企鸿居”，这个名称得自曹植《洛神赋》，这首作品也基本化用了曹植赋里的词汇，例如“凌波”、“芳尘”、“蘅皋”。贺铸所企盼的“鸿”，实则应该是所思慕的美人代称。词作运用香草美人之辞，流露对意中情人的思念、倾慕之意，以及愿望难以实现的绵绵幽绪。黄苏《蓼园词评》称其“自有一番不得意，难以显言处。言斯所居横塘，断无宓妃到。然波光清幽，亦常目送芳尘，第孤寂自守，无与为欢，惟有春风相慰藉而已。次阕言幽居肠断，不尽穷愁。惟见烟草风絮，梅雨如雾，共此旦晚耳。无非写其景之郁勃岑寂也”[①]。结尾几句以博喻的修辞手法写出了“闲愁”的长度、广度和密度，似乎天地之间都充斥着惆怅的情愫，构思奇妙，堪称绝唱。先著、程洪《词洁辑评》卷三评之曰：“工妙之至，无迹可寻，语句思路，亦在目前，而千人万人不能凑泊。”[②]黄庭坚《寄方回诗》称：“解道江南断肠句，只今惟有贺方回。”清人沈道宽《论词绝句》亦赞道：“佳士还须好客陪，匠心惟有贺方回。一川烟草漫天絮，梅子黄时细雨来。”贺铸也因此赢得了“贺梅子”的雅号。

在贺铸的其他词作中，屡屡运用凌波仙子的意象，表达对于苏州情人的思慕，以及可望而不可即的闲愁，例如“喜凌波、素袜逢迎，领略当歌深意”（《东吴乐》）、“彩栏倚遍平桥晚，空相望、凌波仙步”（《花心动》）、“一钩新月渡横塘。谁认凌波微步、袜尘香”（《南歌子》）、“晓朦胧。前溪百鸟啼匆匆。啼匆匆。凌波人去，拜月楼空”（《忆秦娥》）等。但是由于贺铸为生计所迫，南北奔波，未及婚娶，伊人即不幸夭折。词人创作于徽宗大观二年（1108）前后春初的《画楼空》词，追怀这段情事，不禁感发出深沉怨叹：“不堪回首，双板桥东，罨画楼空。”字里行间充满着缠绵悱恻、哀感顽艳的情致。

三

早在为宦徐州期间，贺铸即放情自然山水，寻觅精神解脱。他的《病后登快哉亭》诗，目睹夕阳斜照下的凄迷景象，油然滋生了浪迹天涯、思乡念归的感慨：“故园又负黄华约，但觉秋风发上生。”诗人夜泊秦淮，欣赏“楼台见新月，灯火上双桥”的清丽风景、“隔岸开朱箔，临风弄紫箫”的旖旎风情，却陡然产生出强烈的乡愁：“谁怜远游子，心旆正摇摇。”（《秦淮夜泊》）

不过，贺铸最终并没有退居故乡，而是客寓苏州。他迷恋苏州的秀

① 黄苏：《蓼园词评》，唐圭璋《词话丛编》，第 3057 页，中华书局 1986 年版。

② 先著、程洪：《词洁辑评》卷三，唐圭璋《词话丛编》，第 1350 页，中华书局 1986 年版。

美景象，其《菱花怨》词激赏姑苏美味鱼米之乡、清朗旷远之境："何处玉尊空，对松陵正美，鲈鱼莼菜。露洗凉蟾，潦吞平野，三万顷非尘界。"《减字木兰花》词细致描摹南园清夜歌宴的清雅与快乐："临水朱栏垂柳下。从坐莲花，潋滟觥船泛露华。"《锦缠头》词则渲染出上巳节赛舟争标的喧腾游戏："绕郭烟花连茂苑，满船丝竹载凉州。一标争胜锦缠头。"词人在苏州的清丽之景中，得到了心灵的慰藉，流露出归隐之趣。其《水调歌头》（彼美吴姝唱）词首先渲染吴门繁华景象，下片崇仰风度潇洒的范蠡，从而表露出词人自己功成身退的人生理想："尽任扁舟路，风雨卷秋江。"他的《避少年》词上片写道："谁爱松陵水似天。画船听雨奈无眠。清风明月休论价，卖与愁人直几钱。"非常形象地展现了词人内在精神的豪壮，以及退居苏州之后意绪的内敛。贺铸"退居吴下，稍务引远世故，亦无复轩轾如平日。家藏书万余卷，手自校雠，无一字误，以是杜门，将遂其老"①。其《钓船归》词歌咏"溶溶漾漾白鸥飞，两忘机"、"夕阳长送钓船归，鳜鱼肥"，则显示出词人放情山水的洒脱旷达。《凤求凰》词又以谢安自比，表达了忘怀世事、诗意栖居的心愿："东山胜游在眼，待纫兰、撷菊相将。双栖安稳，五云溪是故乡。"词内的五云溪，即罨画溪，在常州宜兴东南。

及至徽宗大观三年（1109）以后，贺铸果然栖居常州，度过人生的最后时光。他在《荆溪咏》词中描绘宜兴南岳、荆溪的山水胜境，以及淳朴清新的风土人情："南岳去天才尺五，荆溪笠泽相吞吐。十日一风仍再雨。宜禾黍。秋成处处宜禾黍。"此外，其《频载酒》词"桃李趣行无算酌，桑榆收得自由身。酣歌一曲太平人"，袒露自己酣饮醉歌、自由通脱的欢畅情怀；《阳羡歌》词更加展现宜兴"山秀芙蓉，溪明罨画"的秀美风景，表达出作者退隐山林的情趣："解组投簪，求田问舍。黄鸡白酒渔樵社。元龙非复少时豪，耳根清净功名话。"词人贺铸也非复少时的雄豪狂宕，而是在自然山水的映照下，归心静寂淡泊，走向人生的彼岸。

---

① 脱脱：《宋史》卷四四三，第 13104 页，中华书局 1977 年版。

6. 范成大的苏州情缘

一

范成大(1126—1193),字至能(一作致能),一字幼元、友生。自号此山居士,又号石湖居士,世称范石湖,宋平江府(今江苏苏州)人。出身仕宦书香世家。据周必大《资政殿大学士赠银青光禄大夫范公成大神道碑》所载,范成大与北宋名臣范仲淹同宗而不通谱。祖父范师尹,赠太子少傅;父范雩,北宋徽宗宣和六年(1124)进士,官至秘书郎;母蔡氏,为蔡襄孙女、文彦博外孙女,卒赠秦国夫人。

范成大降生仅五月左右,金人即攻陷北宋首都汴京,从此大宋子民遍尝流离颠沛之苦。南宋绍兴十二年(1142),范成大的母亲逝世,次年其父又不幸病逝。年仅十八岁的范成大读书于昆山荐严寺,并且承担起抚弟嫁妹的重任。他无意科举,往来于松江、平望、吴兴、杭州等地。他在《秋日二绝》其一诗中,歌咏战乱时代江南一片衰败的景象:"碧芦青柳不宜霜,染作沧洲一带黄。莫把江山夸北客,冷云寒水更荒凉。"字里行间充斥着饱经忧患离乱的沉痛感情和爱国之志。《落鸿》诗更通过"落鸿声里怨关山,泪湿秋衣不肯干"的咏叹,流露出山河破碎的忧国怨情。后来,在前辈王葆的督促、劝勉下,范成大发奋读书,于绍兴二十四年(1154)考中进士,从此步入仕途。先后担任徽州司户参军、秘书省正字、国史院编修官、礼部员外郎兼崇政殿说书等职。

范成大在南宋历史上赢得声誉，主要在于其奉命使金之事。乾道六年(1170)五月，孝宗命范成大假资政殿大学士醴泉观使充奉使金国祈请国信使，此行出使为求河南陵寝地，更定受书礼。范成大慷慨出使，全节而归，受到了南宋朝廷的嘉赏。此后，他先后知静江府(今广西桂林)、成都、明州(今浙江宁波)、建康(今江苏南京)等地，并于淳熙四年(1177)出任礼部尚书，迁参知政事，旋罢归。晚年的范成大，退居苏州石湖，他的文学创作迎来了最后的辉煌。

二

范成大在一生仕宦生涯中，始终牵挂着故乡苏州，流露出强烈的思乡之情。其《秦楼月》(楼阴缺)词，描绘明月朗照之下、词人深切的思乡情意，结拍两句“片时春梦，江南天阔”，化用唐人岑参《春梦》诗句“枕上片时春梦中，行尽江南数千里”，以空灵之笔，抒悠远愁绪。其创作于成都的《望乡台》诗，更加真切地表达出登高望远的拳拳思乡之情：“千山已尽一峰孤，立马行人莫疾驱。从此蜀川平似掌，更无高处望东吴。”范成大曾撰《三高祠记》，对吴地历史中的三位名人范蠡、张翰、陆龟蒙给予高度评价，并且对他们共同的退隐归宿，表达了由衷的向往。在自身的诗词创作中，范成大屡屡化用范蠡、张翰的典故，流露追慕之意，例如“算五湖、今夜只扁舟，追千古”(《满江红》)、“天为谁、展尽湖光渺渺，应为我、扁舟入手”(《宜男草》)、“家世回首沧洲，烟波渔钓，有鸥夷仙迹”(《念奴娇》)、“谁唤行人去，石湖烟浪渔樵侣”(《惜分飞》)、“逍遥放浪，还他渔子，输于樵夫。一棹何时归去，扁舟终要江湖”、“水浮天处，夕阳如锦，恰是鲈乡。中有忆人双泪，几时流到横塘”(《朝中措》)等。所以，当其闲居故乡之时，内心的喜悦溢于言表。《三登乐》(方帽冲寒)上片“荒三径、不知何许。但姑苏台下，有苍然平楚”，化用陶渊明《归去来兮辞》“三径就荒，松菊犹存”的句意，流露出归返故乡的欣慰；下片又化用范蠡泛舟五湖的典故，抒发复杂的人生感慨：“叹年来、辜负了，一蓑烟雨。”抚今追昔，更加坚定了归隐田园之意志。在同调词中，他故地重游，感叹“木落雾收，故山更好”，作者沉迷其间，“归鬓任霜，醉红未老”；他还热情地“唤邻翁、来话旧。同篘新蚁。秉烛夜阑，又疑梦里”。他的《千秋岁·重到桃花坞》，记载重游苏州西南太湖中洞庭西山的经历，感怀“分散西园盖，消减东阳带”的人生聚散、壮志难酬；所幸的是，“人事改，花源在”，他就要在这太湖之滨退隐卜居，享受清风明月、水乡风物所给予的丰厚赏赐：“新酒好，就船况有鱼堪买。”

范成大从乾道三年(1167)起，在苏州城西上方山麓的石湖之滨，开始营造石湖别墅。据周密《齐东野语》卷十所载：“文穆范公成大，晚岁卜筑于吴江盘门外十里。盖因阖闾所筑越来溪故城之基，随地势高下而为亭榭。所植多名花，而梅尤多。别筑农圃堂对楞伽寺，临石湖，盖太湖之一派，范蠡所从入五湖者也。所谓姑苏前后台，相距亦止半里耳。寿皇尝御书‘石湖’二大字以赐之。公作《上梁文》，所谓‘吴波万顷，偶维风雨之舟；越戍千年，因筑湖山之观’是也。又有北山堂、千岩观、天镜阁、寿乐堂，他亭宇尤多。一时名人胜士，篇章赋咏，莫不极铺张之美。”范成大的好友杨万里盛赞此石湖别墅为“山水之胜，东南绝境”①。在这人生的晚境，诗人流连于石湖之滨的青山绿水之间，尽情享受恬淡闲适的退隐意趣，表达出舍弃荣辱、忘怀世事的人生态度。其《题请息斋六言十首》诗尽显如此的情意：“多谢纷纷云雨，相忘渺渺江湖”、“税驾今吾将老，结庐此地不喧”、“园丁以时白事，山客终日相陪。竹比平安报到，花依次第折来”。淳熙五年(1178)四月，范成大以中大夫擢升为参知政事。任职两个月，即因与孝宗政见不合，横遭御史弹劾，获罪落职，回到阔别六载的石湖。他创作了《初归石湖》诗，表达自己罢相归来的心情：“晓雾朝暾绀碧烘，横塘西岸越城东。行人半出稻花上，宿鹭孤明菱叶中。信脚自能知旧路，惊心时复认邻翁。当时手种斜桥柳，无数鸣蜩翠扫空。”诗人不在乎仕途的升降得失，厌倦宦海的沉浮风波，眷恋石湖的秀美山水，抒发魂兮归来、超尘脱俗的情志。透过这些诗句，我们不难联想到陶渊明《归去来兮辞》、《归园田居》这样的作

① 杨万里：《石湖先生大资政范公文集序》，《诚斋集》卷八二，《四部丛刊》本。

品，感受到范成大归隐田园的闲逸与欢欣。其《澄怀录》非常形象地展现了退居故园的惬意生活情趣："淳熙己亥重九，与客自阊门泛舟径横塘，宿雾一白，垂垂欲雨。至彩云桥，气翳豁然，晴日满空，风景闲美，无不与人意会。四郊刈熟，露积如缭垣，田家妇子着新衣，略有节物。挂帆溯越来溪，潦收渊澄，如行玻璃地上。菱花虽瘦，尚可采撷。舣棹石湖，叩柴荆，坐千岩观下。菊丛中大金钱一种，已烂漫秾香，正午薰入酒杯，不待轰饮，已有醉意。其旁丹桂二亩，皆盛开，多栾枝，芳气尤不可耐。携壶渡石梁，登姑苏后台，跻攀勇往，谢去巾舆筇杖，石棱草滑，皆若飞步。山顶正平，有坳堂藓石可列坐，相传为吴故宫闲台别馆所在。其前湖光接松陵，独见孤塔之尖。少北墨点一螺，为昆山。其后西山竞秀，萦青丛碧，与洞庭林屋相宾。大约目力逾百里，具登高临远之胜。"①

范成大归隐田园后，细致地观察苏州的山水景物，创作了富有特色的诗词佳作。他伫足苏州横塘北端的枫桥之上，写诗咏道："朱门白壁枕弯流，桃李无言满屋头。墙上浮图路旁堠，送人南北管离愁。"（《枫桥》）自从唐人张继创作《枫桥夜泊》诗之后，枫桥和寒山寺就成为文人墨客慕名游览、诗词题咏的名胜。范成大此诗着眼于人事纷纭与自然永恒的鲜明对照，进行变与不变的哲理思考，渲染出深沉的历史沧桑之感，与其《横塘》诗中所咏"南浦春来绿一川，石桥朱塔两依然。年年送客横塘路，细雨垂杨系画船"堪称同调，饶富风神情韵之美。他的《如梦令》词赞美苏州水乡风物："罨画屏中客住，水色山光无数。斜日满江声，何处撑来小渡。休去，休去，惊散一洲鸥鹭。"画面轻盈灵动，与李清照《如梦令》（常记溪亭日暮）相比，更多江南自然浑朴的风情魅力。

在范成大的笔下，往往赋予梅花、菊花等花卉丰富的情感内涵。早在其传世最早的诗篇《元夜忆群从》中即歌咏"隙月知无梦，窗梅寄断魂"，赋予江南梅花以深情幽雅的韵致。范成大一生中广泛访求和搜集梅花的珍异品种，先在石湖种梅数百株，名曰"玉雪坡"；其后又在城居之南，别营一圃，占地七十楹，取名为范村，以其地三分之一种梅。在石

① 冯金伯：《词苑萃编》卷十三，唐圭璋《词话丛编》，第2051页，中华书局1986年版。

湖、范村两地遍植梅树的基础上，范成大终于完成了《梅谱》一书。他在《梅谱》序中说："吴下栽梅特盛，其品不一，今始尽得之，随所得为之谱。"该著共列江梅、早梅、官城梅、消梅、古梅、重叶梅、绿萼梅、百叶湘梅、红梅、鸳鸯梅、杏梅、蜡梅等十二个名贵品种，成为研究宋代梅树种植的重要资料。范成大植于石湖的大片梅林，更加成为广大文人墨客寻幽探芳的胜地。叶茵《石湖》诗即咏道："千古湖山人物，百年翰墨文章。寂寞梅花开处，一尊自酹寒香。"据叶申芗《本事词》卷下记载："范石湖归老日，姜尧章尝于雪中过访，款留经月。时值湖墅梅花盛开，石湖授简索词，且征新声。尧章为特制二曲以呈，盖自度腔也。范赏玩不已，命家妓工歌者习之，音节谐婉，命之曰《暗香》、《疏影》。"[①]范成大自己创作的若干诗词作品，也颇能传写出梅花的风神。《鹧鸪天 · 雪梅》"压蕊拈须粉作团，疏香辛苦颤朝寒。须知风月寻常见，不似层层带雪看"，歌赞寒梅傲雪独放的动人姿态和坚贞品节。《好事近》(昨夜报春来)词写身处异乡，见岭梅开放，其中"携手玉人同赏，比看谁奇绝"、"与折一枝斜戴，衬鬓云梳月"，与姜夔《暗香》"唤起玉人，不管清寒与攀摘"、"长记曾携手处，千树压、西湖寒碧"，意境非常相近。此外，其《霜天晓角》(晚晴风歇)词描摹雪梅的风神，下片写道："胜绝，愁亦绝。此情谁共说。惟有两行低雁，知人倚、画楼月。"触景生情，寄寓着凄婉愁绝的清冷、寂寞和悲苦。在其人生的最后一年，范成大创作了《连夕大风，凌寒梅已零落殆尽三绝》，即展示自己"一冬忙杀探梅人"、等待梅花绽放的真情关切，也表现了对于梅花万分珍惜的殷切心情："赏花不许轻攀折，只许家人戴一枝。"等到梅花零落殆尽之际，诗人又流露出无限感伤的意绪："花开长恐赏花迟，花落何曾报我知。人自多情春不管，强颜犹作送春诗。"透过对于梅花凋零的感怀，范成大融入了对于自身生命衰残、垂垂老矣的深切悲楚，从梅花的飘零命运中寄寓着人生的结局。因此，等到范成大病逝以后，故友姜夔深情歌咏道："未定情钟痛，何堪更悼亡。遗书知伏枕，来吊只空堂。雪里评诗句，梅边按乐章。沉思酒杯落，天阔意茫茫。"(《悼石湖三首》其三)

---

① 叶申芗：《本事词》卷下，唐圭璋《词话丛编》，第 2350 页，中华书局 1986 年版。

范成大对菊花也很有感情，曾经编撰有《菊谱》一书。该著序云："山林好事者，或以菊比君子。其说以谓岁华畹晚，草木变衰，乃独烨然秀发，傲睨风露，此幽人逸士之操，虽寂寥荒寒，而味道之腴，不改其乐者也。……菊于君子之道，诚有臭味哉！"他在范村植有菊花三十六种，并于《菊谱》逐一加以介绍。范成大《水调歌头》词残句"万里吴泊船，归访菊篱秋"，既是表现实际生活环境，也属化用陶渊明《饮酒》诗典故，表达高雅闲逸的情怀。其《重阳后菊花二首》借菊讽世，通过对菊花寂寞开放的怜惜，讽刺"世情儿女无高韵，只看重阳一日花"、"恰如退士垂车后，势利交亲不到门"，字里行间蕴含着世态炎凉的苦楚，孤芳自赏的寂寥。

三

范成大辞官归隐石湖后，创作了大量歌咏农家田园生活的诗篇，其中最著名的莫过于淳熙十三年（1186）写就的《四时田园杂兴》。他在诗题下的小引中说："淳熙丙午，沉疴少纾，复至石湖旧隐，野外即事，辄书一绝，终岁得六十篇，号《四时田园杂兴》。"范成大以《四时田园杂兴》为代表的田家诗词，题材广泛，内容丰富，生动地反映了吴地农村的风土人情和农民劳动生活的各个方面。

首先，此类作品非常全面地描写了苏州农村生产劳动的景象。范成大的《蝶恋花》（春涨一篙添水面）词里，就形象地展现出春日乡村繁忙的农事活动："江国多寒农事晚。村北村南，谷雨才耕遍。秀麦连冈桑叶贱。看看尝面收新茧。"《浣溪沙·江村道中》词则又描摹出秋日乡村丰收在望的诱人画面："十里西畴熟稻香。槿花篱落竹丝长。垂垂山果挂青黄。"这样的画面在其《四时田园杂兴》中得到了更为全面的揭示。宋人吴沆评曰："且如农桑樵牧之诗，当以《毛诗·豳风》及石湖《田园杂兴》比熟看，梦中亦解得诗，方有意思长益。"[1]明人王世贞亦称《四

① 吴沆：《环溪诗话》，《四库全书》本。

时田园杂兴》"已曲尽吴中农圃故事矣"[①]。它如同绝句版的《诗经·豳风·七月》,非常全面、生动、真实地反映了吴地农民一年四季的劳动场景。

作者善于根据吴地农村的生产实际,着重描写富有地方特色的劳动场景。江南山清水秀,石湖农民多从事水田劳作,因此不少诗歌就描摹出湖荡人家的生产场景:"湖莲旧荡藕新翻,小小荷钱没涨痕。斟酌梅天风浪紧,更从外水种芦根。"(《晚春田园杂兴》其二)"五月江吴麦秀寒,移秧披絮尚衣单。稻根科斗行如块,田水今年一尺宽。"(《夏日田园杂兴》其二)如此劳动场景的刻画,富有江南水乡的地域特色,将田园与山水有机地结合在一起。吴地丝绸业发达,不少农户从事蚕桑丝织生产:"百沸缫汤雪涌波,缫车嘈囋雨鸣蓑。桑姑盆手交相贺:绵茧无多丝茧多。"(《夏日田园杂兴》其四)淳朴农家在煮茧抽丝的繁忙劳作,为今年的好收成而互相道贺;"小妇连宵上绢机,大耆催税急于飞。今年幸甚蚕桑熟,留得黄丝织夏衣。"(《夏日田园杂兴》其五)经过辛苦的劳作,小妇终于可以留下一些黄丝织一两件夏天的衣裳。苏南地区盛产茶叶,范成大的诗歌也描写茶农的生产状况:"胡蝶双双入菜花,日长无客到田家。鸡飞过篱犬吠窦,知有行商来买茶。"(《晚春田园杂兴》其三)在相对封闭的环境里,山地茶农过着淳朴、宁静的生活。范成大对乡村田园生产劳动的描写,不是采取高人一等的态度,仅仅将农家劳作当作阐述作者人生追求的道具,而是通过亲自探访和观察,原生态地将农家生产劳动的情状展现出来,显得格外真实、生动、形象,因此钱钟书先生指出:"(范诗)使脱离现实的田园诗有了泥土和血汗的气息,根据他的亲切的观感,把一年四季的农村劳动和生活鲜明地刻划出一个比较完全的面貌。田园诗又获得了生命,扩大了境地,范成大就可以跟陶潜相提并称,甚至比他后来居上。"[②]

其次,范成大的田园诗歌还擅长反映乡村四时风俗。此类题材较为集中地体现在其创作于淳熙十六年(1189)的《腊月村田乐府》十首诗

① 王世贞:《范文穆吴中田园杂兴一卷》,《弇州山人四部稿》卷一三〇,《四库全书》本。
② 钱钟书:《宋诗选注》,第194页,人民文学出版社1989年版。

歌当中。作者在这十首诗前序言中介绍:“余归石湖,往来田家,得岁暮十事,采其语各赋一诗,以识土风,号《村田乐府》。”例如《冬春行》描写吴中农村过年时舂米储蓄这种风俗习俗,诗前小序曰:“腊月舂米,为一岁计,多聚杵臼,尽腊中毕事,藏之土瓦仓中,经年不坏,谓之冬舂米。”诗歌形象地描摹农民全家舂米的热闹场景:“群呼步碓满门庭,运杵成风雷动地。筛匀箕健无粞糠,百斛只费三日忙。”《灯市行》描绘苏州元宵节前灯市的喧腾景象。诗前小序曰:“风俗尤竞上元,一月前已买灯,谓之灯市。价贵者数人聚博,胜则得之,喧盛不减灯市。”诗歌首先渲染苏州都市繁华的景象:“吴台今古繁华地,偏爱元宵灯影戏。春前腊后天好晴,已向街头作灯市。”接着浓墨描摹琉璃球灯、万眼罗灯的巧夺天工:“叠玉千丝似鬼工,剪罗万眼人力穷。两品争新最先出,不待三五迎东风。”如此精巧的花灯越发显现出苏州城市的雅致风情。《分岁词》描写石湖一带农村欢度除夕夜“分岁”活动的场景。诗前小序曰:“除夜祭其先,竣事长幼聚饮,祝颂而散,谓之‘分岁’。”诗中刻画了不同人物除旧迎新之际的复杂心理:小儿“但喜新年至,头角长成添意气”,老翁却“把杯心茫然,增年翻是减吾年”,自然不免人生衰残的伤感。好在贤惠而机敏的儿媳赶紧向老人祝愿:“但愿尊前且强健”,并且夸赞老人体格健壮,一定会长命百岁。最后老翁破颜为笑,“饮罢笑捻须”,道:“明朝重来醉屠苏!”如此的对话描写极其富有生活气息,饶富民歌的质朴无华、清新自然的格调。如果说范成大使金时期所创作的七十二首纪行绝句堪称南宋爱国诗史的话,那么他在家乡所创作的大批田园诗歌就是真实记载吴地风土民情的风俗志,具有极大的文化史价值。

第三,范成大的田园诗歌真实记录了吴地乡村浓郁的生活情趣。在《四时田园杂兴》中,俯拾皆是描写苏州水乡生活画面的优美诗句,例如“百花飘尽桑麻小,来路风来阿魏香”、“梅子金黄杏子肥,麦花雪白菜花稀”、“荻芽抽笋河豚上,楝子开花石首来”等等,充溢着浓郁的朴野生活气息。广大农民在劳动之余,参加各种传统的节日活动,显示出古朴的民风。他们春日结伴踏青:“寒食花枝插满头,茜裙青袂几扁舟。一年一度游山寺,不上灵岩即虎丘。”(《春日田园杂兴》其七)夏日热情地邀请过路客乘凉歇脚:“黄尘行客汗如浆,少住侬家漱井香。借与门前磐石坐，柳阴亭午正风凉。”秋日享受农家的风味：“拨雪挑来踏地菘，味如蜜藕更肥醲。朱门肉食无风味，只作寻常菜把供。”（《秋日田园杂兴》其七）冬日拜荆礼仪之间，尽显素朴厚道的本性：“村巷冬年见俗情，邻翁讲礼拜柴荆。长衫布缕如霜雪，云是家机自织成。”（《冬日田园杂兴》其十二）

晚年的范成大漫步在石湖周围的田间水畔，亲身感受到乡村优美的自然风光、淳朴的风土民情，内心显得充实而喜悦。他伫立乡野田园，细致地观察自然界的一草一木：“坐睡觉来无一事，满窗晴日看蚕生”、“虫丝罥尽黄葵叶，寂历高花侧晚风”、“忽然蜕作多花蝶，翅粉才干便学飞”、“静看檐蛛结网低，无端妨碍小虫飞。蜻蜓倒挂蜂儿窘，催唤山童为解围。”诗人置身田园，内心怡然自乐，在和平宁静的农家生活画面后，获得了诗家所梦寐以求的闲情逸致。他在《冬日田园杂兴》其十一中写道：“探梅公子款柴门，枝北枝南总未春。忽见小桃红似锦，却疑侬是武陵人。”如果说寻幽探梅还是雅文人的审美追求的话，那么柴门红艳的桃花则显得凡俗而家常，但是诗人分明又从这凡俗的柴门桃花中，感受到类似桃花源境界的理想生活，获致了精神的振奋和喜悦。

钱钟书在《宋诗选注》中指出：“西洋文学里牧歌的传统老是形容草多么又绿又软，羊多么既肥且驯，天真快乐的牧童牧女怎样在尘世的干净土里谈情说爱；有人读得腻了，就说这种诗里漏掉了一件东西——狼。我们看中国传统的田园诗，也常常觉得遗漏了一件东西——狗，地保公差这一类统治阶级的走狗以及他们所代表的剥削和压迫农民的制度。”①范成大早年创作的《催租行》、《后催租行》等诗歌，即对官吏横征暴敛、对百姓敲诈勒索进行严厉的批判，对贫苦农民为了缴租不得不卖儿卖女的悲惨现实，表示深切的同情。在《四时田园杂兴》中，也有不少诗作反映了劳动人民遭受盘剥压榨的不幸命运，例如“采菱辛苦废犁锄，血指流丹鬼质枯。无力买田聊种水，近来湖面亦收租”（《夏日田园杂兴》其十一）、“垂成穑事苦艰难，忌雨嫌风更怯寒。笺诉天公休掠剩，半偿私债半输官”（《秋日田园杂兴》其五）等等。诗人无法改变封建时

① 钱钟书：《宋诗选注》，第194页，人民文学出版社1989年版。

代的剥削制度，只能真实地记录下贫苦农民悲惨的生活现实，透过客观的叙述，揭示出深刻的社会矛盾，让人们看到所谓的田园诗歌并非一味地花红柳绿、和平宁静，引发广大读者对于此类题材所隐藏的苦难底色进行探索和深思。钱钟书评析范成大的田园诗里“提到官吏榨逼农民，那未免像音乐合奏时来一声手枪声，有点儿杀风景”，“这证明范成大的手法真是当时一个大胆的创举了”①。

综而言之，范成大晚年在苏州创作的《四时田园杂兴》等诗歌，真实地记录了吴地乡村风物、农家劳动场景、生活情趣，也揭露了农民遭受剥削压榨的悲惨命运，全面展现出广大农民的悲欢苦乐，通过富有地方风味的诗歌创作，把《诗经·豳风·七月》、陶渊明《怀古田舍》和元稹《田家词》这三条线索打成一个总结，进一步丰富和提升了田园诗题材的风格境界，因此成为中国古代田园诗的集大成者。

---

① 钱钟书:《宋诗选注》，第 195 页，人民文学出版社 1989 年版。

7. 吴文英的苏州情缘

南宋著名词人吴文英以布衣终其一生，足迹遍及苏州、杭州、越州各地。其间，从理宗绍定五年(1232)起，吴文英游幕于苏州转运使署，为提举常平仓司的门客，留连吴门长达十二年之久；并以苏州为中心，北上到过淮安、镇江，苏杭道中又历经吴江垂虹亭、无锡惠山，以及苕、霅二溪，游踪所至，每有题咏。吴文英作于苏州之词，可考者至少有五十余首。南宋苏州，冠盖往来，名声荟萃，而吴文英正值壮年，裙屐诗酒之际，"红字写香词"(《满江红》)，一时之间，名传遐迩。淳祐四年(1244)以后，作者离开苏州，游历杭州、绍兴等地，但是对于苏州的怀念始终难以磨灭。其《点绛唇·有怀苏州》词感叹道："可惜人生，不向吴城住。"他创作于浙江杭州化度寺的《鹧鸪天》(池上红衣伴倚栏)，更加真切地流露出对苏州旧居的怀念，并且将之视为故乡："乡梦窄，水天宽。小窗愁黛澹秋山。吴鸿好为传归信，杨柳阊门屋数间。"由此可见吴文英对苏州的深挚情意。

吴文英寓居苏州的十二年间，足迹游遍吴门的山水名胜，创作了大量优美的写景词作。例如《齐天乐》(凌朝一片阳台影)描写苏州齐云楼。据卢熊《苏州府志》记载，齐云楼在郡治后子城上，相传即古月华楼也。又据《吴地记》云：楼为唐曹恭王所造。白居易《齐云楼晚望偶题十韵》诗改号齐云楼，盖取自《古诗十九首》"西北有高楼，上与浮云齐"之义。吴词展开丰富的想象，竭力渲染楼阁之高耸齐云，极目四望，气象万千。结末两句"净洗青红，骤飞沧海雨"，整首词作所绘西山瞰碧、寒月溟濛、飞雾凝白诸境，一扫而空，大雨汹涌澎湃，浩渺无垠，极富排山倒海的雄壮气势，真可谓思飞墨舞，空灵奇幻，尽显青年词人的卓荦才情和意气。陈廷焯《大雅集》卷二评之曰："状难状之景，极烟云变幻之奇。"《秋霁》（一水盈盈）词记游史宅之（号云麓）园中长桥，"秋沐平烟，日回西照，乍惊饮虹天北"，描绘秋日映照下长桥卧波，如长虹饮水；"夜久人悄，玉妃唤月归来，桂笙声里，水宫六六"，化用温庭筠《晓仙谣》"玉妃唤月归海宫，月色澹白涵春空"诗意，因夜晚桥下一片水月空明景色，而萌生出优美神奇的幻想。《十二郎》（素天际水）词歌咏吴江垂虹桥景致，"嗟绣鸭解言，香鲈堪钓，尚庐人境"三句化用唐代吴江隐士陆龟蒙以及鲈香亭的典故，颇具地方风情；《木兰花慢·重泊垂虹》"雪浪闲销钓石，冷枫频落江汀"、"向晓东风霁色，绿杨楼外山青"，饶富清幽冷寂的韵致。《玉漏迟》（雁边风讯小）词描摹吴江瓜泾渡的中秋美景："净洗浮空片玉，胜花影、春灯相乱。秦镜满。素娥未肯，分秋一半。"尽显空明澄澈的清旷之境。

吴文英钟情于苏州玉兰、荷花、桂花、蜡梅等植物意象，创作了一系列咏物词作。《浣溪沙》（蝶粉蜂黄大小乔）词歌咏常熟琴川慧日寺蜡梅，将其比作三国美人大乔、小乔，下片写道："窗下和香封远讯，墙头飞玉怨邻箫。夜来风雨洗春娇。"化用蜡书赴远、蜡蜜封箫的故事，渲染蜡梅独特秀姿和神采。《金盏子》（赏月梧园）词前自序云："吴城连日赏桂，一夕风雨，悉已零落。独寓窗晚花，方作小蕾，未及见开，遂有新邑之役。揭来西馆，篱落间嫣然一枝可爱，似见人而喜，为赋一解。"[①]作品以细腻的笔触，描摹篱落间嫣然一枝残桂："篱角。梦依约。人一笑、惺忪翠袖薄。悠然醉魄唤醒，幽丛畔、凄香雾雨漠漠。"字里行间充满凄迷幽雅的情致。同样的咏桂之作，其《古香慢·赋沧浪看桂》词则大量化用丰富的想像，赋予秋日桂花以神奇浪漫的风韵。结末数句"剪碎惜秋心，更肠断、珠尘藓路。怕重阳，又催近、满城细雨"，复归凋零衰残的叹息，语态深婉，格调幽凉。此外，《莺啼序》（横塘棹穿艳锦）词咏苏州夏日荷花，《琐寒窗》（绀缕堆云）词咏玉兰清香，皆富清新秀美的神韵。

---

① 王弈清：《历代词话》卷八，唐圭璋《词话丛编》，第 1246 页，中华书局 1986 年版。

由于长期寓居苏州，吴文英熟稔苏州的地方风俗，并且善于用词作形式加以生动的描述。《探芳信》（暖风定）歌咏理宗端平三年（1236）苏州城元宵佳节的盛况："吴宫十里吹笙路，桃李都羞靓。"创作于淳祐二年（1242）的苏州元夕词《六丑》（渐新鹅映柳），更加形象生动地渲染出热闹喧阗的灯市场景："星河潋滟春云热。笑靥欹梅，仙衣舞缬。澄澄素娥宫阙。醉西楼十二，铜漏催彻。"措语华丽绵密，而实有灵气行乎其间。《应天长·吴门元夕》词上片也以华美的笔触，描绘出元宵佳节的丽景乐事："丽花斗靥，清麝溅尘，春声遍满芳陌。竟路障空云幕，冰壶浸霞色。芙蓉镜，词赋客。竞绣笔、醉嫌天窄。素娥下，小驻轻镳，眼乱红碧。"《喜迁莺》（江亭年暮）词描摹常熟福山寺的除夕风俗。"蓝尾杯单，胶牙饧淡，重省旧时羁旅"，介绍元旦饮蓝尾酒、食胶牙糖的民俗。蓝尾酒，古人元旦饮屠苏酒，由少至老，轮流斟饮，至末坐，称"蓝尾酒"。白居易《岁日家宴戏示弟侄等》诗云："岁盏后推蓝尾酒，春盘先劝胶牙饧。"宋人窦革《酒谱·酒之事》云："今人元日饮屠苏酒，云可以辟瘟气，亦曰蓝尾酒。或以年高最后饮之，故有尾之义尔。"胶牙饧，用麦芽制成的糖，食之黏齿，故名，旧俗常用作送灶时的贡品。《荆楚岁时记》载："长幼悉正衣冠，以次拜贺，进椒柏酒，饮桃汤，进屠苏酒、胶牙饧。"《浣溪沙·观吴人岁旦游承天》词亦记载了苏州承天寺元旦风俗："千盖笼花斗胜春。东风无力扫香尘。尽沿高阁步红云。"胜春，即春胜、花胜，民间立春日有头戴"花胜"之习。苏轼《章钱二君见和复次韵答之》诗即云："分无纤手裁春胜，况有新诗点蜀酥。"吴文英《探芳新·吴中元日承天寺游人》词也传写出"禊赏祇园"、"椒杯香乾醉醒"的元日风俗。此外，《隔浦莲近·泊长桥过重午》词"愁褪红丝腕"，介绍端午节妇女臂上系彩线之习，应劭《风俗通义·佚文》称："五月五日，以五彩丝系臂，名长命缕，一名续命缕，一名辟兵缯，一名五色缕，一名朱索，辟兵及鬼，命人不病瘟。""一番重午，旋买香蒲浮盏"，亦述端午节人们用菖蒲浸药酒饮用，俗云可避瘟气。《荆楚岁时记》载："端午，以菖蒲生山涧中一寸九节者，或缕或屑，泛酒以辟瘟气。"

苏州古城历史悠久，沧桑遗址俯拾皆是，吴文英登临古迹，创作了不少咏史怀古之词。其《八声甘州·陪庾幕诸公游灵岩》词流连于灵岩山中馆娃宫、箭径、响屧廊、琴台等历史遗迹，寄寓着深沉的历史沧桑之叹和个人身世之悲，体现出疏朗空灵、清远高迈的意蕴格调。《木兰花慢》（紫骝嘶冻草）词通过对真娘墓（“憔悴真真”、“步荒苔、犹认瘗花痕”）、剑池（“剑水星纹”）等虎丘历史遗迹的咏叹，抒发出“千古兴亡旧恨，半丘残日孤云”的深沉怀古之感。《八声甘州》（步晴霞倒影）词则着力描摹姑苏台古迹的沧桑巨变，表达了“闲风月、暗销磨尽，浪打鸥矶”的无限悲凉。

吴文英的怀古词作亦不仅限于发思古之幽情，而能借古伤今，流露出对于现实政治的忧患。其《金缕歌·陪履斋先生沧浪看梅》词通过对苏州沧浪亭的咏叹，表达词人复杂的政治情怀。沧浪亭，原为五代吴越广陵王钱元璙花园，北宋庆历五年（1045），诗人苏舜钦在园内建沧浪亭，故名。后一度为抗金名将韩世忠别墅，又称“韩园”。韩世忠在园内遍植翠竹、梅树、桂树，分别建有竹亭、梅亭、桂亭，题额为“翠玲珑”、“瑶华境界”、“清香馆”，不少文人墨客来此览景赏花，题咏唱和。吴词“遨头小簇行春队。步苍苔、寻幽别坞，问梅开未？重唱梅边新度曲，催发寒梢冻蕊”，描述众多文士寻幽探梅的盛事。作品又紧扣韩世忠的抗金英雄事迹，歌咏强烈的爱国激情；然而“梦断神州故里”一句，直揭壮志未酬的莫大苦闷，尽管韩世忠退隐沧浪亭，投闲置散、报国无门的悲郁终难消释。词人抚今追昔，不胜悲慨，既为抗金英雄的悲剧命运而感叹，又为如此衰残的时世而忧心忡忡，所以结末数句寄托无限悲怨：“后不如今今非昔，两无言、相对沧浪水。怀此恨，寄残醉。”陈洵《海绡说词》评曰：“是时边事日亟，将无韩、岳，国脉微弱，又非昔时。履斋意主和守，而屡疏不省，卒致败亡。则所谓‘后不如今……’也。言外寄慨，学者须理会此旨。”[①]陈廷焯《白雨斋词话》卷二亦称道云：“感慨身世，激烈语偏说得温婉，境地最高。若文及翁之‘借问孤山林处士，但掉头笑指梅花蕊。天下事，可知矣’，不免有张眉怒目之态。”[②]

吴文英是一位多情的才子，他在苏州曾经纳一美艳姬妾；然而佳人

① 陈洵：《海绡说词》，唐圭璋《词话丛编》，第4852页，中华书局1986年版。

② 陈廷焯：《白雨斋词话》卷二，第36页，人民文学出版社1959年版。

的黯然遣去，却带给他无尽追忆和沉痛感伤。《琐窗寒·玉兰》词表面歌咏玉兰花，实际却是通过玉兰来抒写苏州热恋的歌女。上片开头“绀缕堆云，清腮润玉，氾人初见”三句，追忆与美人初见时的深刻印象，尽显其堆云秀发、俊美容颜和如仙神韵，由此引发出词人离别感伤、相思情怀的抒写。结末三句“最伤情、送客咸阳，佩结西风怨”，化用李贺“衰兰送客咸阳道，天若有情天亦老”（《金铜仙人辞汉歌》）诗句，再次扣紧词题中的“兰”字，借喻苏州姬妾因离别悲痛而形容憔悴，充满无限伤情与叹惋。《瑞鹤仙》（晴丝牵绪乱）词追忆与苏州姬妾一见钟情的经历：“兰情蕙盼。惹相思、春根酒畔。”然而别后两地相思的凄苦，则令词人身形憔悴、体不胜衣：“吟骨萦销，渐把旧衫重剪。”他只有寄情于心，托梦抒怀：“试挑灯欲写，还依不忍，笺幅偷和泪卷。寄残云、剩雨蓬莱，也应梦见。”于虚无缥缈的词境之中蕴含执着凄苦的情意。陈洵《海绡说词》评之曰：“‘应梦见’，尚不曾梦见也。含思凄婉，低回无尽。”[①]《夜合花·自鹤江入京，泊葑门外有感》词则直接追述“当时夜泊，温柔便入深乡”的缠绵情事。他们“共追游处，凌波翠陌，连棹横塘”，在苏州花草缤纷的原野上漫步，在横塘附近的河塘里荡舟，留下了活泼灵动的青春剪影。下片陡转凄凉，诚有一落千丈之势。结末三句“故人楼上，凭谁指与，芳草斜阳”，一派萧瑟衰残的景象令人无限悲楚，“揭出人去楼空，无人共眺之哀，层层深入，笔笔凝重。而以眼前之悲凉景色作收，绝似屯田”[②]。《踏莎行》词上片开头三句“润玉笼绡，檀樱倚扇。绣围犹带脂香浅”，通过梦境的描写，细腻刻画苏州姬妾的动人姿色：她肌肤细嫩，樱唇娇小，绣围窈窕，脂香诱人，充满着江南美人灵秀之气，“几疑真见其人矣”[③]。下片“香瘢新褪红丝腕”，笔触更加细致，印象越发深刻。如此刻骨铭心的怀念，自然令词人魂牵梦绕，意态悲凉：“隔江人在雨声中，晚风菰叶生秋怨。”其妙处恰如周济《介存斋论词杂著》对吴词的赞

① 陈洵：《海绡说词》，唐圭璋《词话丛编》，第 4846 页，中华书局 1986 年版。
② 唐圭璋：《论梦窗词》，《词学论丛》，第 986 页，上海古籍出版社 1986 年版。
③ 陈洵：《海绡说词》，唐圭璋《词话丛编》，第 4858 页，中华书局 1986 年版。

语:“天光云影,摇荡绿波,抚玩无斁,追寻已远。”①吴文英曾与苏州姬妾同居于西园,在此后的离别相思词作内,多次提及这一旧日情爱的伤心地,如“西园已负,林亭移酒,松泉荐茗”(《水龙吟》)、“暮烟疏雨西园路,误秋娘、浅约宫黄”(《风入松》)、“残蝉度曲,唱彻西园,也感红怨翠”(《莺啼序》)、“时霎清明,载花不过西园路”(《点绛唇》)、“西园有分,断柳凄花,似曾相识”(《瑞鹤仙》)等。其中最著名的莫过于《风入松》词:

> 听风听雨过清明。愁草瘗花铭。楼前绿暗分携路,一丝柳,一寸柔情。料峭春寒中酒,交加晓梦啼莺。　　西园日日扫林亭。依旧赏新晴。黄蜂频扑秋千索,有当时、纤手香凝。惆怅双鸳不到,幽阶一夜苔生。

此词上篇愁风雨,惜年华,伤离别。下片写天晴后独赏旧日与情人同游之处,触景生悲,见秋千而思故人。“黄蜂”句感人至深。黄蜂因索上残留着荡秋千人纤手的香气而频频扑去。物已至此,人何以堪!谭献《谭评词辨》极赏此侧锋笔法曰:“‘黄蜂’二句,是痴语,是深语。”其实,情人离别已久,秋千索上的香气未必能留,黄蜂频扑秋千索原也是偶然平常之事,而在伤心人的心中却生出一番痴想。所以陈洵说:“见秋千而思纤手,因蜂扑而念香凝,纯是痴望神理。”②在虚设的幻境中流露出追怀伤别的深挚真情,也创造出了纤绵、幽约的悲剧的美。

概而言之,吴文英用词绘吴门风景,咏秀雅之物,载水乡习俗,咏史怀古,触景伤怀,寄寓着深浓缠绵的情事。吴文英词中的苏州情缘,为其丰富深广的艺术世界涂抹上了瑰丽多情的色彩。

---

① 周济:《介存斋论词杂著》,唐圭璋《词话丛编》,第1633页,中华书局1986年版。

② 陈洵:《海绡说词》,唐圭璋《词话丛编》,第4845页,中华书局1986年版。

8. 论元代江苏词坛

一

王博文《天籁集序》指出："（白朴）自幼经丧乱，仓皇失母，便有山川满目之叹。逮亡国，恒郁郁不乐，以故放浪形骸，期于适意。"[①]元世祖至元十七年（1280），五十五岁的白朴徙居建康（今江苏南京），并终老于此。

白朴凡当歌对酒，感事兴怀，皆自肺腑流出。在其晚年寓居江苏的词作当中，通过对江南风景的咏叹，尽显超旷玩世的心性气质。元人钟嗣成《录鬼簿》卷上引述贾仲明对白朴的评语："峨冠博带太常卿，娇马轻衫馆阁情，拈花摘叶风诗性。得青楼，薄幸名。"白朴年轻时，曾经有过风流放荡的生活经历；卜居金陵后，则又放情山水，寄寓人生的情怀。他驻足茅山，沉醉于道观的清幽："三峰足云气，万壑散秋声。茅君曾此成道，山与地俱灵"（《水调歌头》）；流连京口，遥观大江奔涌，展开丰富想象："云拥潮来，水随天去，几点沙鸥雪"（《念奴娇》）、"遥想灵官神府，坐阅潮头风怒，万里瞰沧波。浩荡没鸥鹭，喷薄出蛟鼍"（《水调歌头》）。其《木兰花慢·灯夕到维扬》词则也描摹出东南形胜"淮吐浪、海吞潮"

---

① 白朴：《天籁集》，《四库全书》本。

的雄壮之势。

白朴流连古都金陵，俯仰古今沧桑巨变，颇多狡童禾黍之意，又能寓人生空幻的感触于咏史怀古之词中。例如《水调歌头·初至金陵，诸公会饮，因用北州集咸阳怀古韵》词作开头两句“苍烟拥乔木，粉雉倚寒空”，以雄健之笔写出了六朝遗宫的满目苍凉，“拥”、“倚”两字极富气势。接着，词人追怀往事，感慨昔日的龙蟠虎踞、石城钟阜，如今已成斑驳的历史遗迹，徒然引人产生“慷慨一尊酒，南北几衰翁”的黯然神伤。下片以“新亭”“流涕”寄托作者故国之思，面对着“朱雀桥边野草，白鹭洲边江水”，发出了古今兴废的无穷浩叹。作者把深深的遗恨融入苍茫景物之中，字里行间也渗透出白朴自身人生衰残的怅触。另如《沁园春》词首先歌赞金陵的形胜气势：“我望山形，虎踞龙盘，壮哉建康。”接下来，追忆六朝往事，展现出绚丽多彩、繁华安乐的画面；然而昔日的风流终归幻灭，留下来的只有荒凉、冷寂的断垣残壁。词人睹物伤情，忧愁倍增，抒发出无限感怀：“长江。不管兴亡。谩流尽、英雄泪万行。”意绪悲怆，感慨深沉。该词序写道：“保宁佛殿即凤凰台，太白留题在焉。宋高宗南渡，尝驻跸寺中，有石刻御书王荆公赠僧诗云：‘纷纷扰扰十年间，世事何常不强颜。亦欲心如秋水静，应须身似岭云闲。’意者当时南北扰攘，国家荡析，磨盾鞍马间，有经营之志，百未一遂。此诗若有深契于心者以自况。予暇日来游，因演太白、荆公诗意，亦犹稼轩《水龙吟》用李延年、淳于髡语也。”因此，他的词作大量檃括李白《登金陵凤凰台》和王安石的石刻诗，以苍凉清旷的笔触，描绘出六朝古都由繁华转为萧条的沧桑图景，寄托着作者深沉的人生感慨。他如“去去天荒地老，流水无情，落花狼藉”（《夺锦标》）、“怅吴宫幽径，埋深花草，晋时高冢，锁尽衣冠”（《沁园春》）、“兴废几更王霸，是非总付渔樵”（《木兰花慢》）等词句，都充斥着登临怀古的无奈悲凉和虚空迷离。面对着世事的变幻无常，词人努力寻求超脱尘网、闲云秋水般的人生境界：“且放浪形骸，支持岁月，点检田园”（《木兰花慢》）。其《念奴娇·题镇江多景楼，用坡仙韵》结末所咏：“往事休论，酒杯才近，照见星星发。一声长啸，海门飞上明月。”感慨古今的满腔愁怨，托之于仰天的一声长啸来发泄，饶富萧散放逸、豪迈苍劲的精神气韵。

白朴登临金陵古迹，思接千古，浮想联翩，往往创造出虚实相生的艺术境界。其《夺锦标·清溪吊张丽华》词，上片借助想象和回忆，铺叙陈代宫廷的奢华逸乐："想当时、天子无愁，自古佳人难得"；下片则让笔墨回到现实环境，描绘张丽华身后的衰败和凄凉，流露出对一位随着王朝覆亡而惨遭杀身之祸的美人的哀怜与同情，进而抒发出对于美好事物转瞬即逝的无奈和感伤，字里行间闪现着人性关怀的光芒。白朴才华横溢，在江苏怀古词的创作中，往往化用大量的典故和前人诗词，既富典重文雅的韵致，又显得风流潇洒、清疏朗逸。即如上述《夺锦标》词，"满目山围故国"化用刘禹锡《石头城》诗句，"三阁余香"句所指乃陈后主所筑临春、结绮、望仙三座楼阁，"后主自居临春阁，张贵妃(丽华)居结绮阁，龚、孔二贵嫔居望仙阁，并复道交相往来"①。"有庭花遗谱，弄哀音，令人嗟惜"三句，指陈后主所作《玉树后庭花》曲。《隋书·五行志》载："祯明初，后主作新歌，词甚哀怨，令后宫美人习而歌之。其辞曰：'玉树后庭花，花开不复久。'时人以歌谶，此其不久兆也。"②"天子无愁"句又据《北史·齐本纪》所载："(幼主)盛为无愁之曲，帝自弹胡琵琶而唱之，侍和之者以百数，人间谓之无愁天子。"③下片"惆怅龙沉古井，石上啼痕，犹点胭脂红湿"三句，则追述隋军攻陷台城，陈后主携张丽华、孔贵嫔躲入景阳井避难之事，可谓凄丽入骨。结末"对西风，谁与招魂，梦里行云消息"，又化用《楚辞·招魂》、宋玉《高唐赋》诸篇，词人的感慨之情见于言外。整首词作运用典实，熨贴无痕，尽显清朗俊迈的神韵。词人利用典故的连接，在时空的运用上既断续交织又疏密相间，让诗情意绪在历史与现实、具象与幻象之中潜流，这就大大拓展了词的容量，为读者提供了丰富的想象天地。

张楚叔《衡曲麈谭》指出："自金元入中国，所用胡乐嘈杂缓急之间，词不能按，乃更制新词以媚之。"④元朝词与散曲创作之间既存在着雅

① 李延寿:《南史》卷十二，第 347 页，中华书局 1975 年版。
② 魏征等:《隋书》卷二二，第 637 页，中华书局 1973 年版。
③ 李延寿:《北史》卷八，第 300 页，中华书局 1974 年版。
④ 张楚叔:《衡曲麈谭》，《四部丛刊续编》本。

俗之别，同时又互相借鉴、互相影响，不少词人的作品往往呈现出"曲化"的发展趋势。白朴《西江月·渔父》词写道：

世故重重厄网，生涯小小渔船。白鸥波底五湖天。别是秋光一片。　　竹叶醅浮绿醑，桃花浪溃红鲜。醉乡日月武陵边。管甚陵迁谷变。

《清平乐》词亦云：

朱颜渐老。白发添多少。桃李春风浑过了。留得桑榆残照。

江南地迥无尘。老天一片闲云。恋杀青山不去，青山未必留人。

这些词作大量运用白话，语言直白显露，饶有民歌散曲风味，慨叹岁月无情、时光倏忽，尽显词人如闲云野鹤般超脱尘世、隐遁放逸的情怀。两词的结尾均波澜再起，抒发出人世沧桑的悲郁、苍凉。王国维《人间词话》评价白朴云："白仁甫《秋夜梧桐雨》剧，沉雄悲壮，为元曲冠冕。然所作《天籁词》，粗浅之甚，不足为稼轩奴隶。"①王氏批评白朴词作"粗浅之甚"，其实是不够公允的。正是由于白朴以曲家巨子的身份来填制词作，往往渗透进曲体清新爽朗的风格特质，从而摆脱了南宋词作末流或叫嚣使气、或饾饤雕琢的弊病，既体现出元朝词坛散曲化风格的共性特征，也显示出才士词人风流倜傥的个性魅力。白朴词集名曰"天籁"，正是其作出语遒上，寄情高远，遣兴抒怀，纯任天然，即如王博文《天籁集序》所称："遗山之后，乐府名家者何人？残膏剩馥，化为神奇，亦于太素集中见之矣。然则继遗山者，不属太素而奚属哉！知音者览其所作，然后知予言之不为过。"

二

如果说金代遗民白朴卜居江苏的创作带有才士词人倜傥潇洒的风

① 王国维：《人间词话》，唐圭璋《词话丛编》，第 4254 页，中华书局 1986 年版。

味，那么回族词人萨都剌宦游江苏的词作则更富豪迈疏朗的格调。

萨都剌（1282？—？），字天锡，号直斋，回族人，元干文传《雁门集序》说："若吾友萨君天锡，亦国之西北人也。自其祖思兰不花，父阿鲁赤，世以膂力起家，累著勋伐，受知于世祖。英宗命仗节钺留镇云、代，生君于雁门，故以为雁门人。"[①]他先后出任京口录事司、江南诸行道御史台掾史、江浙郎中等职，在江苏为宦多年。

萨都剌以北方之裔而入中华，日弄柔翰，遂成南国名家。他的大部分词作均填制于宦游江苏期间，作者的性情怀抱与江苏山水名胜有机结合，创造出多姿多彩的艺术世界。萨都剌身为监察御史等官职，为人刚直不阿，敢于上疏弹劾权贵，却屡遭贬谪江南的打击。在此期间，他感慨命运的坎坷，抒写失落无奈的悲苦。例如《少年游》词所云：

> 去年人在凤凰池，银烛夜弹丝。沉火香消，梨云梦暖，深院绣帘垂。　　今年冷落江南夜，心事有谁知？杨柳风柔，海棠月淡，独自倚栏时。

作品通过去年与今年、冷与暖、悲与欢的多重对比，流露出词人横遭贬放的无限怅恨。全词流丽俊逸，清新自然，情深意邈，与秦观《江城子》（西城杨柳弄春柔）、《千秋岁》（水边沙外）、《望海潮》（梅英疏淡）等词作情致相契，堪称同调，因此前人评之"笔情何减宋人"[②]。其《卜算子·泊吴江夜见孤雁》词描写夜泊吴江所见孤雁的景象，并且由此设想孤雁从北方边塞一路飞来的艰辛和寂寞："自离边塞路，偏耐江波静。西风鸣、宿梦魂单，霜落蒹葭冷。"这里其实是借雁说人，抒写出词人南行途中的孤寂之感以及对渺茫前途的忧惧之情。相比于苏轼《卜算子·黄州定慧院寓居作》中"拣尽寒枝不肯栖，寂寞沙洲冷"的清幽词境、坚贞品性，萨都剌此词则更多天涯流落的衰残和凄苦。

萨都剌流贬江南，并非一味地徒然嗟伤，而是努力地放情山水，于自然美景之中实现心绪的放逸和欢欣。其《过嘉兴》诗写道："吴中过客

① 萨都剌：《雁门集》，《四库全书》本。
② 王弈清：《历代词话》卷九，唐圭璋《词话丛编》，第1289页，中华书局1986年版。

莫思家，江南画船如屋里。”离别家乡的忧愁，被眼前江南风景的非凡魅力所消解。他又擅长丹青，至今北京故宫博物院里还珍藏其《严陵钓台图》、《梅雀》两幅画卷；同样，他也运用画家的笔触，细致形象地描摹出江南水乡的动人画面：“芦芽短短穿碧沙，船头鲤鱼吹浪花。吴姬荡桨入城去，细雨小寒生绿纱。”如此的景色富有诗情画意，渲染出柔和温馨的旖旎风情。在其词作当中，亦不乏江南美景的描摹和抒写，如“周郎幽趣，占清溪一曲，小桥横渡。溪上红尘飞不到，惟有白云来去。出岫无心，凌江有态，水面鱼吹絮”(《酹江月》)。歌咏金陵清溪一带山环水绕、幽雅宁静的景象。萨都剌还在江南求仙访道，尤其与茅山派道士张雨、谢舜咨过往最密。他十分佩服张雨的学识品格，《寄句曲外史》诗“霞佩翩翩出洞天，当时仿佛见臞仙”，赞美张道人风度翩翩，如同清癯的神仙；并且认为他道行深厚，堪与东晋道家人物葛洪相比拟。此外，他的《寄茅山道士谢舜咨》“每向石头城下望，顺风应寄鹤书回”，也交待了作者与谢道士诗书往还的深厚情谊。其词作《酹江月·游句曲茅山》则以婉转灵动之笔展现出道家洞府清幽雅致之境：“一壶幽绿，爱松阴满地，蕊珠宫府。老鹤一声霜衬履，隔断人间尘土。”词人优游于此，感到飘飘欲仙，身心俱泰：“三山何在，乘莺便欲飞去。”

他在江苏期间也结交了不少朋友，并且通过与友人的交游唱和，表达出词人旷达豪迈的情怀。其《水龙吟·赠友》词开头数句赞美友人英姿飒爽，才华横溢，性格豪放。紧接着，“秃鬓西风，短篷落月，东吴西楚”三句，转而哀叹自己迟暮之年流落江湖的命运。尽管如此，作者并不消极颓唐，下片所云“出门万里，掀髯一笑，青山无数”，尽显刚健奔放的精神气度，格调清壮有力，颇得苏、辛风骨。

萨都剌在江苏期间，创作数量最多、取得成就最高的，当属咏史怀古词。词人登临石头城、姑苏台、凤凰台等历史遗迹，俯仰古今，无限伤怀，并且通过对于古今盛衰之咏叹，抒发出深沉的人生感悟。例如《满江红·金陵怀古》：

六代繁华，春去也、更无消息。空怅望、山川形胜，已非畴昔。王谢堂前双燕子，乌衣巷口曾相识。听夜深、寂寞打孤城，春潮急。

思往事，愁如织。怀故国，空陈迹。但荒烟衰草，乱鸦斜日。《玉树》歌残秋露冷，胭脂井坏寒螀泣。到如今、惟有蒋山青，秦淮碧。

该词上片描摹“春去也”、“春潮急”等暮春季节的景象，下片转写“秋露冷”、“寒螀泣”之类的残秋景象，寄寓着繁华衰歇、人生无常的悲怆。作者因情设景，有别于王安石《桂枝香·金陵怀古》词即目感怀的写法，使得词作的艺术表现加以时间上的延伸和空间上的铺展，有效地增强了历史咏叹的深度。《酹江月·过淮阴》词由其途径淮阴，拜谒韩信庙，联想到韩信一生的悲剧故事，兴起了吊古伤怀之意。作品主旨之句“鸟尽弓藏成底事，百事不如归好”，同情千古英雄身首异处的悲惨结局，联想到作者自身怀才不遇、横遭驱遣的不幸命运，流露出对于污浊官场无比厌倦、却因无力归田而空怀怅恨的无奈和悲怨。故而李佳《左庵词话》卷上称：“萨都剌《酹江月·过淮阴》云(词略)。雁门诸作，多感慨苍莽之音，是咏古正格。”①

萨都剌的咏史怀古词大量运用前人典故，有效地拓展了艺术表现的空间。其《酹江月》(六朝形胜)词多处化用李白《登金陵凤凰台》诗句和诗意，将登临、怀古、写景、抒情、议论熔为一炉，创造出更为深厚浑成的意境。《木兰花慢·彭城怀古》词联系戏马台、燕子楼等历史遗迹，遥想项羽、刘邦楚汉战争的金戈铁马，以及唐代歌妓关盼盼独守空楼的坚贞不渝，既富豪壮之气，又饶温婉之情。词中插入与彭城历史有关的风流韵事，让红粉佳人点染金戈铁马、汉阙秋风，摇曳生姿之笔别具一番风致。然而，所有的一切又都归于空幻，使人读来自有繁华消歇、盛景难再的悲慨。结末两句“回首荒城斜日，倚栏目送飞鸿”，以景结情，意在言外，引人掩卷长思。类型化典故的运用，不仅增强了思古之情抒发的厚度，而且通过诗典、事典的频繁出现，有效地还原出历史的本相，给原本以抒情为主旨的词体增添了跨越时空的叙事因素，在古今对照的章法结构中更能突显出沧海桑田的悲凉。

① 李佳：《左庵词话》卷上，唐圭璋《词话丛编》，第3132页，中华书局1986年版。

吴梅《词学通论》指出："天锡词不多作，而长调有苏、辛遗响。"[①]萨都剌的江苏怀古词作，呈现出雄浑劲健、兴寄高远的风格特色，代表了元代怀古词的最高成就。

三

元代江苏词坛，除了白朴、萨都剌、张翥等流寓于此的词人词作外，江苏本地词人同样取得了不俗的创作成绩。

元代前期江苏词人的主要代表有袁易、陆行直等人。他们的词作深受南宋姜夔、张炎清雅词风的影响。长洲（今江苏苏州）人袁易少敏于学，不乐仕进，隐居吴淞、太湖间，筑堂曰静春，聚书万卷，手自校定。据黄溍《故静春先生袁君墓志铭》所载："君丰姿秀朗，每风止雨收，挟小舟，以笔床、茶灶、古玩器自随，逍遥容与，扣舷而歌，望之者识其为世外人。"[②]赵孟频尝写《袁公卧雪图》以遗之，称袁易与龚璛、郭麟孙为"吴中三君子"。他与张炎为至交，故词境亦空灵疏秀，与山中白云相似。例如《烛影摇红 · 春日雨中》词描写春日江南清寒恻恻的感觉，"凤靴频误踏青期，寂寞墙阴径"二句被况周颐评价曰："下句略不刷色，却境静而有韵。"[③]词人借酒浇愁，伤春感怀，顿觉青春代谢，愁肠百结。结末三句荡开一笔："出门长啸，白鹭双飞，清江千顷"，色泽清亮，语势振起，其效果堪与黄庭坚《王允道送水仙花五十枝欣然会心为之作咏》诗末之"坐对真成被花恼，出门一笑大江横"相媲美。整首词作于隐逸之中兴起伤春意绪，颇具清空骚雅的韵致。

吴江人陆行直由宋入元，所交郑思肖、张炎等皆宋季遗民节士。后仕元，历官翰林典籍，至治元年（1321）致仕辞归。他少学词于张炎，中年著有词话《词旨》，阐明张炎论词主张，全面展示雅词创作规范："命意

---

① 吴梅：《词学通论》，第 95 页，上海古籍出版社 2006 年版。

② 袁易：《静春堂诗集》，《丛书集成初编》本。

③ 况周颐：《蕙风词话》卷三，唐圭璋《词话丛编》，第 4483 页，中华书局 1986 年版。

贵远，用字贵便，造语贵新，炼字贵响”，并且列出四个值得师法的典范：“周清真之典丽，姜白石之骚雅，史梅溪之句法，吴梦窗之字面，取四家之所长，去四家之所短。”[①]在雅词理论的指导下，陆行直以更多的笔墨探讨作词之法，体现了南宋以来文人雅词对于艺术技巧的极度关注，这也引导和预示着宋元以后词体发展格律化的总体走向。陆行直的词作仅存题画词《清平乐·重题碧梧苍石图》一首，通过梦境和萧瑟景物的描写，抒发出对于已故师友张炎、家伎卿卿的深切怀念。

元代中期以后，江南地区的经济文化得到了很大的发展，杂剧、词的创作中心也随之南移到江浙一带。江苏太湖沿岸的苏州、无锡、昆山、吴江等地出现了苏南词人群体，词的创作呈现出较为繁盛的局面，代表词人有谢应芳、倪瓒、顾瑛、王逢、韩奕等人。他们秉承南宋以来清空骚雅的词学传统，并且融入了纷乱时代的深沉忧患，在写景、怀古、感怀、隐逸等题材的创作方面取得了一定的成就。

元末清雅词人流连江南水乡，歌咏清丽灵秀之美。倪瓒、张逊等人又是著名画家，他们笔下的江南山水自然更富诗情画意。无锡人倪瓒清姿美髯，有洁癖；家富饶，多聚古鼎名琴，藏书数千卷。至正初，忽散其财，弃家隐居五湖三泖间，张士诚召之不出。晚年黄冠野服，混迹编氓。其画居逸品，与黄公望、吴镇、王蒙有“元四家”之称；“诗文不屑屑苦吟，而神思散朗，意格自高，不可限以绳墨”[②]。其《烟雨中过石湖三绝》其一即写道：“烟雨山前度石湖，一奁秋影玉平铺。何须更剪松江水，好染空青作画图。”诗人置身如此山色迷蒙、波平如镜的景致，内心一片空灵澄澈，他要用那湖水所呈现的、天空般透明可爱的青色，尽情描绘眼前的美景和胸中的图画。其《踏莎行》词也用生动的画笔，形象描绘出江南郊外的景象：“春渚芹蒲，秋郊梨枣。西风沃野收红稻。檐前炙背媚晴阳，天涯转瞬萋芳草。”光线饱和，色泽鲜明，营构出一幅充满野逸之气的乡村图画。释善住居吴郡（今江苏苏州）报恩寺，与仇远、虞集、宋子虚诸人相唱和于吴淞江上。其词写景非常真切细腻，《临江

---

① 陆行直：《词旨》上，唐圭璋《词话丛编》，第301、302页，中华书局1986年版。

② 永瑢、纪昀：《四库全书总目提要》卷一六八，清乾隆武英殿刻本。

仙·春暮》“燕子穿帘深院静，画栏飞絮濛濛。砌苔柔绿衬残红”，写出了暮春季节燕子飞来、狼藉残红的景象；《浣溪沙·初夏》“绿槐阴里燕交飞，一池寒水照蔷薇”、《浣溪沙·夏日》“幽庭脉脉橘花香，闲看稚子引鸳鸯”，展示出夏日庭院幽雅静谧、暗香扑鼻之韵致；《卜算子》“夜月照西风，露冷梧桐落。扬子江头朔雁飞，黄葛终难着”，则又渲染扬子江头苍莽萧瑟的意境。

在元末江南，在昆山人顾瑛周围形成了“玉山草堂雅集”的文学盛事。顾瑛风流豪爽，家饶于资；年三十始折节读书，举茂才，署会稽教谕，辟行省属官，皆不就。筑别业曰玉山佳处，池馆声伎，图籍器玩，甲于东南。招致宾客，晨夕置酒赋诗其中，一时名流，多从之游。玉山草堂文酒之会的黄金时期是至正八年到十四年(1348—1354)，其中尤以至正十年(1350)前后为最盛。至正十四年(1354)十二月二十二日的文酒会上创作有《可诗斋夜集联句》诗，秦约诗序中说：“酒半，诸君咸曰：今四郊多垒，膺厚禄者则当奋身报效，吾辈无与于世，得从文酒之乐，岂非幸哉！”此后，朱梧巢《续鸳鸯湖棹歌》云：“玉笙锦瑟销沉后，雅集空怀顾阿瑛。”往日盛况可想而知。元末张士诚据吴，顾瑛避隐嘉兴之合溪，自号金粟道人。有《自题小像》诗云：“儒衣僧帽道人鞋，天下青山骨可埋。若说向时豪杰处，五陵鞍马洛阳街。”这正是他晚年的形象。明人顾起纶《国雅品》评之曰：“读之想见其旷达豪迈，超然物外。”[①]其《青玉案》词写道：

> 春寒恻恻春阴薄。整半月，春萧索。晴日朝来升屋角。树头幽鸟，对调新语，语罢双飞却。　　红入花腮青入萼。尽不爽，花期约。可恨狂风空自恶。晓来一阵，晚来一阵，难道都吹落？

该词上片写春寒恻恻，隐约地传达出词人内心的寂寞凄凉。“树头幽鸟”三句以鸟喻人，表现作者与好友于立与世无争，切磋诗文，却又风流云散。下片虚写花期不爽，却狂风自恶，隐喻人生聚散离合之苦，进一步表达出无奈的怅别离思。“晓来一阵”三句以散曲化的词句，将一片

① 顾起纶：《国雅品》，丁福保《历代诗话续编》，中华书局 2006 年版。

惆怅怨恼之情渲染得愈发真切感人。陈廷焯《词则·别调集》卷三评之曰："有劲直之气，可药元末纤弱一派。"在顾瑛所编《玉山名胜集》中，多有文人雅士咏物酬唱之作，如袁华《水调歌头·宴顾仲瑛金粟影亭赋桂》、于立《水调歌头》（微红晕双脸）、陆仁《水调歌头》（露冷广寒夜）、岳瑜《水调歌头》（风清玉蟾莹）、张逊《水调歌头》（玉树后庭曲）、石岩《清平乐》（吴郎丰度）、郯韶《清平乐》（湘云微度）等。这些作品都属唱和顾瑛《水调歌头·天香词》、《清平乐·题桐花道人卷》之什，通过花草吟咏、书画赏玩，流露出共同的审美意趣和精神追求。

元末江苏词人登临历史遗迹，不乏怀古伤今之叹。武进人谢应芳潜心性理，亦工诗文，以道义名节自励。元末天下兵起，避地吴中，吴人争相延致为塾师。其《忆王孙》词描写元末苏州城的衰败景象："铜驼泪湿翠苔茵，落地花如堕玉人"、"齐云一炬起红烟，顷刻烟销事已迁。"由此抒发出"海变桑田几度新"、"安得河清亿万年"的深沉哀叹，以及对于天下太平的渺茫的期望。释善住的《朝中措·虎丘怀古》词也通过"几度春来幽径，马蹄踏碎残红"的惨象，抒发出无限凄恻之意。词人放眼望去，只见"寂寥广坐，尘埃漠漠，客散堂空"，徒增无限伤感。元末词人的怀古之叹并非简单地表达历史浩叹，而是与分崩离析的时代背景紧密相联，更多地渗透进对于社会、个人命运的忧患。谢应芳于元末避乱之际，所作《蓦山溪》词深刻反思纷扰战争的真实用意："无端汤武，吊伐功成了。赚尽几英雄？动不动、东征西讨。"揭穿了统治者发动战争的险恶目的，流露出强烈的反战情绪。另如"战骨缟如雪，月色惨中秋"（《水调歌头》）、"鼙鼓一声惊散，六年地老天荒"（《风入松》）等词句，也都以沉痛的笔触渲染出战争的残酷。身处如此乱世，词人自然更多地抒写出颠沛流露的命运不幸。其《满江红·吴江阻风》词写道：

> 怪底春风，要将我、船儿翻覆。行囊里、是群贤相赠，数篇珠玉。江上青山吹欲倒，湖中白浪高于屋。幸年来、阮籍惯穷途，无心哭。　　归去也，瓶无粟。吟啸处，居无竹。看造物、怎生安顿，老夫盘谷？第四桥边寒食夜，水村相伴沙鸥宿。问客怀、那有许多愁，三千斛。

词人自伤不幸身世，控诉人间不平。自己虽然励志好学，结交群贤，却无食无居，穷愁潦倒，真是欲哭无泪，惟有归里隐居，过着以沙鸥为伴的生活，与宋末遗民词人蒋捷《梅花引·荆溪阻雪》堪称同调。其留别友人马公振所作《贺圣朝》词内“如今相见，衰颜醉酒，似经霜红树”，也抒写出历经离乱的凄楚。况周颐《蕙风词话》卷三评之曰：“衰老乱离之感，言之蕴藉乃尔，令人消魂欲绝。”[①]另如倪瓒《蝶恋花》(夜永愁人偏起早)词同样表达风雨飘零、浪迹江湖的郁苦；特别是结尾两句“久客还家贫亦好，无家漫自伤怀抱”，可谓苍凉之至，简直可以与金末遗民段成己《木兰花》词内的“杀人四海知多少，留住头皮贫亦好”两句参照对观，抒写出格外凄凉无奈的愁怨。

元代末年，政治昏聩，军队腐朽，加上连年水旱，引发了声势浩大的农民暴动。随之兴起的皇室、军阀和地主武装的争夺与全国性的大混战，更给人民带来了深重的灾难。受到时局动荡和命运多舛的双重打击，江南文士纷纷避地栖居，称道隐逸，流露出远离纷扰、乱世偷生的悲绪。倪瓒长期流寓吴中，客居他乡，游子情怀屡屡诉诸笔端。他景仰南宋遗民郑思肖的坚贞品节，其《题郑所南兰》诗写道：“秋风兰蕙化为茅，南国凄凉气已消。只有所南心不改，泪泉和墨写《离骚》。”面对郑思肖所绘兰草，诗人流露出如同屈原那样忧念故国、孤高自守的精神追求。为了排遣内心的郁苦，他经常在梦境中重归故里：“篷上雨潺潺，篷底幽人梦故山”(《南乡子·东林桥雨篷梦归》)、“梦入故园，山水碧迢迢”(《江城子·感旧》)、“旧家应在，梧桐覆井，杨柳藏门”(《人月圆》)；并且于重阳佳节思念故乡亲人的感情愈加强烈：“亲旧登高前日梦，松菊径，也应荒。”(《江城子》)表达出对于家乡风物的惦念关怀；但是归期杳杳，归路茫茫，令人黯然神伤，故园思念的梦醒时分只能越发增添凄然欲绝的愁苦：“渔唱一声惊梦觉，无觅处，不堪招。”(《江城子·感旧》)因此，他不由得喟叹自己孤舟漂泊、空老异乡的无奈和凄凉：“闲身空老，孤篷听雨，灯火江村。”(《人月圆》)笔调清冷，词意高洁。他如“削迹松陵华寓，藏密白云深处”(《如梦令》)、“乃知造物深相与，急使江湖棹去船”

① 况周颐：《蕙风词话》卷三，唐圭璋《词话丛编》，第4487页，中华书局1986年版。

(《鹧鸪天》)等词句，看似旷达逍遥，实质蕴含着悲怆之意。谢应芳、韩奕、释善住等词人亦多歌咏“岩畔观云”、“僧房听雨”、“江上鸥盟”、“踏雪寻梅”等闲逸生活，展现“闲云野鹤”式的隐者风范，但是这都是表象，在其背后却深藏着面对时代危局的无能为力，以及个人前途无法预知的孤寂和忧患。这样的作品自然也就染上了清苦阴郁的色调。

综而言之，元代江苏词坛虽然不如前后朝代创作繁盛，但是基于不同身份背景、词学渊源、个性特质的文人创作，仍然呈现出或豪放、或沉郁、或清雅的不同风格特征，成为江苏词文化史上的重要一环。特别是白朴、萨都剌等人怀古词的创作，跳脱了具体的历史咏叹和现实讽谕，而在人生哲理的感悟方面展开了深刻的思索，取得了尤为突出的成就。

9. 论明代苏州才子词

一、笔端尽吐狂狷气

有明一代，苏州经济富庶，人文荟萃，涌现了一大批著名的政治家、文学家、书画家，形成了吴中才士独标个性、独领风骚的繁盛局面。在词体创作上，苏州才子同样显示出鲜明的地域风味特色和时代文化精神，取得了突出的成就。

《礼记·学记》云："君子如欲化民成俗，其必由学乎。"以苏州为代表的江南地区很早就形成了柔静尚雅的文化氛围、耕读传家的教育风气。文徵明指出："诗书之泽，衣冠之望，非积之不可。"[①]所谓"积"的过程，就是通过一代一代文化濡染、积淀，形成风气，并且进而成为江南文化鲜明的精神涵养和特色标志。唐宋以来，江南已成为人才渊薮，明代中叶更有"人才甲天下"的盛誉，"科第往往取先天下，名臣硕辅亦多发迹于斯"[②]。有明一代共取进士 24866 人，其中江南八府人士多达 3864 人，占全国比例 15.54%；在明代 89 名状元中，江南人士有 21 人，占

---

① 文徵明：《相城沈氏保堂记》，《文徵明集》卷十八，上海古籍出版社 1987 年版。

② 王鏊：《苏郡学志序》，《震泽集》卷十三，第 273 页，上海古籍出版社 1991 年版。

23.60%；榜眼、探花及会元，也以江南人士居多①。王锜称赞苏州学校之盛，曰："吾苏学宫，制度宏壮，为天下第一。人材辈出，夺岁魁首。近来尤尚古文，非他郡可及。自范文正公建学，将五百年，其气愈盛。"②在文教兴盛、好学成风的氛围下，江南人士呈现出较高的文化素养，不仅涌现出众多文人学者、书画名家，妇孺博学通文的故事也屡见不鲜，形成了不少闺秀诗人、词人群体，钱谦益《列朝诗集小传》所载122位女诗人中，至少有一半生活在江南八府，青楼女子马守贞、马如玉、薛素素、周文等，皆以擅长诗文、色艺双绝而倾动一时士大夫。即便是江南文人家的仆佣，也多知书通文。朱国祯记载道："王弇州书室中一老仆，能解公意。公欲取某书、某卷、某页、某字，一脱声即检出待用，若有夙因。余官南雍，常熟陈抱冲禹谟为助教，其书满家，亦有一仆如弇州。"③区域文教事业的兴盛，促进了刻书、藏书业的大力发展，营造出浓郁的文化氛围。江南士人自然滋生出文化优越感，朱彝尊即不无自豪地指出："海内之言诗者，于吴独盛焉。"④吴伟业也称："吾吴如泰山出云，不崇朝而雨天下，命世名贤，接踵林立。"⑤

然而，明代诸朝皇帝却多对南方人士采取贬抑的态度。"明太祖恨苏、松人为张士诚守城，抗拒二年有余"⑥，故有大徙富民、格外加赋等报复之举。洪武三十年(1397)的"南北榜"案，尽黜南士，悉取北士，给予江南士人以空前打击。其后出于权力制衡的考虑，以南卷、北卷、中卷确定取录名额，这对文教水平最高的江南地区实为一种不公正的限制。英宗皇帝对南士的贬抑态度更加直露。安福(今属江西)人彭时独得英宗青睐，选庶吉士时，英宗命阁臣李贤"尽用北人，南人必若时者方

① 范金民：《明清进士数量、地域分布及其特色分析》，《南京大学学报》(哲社版)1997年第2期。

② 王锜：《寓圃杂记》卷五，《说郛》本。

③ 朱国祯：《涌幢小品》卷二〇，《笔记小说大观》第二辑。

④ 朱彝尊：《张君诗序》，《曝书亭集》卷三八，《四库全书》本。

⑤ 吴伟业：《申少观六十序》，《吴梅村全集》卷三七，上海古籍出版社1990年版。

⑥ 顾公燮：《消夏闲记摘抄》卷下，《涵芬馆秘笈》第二集。

可"[1]。盐山(今属河北)人王翱任吏部尚书时,"性不喜南士。英宗尝言:'北人文雅不及南人,顾质直雄伟,缓急当得力。'翱由是益多引北人"[2]。由于受到东南重赋、取士有偏的长期压抑,江南文士对北方统治者表现出种种不屑和讥嘲。如黄宗会称:"幽燕两河之地……自春秋时已有慕夷即戎之风,由唐而后,则离中国而入夷戎者日多,故其言语、贽币、服用,习之恬不为怪,视畔君父如置奕然。雄勇者为之登陴陷阵,转斗千里,以同类为鱼肉。"[3]伴随着中央集权控制的不断削弱,地方意识渐渐增强,离心倾向暗暗萌生,不少科举无门、政治失望的苏州文士,转而经商谋生,寓之于利,追求经济富足所带来的人生价值。

明代以来,江南经济多元化发展,商品性农业、民营手工业、商品流通业都兴旺发达,工商市镇如雨后春笋,蓬勃兴起。商品经济的发展侵蚀着自给自足的自然经济,滋生出资本主义的萌芽,传统的价值观念、人生追求、社会思想、伦理道德等,都受到了严重挑战,发生了剧烈动摇。市民阶层不断壮大,在文学艺术、游戏娱乐、节日活动、信仰习俗等精神生活的各个方面,都体现了自己的情趣和意愿,江南地区的社会风貌也因此出现了许多新颖奇异的色彩。江南经济的繁盛,商业文化的发达,使得江南文化形成了追新慕异的消费风尚和生活情趣,士、农、工、商界限模糊,雅俗文化渗透融合。吴地服饰僭越了等级尊卑,标新立异,竞逐华靡;饮食风尚不厌其精,饮酒花样名目繁多;豪门大院建筑精巧气派,家具制作工艺巧夺天工;富商大贾、缙绅世家、文人墨客都通过园林艺术的精雕细琢,获致精神的满足和审美的愉悦,整个社会沉浸在富有艺术性的奢华风气当中。明人袁宏道的《虎丘记》记录当日苏州人的夜生活情境:"箫鼓楼船,无月无之。凡月之夜,花之晨,雪之夕,游人往来,纷错如织,而中秋为尤胜。每至是日,倾城阖户,连臂而至。衣冠士女,下逮蔀屋,莫不靓妆丽服,重茵累席,置酒交衢间。"与此同时,王阳明心学思想在明代的广泛传播,更加鼓荡起江南士人对于本真情

---

① 张廷玉等:《明史》卷一七六,第 4683 页,中华书局 1974 年版。
② 张廷玉等:《明史》卷一七七,第 4702 页,中华书局 1974 年版。
③ 黄宗会、归昌世:《缩斋文集·地气》,上海古籍出版社 1983 年版。

欲、自我个性的追逐和张扬。

生活在如此地域文化背景中的苏州词人，自然常常凭藉强烈的文化优越感，彰显出睥睨俗世、狂傲不羁的个性气质。明初"吴中四杰"之一长洲人高启，主要以诗名世，《四库全书总目·青丘集提要》称其诗"天才高逸，实踞明一代诗人之上"，"振元末纤秾缛丽之习而返之于正，启实有力"。其《扣舷集》所载词作大抵信笔写来，疏旷洒脱，其中《念奴娇·自述》"壮志平生还自负，羞比纷纷儿女。酒发雄谈，剑增奇气，诗吐惊人语"、《沁园春·寄内兄周思谊》"莫厌栖栖，但存耿耿，得失区区何足哀。心惟愿，长对樽中酒满，树上花开"等词句，直抒壮志，顾盼自雄，尽显出才子词人的疏旷之气。其《水调歌头·谢惠酒》词以豪宕之笔刻画酒来愁消的爽朗惬意："一见即倾倒，笑口为频开。"结末两句"此味正不浅，看我玉山颓"，展现自己颓然醉倒的姿态，洋溢着内心的狂喜和陶醉。《鹧鸪天·秋怀》词触景生情，抒发人生愁绪，下片写道："书咄咄，叹休休。文君笑典鹔鹴裘。不如侠少浑无赖，醉杀东家燕子楼。"通过典故的化用，倾吐出愤世嫉俗、疏狂不羁的情怀。

成化年间常熟狂士桑悦，曾三次应进士试，以语多不伦被黜。其《思玄集》中有《道德论》曰："夫子传之我"；《学以至圣人论》中更云："我去而夫子来。"故四库馆臣讥其"肆无忌惮"①。他的《苏武慢·寓京师四首》倾吐人生失意的怨气，彰显桀骜不驯的本真个性，其一写道：

> 自叹先生，无心落魄，将谓人人同己。阔步长趋，放言高论，也没来由如此。浮梗栖身，虚舟度世，个个相逢欢喜。有知心、说破交情一半，后头怪你。　　我只晓得，蹙额为忧，解颜为笑，那去探他肚里。石上寻鱼，波中求鹿，一切置之不理。今古悠悠，是非衮衮，青史彻头彻尾。醉摩挲，双眼横空，太华只如蝼蚁。

整首词作采取对话体形式，运用大量口语，字里行间充满着超凡脱俗、大气磅礴的狂傲心性。他如"试长歌、坐石观天，拍手云霞破碎"（同调其二）、"五岳难寻，三山何在，搔乱麒麟发。叹何时、得会群仙，同嚼明

① 永瑢、纪昀：《四库全书总目提要》卷一二四，清乾隆武英殿刻本。

月”、“一卷离骚，数篇感兴，替我留言语。宽怀且过，临风默默延伫”（《念奴娇》）、“千古是非一梦，澹烟落日秋空”（《风入松》）等词句，也都抒写出词人放旷脱俗的人生慨叹。

嘉靖年间，吴县文士杨循吉结庐支硎山下，以读书著述为事。武宗驻跸南都，循吉以善为乐府、小令为伶人所荐，帝以俳优待之。循吉以为辱，坚决辞归。其《洞仙歌·题酒家壁》词中自比为高阳狂客，表达出狂放不羁的精神追求：“便典却、罗衫又何妨，算容易飞花，韶光难得。”长洲名士祝允明为人不拘检束，玩世自放，其《贺新郎》词淋漓尽致地展现出狂放洒脱的个性：

> 老子真痴子。算人间、谁个有痴如此。万事把来抛掉了，吃酒看花而已。另自是、一般滋味。不是要和人厮拗，也非关、不爱名和利。大概是，一痴耳。　　思量痴好真无比。者其间、无头无脑，一团妙理。既是世人须世法，胡乱做些张志。但不必、多劳多事。对了阿公都一笑，老山中、多少无名鬼。你醉否，我须醉。

作品紧扣一个“痴”字，鄙视世俗名利，醉眼观世，放情尘外，追求自由自在的痴狂境界。

不少苏州才子词人将苏轼作为崇仰、仿效的偶像。明代中期长洲人吴宽的学问、书法及诗文无不追步东坡。其诗《次韵答宾之作书戏效拙体》中有“书家新样出眉山”之语，《东坡乐水图》更把东坡的精神意态描写得活灵活现。其《采桑子·咏墨菊》、《西江月·晚行御河》、《采桑子·十一月初十夜泛舟白公堤》等词作，均具有不假雕琢、自然畅达的情韵风格，带有师法东坡词风的鲜明印记。王世贞的文学创作崇尚东坡式的旷放洒脱，其《苏长公外纪序》中云：“毋论苏公文，即其诗最号为雅变杂糅者，虽不能为吾式，而亦足为吾用。”其词也明显受到苏词的影响，《何满子·春郊独行》词描绘“轻暖轻寒天气”中的美好春色，词人徜徉其间，“呼取自斟还自劝，乌纱任汝欹斜”，尽享掉臂独行、悠闲自在的洒脱意趣，深得东坡神韵。其《水调歌头》（三月又三日）、（迟日卷残雪）两首词作前后呼应，抒发人生感慨，作者的人生姿态与智慧风貌，与东坡亦颇为近似。

由于受到政治险恶、仕途坎坷的打击，许多满怀失落感的苏州才子产生了退隐林泉的向往。于是，他们寄情山水园林、书画古董，追求一种悠闲适意的、艺术化的生活情趣，以平衡内心失落，排遣胸中块垒。明初平江人韩奕与王宾、王履齐名，称“吴中三高士”。他买得扁舟，“乘闲到处游，载将图册与衾裯”（《唐多令》）；山寺消夏，“闲咏不成诗，斜阳在涧西”（《菩萨蛮》），于清雅静谧的自然环境中获致闲逸幽澹的精神享受。正德年间常熟人丁奉歌咏轻舟泛湖的惬意：“闲人俨似天随子，幽兴五湖秋。相知只有，渡头渔叟，沙嘴眠鸥”（《眼儿媚》），表达夏日酣饮的快乐：“避暑不须河朔饮，酣狂。酒醒诗成夜未央”（《南乡子》）。其《解连环·有感》下片写道：“莫羡鸣驺曳绣。只安分田园，委心耕耨。好将勤俭传家，且淡饭粗衣，延绵裔胄。古圣先贤，管不得、无穷宇宙。我劝我、把酒宽怀，休教眉皱。”作者似乎参透了世事纷争的无趣，转而追求隐逸旷达的生活境界，获得乐而忘忧的愉悦。同时代的昆山人方凤也尽得园林幽趣：“圣世闲人，多少雅情高趣。小园林、此身堪住。甘泉双井，灌名花嘉树。这幽怀、更无幽处。”（《谢池春》）字里行间充满着超尘脱俗的野逸情怀。长洲人陈淳在《菩萨蛮》词中也表达出鄙弃功名、寄情山林的意趣：

> 平生自有山林寄，富贵功名非我事。竹杖与芒鞋，随吾处处蘿。　　世缘何日了，误却人多少。毕竟到头来，逝波曾复回。

作者远离俗世，手拄竹杖，足踏芒鞋，在山林间自在游荡；他还告诫世人：人生短暂，逝水难回，还是要抛却浮华，珍惜生命的本真意义。文徵明长子文彭筑别业在笠泽之上，常课耕于此，其《渔父词》二首即非常形象地展现出隐逸之乐：“吴淞江上是侬家。每到秋来爱荻花。眠未足，日先斜。妻笑船头看落霞”、“夜深结网一灯红。吹笛邻舟搅睡浓。云夜月，雨晴风。都在渔家烂醉中。”落霞满江、清风明月，淳朴而快乐的渔家生活确实令人心驰神往。嘉靖时期太仓人陈如纶则在《减字木兰花·南庄即事》词中描绘慵懒闲逸的乡居生活：

> 春眠初起，寻常僻性慵梳洗。过客敲门，留坐东窗共酒尊。
> 桑麻白话，那问城中柴米价。隔竹鸡声，风飏茶烟缕缕青。

词人借鉴孟浩然《过故人庄》诗意，不问世事，闲散自在，在饮酒之乐、茗茶之雅中获得了精神的格外满足。

晚明常熟人孙继登著有《菊醉词》，有八首不同词调的作品皆用“菊花能醉去官人”作为开头。作者描绘“橙黄橘绿洞庭春”（《醉桃源》）、“数竿修竹绿波纹”（《画堂春》）的清新景致，展现自己“卜筑行吟随处稳”（《醉红妆》）、“颓然独酌咏黄昏”（《月中行》）的沉迷情态，表达出放情山水的野逸情怀：“十亩惟供麴蘖，五湖长忆鲈蓴”（《朝中措》）、“逸老有遗民。同结伴、烟波钓津。”（《太常引》）

明代苏州才子词人继承了范蠡、陆龟蒙、范成大等前贤隐者的精神传统，传达超凡脱俗的生活意趣，流露纵横洋溢的个性才情，用自己出色的创作成果进一步强化了江南隐逸文化特色。

二、萧瑟家国身世悲

苏州才子满怀理想抱负，却常常遭遇到现实社会的阻碍和打击，产生出诸多人生失意的悲叹；时世的衰乱沧桑，更加激发其内心深处的无限郁苦和愁绪。

明初吴中才子杨基，生长于温柔富贵之乡，却在入明之后的十年当中，先后经历了四次贬谪，最终卒于贬所。在如此痛苦的人生遭际中，他的词作往往表露出郁愤牢骚之意。其《清平乐》词写道：

> 狂歌醉舞，俯仰成今古。白发萧萧才几缕，听遍江南春雨。
> 归来茅屋三间，桃花流水潺潺。莫向窗前种竹，先生要看西山。

此词当作于杨基流徙河南又被放归吴中之际。开头两句感叹江山易主、沧桑巨变，自己也由当年的风华少年，顿然衰老颓唐。他回归家乡茅屋，却仍然保持倔强孤傲之气。结末一句化用《世说新语·简傲》所载王徽之所云“西山朝来，致有爽气”，流露出不甘沉寂的横恣之意，以及疏离新朝的自放心态。杨基由江西落职后曾谪居句曲，其《贺新郎·句曲闲居春暮》词描绘寂寞春景，以见“寓居无聊”之意；“疏狂莫笑今非昨。想当时、狂歌醉舞，转头都错”，抚今追昔，无限悲慨。面对人生的坎坷，他只得“且对酒，任漂泊”，借酒浇愁，聊以自慰。洪武七年(1374)春，苏州知府魏观于张士诚故宫旧址重建府衙，被人诬告获罪，高启因作《上梁文》一并得罪。九月，高启与魏观同被腰斩。杨基因作《摸鱼儿·感秋》一词，慨叹政治空气之凛冽肃杀。下片“山阳笛里曾赋”一句，化用魏晋时期向秀哀悼被司马昭所杀的好友嵇康、吕安，山阳闻笛而作《思旧赋》的典故，表达出无限同情、悲愤之意。

高启咏物词作《沁园春·雁》描摹鸿雁高飞、“横破潇湘万里天”的潇洒情态，但是结尾处规劝鸿雁道：“陇塞间关，江湖冷落，莫恋遗粮犹在田。须高举，教弋人空慕，云海茫然。”实则隐喻着对于明初朱元璋残害文士的无形之网的戒惧和警醒。高启敏感地嗅到了时代血腥的味道，却最终未能躲避悲剧的命运结局。清人陈廷焯评价道：“此作句句精秀，虽非宋人风格，因自成明代杰作。‘横破’七字，精湛而雄秀，真才子之笔。先生能言之，而终自不免，何也？”①

明代中期，苏州文人终于走出开国时的心理阴影，重新恢复了文学艺术的繁盛局面，涌现出以“明四家”为代表的著名书画家。他们崇尚自由放旷的生活态度，对政治表现出疏离超脱的心理倾向。沈周的词作屡屡感叹年岁老大：“华发满头如缕。岁月峥嵘，吾生老矣”(《苏武慢》)、“惟叹镜中吾老矣，鬓霜髯雪今如许”(《凤栖梧》)，醉心于书画遣兴的生活：“天地一痴仙，写画题诗不换钱。画债诗逋忙到老，堪怜。白作人情白结缘。　　无兴最今年，浪拍茅堂水浸田。笔砚只宜收拾起，休言。但说移家上钓船。”(《南乡子》)词人通过这样的生活写照，获致放旷不羁的精神享受。据《柳塘词话》所载，唐寅“素性不羁，及坐废，益游于酒人以自娱。宸濠礼聘之，子畏(唐寅字)见有异志，裸形箕踞以处，得遣归。又传其鬻身梁溪学士家以求美婢，见诸剧戏。祝枝山尝傅粉墨，从优伶人市度新声，多向狭邪游。……两人同滥笔墨，每多谐谑，而人争重之”②。唐寅在《望湘人》词中突发奇想，竟然对春花抒发人生

① 陈廷焯：《云韶集》卷一二，南京图书馆藏清钞本。

② 沈雄：《古今词话·词话》下卷引，唐圭璋《词话丛编》，第 804 页，中华书局 1986 年版。

感慨："道是容华富贵，恁掀天气概，霎时搬戏。看今古英雄，多少葬身无地。名高惹谤，功高相忌。"面对世态炎凉，词人只得花前沉醉，"管甚个、兔走乌飞，白发蒙头容易"，流露出玩世不恭的生活态度。

正德年间的常熟人丁奉抒发嘲世之叹："宦海茫茫，来往人如织。邯郸一梦谁能识。白发黄泉，拦住贪婪客。"（《苏幕遮》）在诗酒纵放之中寻觅内心的恬适："叹人生、荣枯不等。只安分、深锁柴门，但寻诗倦处，得醉何须醒。"（《锦缠道》）万卷楼藏书家杨仪喟叹人生的无奈："人生何自苦，风波险恶，岁月奔徂"（《满庭芳》），表达出鄙弃官场、归隐家园的精神追求："朝登紫阁，暮归丹阙，争似还家。"（《诉衷情》）陈如纶则展现出放浪形骸、闲逸旷达的生活状态："问平生，形骸元放浪，兴趣总清悠。或注茶经，或赓酒颂，或填乐府，或弄渔舟。"（《风流子》）太仓名士王世贞慨叹人生道路的坎坷："行路方难，归期无据，愁与闷相守"（《春云怨》），流露出类似李白"大道如青天，我独不得出"（《行路难》）的悲绪："悲落魄，笑支离。世情原与世人宜。青山不用金钱买，只碍当头一小儿。"（《鹧鸪天》）词人独登太白楼，抒发出精神相契的知音之叹："谁教狂李白，独起千秋色。而我亦歌呼，乾坤一酒徒。"（《菩萨蛮》）

明末吴江人叶绍袁在《水龙吟·丁丑元旦》词中渲染悲怆的情感氛围，抒发"壮怀消透"之苦，展现"赢得庾郎清瘦"的凄寂形象。叶绍袁、沈宜修夫妇第三女叶小鸾，不仅眉目如画，宛然玉人，而且诗画兼擅，禀赋超群，然而却于婚前五日猝然辞世，年仅17岁。叶绍袁悲痛欲绝，在江南黄梅细雨中泪落如雨："溟溟濛濛，潇潇淅淅，泪丝如许"（《水龙吟·癸酉雨中追悼亡女》），倾吐出无限悲楚之绪："叹掌中珠陨，千怜万惜，博得泪痕一缕。"（同调）吴江人沈自炳明末起兵抗清，败后与弟自駉均赴水而死。其《兰陵王·秋日书怀》词抒发壮志难酬的郁苦："祖刘剑气空磅礴。怅中原沸鼎，澄清无术，七尺男儿徒闷缚。奈时序销铄。"字里行间充斥着雄旷郁塞之气、时代悲凉之叹。吴县人陈尧德的《满庭芳·秋夜感怀》词下片表达人生悲绪："穷愁如几许，黄金散尽，白发随生。叹百年有限，一事无成。为问壮心何在，龙泉剑、斗柄俱横。魂消处，明河耿耿，谯鼓欲三更。"穷愁衰老、岁月蹉跎、壮志未酬的身世遭际，在明清易代的大背景下，越发显示出沉痛悲怆之意。

苏州才士在咏史怀古词的创作中，通过对于屈原、岳飞、文天祥等人物命运的咏叹，表达出深沉的历史意识和政治情怀。文徵明杰作《满江红》词题咏岳飞故事：

拂拭残碑，敕飞字、依稀堪读。慨当初、倚飞何重，后来何酷。果是功成身合死，可怜事去言难赎。最无辜、堪恨更堪悲，风波狱。　岂不念，中原蹙。岂不惜，徽钦辱。念徽钦既返，此身何属。千载休谈南渡错，当时自怕中原复。笑区区、一桧亦何能，逢其欲。

卓人月《词统》卷十二载："夏侯桥沈润卿掘地，得宋高宗赐岳侯手敕刻石。文徵明待诏题《满江红》词云云。激昂慷慨，自具论古只眼。"这篇长短句式的史论，以民族英雄岳飞的悲剧遭遇为依托，把历史批判的矛头直接指向最高统治者宋高宗，秦桧之所以敢于为所欲为，是因为他迎合了宋高宗卑劣阴暗的权欲心理。"千载休谈南渡错，当时自怕中原复"，议论透彻，鞭辟入里，展现出深刻沉痛的历史感慨。陈如纶在《宴清都·望西湖》词中，由凭吊岳坟而慨想南渡故事，"君王无意恢复，赢住得、湖山胜处。且问取、南渡诸陵，行人辨否"，同样斥责宋高宗时代的文恬武嬉、自毁长城，再联系到宋朝国祚消亡，六陵亦被元僧杨琏真珈盗发夷平，抒发出沧桑变幻的黍离之悲。昆山人顾潜《满江红·用岳武穆王韵吊岳》词歌赞岳飞精忠报国的精神意志和坚持抗战的艰难遭际："只手艰难扶社稷，寸心精白凌霜月。"也抒发出英雄失路、横遭冤狱的悲愤："犬食也羞奸蠹肉，江流不尽英雄血。"王世贞在次韵文徵明的《满江红》词中，"十二金牌丞相诏，风波片纸君王狱"，慨叹历史的悲剧；"北面生看臣构在，南枝死望中原复"，流露出忠贞孤愤之气。

顾潜《沁园春·用文信公韵吊文》词歌颂宋末民族英雄文天祥"昭然青史，照人耳目，云霄事业，金石心肠"，同时也悲叹"彼苍无意，群奸卖国，纷纷荆棘，奈此孤芳"，抒发个人命运在污浊时世中的无奈和孤独。明末反清英雄吴江人吴易通过咏史怀古词的创作，感叹历史的沧桑巨变："横戈跃马，甚时了国耻君仇"(《水调歌头·北固亭》)、"霸才王佐逐飞蓬，成败总朦胧"(《木兰花慢·淮阴怀古》)、"斗虎英雄争鹿地，付乌骓赤兔渔樵话”(《金缕曲·戏马台》)、“算古今、形胜说彭城,空悲壮”(《满江红·彭城怀古》)。其《满江红·姑苏怀古》词写道:

> 斗大江山,经几度、兴亡事业。瞥眼处、称王说霸,战争不息。香水锦帆歌舞罢,虎丘鹤市精灵歇。漫筒残、吴越旧春秋,伤心切。 伍胥耻,荆城雪。申胥恨,秦庭咽。更比肩种蠡,一时英杰。花月烟横西子黛,鱼龙水喷鸱夷血。到而今、薪胆向谁论,冲冠发。

作者追忆姑苏吴越春秋历史,展现出这座城市曾经彰显出来的称霸天下的刚烈性格。结末一句由古叹今,则又身处现实的危殆,宣泄出无限悲壮的英雄气概。

苏州词人常常在其作品中反映时代的危机,表达现实的忧患。嘉靖年间,东南沿海一带倭乱频仍,长洲人吴子孝《诉衷情》词表现“越江吴峤有干戈,羽檄晓来多”的动乱景象,词人意绪烦闷,忧心忡忡:“踏青时节,拾翠心情,底是愁歌。”其《念奴娇·海警次韵》词写道:

> 烟迷海岛,堪扼腕、星见欃枪妖物。釜底游鳞那足算,沙上元无垒壁。舟楫纵横,戈铤出没,春睍飞残雪。桓温堪笑,三秦未识豪杰。 只须候谍朝驰,旌刀夜市,机略风霆发。大播恩威收众策,一点浮云易灭。谁作长城,畴能缓带,秉钺非黄发。干将怒吼,神光空映寒月。

作品真切地渲染出战争紧张、悲壮的氛围,寄希望于明朝抗倭名将戚继光一举消除倭寇之患。

明末之际,众多词人则又抒发出国家沦亡之痛。吴易词作颇多只手补天的英雄豪气与悲剧意味。其《满江红·除夕丹阳道中》词撇空而起:“地拆天摧,孤臣恨、渡江孤楫。”一腔孤愤喷薄而出,词人“想明朝、新历旧江山,回肠裂”,抚今追昔,肝肠寸断。面对凄凉的景象,他愁怀难释:“兴亡满眼,齐州恨、九点烟空”(《渡江云》)、“叹兴亡、多少英雄束手,伤心处、从头看。”(《水龙吟》)即便如此,他始终保持高尚的民族气节和忠贞的报国之志:“愿化为、采石补还他,乾坤缺。”(《满江红》)丙戌

(1646年)秋,吴易在嘉善为清兵所执,坚贞不屈,被杀于杭州草桥门,时年三十五岁。其《浪淘沙·临刑绝命》词二首不仅追忆自己当年"歌笑酒垆旁,筑乐高阳"的轻狂生活,也流露出人生如梦的感慨:"梦里邯郸还说梦,蓦地晨钟",感叹神州陆沉之悲:"瞥眼神州何处在,半枕黄粱。"早在吴易就义的前两年,吴县人汤传楹闻国家沦亡消息,悲愤染病,强起哭临三日而卒,年仅25岁。其《桂枝香·读史用前韵》词作于明亡之前,开头三句"乱愁摇曳。叹紫塞风尘,愁来又起",隐喻满清大兵压境,北方风尘再起。"百年武备成空纸,看新忧、吾曹眼里",表现明朝军队不堪一击,国家形势岌岌可危。"楼台竽瑟,边城画角,不堪生死",采用鲜明的对比手法,颇似高适《燕歌行》"战士军前半死生,美人帐下犹歌舞",揭示出朝廷文恬武嬉、醉生梦死的昏聩不堪实则是大明王朝祸灭之根。词人忧心忡忡,却又无可奈何,只能以冷眼嘲世的态度迎接日没西山的悲剧结局:"醉乡深味,睡乡佳境,吾将老耳。"此外,太仓人顾湄《满江红·锡山遇苏昆生话旧》"到而今、沦落只龟年,余存否"、吴江人毛莹《忆秦娥·月夜忆金陵》"声消歇。满街惟有,胡笳悲切",皆通过凄寂景象的渲染,故人话旧的唏嘘,传递出无限惆怅的沧桑之悲、兴亡之叹。

三、画意诗情传雅韵

"人人尽说江南好,游人只合江南老。春水碧于天,画船听雨眠。"(韦庄《菩萨蛮》)古城苏州山清水秀,风景宜人,文人墨客徜徉其间,自然诗兴大发,用生花妙笔描摹山水胜迹。正德年间,昆山人方凤即创作了十余首歌咏苏州美景的词作,《丑奴儿令·邓尉山》"千寻结就芙蓉朵,烟壑云峰。碧殿瑶宫。翠竹苍梧映古松",碧峰入云,烟雾缭绕,把人带进了苍翠古雅的缥缈之境;《长相思·石湖》"风景嘉。月满沙。箫鼓楼船摇落霞。东风扑浪花",则又烟波荡漾、月色朦胧,令人神清气爽。词人流连嘉景,沉醉其间:"醉后笑拈花朵、豁双眸"(《上西楼·虎丘》)、"分开眼界,打豁胸襟,一乐陶陶"(《诉衷情·虎山桥》),在山水之间涤荡心胸，排忧除虑，获得精神的快乐。

吴子孝曾经创作了多首歌咏虎丘游历的词作，其中《朝中措》词写道：

> 月华化作水晶宫，万顷素光融。却羡虎丘楼阁，参差矗起天中。　　试登绝顶，星低近户，夜永无风。沙浦一声归雁，石坛几树疏桐。

该词序云："月中与客游虎丘。"作品描绘月色朗照下虎丘楼阁矗立、光明澄澈的景象，结末两句更增几分清远疏朗之气。中秋之夜，他于此宴会众宾，"徘徊对酒，宝塔绕千灯，玉楼台，银世界，镜里神仙宴"（《蓦山溪》），颇得神仙风韵；秋登致霜阁，纵情远眺，"指青峦万叠，澄川百道，绕栏分列，似画难收。方信三吴佳景，尽属清秋"（《风流子》），显示潇洒旷放的情怀。

江南美景更令漂泊异乡的游子魂牵梦绕。王世贞在其梦忆故乡的三首《望江南》词中，描摹水乡秀色："青织晚潮萦似带，碧攒春树小于簪"、"柔绿篙添梅子雨，澹黄衫耐藕丝风"、"半艇春洲芦笋绿，一楼风雨杏花寒。"作者深情探问："此景放谁看？"流露出强烈的思乡之意，"犹有唐二主风韵"①。万历年间出任广东提学参政的常熟人魏浣初，更将思乡之情具象化为对于家乡江鲜佳味的渴慕："江南忆，佳味忆江鲜。刀鲚霜鳞娄水断，河豚雪乳福山船。齐到试灯前。"鲜嫩的江鲜之想中，渗透着江南灵秀之气，寄托作者浓郁的思乡意绪。

韦庄的另一首《菩萨蛮》词记载了当年江南冶游之乐："如今却忆江南乐，当时年少春衫薄。骑马倚斜桥，满楼红袖招。"风情旖旎的江南人文环境为词体创作增添了婉丽柔媚的情味。明代以苏州为代表的江南地域，经济繁荣，声色大开，奢靡之风非常盛行。陆楫《蒹葭堂杂著摘抄》指出："吴越之易为生者，其大要在俗奢，市易之利，特因而济之耳。"②清初顾公燮形象地记载了苏州民风民俗的普遍特征："以吾苏而

① 胡薇元：《岁寒堂词话》，唐圭璋《词话丛编》，第 4037 页，中华书局 1986 年版。

② 陆楫：《蒹葭堂杂著摘抄》，《丛书集成初编》本。

论，洋货、皮货、绸缎、衣饰、金玉、珠宝、参药、诸铺、戏园、游船、酒肆、茶店，如山如林，不知几千万人。有千万人之奢华，即有千万人之生理；若欲变千万人之奢华，而返于淳，必将使千万人之生理几于绝。”[①]在此基础上，明代苏州俗文化往往渲染任情纵欲的性爱之风。自称“少负情痴”的长洲人冯梦龙，收集整理了古今众多情爱故事，编成一部“事专男女”的《情史》，并为之作了一首《情偈》，宣称：“我欲立情教，教诲诸众生。”他所编纂的“三言”展演男女诸般情事，收集的民间情歌《挂枝儿》和《山歌》则更加大胆、直露地表达出广大青年男女对情欲的追求。他在《叙山歌》中，提出要“借男女之真情，发名教之伪药”的文学主张，表现了冲破礼教束缚、追求个性解放的时代特质。

明代苏州才子于此旖旎风情的鼓荡下，更加如鱼得水，在创作方面共同表现出对于花间词风的追慕。杨基《清平乐·折柳》“曾把腰肢羞舞女，赢得轻盈如许”、“记取春来杨柳，风流正在轻黄”，细摹杨柳美态，明人陈霆评之曰：“状新柳妙处，数句尽之，古今人未曾道著。歌此阕者，想见芳春媚景，暝色入帘，残月戒曙，身在芳塘之上，徘徊容与也。”[②]《蝶恋花·春闺怨》“一段心情空自爱，风流那得常时在”、“花影低将新月碍，小栏干外深深拜”，笔触婉约柔丽，颇具花间风调。高启《江城子·江上偶见》词记载一段青春的邂逅：

> 芙蓉裙衩最宜秋。柳边头，自撑舟。一道眼波，斜共晚波流。蓦地逢人回首笑，不识恨，却知羞。　　夕阳犹在水西楼。慢归休，欲相留。教唱弯弯，月子照湖州。不怕鸳鸯惊起了，怕江上，有人愁。

此词上片颇似张泌《浣溪沙》（晚逐香车入凤城）、牛希济《临江仙》（柳带摇风汉水滨）、欧阳炯《贺明朝》（忆昔花间初识面）诸词笔法，描摹眼波流转、笑意含羞的一见钟情之乐；下片则恰似孙光宪《河传》（风飐），流露出不忍离别的缠绵意绪。整首词作体情入微、疏朗有力，非常真切地

① 顾公燮：《消夏闲记摘抄》卷上，《涵芬馆秘笈》第二集。
② 陈霆：《渚山堂词话》卷一，唐圭璋《词话丛编》，第356页，中华书局1986年版。

传写出风流才子的浪漫心性。

吴江人史鉴隐居不仕，家居水竹幽茂，亭馆相通，好著古衣冠，曳履其间，因居住西村，人称西村先生。然而就是这样一位看似远离尘嚣的世外隐者，却热衷于听歌赏舞，追求多姿多彩的生活情趣："年少沈郎风度好，踏歌声更巧"(《谒金门·赠歌者》)、"对酒娇歌，睍睆流莺转"(《点绛唇·闻歌》)、"瞥然披拂闹花丛，婀娜不禁风"(《喜迁莺·观舞料峭》)、"香雾满堂生，罗绮盈盈。歌喉宛转度新声"(《浪淘沙·赠歌生》)、"矫若游龙，翩如飞燕。彩云挥擢华灯炫"(《踏莎行·观观音舞》)、"弓样转弯弯，左右回盘。镜光如月照孤鸾"(《卖花声·观天摩舞》)。不仅如此，他还创作了十多首赠妓之作，描摹美妓的体态风神："体态娇娆，柳丝无力腰肢小。向人无语，似肯花开早"(《点绛唇·赠妓》)、"雾鬓轻盈，霓裳旖旎，自与人间别"(《念奴娇·咏妓名桂枝》)，欣赏她们的婉转歌喉："春波明月荡妆楼，花艳照芳洲。入耳弦歌，动人谐笑，那个最风流"(《少年游·赠歌妓刘红香》)、"一曲娇歌人静后。圆转清和，莺啭花时候"(《蝶恋花·赠歌者沈魁春》)、"娇啭歌喉，明珠一串，散落金盘脆"(《念奴娇·咏美人》)，同时也体贴入微地刻画这些女子内心的愁绪："翠袖舞低明月下，紫箫声断彩云飞。多少愁怀无说处，皱双眉"(《摊破浣溪沙·赠舞妓》)、"翠襦金缕绣鸳鸯。红泪湿，肠断为刘郎"(《小重山·赠妓》)。作者如此深细地描绘歌妓、舞女的美姿、心绪，同情她们的悲楚命运，传递出某种新的精神气息，是对花间绮怨风格的继承和发展。

唐寅素有"江南第一风流才子"之称，其《踏莎行·春闺》词写道：

> 可怪春光，今年偏早。闺中冷落如何好。因他一去不归来，愁时只是吟芳草。　奈尔双姑，随行随到。其间况味侬知道。寻花趁蝶好光阴，何须步步回头笑。

此词以柔丽笔触，细致地描摹春闺愁绪，虽然不乏感伤，仍具灵动活泼之致。王世贞在词学理论中推崇婉约风格，其《艺苑卮言》中有云："词须宛转绵丽，浅至儇俏，挟春月烟花于闺幨内奏之，一语之艳，令人魂绝，一字之工，令人色飞，乃为贵耳。至于慷慨磊落，纵横豪爽，抑亦其次，不作可耳。作则宁为大雅罪人，勿儒冠而胡服也。”[1]他的《望江南·书所见》词细腻地刻画美人的姿态：“春睡足，钗玉自敧斜。立傍镜台还脉脉，枕痕纤甲印桃花。来试雨前茶。”她含情脉脉，悄然独立，指印桃花，试茗新茶，蕴涵着娴静优雅的韵致。佳人的闺思也同样地纤柔娇慵：“柔似女蚕春再浴，困如人柳日三眠。细笺心语衬胸前”（《浣溪沙》）、“玉琢娉婷，津含旖旎。青丝细绾双鸳尾。当时一寸暗同心，临岐总结秋波内。”（《踏莎行》）这些词作颇具花间婉约风味。

明代后期吴江人吴鼎芳年四十削发为僧，他的词作颇多歌咏闲逸、谈论禅理的内容，但是与此同时也创作了不少刻写女性美姿的香艳之作。其《南乡子》词描摹男女幽会的情态：“渐觉偎偎双玉并，娇羞。甚叫着名儿佯不认。”此种笔法恰似花间词人孙光宪《浣溪沙》所云“将见客时微掩敛，得人怜处且生疏，低头羞问壁边书”，尽显娇羞含蓄之致。“敛笑凝眸红两颊，故地灯吹灭”（《薄命女》），则又描写欢会之际既怯又喜的狂荡心绪，“极浓艳而又刻人”[2]。他如“瘦了，瘦了，瘦得腰肢越小”（《如梦令》）、“莺滑柳丝长，断肠流水香”（《醉公子》）、“不忍看伊行，无计留伊住”（《海棠春》）、“粉颊啼红线两条”（《丑奴儿令》）等，都用浅近细腻的笔触，抒写出断肠相思之苦。

明末吴江人邹枢作有《十美词纪》，分别歌咏陈圆圆、卞赛、沙才、李莲、朱素等佳人，揭示她们各自的美态风韵。毛莹也擅长描摹席上艳遇的情态：“笑微双靥浅，暗地秋波转。”（《菩萨蛮》）表现幽会之际的儿女心性：“暗约芳心瞒小妹，故拈闲语恼檀郎。唤伊翻自背灯光。”（《浣溪沙·艳情》）这样的画面颇似花间词人牛峤《应天长》词所云“双眉淡薄藏心事，清夜背灯娇又醉”，尽显旖旎缠绵的情味。昆山人沈际飞亦多美人之咏，其《行香子·佳人》词写道：

> 玉骨冰神，瘦楚三分。乍相逢、独自长颦。讹声宜喜，恣口宜嗔。似暂时雪，霎时月，片时云。　　樱口檀唇，未醉微醺。俏灵

① 王世贞：《艺苑卮言》，唐圭璋《词话丛编》，第385页，中华书局1986年版。
② 沈雄：《古今词话·词评》下卷，唐圭璋《词话丛编》，第1031页，中华书局1986年版。

儿、背地生春。几声破玉、一缕飞尘。正灯将灭，炉将冷、被将温。

作品细致地描摹佳人冰肌玉骨，神态高洁，娇声雅韵，一举一动、一颦一笑皆足以令人心驰神往。常熟人孙旸的《金凤钩》词虽然展现佳人"红酥脸波如醉"的传神美态，但是"三春情况，几般心事，尽在眉尖眼尾"数语，则又隐现出伤春闺怨之情，故而女主人公杏腮之间流下了"两条粉泪"。下片最后三句"见人佯走，弓鞋欲褪，笑入碧桃花底"，表现女子人前着意掩饰、强颜欢笑的徒劳努力，进一步揭示出其内心深处的无奈和酸楚。

所以说，明代苏州才子绘美人之态，写儿女情事，也揭示出闺中佳人的春愁秋怨、相思离别，以细腻缠绵之笔，尽显风流旖旎之情。

明代苏州地区涌现了一大批著名画家，沈周、唐寅、文徵明、仇英合称为"明四家"，此外祝允明、周臣、陈淳、文嘉、文伯仁、陆师道、彭年、王穉登、钱谷、陆治等人也取得了卓著的绘画成就，形成了地域特色鲜明的"吴门画派"。这些画家继承元人写意画传统，更加注重笔墨的总体表现力和画家的修养，形成宁静典雅、蕴蓄风流的艺术风格。他们往往身兼文学家和艺术家双重身份，又与著名文士关系密切，常相唱和，创作了大量题画诗词。明代苏州题画词大体可以包括题山水画词、题花鸟画词、题美人图词三类。

题山水画词往往将诗情画意融为一体，展现江南山水的灵秀之气，揭示出水墨丹青的独特神韵和清雅格调。明初长洲人王行，与高启等并称"北郭十子"，能诗善画，喜泼墨成山水，时人谓之"王泼墨"。其《满江红·写意秋水晴霞》、《如梦令·雪景便面》皆为题画之作，描摹"芳草际，烟横渚。修竹外，花连坞"的秋日景象、"回首琼林玉树"的冰雪世界，既交代了画面内容，又充溢着自然风神。"明四家"之一沈周的绘画被《丹青志》推赏为"当代第一"，张丑《清河书画舫》推其为明代画学的"广大教化主"。他擅长以安静平和的画境表现磊落放达的胸襟，《庐山高图》是其四十一岁时为恩师陈宽祝寿而画的巨幅杰作，借取庐山之高来比喻老师高深的学问、高尚的道德，并用万古长青的五老峰来祝福老师长寿，选材、立意颇具匠心；《东庄图册》、《写生册》等画作又用粗笔泼墨，描绘出盎然生机的自然图景，显示出更多文人墨戏的意趣。其题画词多表达醉眼看人、忘怀世事的放达情怀："枉劳荣辱总成空，不长似、江山在眼"(《鹊桥仙·题画》)、"举双醉眼看时人，一转瞬、英雄何有"(《鹊桥仙·题钓图》)、"再画一驴驮我去，虽不到，也风骚"(《唐多令·题画》)。《一剪梅·题画》词更是借画抒情，参透生死：

此老粗疏一钓徒，服也非儒，状也非儒。生来多为酒糊涂，朝也村沽，暮也村沽。　　胸中文墨半些无，名也何图，利也何图。烟波染就白髭须，生也江湖，死也江湖。

作品采用民歌式的明朗格调，展现词人粗疏、放旷的生活状态，表达出鄙弃名利、乐在江湖的精神意趣，实则反映了明代中期广大江南文士对于政治的疏离态度。

文徵明画风文雅秀逸，《石湖图》描绘江南水乡景色，岗峦起伏，林木茂盛，大片的空白是辽阔的湖面，富有宁静清旷的韵致。他填制了《渔父词》十二首，曾收入商务印书馆本《吴仲圭渔父图卷》，又见《虚斋名画续录》卷一，显然为题画之作。这些词作按照一年四节的顺序，先后描写绿柳、桃花、杨花、绿荫、败苇、断冰等景象，富有画面感，以简练写意的笔法形象地展现出江南水乡的清新之美，字里行间渗透着清雅文人的闲逸之趣。明末吴江人陶日发的《临江仙·题画》词同样描摹山水图画里的迷蒙景象："远岫浓烟犹未散，依稀染景空濛。半风半雨影蓬松。隔溪深树里，几处映残红。"通过图中之景的刻画，传递出静谧幽眇的气息。词人于此境界中，似乎忘却俗世的喧闹，追寻精神的归宿："桃源图画在，高隐愿相从。"流露出隐逸高蹈的情怀。

题花鸟画词往往细致入微地刻画花鸟神态，也从中寄托着文人、画家的自赏心迹。高启《水龙吟·画红竹》词化用湘妃弹泪、子猷赏惜等典故，展现画中红竹的优雅神韵，结末三句"细看来，不是天工，却是那春风笔"，由虚返实，流露出轻灵活泼的格调。沈周的《浪淘沙·题画白牡丹》词借对图中白牡丹的歌咏，慨叹"今年情比去年差"的伤春愁绪。祝允明《南歌子·墨菊》词歌咏墨菊迎秋独放的风韵，寄托作者孤芳自赏的精神追求："避炎趋冷久惺惺，谁识一般风味尽多情。"他又描绘月下梅花的清瘦芳菲，营造出缥缈空幻的艺术境界："晕雪成花，削琼为骨，人间一品芳菲格。冰轮遥驾素娥来，凭空幻出风流色。"(《踏莎行·月梅》)赵宽的《临江仙·题画牡丹》词化用李白《清平调》诗意，渲染牡丹盛开的热闹景象："玻璃七宝盏，含啸泛流霞。"其《蝶恋花·题花鸟图》则又借助春鸟的啼鸣，感发出伤春愁绪："惊起无言情悄悄，腰肢又被东风恼。"杨仪《长相思·题画》词并咏水墨桃花、杏花之美：

> 桃花红。杏花红。两样春光便不同。各自逞娇容。　倚东风。笑东风。绿叶青枝共一丛。静爱碧烟笼。

据李诩《戒庵老人漫笔》卷六记载："正德丙寅年，唐六如(唐寅自号)为一狎客作水墨桃杏在一扇头，将伺暇作新词题之。其人持去，为狂生大书诗句于前。六如见之，怒甚，取笔泚墨，淋漓一抹，诗画尽墨。时杨五川仪年方十九，在侧，就案以水笔洗涤新墨，狂生之迹几灭。计不能尽去，乃因字删改，良久，扇亦曝干，遂填补成《长相思》一调云云。六如甚加叹赏。"[①]该词并赞桃花、杏花各具魅力的娇容，诗画交融，富有清新流荡的意趣。

在明代江南奢靡的消费文化背景下，题美人图词成为许多作家偏好的创作题材，绘佳人美态，流露冶艳之求。杨基填制了四首《浣溪沙》词，分别结合元夕、花朝、上巳、寒食四种节令，描绘四幅春日美人图景。其《醉花阴》词题写屏风仕女图，"纵是不分明，犹胜腰肢，背后匆匆见"，尽显柔婉之致；"莫道不留情，秋水芙蓉，独立思量遍"，则又揭示出佳人沉静之思。唐寅《过秦楼·题莺莺小像》联系王实甫《西厢记》情节，着力刻画崔莺莺动人姿态："想伉俪鸾凰，万千颠倒，可禁娇颤。"也表达出莫负光阴、珍惜青春的爱情期待："休负良宵，大都好景无多，光阴如箭。"其《一剪梅·题画》词写道：

> 春来憔悴欲眠身，尔也温存，我也温存。纤纤玉手往来频，左也销魂，右也销魂。　条桑采得一篮春，大又难分，小又难分。惟贪缫茧合缗纶，吃不尽愁根，放不下愁根。

---

① 李诩：《戒庵老人漫笔》卷六，《常州先哲遗书》第一集。

作品采用民歌体的形式，流露温存销魂、缠绵难分之意，较为真切地体现出“江南第一风流才子”的倜傥风情。祝允明的两首《瑞龙吟》词，不仅描摹夏景仕女图中佳人美态：“人在水晶宫里，态真妆靓。风鬟雪骨萧萧，放娇趁弱，栏干斜凭。”而且细致刻画秋景仕女图内女子孤寂失意之悲：“人间天上，婵娟争胜，且抱罗衾剩。行雨转、芳心悲欢共警。有人缱绻，有人薄倖。”顾潜的《虞美人·题梧月美人》词则更显幽冷凄寂：

辘轳声断闲金井，露湿衣裳冷。亭亭玉立辅凉阴，谁写一腔幽恨入琴心。　　风神镜里犹堪想，清绝无人赏。碧云缥缈凤难招，应共嫦娥孤负可怜宵。

图中的美人含情伫立，一腔幽恨郁塞难解，整个画面渗透着凄寒入骨的愁绪。王世贞的两首《解语花》词描摹美人捧茶的可人神态：“颦翠蛾、斜捧金瓯，暗送春山意。”刻画美人捧觞的细嫩玉指：“捧屈卮、徐露春芽，一样纤纤玉。”其弟王世懋的两首和作中亦有“倾玉瓯、徐上闲阶，有个人如意”、“纤指双、偷送春光，一点香生玉”等细腻的描绘。这些词句皆脉脉含情、娇艳欲滴，渲染出香艳诱人的情感氛围。

在苏州才子醉心冶艳词风之际，另有一批词人着力追求出淤泥而不染的雅洁之致。文徵明出身东南著名文化家族，其诗文艺事均重格调，趣味闲雅。据沈雄《古今词话》记载，文徵明“性本方正，不与妓接。吴门六月廿四，荷花洲渚，画舫弦歌咸集。祝枝山、唐子畏匿二妓人于舟尾邀之，衡山（文徵明字）又面订不与妓席。唐、祝私约酒阑，歌声相接，出以侑觞。衡山愤极欲投水，唐、祝急呼小艇送之”①。《四库全书总目·〈甫田集〉提要》云：“徵明秉志雅洁，其画细润而潇洒，诗格亦如之。”②其词格调如贵家子弟，雅洁明润，风度可人，如《风入松》词写道：

近来无奈病淹留，十日废梳头。避风帘幕何曾卷？悠然处、古鼎香浮。兴至闲书扉几，困来时覆茶瓯。　　新凉如洗簟纹流，六月类清秋。手抛团扇拈书册，无情绪、欲展还休。最是诗成酒醒，

① 沈雄：《古今词话·词话》下卷，唐圭璋《词话丛编》，第803页，中华书局1986年版。
② 永瑢、纪昀：《四库全书总目提要》卷一七二，清乾隆武英殿刻本。

月明时度南楼。

这里有古鼎香浮、闲书棐几、茶瓯竹簟、团扇书册，写出一种幽雅恬静的文人生活情趣，显示出作者性好雅洁、排拒俚俗的审美个性。其《青玉案·写怀》词又云：

> 老去无营心境净，白发不羞明镜。世事从渠心不定。小馆停云，山房玉磬，自与幽人称。　　春色恼人浑欲病，把菊无由驰赠。吴楚江山云月敻。情真逸少，风流安石，想见人清莹。

词人独居小馆，自比幽人，怀想古人韵事，表达清莹无滞的精神境界。他如"年年输与陶彭泽，独对南山把一觞"(《鹧鸪天·秋菊》)、"自家闲淡堪迟暮，不逐东风一样飘"(《鹧鸪天·芙蓉》)，借花咏怀，保持孤高自守的清雅人格；"非是我，与山留意，山亦自多情"(《满庭芳·游石湖》)、"天朗气清，惠风和畅，胜游何似山阴"(《庆清朝慢·春游》)，则又登山临水，抒发闲逸疏朗的情趣。吴子孝词风雅洁似文徵明，语意清新，绝无俚俗芜秽之病，其《临江仙·次韵赏荷花》以荷花比美人，妙在不脱不滞。"凌波罗袜小，微见玉搔头"，写景逼真，用典巧妙，极见熔裁之功。《清平乐》(韶光易变)渲染"白蘋红蓼西风"的晚秋景象，也流露出悲秋感伤之绪："翠卷香消憔悴遍，一夜池塘秋晚。"一股萧瑟衰飒之气充溢其间，寄托着人生悲凉的感慨。

明清时期地处江苏、上海临界之地的太仓，人文荟萃，结社唱和，填词之风非常兴盛。陈如纶《二余词序》中写道：

> 吾州里诸君子，行敦道义，艺崇风雅。凡燕集过从，以词唱酬，或用韵，或限韵，恒循击钵刻烛故事，而相角不相下，骚坛称盛焉。予从诸君子后，其词成必予及，予必和；予词成必及诸君子，必和予。兹辑予词得若干阕，固惟率其意兴所诣者耳。若夫谐歌协音、炼句锻字，夫我则不暇。

该序中提到相互酬唱的"诸君子"如陆晋川、周仰峰、李铭泉、张沧江、毛浣翁、何继美、贾竹亭、魏及斋、陶玉泉等人，时常雅集唱和，形成具有鲜明地域文化特色的太仓词人群体。太仓文化古镇的名宿耆旧，沉醉在

“宝剑双龙湖海合，昆山片玉声华别”（陈如纶《满江红·纪陆晋川尊师雅集》）、“对景一觞一咏，芳眉映、宝篆兰釭”（陈如纶《满庭芳·晓川来鹤亭雅集》其二）的诗词酬唱之中，生活环境异于苏州城市生活的繁华放浪，故其文学风格尚雅崇正，与当时词坛的浮艳主流形成一定的间离关系。陈如纶的《望海潮·雨坐》“怅留春不住，醉墨翻雅。赋诗相送，莫教漂泊在天涯”、《眼儿媚·答徐感翁》“孤踪渐与红尘远，懒下读书楼。寻常诗兴，灞陵驴背，采石矶头”等等词句，也都流露出清雅高绝、寄兴诗词的精神格调。

明代后期华亭人陈继儒，与董其昌齐名，29 岁后即隐居昆山，后又筑室东佘山，杜门著述，屡奉征召，皆不就。他在《岩栖幽事》中自剖退居山林的意趣：“吾家於陵及华山处士，世有隐德，余辈胶粘五浊，羁锁一生，每忆少年青松白云之盟，何止浩叹！岁丁酉，始得筑婉娈草堂于二陆遗址，故有‘长者为营栽竹地，中年方惬住山心’之句。然山中亦不能如道家保炼吐纳以啬余年，即佛藏五千卷，随读随辍。惟喜与邻翁院僧谈接花、艺果、种术、斸苓之法。其余一味安稳，本色而已。”[①]其词追求清雅、悠闲的人生意趣和品格，其《临江仙》词四首描写野逸读书环境和潇洒自在的生活情趣：“高卧不须愁客至，客来野笋山蔬。一瓢浊酒尽能沽。倦时呼鹤舞，辞后倩僧扶。”其《霜天晓角·山中》词亦云：

> 背山临水，门在松阴里。草屋数间而已，土泥墙、窗糊纸。方床曲几，四面摊书史。若问主人谁姓，灌园者、陈仲子。

作者居于陋室，享受俯仰古今的读书之乐，追求闲逸清旷的人生境界。结末化用战国时期齐国陈仲子隐居长白山中、终日为人灌园的典故，借以表达词人“不入污君之朝，不食乱世之食”（《淮南子·氾论训》）的忠贞情怀。清人孙兆桂《片玉山房词话》评之曰：“笔致潇洒，想见先生高趣。”[②]他如“惊起先生初睡觉，茶烟缭绕出花梢。有个客来琴在背，度红桥”（《摊破浣溪沙·山居》）、“笑指吾庐何处是，一池荷叶小桥横。灯

① 王弈清：《历代词话》卷十，唐圭璋《词话丛编》，第 1315、1316 页，中华书局 1986 年版。
② 孙兆桂：《片玉山房词话》，唐圭璋《词话丛编》，第 1663 页，中华书局 1986 年版。

火纸窗修竹里，读书声”（《摊破浣溪沙·初夏夜饮归》）等词句，也都流露出悠闲自得、清旷高蹈的雅士生活趣味。

四、精思俗曲江南辞

明代苏州才子词人钻研填词技艺，专注于精巧构思，取得了突出的艺术成就。

陈继儒填词想象丰富奇特，其《钗头凤·七夕》词遥想七夕佳节“嫦娥凝望，也应痴绝”的动人情态。《阙调名·避暑》词云：

> 有个人家，半藏山翠枫丹里。独坐屏风，消受香烟缕。检点生平，默默常无语。　何方避暑。但思量，秦山松、峨眉雪，渭川万竹潇湘雨。是谁交与，嵇阮真尔汝。

作者于烦热之时突发奇想，创造出清冷浪漫的艺术世界，也流露出闲逸恬适的精神追求。

吴江人葛一龙词工于起结艺术，其《风入松·燕》上片开头“这番相见又经年”，突兀而起，引起注意，倾诉出离别相思之苦，为全词笼罩一层悲郁之气。下片开头“忽从平地忽从天，忽骂垂帘”，叠字使用，怨气连天，更加抒发出深浓悲绪。《凤凰阁·春思》词开头“去年春早似今年春早”，看似重复拖沓，实则蕴含着“年年岁岁花相似，岁岁年年人不同”（刘希夷《代悲白头吟》）的伤春之情。《更漏子·梅雨》开头“一天星，一天雨。欲定阴晴难语”、《青玉案·湖上》开头“茫茫一气恒相接。天与地，难分别”，皆通过迷蒙景象的描摹，渲染出苍茫飘忽的情感氛围。其《风流子》（浪蹴飞花起）词表达对远方朋友的深切怀念，结末两句“此际此时此恨，天气阴晴”，同样透过阴晴不定的天气描写，隐喻着离别之恨难以消解的无奈。文徵明擅长利用《风入松》词调结尾两个六字句的对举，往往收到振起全篇的表达效果，如“何处一声长笛，等闲唤起相思”、“别院闲敲棋子，顿闲云落铅华”，以声传情，寄寓相思之意，彰显洗净铅华的幽雅韵致；“一片潇湘晚景，相看玉女银河”、“乘醉不嫌归晚，西郊月映林塘”，以景结情，意蕴深长；“一段江湖真乐，只应我与鱼知”，则又直抒语意显豁，尽显江湖之乐。

在字法的使用上，葛一龙擅以简单语句重复中的变化，如“相见也，是何时，见也应老”（《凤凰阁·春思》）、“心相眷。与人同别，也如不见”（《忆秦娥·有怀》）、“说断人肠，人肠易断，只为多情识”（《念奴娇·秋棠》）等，由此表现复杂而无奈的情感。陈继儒亦善于妙用新奇的字句，如“剪剪凉风来拂面，微带温柔”、“对对双双眠水上，卖弄新秋”（《浪淘沙·新秋》）、“不饮何为，空笑髯如戟”（《醉落魄·赠葛实甫见访》）等，皆意新语奇，富有情趣。其《昭君怨·初夏》词写道：

记得去年谷雨，柳蘸鹅黄春水。水上奏琵琶，一痕沙。　曲罢留侬归去，家在竹溪西住。古木挂藤花，吃新茶。

作品描摹初夏时分的生活境况，尤其“一痕沙”、“吃新茶”两句，清新明快，笔调疏朗，尽显出江南水乡文人雅士闲逸恬适的精神境界。

不过，纵观明代苏州才子词，则格外鲜明地体现出口语化、散曲化的创作风格。这既是明词“以曲为词”主流趋势的形象展现，也显示出苏州文士风流倜傥的过人才情。早在明初，杨基《西湖竹枝》“瞥然一见唱歌去，荷叶满湖风雨来”、《柳枝》“昨夜鹅黄变新绿，比郎衫色争不多”，借鉴民歌风味，饶富清新格调。高启的词作则具有较为明显的曲化倾向，其《一剪梅·闲居》词写道：

竹门茅屋槿篱笆。道似田家，又似田家。氅披鹤袖岸乌纱。看过黄花，待看梅花。　晚时饮酒早时茶。风也由他，雨也由他。从来不会治生涯。谁与些些，天与些些。

作品形象地展现词人乡居生活的悠闲自在。疏朗语句的简单重叠，清浅词韵的活泼使用，都营造出闲逸明快的情感氛围。《天仙子·秋夜客中》“潇潇索索雨儿来，梧叶上。柳叶上。两处秋声愁一样”，也通过秋夜冷雨的飘洒，渲染出深浓的客子愁绪。

昆山人叶盛《长相思》词追忆弟妹嫁娶时的热闹景象：

才杀羊。又杀羊。丈人劝酒我敲糖。木瓜的六郎。　酒也香。菜也香。须劝哥哥醉一场。竹墩的小娘。

词作记载当地婚俗，采用俚俗口语，洋溢着浓郁的生活气息。长洲人吴宽《西江月·晚行御河》描写古柳河边的清新画面："隐隐高原碧柳，茫茫古岸黄沙。小舟不见卖鱼虾，有酒何曾论价。"简洁语句的对叠，鲜活生活的描摹，渲染出隐逸文士的恬适自在、悠然旷达。吴江人周用《一剪梅》词形象描绘八月望日的潇洒风光：

画船铙吹下扬州。十里回头，千里回头。燕山迢迢百花洲。一度中秋，几度中秋。　　遥天今夜片云收。风也无愁，雨也无愁。凭高不减少年游。酒满南楼，月满南楼。

作品利用行云流水的节奏，表达月下畅游之乐，充满青春纵放的爽朗气韵。吴易同调词描绘秋日苍茫湖景，由此感发出怀古之情："旧事兴亡总弈棋。颦也西施，笑也西施。英雄心事总成痴。俊杀鸱夷，恼杀鸱夷。"历史沧桑之感透过流畅的节奏传递出来，悲慨之间更见潇洒俊逸风神。

唐寅《一剪梅》二首则以散曲化的表达方式，展现青春爱情的缠绵悱恻：

红满苔阶绿满枝。杜宇声归，杜宇声悲。交欢未久又分离。彩凤孤飞，彩凤孤栖。　　别后相思是几时。后会难知，后会难期。此情何以表相思。一首情词，一首情诗。

雨打梨花深闭门。孤负青春，虚负青春。赏心乐事共谁论。花下销魂，月下销魂。　　愁聚眉峰尽日颦。千点啼痕，万点啼痕。晓看天色暮看云。行也思君，坐也思君。

作品利用语言重复中的变化，揭示词中主人公离别相思、伤春销魂的内心世界，一位踟蹰独行、楚楚动人的思妇形象呼之欲出。昆山人顾众《中兴乐》词细致刻画所爱之人："曾戏嘱卿卿莫忆，忆侬侬不忆卿卿。卿言奴只是关情。"叠字、顶真修辞手法的运用，愈显美人的柔情蜜意，为如胶似漆的挚爱更添温馨韵味。王世贞的《长相思·闺怨》词则具备爽快流丽的格调：

风满陂。雨满陂。雨雨风风无尽时。孤帆天外迟。　莺儿飞。燕儿飞。燕燕莺莺双翅低。愁他掠翠帏。

口语化词句的运用，风、雨、莺、燕的语汇重叠，使得闺怨之情的抒发格外疏朗，富有直感力量。汤传楹的《探春令·弹莺》词怨恼晓莺啼梦，暗抒相思之苦，最后写道："摘青梅、嗔打须教去。怕勾引、鹦哥嘴。"深得敦煌曲子词《菩萨蛮》(叵耐灵鹊多谩语)的神韵，饶富民歌谐趣和俚俗之美。

综而言之，明代苏州文士风流蕴藉，雅逸多情，才华横溢。他们的词作抒发人生狂狷之气、家国兴亡之感，表现江南水乡风光，寄寓清雅隐逸之怀，诗画交融的艺术修养令其词作增添了江南文人灵秀的气韵，明季词坛的曲化倾向，也契合苏州才子气质，呈现出轻巧活泼的填词风尚。

10. 苏州藏书文化的词学贡献

一

历史文化名城苏州，文脉源远流长，藏书之风享誉海内外。正如潘圣一所云："吴中文风，素称极盛，俊士荟萃于兹，鸿儒硕彦，代不乏人。以故吴下旧家，每多经、史、子、集四部书之储藏，虽寒俭之家，亦往往有数百册；至于富裕之家，更连棟充栋，琳琅满目。故大江以南，藏书之富，首推吾吴。"①

苏州藏书文化可以追溯到春秋时期的常熟人言偃。他远行鲁国向孔子求学，成为孔门七十二贤人中唯一来自南方的学生；学成之后，回到江南，以毕生之力在吴地传播孔子学说，被后世称为"南方夫子"，同时他也是南方最早的文献收藏者。

从《南齐书》考知，苏州最早的藏书家是南朝宋陆澄（425—495）。他好学博览，手不释卷，家富坟典，有书万余卷，为人所罕见，王俭戏言曰："陆公，书橱也！"②晚唐时期，陆龟蒙、徐修矩皆藏书数万卷，精于校

---

① 潘圣一：《苏州的藏书家》，《苏州文史资料》（一一五合辑），第139页，政协苏州市委员会文史资料委员会编，1990年。

② 萧子显：《南齐书》卷三九，第686页，中华书局1972年版。

雠,装帧美观。

宋、元二代,苏州有史可查的藏书家有 13 人。北宋时期,常熟人郑时、钱观复等人藏书颇富。侨居苏州的文学家贺铸(1052—1125)被叶昌炽《藏书纪事诗》列为苏州最早的藏书家。他聚书万卷,其半经手亲校,无一字舛误。学者朱长文(1041—1100)则被蒋吟秋《吴中藏书先哲考略》列为苏州最早的藏书家。他筑藏书楼"乐圃坊",藏书 2 万卷,范成大《吴郡志》卷十四载有其自撰《乐圃记》:"予于此圃,朝则诵牺文之《易》,孔氏之《春秋》,索《诗》、《书》之精微,明《礼》、《乐》之度数。夕则泛览群史,历观百氏,考古人是非,正前史得失。"①宋代苏州藏书最著者莫过于吴县文人叶梦得(1077—1148)。他在《过庭录》中自述家藏"自《六经》、诸史与诸子之善者,通有三千余卷。读之固不可限以数,以二十年计之,日读一卷,亦可以再周,其余一读足矣。惟《六经》不可一日去手"。北宋末年,金人南侵,国家和民间藏书大量散佚。"南渡以来,惟叶少蕴少年贵盛,平生好收书逾十万卷,置之霅川弁山山居,建书楼以贮之,极为华焕"②。绍兴初,叶梦得知建康行宫留守,他在南京建"细书阁",以恢复官府公藏,供僚属平日阅读。在此期间,他不忘四处收书,以至藏书增至十余万卷。

范凤书《中国私家藏书史》记载了四位元代苏州藏书家:吴县俞琰、陆友、张雯,平江袁易,他们的藏书都在万卷以上。诗人袁易少敏于学,不乐仕进,汇藏颇富,黄溍为其所撰《静春先生墓志铭》指出:"曾大父琎,筑室长洲之蛟龙浦。君不乐仕进,所居西偏为堂,曰静春,左江右湖,禽鱼飞泳于烟波莽苍间。堂中有书万卷,悉君所校定。"③此外,常熟人虞子贤的"城南佳趣",藏书"甲于三吴";徐元震(1309—1355)营别业于松江笠泽之上,聚书万卷,在当时也颇有影响。

---

① 范成大:《吴郡志》卷十四,第 195 页,江苏古籍出版社 1999 年版。

② 王明清:《挥麈后录》卷七,文渊阁《四库全书》本。

③ 叶昌炽:《藏书纪事诗》卷二,《灵鹣阁丛书》第五集。

二

明清以来，江苏藏书文化呈现极盛态势，成为与浙江、福建并峙的三大藏书中心地域，标志着江苏地域政治、经济、文化、学术的繁荣兴盛。吴晗在《江苏藏书家史略》序言中指出："大抵一地人文之消长盛衰，盈虚机绪，必以其地经济情形之隆诎为升沉枢纽。而以前辈导絜，流风辉映，后生争鸣，蔚成大观，为之点缀曼衍焉。以苏省之藏书家而论，则常熟、金陵、维扬、吴县四地始终为历代重心，其间间或互为隆替；大抵常熟富庶，金陵、吴县繁饶，且为政治重心，维扬则为鹾贾所集，为乾隆之际东南经济中心也。"[①]苏州成为明清时期江南藏书中心，主要得益于六个方面的原因：一、经济条件的保障。当时的吴地属于全国首富之区，上交国库的税粮支撑整个朝廷的开支，素有"苏湖熟，天下足"之美誉，明廷将苏州倚为"外府"，清朝则视之如"家之有府库，人之有胸腹"。当地蚕桑、刺绣等手工业的发展，为商业的繁荣创造了条件，富足的经济基础为藏书事业的发展提供了坚实的物质保障。二、政治环境的影响。清代苏州是江苏巡抚所在地，又是江南文化的中心区域。大量官吏、士绅和文人汇聚于此，构成了私人藏书活动的主体。三、文化学术的熏陶。明清时期苏州地区科举成绩骄人，据统计，明代共取状元 90 名，属于吴地的有 11 名；清代共取状元 114 名，属于吴地的有 37 名。明清两朝共录取进士 51681 人，属于吴地的共有 3486 人[②]。科举成功的刺激，使得该地文人读书、藏书之风蔚然成习。四、地理交通的优越。苏州依靠大运河贯通南北，境内更是水网密布，环太湖区域形成了苏、浙两地有机融合的文化整体。便利的交通，使得文人雅集、切磋交流成为可能。五、刻书业兴盛发达。明代藏书家胡应麟在《少室山

① 吴晗：《江浙藏书家史略》，第 117 页，中华书局 1981 年版。

② 参见范金民《明清江南进士数量、地域分布及其特色分析》，《南京大学学报》1997 年第 2 期。

房笔丛》中已有“姑苏书肆，比于京师”的说法，认为苏州是全国四大书肆之一。苏州书业的繁荣，为藏书家提供了聚书、读书的重要条件。蒋吟秋《吴中藏书先哲考略》序言即称：“自来嗜学好古之士以积书称者，代不乏人。风尚所趋，首推江浙，而吾吴实其中心也。”六、相对开放的藏书理念。与许多藏书家束之高阁、秘不示人的保守观念不同，大多数苏州藏书家均能秉持藏书致用、流通古籍的开明理念。他们通过编印家藏书目来传播藏书信息，或以刻书的方式来广传秘籍，或提供阅抄以共享私藏，这些举措都有效推动了苏州藏书文化的长兴不衰。

据吴晗《江浙藏书家史略》统计，明代藏书家共计 180 多人，其中苏州府占 120 多人，较著名者有钱谷“悬罄室”、许自昌“梅花墅”、赵琦美“脉望馆”等。明清易代之后，苏州藏书家一方面继承前代遗书，逐步加以扩充；另一方面又不遗余力地访求搜罗散落民间的珍本，藏书的数量和质量都有了更大的提升。著名的藏书楼有黄丕烈“士礼居”、汪士钟“艺芸精舍”、徐乾学“传是楼”等，即如瞿凤起所云：“清代藏书家，江浙诸省，素以美富见称，尤以苏、杭、湖诸旧郡为最盛。时苏有黄丕烈之百宋一廛称霸，而杭之吴骞举千元十驾以敌之，书林传为嘉话。当乾隆、嘉庆中，苏城藏书之风最盛，几乎他郡无可与之比拟者，如周锡瓒、袁廷梼、黄丕烈及顾之逵，有苏城四大藏书家之称。”[①]尤其值得关注的是，常熟藏书家群体的崛起，钱谦益“绛云楼”、钱曾“述古堂”和“也是园”、毛晋“汲古阁”、张金吾“爱日精庐”、瞿绍基“铁琴铜剑楼”等，成为江南藏书文化的典型代表。钱仲联先生评论道：“海虞（常熟旧称），旧滨江一小邑耳。而自仲雍、子游以还数千祀，昔称学道名邦，今称文化名城。旧家藏书，则自明末清初以来，钱谦益绛云楼、毛氏汲古阁、钱曾述古堂，名显全国，不囿一邑。嘉、道以还，借月山房、爱日精庐、稽瑞楼、旧山楼等，为数綦夥。……至言规模影响之大，更不能与瞿氏匹。”[②]

① 瞿凤起：《漫谈清代四大藏书家》，《铁琴铜剑楼研究文献集》，第 164、165 页，上海古籍出版社 1997 年版。

② 钱仲联：《铁琴铜剑楼研究文献集序》，上海古籍出版社 1997 年版。

三

苏州地区自宋元以来，成为江南学术文化的中心之一。这里学者云集，学风淳朴，取得了突出的学术成就，学术发展与藏书文化之间具有互相促进的密切关系。吴晗《江苏藏书家史略》序言指出：

> 藏书之风气盛，读书之风气亦因之而兴。好学敏求之士往往跋涉千里，登门借读，或则辗转请托，迻录副本，甚或节衣缩食，恣意置书，每有室如悬磬而弃书充栋者；亦有毕生以钞诵秘籍为事，蔚成藏家者。版本既多，校雠之学因盛，绩学方闻之士多能扫去鱼豕，一意补残正缺，古书因之可读；而自来所不能通释之典籍，亦因之而复显于人间。甚或比勘异文，发现前人误失，造成学术上之疑古求真风气。藏家之有力者复举以付剞劂，辑为丛书，公之天下。数百年来踵接武继，化秘笈为亿万千身，其嘉惠来学者至多。①

这段评论从藏书的收集、保存、校勘、刊布等诸多环节，总结了藏书家对学术文化的传承与弘扬所做出的重大贡献。谢章铤在《赌棋山庄词话》中也高度评价毛晋的藏书功绩："元之顾阿瑛，明之毛子晋，皆身当阳九，斥其资财，招宾客，置书画彝鼎。然子晋校刊典籍，尤为有功艺林，则甚矣二君之善为谋也。风鹤方警，保无多藏厚亡之患，即封殖终其身，亦不过庸庸一富翁耳。安能轻世肆志，而复擅美名哉。"②

清代朴学思想兴盛，江南地区的丰富藏书为广大文士博览群书、钻研学术提供了莫大便利。学者中有许多人自己就是藏书家，如卢文弨筑有抱经堂储存书籍，钱大昕《群书拾补序》云："抱经先生，精研经训，自通籍以至归田，铅椠未尝一日去手，奉廪修脯之余，悉以购书。遇有

① 吴晗：《江浙藏书家史略》，第 118 页，中华书局 1981 年版。

② 谢章铤：《赌棋山庄词话》卷十一，唐圭璋《词话丛编》，第 3456 页，中华书局 1986 年版。

秘钞精校之本，辄宛转借录。家藏图籍数万卷，手自校勘，精审无误，自宋次道、刘原父诸公，皆莫能及也。”[①]此外，全祖望有双韭山房，藏书五万卷；王昶有述庵，藏书两万卷；孙星衍有廉石居和平津馆，编有家藏书目内编四卷、外编三卷；惠栋有红豆山房。他们均能充分利用丰赡的图书资源，取得了杰出的学术成就。

有的学者家境贫寒，只能辗转于各家藏书楼，坚持不懈地读书抄书，钻研学术，他们与藏书家之间建立了密切的交谊。蔡尚思《中国文化史要论》在论及藏书与学术研究的关系时，指出：“藏书的风气大盛，如钮氏世学楼、祁氏淡生堂、黄氏千顷堂、钱氏绛云楼、郑氏丛桂堂、徐氏传是楼，尤其是范尧卿的天一阁，藏书甚富；毛子晋父子的汲古阁，前后积书八万四千册。没有明末这批私人大图书馆，清初黄宗羲等人能博览群书、广搜史料吗？”[②]清顺治七年(1650)，黄宗羲赴绛云楼访书，钱谦益破例允其观览。黄氏睹其丰赡的藏书后，异常兴奋地感叹道：“因得翻其书籍，凡余之所欲见者，无不在焉！”[③]朴学大师钱大昕多次向黄丕烈、周锡瓒、顾之逵、吴骞等人借抄图书，遂使其学术著作益发博大精深。顾祖禹的传世名著《读史方舆纪要》，也在很大程度上得益于徐乾学传是楼的众多藏书。

四

苏州藏书文化的兴盛对词学发展同样取得了突出贡献。

首先，不少藏书家本身即雅擅填词，促进了词体创作的繁荣。宋人叶梦得酷嗜藏书，词风清简婉丽，著有《石林词》。元人袁易藏书万卷，手自校定，词风委婉蕴藉，著有《静春堂词》。明人叶盛“菉竹堂”藏书

---

① 丁申：《武林藏书录》，《武林掌故丛编》第二十四集。

② 蔡尚思：《中国文化史要论》，《蔡尚思全集》第四册，第364页，上海古籍出版社2005年版。

③ 黄宗羲：《天一阁藏书记》，《南雷文案》卷二，《四部丛刊》本。

4600 多册，共 22700 多卷，亦擅于词，著有《菉竹堂词》。杨仪筑“万卷楼”及“七桧山房”，藏书多宋元善本、法书名画及鼎彝古器，词学花间，王昶《明词综》卷三选其《惜分飞·和陈霞栖韵》、《桃源忆故人·访周汝寺》二首。沈周“有竹居”、文徵明“玉兰堂”藏书颇丰，他们的词作亦富于诗情画意、雅逸韵致。著名书画家金俊明藏书于“春草闲房”，亦工词，《明词综》卷六选其《生查子·北平驿秋夜》词，以萧瑟之景抒思乡之情。清初诗坛盟主钱谦益“绛云楼”藏书宏富，卓回编《古今词汇》选录其《永遇乐》词三首。常熟铁琴铜剑楼第二代主人瞿镛撰《铁琴铜剑楼词草》，共录词四十五首，其中《望江南》词十阕淋漓尽致地描绘家乡景致，笔调儒雅清新。

近代苏州更是词学大家聚居之所，晚清四大词人之一朱祖谋寄寓耦园“织帘老屋”，常与郑文焯、曹元忠共同商讨词学。吴梅藏书于“奢摩他室”，笃好词章之学，著有《霜厓词录》、《词学通论》，成为词曲大师。

其次，苏州藏书家通过词辑丛书的编刻，保存了大量词学文献。

明代常熟人毛晋总共辑刊丛书 24 种，其中包括《诗词杂俎》15 种 25 卷、《宋六十名家词》6 集 61 种 90 卷、《词苑英华》9 种 45 卷，保存大量珍贵的词作文本。关于宋人词集的刊刻，南宋时长沙书坊所刻《百家词》早已失传，明人吴讷所编《唐宋名贤百家词》钞本流传不广，而毛刻《宋六十名家词》则是宋代以后大规模刊刻词集之始，在清代学者中广为传诵，清人冯煦据以辑为《六十一家词选》，也是唐圭璋先生编纂《全宋词》的重要依据。叶恭绰在《宋六十名家词·序》中称赞道：“天水一代词集藉是而存者不勘，实有宋词苑之功臣也。”《花间集》是中国文学史上最早的词集，明代流传的许多版本胡乱编排、讹误颇多；毛晋重刊《花间集》，则以宋刻本为底本，校勘精审，成为难得的善本。李一氓先生在《花间集·校后记》中指出：“（毛本）的好处是目录完备，虽然刊刻时间较晚（明末），但比起其他万历、天启本子来，还算是规矩的，没有乱分卷帙、臆改字句之处。”

近代著名学者吴昌绶寄寓耦园，校雠古籍，刊有《双照楼丛书》，其中《景刊宋元本词》61 卷，旨在保存宋、元、明刻本的真面目，被赞誉为“在我国词史上可谓空前之创举”。朱祖谋亦退居耦园之“织帘老屋”，汇刊历代词作为《彊村丛书》。经过苏州藏书家坚持不懈的埋头辑录，为词学的发展提供了重要的基础文本，做出了突出贡献。

第三，苏州藏书家精心校勘大量词学文献，体现出严谨求实的学术精神。汲古阁主人毛晋不惜重金求购宋元善本，他在家门口悬榜曰："有以宋椠本至者，门内主人计叶酬钱，每叶出二百；有以旧钞本至者，每叶出四十；有以时下善本至者，别家出一千，主人出一千二百。"[①]于是书贾闻风而至，云集其门。清人于敏中《天禄琳琅书目》卷四高度评价毛晋藏书、抄书的历史功绩："毛晋藏宋本最多，其有世所罕见而藏诸他氏不能得者，则选善手以佳纸墨影抄之，与刻本无异，名曰'影宋抄'，一时好事家皆争效之。而宋椠之无存者，赖以传之不朽。"[②]毛晋网罗众本，进行校勘，例如校周邦彦《片玉词》用三本：一名《清真集》，一名《美成长短句》，一名《片玉词》。其中《片玉词》所收最多，共计一百八十余调。毛晋"见评注庞杂，一一削去，厘其讹谬。间有兹集不载、错见《清真》诸本者，附补遗一卷"[③]。毛晋在校勘词集时，保持审慎的态度，不径改原文。例如宋葛立方《归愚词》跋云："集中如《雨中花》、《眼儿媚》诸调，俱不合谱，未敢妄为更定云。"[④]金元好问《中州乐府集》跋云："词俱双调，淆杂无伦，一一按谱厘正，如《望海潮》诸阕，与谱不侔，未敢轻以意改。"[⑤]毛晋在词籍文献的校勘过程中，作了大量的补遗工作，例如秦观《淮海词》跋云："少游性不耐聚稿，间有淫章醉句，辄散落青帘红袖间。虽流播舌眼，从无的本。予既订讹搜逸，共得八十七调，集为一卷，亦未敢曰无阙遗也。"[⑥]对于原书中的伪作及重复者，则一并删去，欧阳修《六一词》跋云："庐陵旧刻三卷，且载乐语于首，今删乐语汇为一卷。凡他稿误入如《清商怨》类，一一削去。误入他稿如《归自谣》类，一

① 叶德辉：《书林清话》，第 192 页，台北世界书局 1988 年版。
② 于敏中：《天禄琳琅书目》卷四，《四库全书》本。
③ 毛晋：《汲古阁书跋》，第 86 页，上海古籍出版社 2005 年版。
④ 毛晋：《汲古阁书跋》，第 95 页，上海古籍出版社 2005 年版。
⑤ 毛晋：《汲古阁书跋》，第 115 页，上海古籍出版社 2005 年版。
⑥ 毛晋：《汲古阁书跋》，第 84 页，上海古籍出版社 2005 年版。

一注明。”[1]苏轼《东坡词》跋亦云:“东坡诗文,不啻千亿刻,独长短句罕见。近有金陵本子,人争喜其详备,多浑入欧黄秦柳作,今悉删去。”[2]正是通过藏书家精审的校勘、辑佚,保证了词学文献的准确性和可信度,为词学研究提供了莫大助益。

第四,苏州藏书家通过大量书目、题跋的编纂,为词学版本学研究提供可信资料。赵琦美的《脉望馆书目》开近世著录残宋元本的先例。此后出现了钱谦益《绛云楼书目》、钱曾《也是园书目》、张金吾《爱日精庐藏书志》、瞿镛《铁琴铜剑楼藏书目》等藏书目,在中国目录学史上占有重要地位。毛晋之子毛扆的《汲古阁珍藏秘本书目》最早详注宋元各种版本,便于鉴证,是最早完整意义的善本书目。藏书家除了编纂书目,还善作题跋,毛晋《汲古阁书跋》于每书之后介绍作者身世、版本流传及其优劣,实为版本目录之开端[3]。钱曾的《读书敏求记》开创了藏书题跋记形式的目录新体裁,同时还开拓了目录学中版本研究的新领域。此外,钱谦益的《绛云楼题跋》、黄丕烈的《士礼居藏书题跋记》、顾广圻的《思适斋书跋》,或臧否人物,或评论得失,或纠谬正误,都是精义蕴蓄的著名题跋集目录。这些书目和题跋,梳理包括词学资料在内的文献源流,为词学版本资料的考证提供了可靠的依据。

---

① 毛晋:《汲古阁书跋》,第 83 页,上海古籍出版社 2005 年版。
② 毛晋:《汲古阁书跋》,第 83 页,上海古籍出版社 2005 年版。
③ 熊笃、许廷桂:《中国古典文献学》,第 112 页,重庆出版社 2000 年版。

11. 论晚明秦淮歌姬词

法国史学家丹纳《艺术哲学》在谈到文艺复兴时期的欧洲时，曾经说过："地方上空前的繁荣富庶，也使得优美如画的形象表现和刺激感官的娱乐成为风气。"明代中叶以后，东南地区工商业经济繁荣，城市娱乐生活丰富多彩，使得六朝金粉佳丽地金陵重新焕发出风情旖旎的风姿。秦淮河畔，河房栉比，旧院(亦称曲中)为名妓聚居之所、冶艳风流渊薮。南都贡院与旧院仅一水之隔，有武定桥可通。每逢"秋风桂子之年，四方应试者毕集。结驷连骑，选色征歌。转车子之喉，按阳阿之舞；院本之笙歌合奏，回舟之一水皆香。或邀旬日之欢，或订百年之约。蒲桃架下，戏掷金钱；芍药栏边，闲抛玉马。此平康之盛事，乃文战之外篇"①。

晚明时期，东林党人讽议朝政，反对阉党，赢得了广大市民阶层的敬重。由此形成的复社、几社文酒之会，实乃南方英才荟萃的文坛盛事。秦淮歌姬仰慕东林党人的气节，倾心结纳清流人士，由此产生了才子佳人清雅风流的情事。江南风尘佳丽以其兰心蕙质和特殊身份，优游于党社名流之间，濡沐词章翰墨，吟赏山水烟霞，格调境界得到了很大的提升。王微、杨宛、柳如是、马守贞、郑如英、董白、葛嫩、杨琰、卞赛等二十余位秦淮歌姬均创作大量词作，存世作品共计一百多首。特殊的身份、丰富的人生感触，形成了秦淮歌姬词独特的情感世界和艺术风味。

---

① 余怀：《板桥杂记》上卷，第 14 页，上海古籍出版社 2000 年版。

一

金陵脂粉，萃集秦淮，各位美貌歌姬气质才艺俱佳，赢得广大文士艳羡、追逐。董白天资巧慧，容貌娟妍；卞敏颀白如玉，风情绰约；柳如是丰神秀媚，意态幽娴；陈圆圆蕙心纨质，淡秀天然，声甲天下之声，色甲天下之色；王月善自修饰，颀身玉立，皓齿明眸，异常妖冶，名动公卿；沙才美而艳，丰而逸，骨体皆媚；李湘真娉婷娟好，肌肤玉雪。……秦淮歌姬也往往填制小词来夸赞自身的美好姿容。董白《西地锦》(玉束霞衣川锦)词透过精美妆饰、轻盈步态的刻画，展示作者的华贵气质和轻快心境。卞赛《酒泉子·咏镜》"绾巫云，描黛韵，好传神"，通过对妆奁之镜的歌咏，传神地描摹自身娇媚的容貌。马守贞《绮罗香·绣袜》词细致刻画相思愁绪，"香汗微粘"、"酥胸润"诸语也自然传递着些许香艳的味道。她们还着意选择海棠意象加以歌咏，例如"轻寒轻暖鸠呼雨，柔叶柔枝娇莫比。红丝凝露未成文，一树含烟初剪绮"(杨琰《玉楼春·咏西府海棠》)，展示出春日海棠的柔美娇艳。杨宛的《浪淘沙·海棠》词亦将花的娇美之态与人的缱绻之思合而为一："带露摘来斜插鬓，一段风流。"富有轻倩柔婉之致；其《金人捧露盘·咏秋海棠》词则蕴含着妓家风流的丰富内涵。杨宛本为南曲名妓，丰姿绰约，能诗善草书，"写兰石清妍饶韵"①，十六岁归吴兴茅元仪。另一位秦淮名姬王微也曾嫁与茅元仪，跟杨宛有过一段姊妹二人共事一夫的经历，后"以止生(茅元仪字)视姬人杨宛厚于己，遂逸去"②。不过王微与杨宛仍然保持着深挚的姐妹情谊，其诗集内多有寄赠杨宛之作。杨宛此词通过描摹秋海棠"妖枝嫩蕊占东风"的娇媚姿态，追忆"侬家姊妹"共沐风光的美满，随即转而叹息彼此之间争艳竞秀的角逐，以及给对方所带来的伤痛："恐伤姊意，含芳敛艳绮窗东。怜家不忿，伊偏占、放出芙蓉。"杨宛借着咏

---

① 厉鹗：《玉台画史》卷五引《无声诗史》，《香艳丛书》第五集。

② 姚旅：《露书》卷四，《四库全书存目丛书》，第 628 页，齐鲁书社 1995 年版。

花的题材隐喻风尘中人的微妙关系和复杂感受，流露出难以名状的滋味。

秦淮姐妹每逢风和日丽，便相约外出嬉游。朱泰玉《鹧鸪天》词“邀姊妹，到园林。苍苔扫净坐花阴。共来斗草宜男少，输却搔头碧玉簪”，以轻松欢快的笔触，刻画青春烂漫的风采。但是更多的时候，她们的词作则着意表现华丽生活里娇慵柔媚的情态。明末张岱《陶庵梦忆》卷四描述当时的秦淮河房，写道：“河房之外，家有露台，朱栏绮疏，竹帘纱幔。夏月浴罢，露台杂坐。两岸水楼中，茉莉风起，动儿女香甚。女客团扇轻纨，缓鬓倾髻，软媚著人。”葛嫩《师师令》词即细致刻画出青楼女子“娇眼半开犹似睡”、“玉容懒把桃花醭”的娇慵之态。他如朔朝霞《阮郎归》“晚妆慵整意阑珊，香飘罗袖单。脂消粉减忒无端，绿绮不须弹”、王赛玉《青玉案·幻影阁纳凉》“凭栏阵阵风敲竹，长昼慵弹棋局。侍女烹来香茗熟。樱桃乍启，愁怀转触，无意歌翻新曲”等词句，均通过慵倦无聊、意兴阑珊的情态描摹，传递出幽雅环境中词人恬适闲散的心境和韵致。这正是令许多清雅文士沉迷、怜爱的风姿和格调。

在与风流才子交往的过程中，秦淮歌姬觅得意中情郎，产生了真挚的爱情。刘仙的词作即毫不掩饰地道出了沉浸于恋爱之中女性的欢悦与娇媚，其《卜算子》词以轻快灵动的笔触，描摹生香活色的画面，“不倚二分痴，不用三分醉。娇态如风不自持，倒在人怀内”，将青楼歌姬娇媚含春的妖冶之态刻画得惟妙惟肖。另如“尊前酒未阑，眼底心先许。无奈可怜宵，一缕香侵袂”（《乌夜啼》）、“自从写出君模样，暮暮朝朝擎掌上。韵在眉梢，停笔将他细细描”（《偷声木兰花》）等词句，也都细腻地表现出目成心许的甜美，痴迷如醉的情态。

杨宛善以轻快爽落之笔，描摹旖旎缠绵的柔情蜜意。其《江城子·采莲》词利用采莲这样一个富有隐喻的活动场景，传神刻画出乍见情郎的微妙情态：“忍笑佯羞防后伴，无一语，两含情。”《生查子·闺情》“终朝著意怜，一煞娇嗔起。折却并头莲，打起鸳鸯睡”，以并头莲、鸳鸯戏来喻示着才子佳人欢情正洽，娇嗔情态尤其妩媚动人，小女子的使性撒娇反衬出两情相悦的如胶似漆。此外，朱泰玉《钗头凤·寻绣鞋》词着意交代女子绣鞋的寻觅过程：“愁难已，翻花底，牡丹庭畔长春砌。回眸瞬，忙来认。锦带犹存，凤头红褪。恨，恨，恨。”绣鞋何以遗失在牡丹亭畔？女子又为何怅然抱恨？其实隐含着一段风流情事。这样的写法，点到为止，耐人寻味。

二

秦淮歌姬经常要忍受与意中情人的离别愁苦，进而抒发人生如寄的悲叹。杨琰色艺超群，不与俗偶，贵游慕之，即千金不肯破颜。偶遇闽县林景清，爱其才，遂诗词酬唱，两情相许。“后林归闽，杨洁身以待，题‘一清’自名其轩”①。六年后，景清北上，至金陵访一清轩，则玉香已死月余矣，不胜唏嘘之感。杨琰所作《鹧鸪天·赠别林景清》词，即是其临别深情的绝好写照。作者以直白语气夸赞情郎的非凡才华：“郎是闽南第一流，胸罗星斗气横秋”，倾诉自己的无限忠贞、痴迷之情：“妾心好是长江水，昼夜随郎到福州。”作品不事雕琢，一任炽热情思自然抒发，富有民歌风味和感人力量。

王微“自幼有洁癖、书癖、山水癖。自伤七岁父见背，致飘落无所依，眉妩间常有恨色”②。初隶乐籍，往来西湖，遨游三楚三岳，所与游者皆胜流名士，尤其与竟陵派代表人物谭元春关系亲密，诗词唱和不绝。诚如王微《送友夏友夏赠诗有天涯流落同之句》诗中所言：“此生已沦落，犹幸得君同。”两人的感情已经超越了简单的男女相悦的层次，而达致精神相契的知心境界。其《忆秦娥·戏留谭友夏》词即表达出深浓的离别怨愁：“闲思遍，留君不住惟君便。惟君便。石尤风急，去心或倦。　未见烟空帆一片，已挂离魂随梦断。随梦断。翻怨天涯，这番重见。”作品虽曰“戏留”，实则词意宛转，情致深切，因此胡应宸评之曰：

---

① 徐树敏、钱岳选：《众香词·数集·族里花丛》，上海大东书局 1933 年影印本。

② 陈继儒：《微道人生圹记》，黄宗羲《明文海》卷四六八，《四库全书》本。

“留他反作不留语,见他反作怨见语,非情至人说不出。”①

秦淮歌姬创作了大量词作,表现与情人离别相思之苦。寇湄《蝶恋花》词透过落花飞絮、荼蘼开谢的青春易逝,揭示闺中女子春思缭乱的愁苦。她“钗凤暗敲双股断。划损雕栏,一一相思遍”,通过细腻的动作和情景之间的有机结合,将女子丰富的内心世界刻画得淋漓尽致。此外,卞赛“多情春梦苦抛人,寻郎夜夜离罗幌”(《踏莎行》)、沙宛在“红叶空传,朱绳未绊。天涯可见人难见”(《踏莎行·病起》)等词句,也表达出深切感人的相思之苦。同样是刻画离别愁绪,崔嫣然的小词《如梦令》则别具一番情味:“窗外晓莺唧溜,悄向耳朵轻逗。推枕坐罗帏,细认鞋尖越瘦。僝僽,僝僽,端为那人消受。”窗外的晓莺娇啭逗弄闺房之内的女子,笔调显得清新可人。她推枕而起,却见自己鞋尖消瘦,结末交代心有所属、相思惆怅。整首词作细腻轻盈,见微知著,窗外丽景的美好反衬出闺中女子寂寞难耐的心绪。

秦淮歌姬词中不乏对七夕佳节的歌咏,却传递出女子心中不同的心愿和感触。杨宛《鹧鸪天·七夕后一日咏织女》词上片同情牛郎、织女欢会短暂、匆匆离别的懊恼和凄楚,下片刻画织女别后相思的孤寂哀愁:“金梭慵整添愁绪,泪逐银河不断流。”同时又巧妙地借助神话传说题材传写人间相思离别之苦,具有悲怆感人的魅力。其《江城子·七夕》词描摹女子月下踯躅,“行到针楼,多是没心情”;并且妙用了七夕乞巧的民俗习惯,写出了闺中女子的美好想往和娇羞之态:“休问巧丝曾得么,羞应道,巧无成。”马守贞《鹊桥仙·七夕》词则以女性作者的视角,面对高楼挂月,“瑶阶独立且微吟”,漫想牛郎织女的离别,由此感发出“人间离合总难期”的悲叹。董白的《西江月·七夕》词写得更加凄恻动人。作者抑郁寡欢,相思成疾,独卧香闺,悲情难诉。下片开头两句“露下野莲有子,风凉秋燕离巢”,以萧瑟之景渲染情人离别后的凄凉意绪,她反而羡慕天上银河有情,竟能为牛郎织女架设相会的鹊桥:“银河千尺也填桥,天上原来恁巧。”言外之意则越发反衬出人间世界的冷漠

① 顾璟芳、李葵生、胡应宸编选:《兰皋明词汇选》卷二,第39页,辽宁教育出版社1998年版。

和情人难留的悲楚。

沦落风尘的秦淮歌姬经历了人间的世态风雨，也深切地体会到人心的冷暖凉薄，自然产生出人生无助的身世喟叹。柳如是流落江湖，时扁舟一叶放浪湖山间，与高才胜流相交往，“幅巾弓鞋，著男子服，口便给，神情洒落，有林下风”[①]。归嫁钱谦益后，她也不改潇洒不羁的本性，“常衣儒服，飘巾大袖，闲出与四方宾客谈论。蹁跹若仙，故虞山又呼为柳儒士”[②]。作为一位流落风尘的女子，柳如是具有豪宕不平的磊落之气和不肯屈居人下的自尊、自负之心，面对身边的歌舞喧阗，她始终保持清醒的头脑、高洁的品格，同时也时时感受到人世的沧桑与悲凉。她于崇祯八年(1635)与陈子龙松江南楼同居，但此后“因得尽悉其家庭之复杂及经济之情势，必无长此共居之理，遂渐次表示其离去之意”[③]。在此期间，她创作了组词《梦江南·怀人》二十首，其中“道是情多还不是，苦为恨少却教猜”、“不是情痴还欲住，未曾怜处却多心”、“忆昔见时多不语，而今偷悔更生疏”、“只有被头无限泪，一时偷拭又须牵”等词句，用细腻婉约的词笔记录了二人同居南楼的点点滴滴，充满了对甜蜜往事的无限眷恋及将欲离去前的无奈哀怨。陈寅恪先生评之为“绝世之才，伤心之语”，“可以推知其(卧子)得读河东君此二十首词后，所感恨者为何如矣”[④]。其《金明池·寒柳》词借题咏寒柳而抒写词人的身世之感。词人离开陈子龙之后，如同柳絮般飘荡无依，历遍风霜，尝尽辛酸，“总一种凄凉，十分憔悴”；那斜阳下霜条吹起、瘦腰如舞的寒柳，恰正是其憔悴身形和凄寒心境的真实写照。词人抚今追昔，无限伤怀，眼前的景物也都变得凄冷衰残。“待约个梅魂，黄昏月淡，与伊深怜低语”，难以言说的幽寂感受和纯真深挚的离愁别怨交织在一起，显得格外凄楚感人、神韵悠长。

---

① 顾苓：《河东君小传》，范景中、周书田编纂《柳如是事辑》，第5页，中国美术学院出版社2002年版。

② 沈虬：《河东君记》，范景中、周书田编纂《柳如是事辑》，第19页，中国美术学院出版社2002年版。

③ 陈寅恪：《柳如是别传》，第252页，三联书店2001年版。

④ 陈寅恪：《柳如是别传》，第270页，三联书店2001年版。

郑如英，字无美，小字妥娘，“金陵旧院妓，首推郑氏，妥晚出，韶丽惊人”①。《众香集》小传亦称：“无美南曲妙姬，丰姿清丽，神采秀发，而气度潇洒，无脂粉态。独处静室，未尝衒容谐俗。”况周颐赞誉之曰：“工诗词，与卞赛、寇湄相颉颃也。《桃花扇》传奇‘眠香’、‘选优’等出，以阿丑之诙谐，作无盐之刻画。肆意打诨，若瓦弄陋姝，一丁不识者然，殆未深考。虞山（指钱谦益）《金陵杂题》：‘旧曲新诗压教坊，缕衣垂白感湖湘。闲开闰集教孙女，身是前朝郑妥娘。’《板桥杂记》谓：‘顿老琵琶，妥娘词曲，只应天上，难得人间。’渔洋（王士禛号）《秋柳》诗，唐葆年云：‘为妥娘作。’风调可想。”②其《临江仙·芙蓉亭怀郑奇逢》词同样也是以花喻人，抒写人生悲感。面对季节飞逝带来的落红残绿，词人萌生了怅惘迷茫、幽恨郁结的意绪。她尽管花容月貌，却在“台空院废”、“芙蓉寂寞”、“黄花晚落”的衰残景色映衬下，内心情感也正如同芙蓉那般寂寞、黄花一样伤感。此词“风雨”、“归雁”、“黄花”等意象的使用，受到了李清照《如梦令》、《一剪梅》、《醉花阴》等词作风格、情韵的影响，以花喻人，情景交融，借助怀人的题材自伤身世的悲凉。

马守贞，字月娇，善画兰，因号湘兰子。徐沁《明画录》称其“墨兰一派，潇洒恬雅，极有风韵”③。姜绍书《无声诗史》亦云：“（湘兰）兰仿赵子固，竹法管夫人，俱能袭其余韵。其画不惟为风雅者所珍，且名闻海外，暹罗国使者亦知购其画扇藏之。”守贞性喜轻侠，常挥金以赠少年。她受恩于文士王稚登，欲委身相报，却为王氏所拒。后王稚登七十寿辰时，守贞“买楼船载婵娟十五，客余飞絮园，置酒为寿。……吴儿啧啧夸美，盛事倾动一时”。二人最后分别时，王稚登凄然相送。回金陵后，马守贞即一病不起，于佛前整妆盘坐而逝。王稚登慨叹道：“姬握手悲号，左右皆泣，余亦双泪龙钟，无干袖矣。比苍头送姬自金陵返，述姬所以悲号者，怜余病骨尫然，不能候河清也。呜呼，孰意姬忽先朝露哉！”④

① 钱谦益：《列朝诗集小传》闰集，《中国文学参考资料小丛书》第二辑。

② 况周颐：《蕙风词话》卷五，唐圭璋《词话丛编》，第4518页，中华书局1986年版。

③ 徐沁：《明画录》卷六，第70页，中华书局1985年版。

④ 徐树敏、钱岳选：《众香词·数集·族里花丛》，上海大东书局1933年影印本。

马守贞以高雅格调，却倍尝“俯仰异趣，哀乐由人”的浊世艰辛，更多人生多舛的无奈悲叹。其《踏莎行·游丝》词描摹春日游丝盈盈袅袅、随风飘荡，“浮踪长日浑难主”，实则隐喻青楼女子任人摆布、柔弱无助的悲惨命运。“弱比飞尘，轻同吹絮。无端不解寻归处”，她们身归何处，情归何处？在这腐朽动荡的晚明政局面前倍感迷茫，只能随着时世的变幻而无奈地沉沦。

三

曲子词绝大多数由男性文士填制，体现出以婉约为主导的风格态势。其间虽有李清照、朱淑真等女性的成功创作，但是仍然谨守“男子而作闺音”的模式规范。晚明秦淮歌姬以其特殊的身份口吻，抒写青楼环境内的生活状态和内心世界，则为词体艺术拓开了新的表现空间。

其一，轻倩妩媚之趣。

红粉秦淮的生活环境和歌姬身份的职业属性，决定了秦淮歌妓词作大多具备温柔乡内的妩媚情态。杨宛词多写闺中的相思与别情，但风格明媚柔丽，有才调而乏品格，尽显妓女词人的爽利率性和小女儿家的旖旎声情。其《长相思·本意》词写道：“花影寒，月影寒，满地苍苔冷翠鬟。宛如香梦残。　　这般般，那般般，偏是相思相见难。无情自等闲。”词写环境清寒、相思难耐，但是叠字和重复句法的运用又使得整首作品显得轻快爽落、流利干脆。她的《柳枝·春闺》词以娇嗔的语气，怨叹薄情郎的浪迹天涯。尽管两地分离的苦闷和相思时时令词人牵愁引恨，但是她自身率意大胆的性格，“闷教鹦鹉咏新诗，骂郎辞”的泼辣之举，又为情感的表达增添了活泼俊快的气息。他如“竞攀含蕊，早露芳心”(《忆秦娥·看人折桂花》)，隐露勃发荡漾的春情；“几回和合，哄抱檀郎”(《忆秦娥·即事》)，描摹与情郎捉迷藏时的欢乐、撒娇；“拜双星。怕人偷觑，佯作数流萤”(《江城子·夏闺》)，刻画夏日拜星时的娇羞之态。这些词作都有效摆脱了传统词人创作的刻板做作，从而显示出清新明快、娇媚动人的艺术风味。

其二，惝恍迷离之致。

秦淮歌姬词人擅长使用细腻的笔触，创作出情景交融的优美意境。朔朝霞《桂殿秋·中秋》词描绘秦淮中秋美景："秦淮渡，碧波流。一轮皓月照琼楼。仙人掌满金茎露，桂子香飘玉殿秋。"作品格调清逸，笔致疏朗，给人以高远空阔的审美感受。

王月善于借助清丽之景，渲染冷落之情。其《小庭花》词从较为广远的视角，描摹出满眼春色："板桥柳色覆晴川，莺啼新水满塘烟。"同时也切合词人的身份特点，表现灯火楼台、歌舞喧阗的景象："舞蝶尽随歌扇下，落花遍逐舞裙前。楼台灯火一更天。"不过，似水流年的青春惆怅隐含其间，于热闹美景之外又暗生出孤寂冷落之意。王赛玉《蝶恋花》词中女主人公因"帘前阵阵催花雨"，顿时"惹乱春愁千万绪"；她倚遍栏干，却难得情郎归信，最后只得"掩着纱窗聊睡去，梦魂只记临行路"，幽情单绪无法排遣，营造出深婉迷离的意境。

秦淮歌姬普遍描写记梦词作，抒发缥缈惆怅之情，也使词作增添了朦胧的色彩。柳如是《江城子·忆梦》词追忆销魂往事："梦中本是伤心路。芙蓉泪，樱桃语。满帘花片，都受人心误。遮莫今宵风雨话，要他来，来得么。　　安排无限销魂事。砑红笺，青绫被。留他无计，去便随他去。算来还有许多时，人近也，愁回处。"此词创作于柳如是与情人陈子龙分手之前，借助梦中的喃喃自语，流露出极端的苦涩怅恨和无可奈何之意。"要他来，来得么"，表现女子对爱情前途未卜的犹疑不定；"留他无计，去便随他去"，她似乎想要就此放手，结束这段刻骨铭心的感情，但是痛彻心扉的愁苦仍然无情地折磨着她，使她无法回避，倍受煎熬。她还在《浣溪沙·五更》词里以"一点旧魂飞不起，几分影梦难飘断"的描写，表现主人公神思无主的飘忽感受，而其心境的哀愁与恍惚，又无形之中营造了朦胧幽微的环境氛围，展现出词人缠绵幽怨的情感世界。

与柳如是梦词的凄迷色调不同，朱泰玉的《调笑令·午梦》词则显得缥缈妩媚："午梦，午梦，忽到桃花玉洞。洞边不见渔舟，流水人家小楼。楼小，楼小，五色流云缥缈。"这是午梦之中见到的神仙洞府，五色斑斓，流云缥缈；既为述梦所见，又可视作歌姬生活场景的艺术隐喻。

这是花间词女冠题材词的一脉相承，造成了空灵幽雅的表达效果。杨宛的《西溪子·梦外》词则抒写梦中与情郎相见的缠绵情愫："正朦胧，人静悄。他来到。"然而就在她"才把名儿厮叫"的时候，"鹦鹉报人来，又惊回"，一切的温情缱绻统统烟消云散，引发出女主人公的无限怨恼。

第三，俳调多用"巷中语"。

秦淮歌姬由于长期浸染在风尘之中，加之自身的艺术修养、文学底蕴终有不足，在其填制词作时，也会自然流露出青楼生活环境所特具的声情口吻，尤其在语言表达方面带有直白俚俗的味道。钱谦益《列朝诗集小传》称赞王微的人品："青莲亭亭，自拔淤泥"。陈继儒评价其诗词"媚秀幽妍，与李清照、朱淑真相上下"[①]，施绍莘亦称其"风流蕴藉，不减李清照"。不过她留存词作"皆言情之作，多有俳调"[②]，全失端庄清雅之致。谭元春曾经评价王微曰："修微诗有巷中语、闺中语、道中语，缥缈远近，绝似其人。"[③]其中的"巷中语"，即是指秦淮歌姬词中类似青楼小曲的口语化腔调和语汇。其《醉春风·怨思》词写道："心似当时醉，眼到何时睡。灯火落尽影疑冰。悔，悔，悔。展转寻思，是谁催促，别时偏易。　　无限天涯泪，难定天涯会。接君尺素表离情。啐，啐，啐。一半模糊，不知梦里，问他真伪。"作品完全以痴情女子的口吻，刻画相思怨别之悔恨，以及陡遭离弃时的一腔悲愤，词意直接浅露，口吻粗俗不羁，尽显放意率性的青楼风情。

柳如是词也颇多采用青楼女子的声吻语气，描摹相思缱绻的情怀，带有鲜明的俚俗风味。例如《两同心·夜景，代人作》写道："不脱鞋儿，刚刚扶起。浑笑语、灯儿厮守，心窝内、着实有些些怜爱。缘何昏黑，怕伊瞧地。　　两下糊涂情味。今宵醉里。又填河、风景堪思。况销魂、一双飞去。俏人儿，直恁多情，怎生忘你。"这里描写青楼女儿与风流公子一见钟情，含羞百媚，如痴如醉。词作直接摄取秦淮歌姬的生活场景，运用细腻的心理描摹、轻快的节奏和大量浅俗口语，营造出青楼文

① 陈继儒：《微道人生圹记》，黄宗羲《明文海》卷四六八，《四库全书》本。

② 王昶：《明词综》卷十二引，《四部备要》本。

③ 谭元春：《期山草小引》，《新刻谭友夏合集》卷十，明崇祯六年(1633)张泽刻本。

学的独特风貌。另如《更漏子·听雨》"被儿里,梦儿中。一样湿残红"、"只怕是,那人儿,浸在伤心绿",抒写雨中的相思愁怨,《踏莎行·寄书》"写成忽被巧风吹,巧风吹碎人儿意",表现寄书传情的悲绪,《河传·忆旧》"手儿臂儿,都是那有情人,故把人心摇拽",则又抚今追昔,以旧日的温情缠绵反衬此刻的孤单寂寞。这些"巷中语"的普遍使用,符合歌姬词人的身份特征,产生了质朴感人的表达效果。

概而言之,晚明秦淮歌姬词是特殊时代背景下由一批青楼女子奉献出来的文学奇葩。她们沦落风尘的身份处境、悲苦难言的情感体验、结遇才士的旖旎风情、身遭离乱的易代之悲,都令其词作呈现为内涵丰富、雅俗兼备的创作风貌,展现出有别于明清闺秀词人的情趣格调,在女性词史上具有独特的思想价值和艺术魅力。

12. 吴绡词的情感世界

吴绡(约 1582—1671),字冰仙,一字片霞,号素公,江苏长洲(今苏州)人。通判吴水苍之女,巡道许瑶(文玉)之妻。能诗属文,兼擅丝竹,以书画著。邹流琦《吴冰仙集小引》称其"裔出延陵,为吴门名族。兰心蕙质,雅尚书史。……于一切琴棋弦管之艺,无不精绝。书法直通锺、王;尤喜画,每经点缀,灵动如生。"诗词清丽婉约,与吴伟业、曹尔堪相唱和,有《啸雪庵集》,附词一卷,刻于清康熙间,徐乃昌辑入《小檀栾室汇刻闺秀词》第七集。《啸雪庵诗余》有《明词汇刊》本,收词 56 首。

一

作为一位闺秀词人,吴绡擅长描摹身边四季美景。在她的笔下,春天的踏青纵游充溢着欢快如醉、青春旖旎的风情:"如画楼台花夹路,香街人醉玉骢肥"(《忆江南》其一)、"园林万点胭脂,人面纷纷相觑"(《斗百花》);徜徉于骀荡春风、如烟柳丝间的女主人公尽显芳颜自赏、清新活泼的情致:"好花多在鬓云边,晓妆鲜"(《春光好》);描写夏日的荡桨采莲,则刻画"水似玻璃人似玉"(《忆江南》其二)、"芰荷香里人归去"(《忆秦娥·夏景》)的清凉图景,其《汉宫春·夏景》词写道:

午梦初回,见满庭花影,烟罩相阶。一架浅红深绿,蜀缬匀排。

纤钩长带，乱纷纭、掩映楼台。𠝹好似、邻墙上，笑隐双腮。　多是天公有意，怕春光归去，羯鼓相催。倩他暖风浓露，剩染繁开。栏干那畔，无聊长月，几遍徘徊。记得我、因贪艳朵，半空抓住金钗。

作品描写初夏时节花事繁盛的景象。上片写花影如烟，花色如锦（蜀缬），花朵如美女笑靥（笑隐双腮），写实与写意相结合。下片开头巧妙化用了唐玄宗击鼓催花的典故，据唐人南卓《羯鼓录》记载："时当宿雨初晴，景色明丽，小殿内庭，柳、杏将吐。（玄宗）睹而叹曰：'对此景物，岂得不为他判断之乎？'左右相目，将命备酒，独高力士遣取羯鼓。上旋命之，临轩纵击一曲，曲名《春光好》，神思自得。及顾柳、杏，皆已发坼。上指而笑谓嫔御曰：'此一事，不唤我作天公，可乎？'嫔御侍官皆呼万岁。"①词人于此繁花盛开之际，尽享风物之美。结末三句由花及人，细致刻画少女贪摘花朵的情态，更显天真烂漫、倩丽动人。

在秋气爽朗的夜空下，作者描摹独具苏州风味的清雅景象："鲈鲙鲜肥莼菜滑，千人石上月亭亭。"（《忆江南》其三）她还在《忆秦娥·秋景》词中通过秋虫幽咽、萤影飞动、梧声凄切、鸿雁音绝、明月孤寂等典型意象的组接，刻画出秋夜所特有的格调情韵。其笔下的寒冬景致，则着力渲染"迢迢玉漏声悲咽，霜飚搅动檐边铁"（《忆秦娥·冬景》）的萧条凛冽。然而正是在如此凄寒的环境里，梅花却凌寒绽放、独树风标："江南忆，地暖早梅香。长夜不禁朝起早，一枝如玉鬓云旁。呵手试新妆。"（《忆江南》其四）词人鬓插梅花，不仅形象清绝芳洁，而且也体现出高雅脱俗的品性。

吴绡不仅细致刻画自然景物之美，还着力描摹绝色歌妓的美艳风姿。其《一斛珠·歌妓》词写道：

锦堂春晓。镜前拂绰新妆了。容华南国如伊少。豆蔻梢头，似柳腰肢小。　鸾袖动香飞雪绕。烟中一朵芙蓉袅。莫惜明珠，买取倾城笑。

---

① 南卓：《羯鼓录》，《四库全书》本。

词作描写年少歌妓的秀美姿容，袅娜腰肢，翩然起舞，绰约缥缈。她的《瑞鹧鸪·出歌妓》词上片对歌妓的描摹更为细腻："筵前檀板试新声，娇喉啭处听春莺。短发齐眉，似束腰肢小，更喜双眸片月清。"新声娇啭，婉媚动人；短发齐眉，清爽可人；更喜双眸清澈，尽显女子青春迷人的风采。

二

明末著名才媛王端淑曾极力推许吴绡"千古聪明，绝代佳人也，为吴中女才子第一"①。然而吴绡的绝代才华却横遭不幸婚姻的摧残，由此引发出诸多身世感伤的喟叹。吴绡与丈夫许瑶曾经有过温情缱绻的生活经历，其《减字木兰花》（梦残莺溜）词中"掷果轻车蓦地逢"，将情郎比作风流倜傥的潘岳，表现青春邂逅的一见钟情；"犹共余香恋锦茵"，则充满了小儿女如胶似漆的缠绵。其《贺新郎》（花满蓝桥路）词更详尽地描摹与"画眉郎"同床共枕、互诉衷肠的情态："回玉枕、鸳鸯交语。两两同心双结取。笑楚台、当日巫山雨。常比翼、白头誓。"他们绾结同心，海誓山盟，至死不渝。后来夫婿上京赶考，吴绡在《蝶恋花·送举》词中表露出深切的期待、伤心、牵挂之情，最后写道："月里一枝君自许，看花好与花为主。"遥祝夫君蟾宫折桂，金榜题名。随后的《蝶恋花·闻第》词则表现出得知丈夫中第后激动兴奋的感受："拭尽啼痕千点雨，泥金两字传佳语。"她"壁上屏间，题遍怀人句"，并且深情探问："不知今夜眠何处"，关切之情溢于言表。

在此后的生活中，许瑶惯于四处冶游，夫妻之间离多聚少，琴瑟相和的美满终难实现。吴绡词中颇多对远别天涯游子的相思怨叹，如"闲思个人千里，马蹄何处尘陌"（《声声慢·夏景》）、"王孙不来侬自去，游魂顷刻追千里"（《蝶恋花·病怀》）。在《双双燕》（楼台日暖）词中，她责怨丈夫冶游贪欢、拈花惹草，却令闺中美人青春流逝："恨薄倖无端，五

① 王端淑：《名媛诗纬》卷十三，清康熙山阴王氏清音堂刻本。

陵狂客。撩花惹柳，误煞锦屏琴瑟。”在如此的无奈孤寂中，词人愁绪难遣，身心憔悴，其《醉花阴·望远》词写道：

游子天涯音信久。盼到西风瘦。昨夜梦儿圆，只道却归，翠幄熏香透。　　觉来依旧黄昏后。有迢迢更漏。报道睡来些，好梦难凭，索性天明候。

作者忍受游子天涯漂泊、音信杳无的愁苦，寄情于梦，借梦抒怀，梦醒时分耳闻更漏点滴之声，更觉凄寂幽怨之意，她只得强自宽慰，痴心等候游子归来的消息。

面对命运的摧折，吴绡自叹命薄，感发出深浓的身世之悲：“叹风风雨雨度余年，凄凉状。”（《满江红·述怀》）她晚年潜心修道，年九十，端坐而化。其《绣带子》词写道：“秋到海棠红，露珠滴芳丛。此际禅心如水，阶下数声蛩。　　色色更空空。多少事、暮鼓晨钟。须教领取，一庭花影，别是宗风。”在皈依禅宗的思想指引下，作者心静如水，看清了万象本空的实质，抛却了凡世烦恼，获得了精神的解脱。

吴绡对于凄寂生活的感受，常常通过一系列伤春的题材表现出来。其《青玉案》词写道：

姑苏旧是繁华处。叹寂寞、闲来住。转眼年光三月暮。几朝晴暖，几番风雨。容易春来去。　　帘前隐隐门前路。肠断梁边燕飞去。但是情来惟独语。花间诗酒，塘边箫鼓。烟景漫空絮。

作品将一片春愁置放在姑苏这样一个古来繁华的历史名胜地，自然产生了厚重的沧桑之感。词人感喟美好春光转瞬即逝，独自体味着寂寞闲愁，伤春的感受在如烟柳丝、迷蒙柳絮的衬托下显得格外空漠凄怆。其《菩萨蛮·闺情》词描写春梦缭乱的凄迷、衣带渐宽的惆怅，《渔家傲·春晓》词刻画作者“万斛闲愁浑不了，无聊自把寒衾搅”的凄苦情态，《一丛花》词则描摹春天景致的美好：“画梁春昼燕来时，桃李一枝枝。”由此渲染出词人独守空闺的愁苦：“愁肠似柳千丝乱，只几日、瘦了腰肢。”《忆汉月》词结末写道：“日斜树影近帘前，燕子不归还早。”也是以燕子自由自在的飞翔之乐，渲染出闺中女子孤苦无依之悲，以乐景衬哀情，倍增其哀！

吴绡擅长花卉咏物词的创作。她描摹月下海棠的娇艳欲滴："如醉如慵，别是一般标格。嫦娥十分光彩，照娟娟、淡妆颜色。"闺中女子摘花赏玩，尽显娇娆："向镜台、鬟边轻摘。看尽娇娆态，堪怜堪惜。"(《四犯玲珑·海棠》)词人歌咏花草，往往融入自己的情感寄托，例如其《画堂春·萱花》词描绘北堂萱花一枝独放的幽姿："轻风浓日画栏头，绿嫩红柔。"但是这忘忧花的开放并没有给作者带来满心的欢喜："粉蝶不知人意，纷纷来往绸缪。双眉常自曲如钩，莫说忘忧。"她眉头紧锁，埋怨粉蝶上下翻飞，表明内心无限郁苦，忘忧花的美丽愈发反衬出词人的愁苦心迹。最能代表其品性节操的咏花词要数《卜算子·咏莲》：

> 谁种白莲花，秋到花开处。陶令腾腾醉欲归，香满庐山路。
> 莫笑出青泥，心净还如许。一片琉璃照影空，常向波中住。

作者歌咏白莲花，揭示其出淤泥而不染的高洁品格，表达了词人自己的人格追求。吴绡《啸雪庵稿自序》曰："假使菲薄，生于上叶，传礼经，续汉史，则余病未能；一吟一咏，亦有微长，未必谢于昔人也。"由此可见其对自身诗词才华的大胆自信，本词中化用了陶渊明的生活故事，同样流露出清雅文人的个性情怀。

吴绡雅善丹青，同时也擅长运用题画词的形式流露人生情怀，抒发身世感受。其《减字木兰花·题画梨花白燕》词由景及人，最后写道："静掩重门，人与花枝总断魂。"突显了女主人公身心憔悴、黯然神伤，渲染出凄迷哀惋的意境。《千秋岁引·画梅花扇赠尼》词直接倾诉岁月蹉跎的薄命之悲："笑我半生真命薄，没事被他闲事缚。"最后她"驾三车，皈三宝，心相约"，皈依禅宗，实现精神的解脱。最能集中体现其心性理想和人生悲感的词作是《河满子·自题弹琴小像》：

> 最爱朱丝声澹，花前漫抚瑶琴。世上几人能好古，高山流水空寻。目送飞鸿天外，白云远树愔愔。　弹到孤鸾别鹤，凄凄还自沾襟。指下宫商多激烈，平生一片冰心。若话无弦妙处，何须更问知音。

词人内心郁苦，漫抚瑶琴，“世上几人能好古，高山流水空寻”两句，充满着孤芳自赏、知音难求的感慨，也流露出作者自珍、自矜的孤傲性格。“目送飞鸿天外”，化用嵇康《赠秀才入军》“目送归鸿，手挥五弦”诗句，展现出悠远旷达、洒落自得的神情。下片“孤鸾别鹤”暗示伉俪不谐的苦痛，作者的情感愈加悲楚，指下弹奏出宫商凄怆激烈之音，传递出内心的不平和郁愤。“平生一片冰心”，进一步表明自己高雅纯洁的心灵、忠贞不渝的情怀。故此周铭称道吴绡词“清超隽拔，绝无纤媚之态，想见大家举止”[①]。

三

从艺术角度来看，吴绡词有意识地多方借鉴唐宋词人的创作风格，填制出相似风格的作品。《鹊桥仙·步秦少游韵》词不论是结构安排还是词语使用，都明显带有秦观同调词(纤云弄巧)的痕迹。《凤凰台上忆吹箫·别绪》词表现离别之际的黯然神伤，与李清照同调词(香冷金猊)如出一辙。《忆王孙》(方诸影转欲黄昏)词描写独守空闺的凄寂断魂之悲，本自宋代词人李重元同调词(萋萋芳草忆王孙)，特别是吴词最后一句“深院凄凉独掩门”，与李词结末“雨打梨花深闭门”堪称同调。《忆秦娥》(春萧索)词以细腻的笔触刻画朦胧春色中的美人情态：“美人妆罢开朱箔，才过寒食罗衫薄。罗衫薄。正思闲事，举头闻鹊。”她在骀荡春风里却幽居独处、心有所思，最后一句陡然宕起，激起心理的振奋，也表明了感情的期待，这样的写法明显来源于冯延巳《谒金门》词“终日望君君不至，举头闻鹊喜”。正是由于对前代词人作品多方面的学习和借鉴，方才形成了吴绡词作的艺术成就。

首先，吴绡词具有形象鲜明、想象丰富的特点。其《一丛花》词写道：

---

① 周铭：《林下词选》卷十，康熙十年(1671)刻本。

天空露爽火西流。篱下一丛秋。翠消香淡黄花早，听络纬啾啾。陇水悲凉，衡鸿凄恻，种种助人忧。　风清月冷旅窗幽。何处弄箜篌。如思似怨声切怛，却难怪宋玉多愁。肠断王孙，魂销蝶梦，百憾在心头。

作品择取络纬啾啾、陇水悲凉、衡鸿凄恻、箜篌切怛等听觉形象的渲染，逼真地刻画出秋叶萧瑟凄凉的景象，由此也便烘托了主人公凄苦肠断的心绪。其《浣溪沙》词上片则展开丰富的想象："曾见西施出浣纱。一钩香迹印弓鞋。绿波红映脸边花。"词人触景生情，仿佛看见当年西施浣纱时的轻盈身姿和美艳容颜。下片着重表现"重到没人山寂寂"的空茫，由往事美景的想象，更加突显出今昔巨变、人世沧桑的感慨。

其次，吴绡词擅长运用顶真、重叠等语言形式，造成流畅连贯、一唱三叹的表达效果。其《如梦令》词写道："灯与前宵一样。月与前宵一样。斗帐绣罗衾，也与前宵一样。两样。两样。不见五更天亮。"作品以主人公喃喃自语的口吻，在简单的重复之中，表现"一样"和"两样"的区别，流露出今夕对照、物是人非的悲叹。另如《东坡引·听弦》词描摹听弦的感受：

冰弦何处曲。弦畔纤纤玉。珍珠乱泻声声续。断肠销画烛。断肠销画烛。　愁多怕听，春山暗蹙。恨往事、心头触。廿年噩梦将人促。残棋刚半局。残棋刚半局。

作者由幽怨的琴音，勾起往事的回忆，触发无限悲苦的人生意绪。上下片结末的两句重叠，进一步渲染了悲凉的环境气氛，引发读者进行深远的哲理思索。

再次，吴绡词具有较深的功力，她勇于尝试填制长调慢词，并且达到了不俗的艺术水准。例如《江城子》(澄波如练漾残霞)词描写乘船出游所见风物，写景真切而有情韵，格调清新爽朗，颇具柳永《夜半乐》(冻云黯淡天气)词的风味。另如《疏帘淡月·咏怀》词通过凄冷萧索之景致，突显孤寂难耐的闺妇形象，抒发"长门深闭"的寂寞、归期迢迢的无奈，最后她只得"托行云、驰神千里"，怎奈"鸾音盼断，阳台梦隔，踌躇无寐”，无限的愁苦终难消解。作品情景交融、虚实相生，通过环境渲染、形象刻画、心境抒写，将闺妇的寂寞愁怀丝丝入扣地表达了出来，体现了作者慢词创作的成就。

13. 沈宜修词的人生感怀

一

沈宜修(1590—1635),字宛君,江苏吴江人。山东副使沈珫长女,工部郎中叶绍袁妻,著名戏曲作家、理论家沈璟之侄女。沈氏与叶氏是明清时期吴江两大文化家族,先后涌现了沈璟、沈自晋、叶燮等著名戏曲名家和诗学理论家。沈德潜在《午梦堂集八种序》中曾明确记载当时的盛况:

> 吴江之擅诗文者固多,而莫盛于叶氏。其最著者,如虞部、廷尉、横山(叶燮)、莱亭诸先生。……师门群从类长吟咏,虽闺阁中亦工风雅,郡志所载《午梦堂集》,妇姑姊妹,更唱迭和,久脍炙人口。……而横山家学之不坠……

沈宜修自幼生活在文学气息浓郁的环境中,"通经史,尤娴风雅"①。十六岁归嫁叶绍袁后,夫妇情意相得,常以吟咏为乐。所生五子三女,并有文藻,一门之中,赓相唱和,一时传为美谈。邹漪《启祯野乘·女仙传》称:"工部(指叶绍袁)擅雕龙誉,宛君(沈宜修)亦班蔡齐

---

① 沈祖禹:《沈氏诗录》卷十二,清乾隆五年(1740)刻本。

驱。”叶绍袁在《亡室沈安人传》中追叙沈宜修婚后的文学活动:“喜作诗,溯古型今,几欲追步道蕴、令娴矣。……戊午(1618年)以后,儿女累多。……四五岁,君即口授《毛诗》、《楚辞》、《长恨歌》、《琵琶行》,教辄成诵。……诸子大者与论文,小者读杜少陵诗,琅琅可听。”

然而,温馨和美的家庭生活却又屡遭命运的摧折:婆婆的严厉管束,逼其忍气吞声;夫君长年漂泊,令其相思肠断;繁重的家务负担,使她身心疲惫;长女的所嫁非人,让其忧心忡忡。最大的打击来自接踵而至的亲人亡故:壬申(1632)十月,沈宜修最钟爱的三女小鸾于出嫁前五日猝然而逝,年仅十七岁;长女纨纨因病中哭妹过哀,亦于七十日后病卒于沈宜修怀中。宜修连失二女,本已伤心欲绝,岂料乙亥(1635)二月至四月间,次子世偁、婆母冯氏、小儿世儴相继病卒。宜修不堪伤痛,呕血不起,于当年九月长辞人世。其作品后由夫君叶绍袁辑为《鹂吹》一集,有诗634首,词190阕,文7篇,收入《午梦堂集》。此外,她还搜集了当时闺秀作者诗词以及唐宋时期的一些女子之作,编为《伊人思》集。

二

沈宜修醉心于诗词创作,在她的笔下,描绘出一年四季风姿各异的秀美图景。

她描摹春天美景,展现清新柔丽的风光。其《声声慢·仿旧人作韵用入声字》词从“声”字入手,集中描摹春日里各种声响,汇聚成繁丽似锦的热闹景象,从中也流露出词人优游其间的恬适和惬意。《浣溪沙》词其二则偏重从视觉形象的角度,刻画春日清丽景致:

> 帘外青烟几缕斜。天边寒色逗明霞。疏梅点点缀琼葩。冻蕊自教秦管咽,飞花还向蜀弦赊。画楼窗上只余纱。

帘外青烟、天边明霞、疏梅点点、绣窗余纱,种种景物色彩有机和谐,渲染出疏淡雅致的闺阁环境。此外,诸如“翩翻蝶粉落梅梢,金井乌啼隔绛绡”（《忆王孙》其七）、“轻薄轻阴拾翠天，细腰柔似柳飞绵”（《浣溪沙·春情》）、“细雨庭皋湿翠苔。深红浅碧缀良宵。东风惹得燕嗔娇”（《浣溪沙·春日》）、“月色净无尘，花含一半春”（《菩萨蛮·仲春望前夜景》）、“平桥流水自流红，莺声欲向斜阳醉”（《踏莎行》其二）等等词句，都以细腻的笔触，形象地描摹出春日清新柔丽的美景。她还填制了《望江南·湖上曲十二阕》，描绘杭州西湖美景。词前小序详细交代了创作缘起：“余自初笄时，随姑大人往天竺礼大士。过西湖堤上，时值暮秋，疏柳环烟，岚光凄碧。回波清浅，掩映空山，恨不能周览湖光山色。怅然别归，徒然神往。至戊辰岁已二十年矣。复随姑大人再礼大士过此。时落红将尽，余绮翻风，细草茸青，鸟啼碧野。聊欲登览，又已斜日衔山，暝烟笼树。大人急问归途，已月出矣。时正暮春十日，遥忆湖光泛影，山色浮岚，此际不知是何景也。聊作《望江南》十二阕，以纪其略。惜余之游非游，愧余之词非词尔。”面对西湖的湖光山色，作者流连忘返，心驰神往，所以在这十二首写景词中，分别歌咏西湖的山水花草、风云雨雪、明月杨柳、醇酒美人，不仅写出各类景物的艺术特点，而且融入作者的丰富想象和审美创作，全方位地展现出西湖各具魅力的风景之美。例如其十一写道：

> 湖上雨，丝缕望朦胧。几度花催春梦晓，数声鸟唤画船濛。芳径洒流风。　　瑶草碧，望里失山峰。袅袅飘来沾袂湿，霏霏散去沐枝浓。回首暮云重。

细雨的帘幕笼罩着西湖的山水，营构出清空朦胧的意境氛围，越发增添了烟水迷离的幽渺情韵。

但是，沈宜修并不一味地歌赞春日之美，而又往往于丽景的烘托下，渗透着难以排遣的闲愁，如其《浣溪沙》词所云：

> 倚遍栏干对夕阳。柳条闲自挂愁长。小池新绿卧鸳鸯。
> 黄鸟啼残怜夜月，梨花吹瘦惜余香。东风不管断人肠。

春日之景本自清秀闲雅，但是词人却以情观物，自然景物都带上了衰残、愁苦的意味，由此折射出作者惜春断肠之悲。她在诸多暮春题材的词作里，更加直接地抒写出感伤愁绪，如《清平乐·春暮》词，由暮春季节的堤柳飘拂，顿生无限闲愁；眼见落英缤纷、飞絮迷蒙，越发感受到春色飘零、人生衰残的悲楚。他如“诗句半缘芳草断，鸟啼多为杏花残”（《浣溪沙·春情》）、“濛濛细雨丝红落，乱莺啼树春愁恶”（《菩萨蛮》）、“东风特为送春来，又教春去愁难避”（《踏莎行》）等词句，也都非常真切地抒写出作者深浓的伤春愁绪。

沈宜修笔下的夏日图景，具有清幽秀雅之美。其《浣溪沙·仲夏即事》词写道：

喜得新来几日闲。半晴梅雨绿窗间。小池初涨碧湾湾。处处鸠啼帘不卷，时时花落草成斑。轻云飞去隔青山。

作者置身夏日水乡清新恬静的景物氛围中，内心充满着闲适淡逸的感受。“湾湾”、“处处”、“时时”等叠字的运用，更加增添了轻快灵动的审美情趣。结末一句“轻云飞去隔青山”，又营造出洒脱悠远的艺术境界。其《水龙吟·六月二十四日和仲韶》词则更加细致地刻画夏日清幽之景，渲染清暑庭院的幽静环境，展现出闺中儿女优游于此的惬意生活。她的《浣溪沙·七夕》词描写七夕佳节的典型意象：“青鹊妆催眉月小，紫鸾彩簇步云多。双栖玉树笑嫦娥。”字里行间充满着轻巧灵秀的神韵。

沈宜修笔下的秋天图景，具有清朗潇洒的气象。她的《浣溪沙》词其三上片描绘清秋画面：“桂蕊侵香树影斜。平芜远映画栏遮。洞庭秋望几人家。”桂香飘散，平芜远望，营造出平远辽阔的审美空间；然而往往于此清秋远望之际，自然触发起容华消逝、人生衰残的惆怅，所以她结末感叹：“自怜妆镜减容华。”其《长相思·秋夜》词则着意渲染萧瑟的秋气，抒发断肠之悲：

风萧萧，雨萧萧，四壁吟蛩入梦遥。愁肠酒不消。　灯影摇，帐影飘，听尽窗前一夜蕉。断魂难自招。

风雨萧萧，灯影飘摇，四壁吟蛩，雨打芭蕉，所有的外在物象都令抒情主人公愁肠百结、魂断意悲。他如“无绪，无绪。最是寒烟数缕”（《如梦令·秋暮》)、"砧杵带愁敲远梦,雁声衔恨落高楼"(《浣溪沙·秋闺》)、"画屏愁掩是潇湘"、"消魂时候漏初长"(《浣溪沙·秋夜》)、"一江秋怨,乱烟愁织"(《忆秦娥·晓起》)、"正遇悲凉初候,可堪憀慄西风"(《乌夜啼》其七)等词句,也都通过秋日西风萧飒、寒烟如织、清漏初长、塞雁嘹唳等等清冷意象的描摹,表达出词人凄恻愁怨的人生感触。

沈宜修词中的冬日景致疏淡清雅,其三首咏元夕词不仅表现出元宵佳节的热闹景象:"疏影横帘烟景暮。万树银花,一夜东风吐。粉片落梅吹绣户,画堂香缕飘红雾。"(《蝶恋花·元夕》),而且着意刻画出词人清远悠扬、缥缈雅逸的情怀:"轻云飞送碧,寒雪凝光白。一管紫璃箫,声声出画绡"、"更随尘暗去,人散飞霞处。春露滴花来,寒枝一半开。"(《菩萨蛮·元夕》)她还以《望江南》词牌作有"冬景八阕",分别歌咏"寒夜月"、"堤上柳"、"天际雁"、"冬暮雨"、"风陡峭"、"花落尽"、"帘外雪"、"河畔草"等八种景致,体现出潇洒清寂、凄迷愁怨的整体情味。

沈宜修前后创作了十余首咏雪词,展现出词人的冰雪精神、清雅品格。她的《浣溪沙》词其二描绘雪中景象:

细翦瑶华屑作尘。梅花长怨柳花春。梁园词客赋交陈。
淅沥半添修竹韵,纷纭偏作绿苔茵。琼枝玉树一时新。

作者以细腻的笔触描摹细雪飘拂,装点世界,营造出玉树琼枝、晶莹剔透的冰雪世界。词人踏雪赏景,快意非常,采雪烹茶,其乐融融:"唤女欲将呵手靧,呼儿捻取作茶烹。松风飒飒满帘生。"(《浣溪沙》其六)还化用《世说新语》中谢道蕴咏雪典故:"一庭柳絮斗盐忙"(同调词其四),愈发显现出词人高雅的情趣。

不过,在这夜雪明窗的环境映衬下,词人又往往勾起对于远方夫婿的深切思念,《浣溪沙》词其五写道:

万里龙沙一望平。月明芦管作边声。征人何处不关情。
织尽回文俱白锦,落残珠泪伴青灯。断肠脉脉夜寒凝。

作者借鉴前人边塞诗的创作传统,拟想北方塞上辽阔雪景,表达了思念"征人"(即夫婿)的深情,格调凄楚,感人至深。另如"天涯遥忆漫相看"

(《浣溪沙·咏雪》)、“羁人应自独销魂”(同调词其三)、“长亭此日最生愁”(同调词其七)、“归鸿欲度迷湘渚,远恨浑如许”(《虞美人·春雪》)等词句,也都寓情于景,流露出天涯相思的愁苦。

沈宜修的咏花诗词中,对梅花情有独钟,先后创作了百首《梅花诗》,以梅花自比,寄寓高洁品性,同时也流露出对远在北方的夫君的深切思念之情。其《虞美人·瓶中腊梅》词同样以细腻的笔触,刻画瓶中腊梅的纤细花萼,歌赞其“纤枝不斗东风巧,耐雪冲寒早”的孤傲气质,充满着清雅淡逸的韵致。她还善于描写花草之影,其《蝶恋花》词序介绍:“桂、竹、梅、柳、蕉、薇六影,次楚女子朱琼蕤韵,不得言影,不得言本色。”这六首咏影词继承了北宋张先的写作传统,化用相关典故,形象地刻画六类花草树木的形态特征,避实就虚,幽缈空灵,给人以美好的艺术想象。

三

沈宜修的写人词能够细腻传神地刻画出词中主人公的外在形貌和内在气质。如其《浣溪沙》词二首写道:

> 袖惹飞烟绿鬓轻。翠裙拖出粉云屏。飘残柳絮未知情。千唤懒回佯看蝶,半含娇语恰如莺。嗔人无赖恼秦筝。
>
> 春满帘栊不耐愁。蔚蓝衫子趁身柔。楚台风月那禁留。画扇半遮微艳面,薄鬟推掠只低头。觑人偷自溜双眸。

词前小序云:“侍女随春破瓜时善作娇憨之态,诸女咏之,余亦戏作。”作品着意描摹侍女随春“未知情”时娇憨活泼的情态,“蔚蓝衫子趁身柔”,显出轻倩秀美之姿,“千唤懒回佯看蝶,半含娇语恰如莺”、“觑人偷自溜双眸”,更将少女天真烂漫的本性表现得惟妙惟肖,散发出灵动欢快的青春气息。然而,在沈宜修为随春所作的另外两首《清平乐》词当中,虽然仍旧细描其“长爱娇嗔人不识,水剪双眸欲滴”的动人美貌,却又融入了“薄命谁怜愁似雾”、“夜寒脉脉愁盈”的哀怨,渗透着人世无常、薄命憔悴的惆怅。

沈宜修描摹自身形象的词作，往往通过慵懒憔悴之态的刻写，流露出伤春悲秋、伤离怨别之情。其《南乡子·晓起感怀》词以细腻的笔触，描摹闺房内外幽静柔丽的景致，给人以朦胧轻袅的审美感受；但是，她"又是春愁萦不了，忡忡。减尽容华玉镜中"，独自品味幽寂环境里形影相吊的凄凉。在她的《浣溪沙·和君晦》词中，不仅表现"抛掷琼箫懒弈棋"的慵懒情态，而且抒发"花时常自怨春迟"的感伤意绪，"画屏香鸭锁离悲"，则点出了离别相思的悲怨。她的《长相思》词其二表现彻夜无眠的凄苦：

> 路漫漫。恨漫漫。竹叶撩风送响繁。凄清满画栏。　夜将阑。漏声残。看尽余灯伴晓寒。愁怀欲遣难。

作者独卧寒榻，孤枕难眠，竹风侵耳，清漏悠长，蜡炬成灰，画栏幽寂，凄清之景映衬出悲楚之情。她又常常在明媚春景中幽怀难排："春风偏为闷婵娟"（《浣溪沙》）、"细风吹向愁边近"（《点绛唇》）、"落尽寒英，心绪浑如醉"（《蝶恋花·偶感》）；在清朗的秋色里无情无绪："览卷意慵添睡思，凭几花落惜天寒。篆烟聊拨袅屏山"（《浣溪沙·秋思》）；在皎洁的月色下，"心绪浑如中酒"，"赢得梅花消瘦"（《如梦令·月夜》），抒写出断魂憔悴之意。透过自我形象的描摹，展现出沈宜修孤寂无奈的生存环境和幽怨悲楚的内心世界，产生了绮怨感人的抒情效果。

沈宜修擅长描摹闺阁春梦，她的纪梦词不仅描绘缥缈的梦境，而且蕴含着深永的情蕴。其《忆王孙》词写道：

> 天涯随梦草青青。柳色遥遮长短亭。枝上黄鹂怨落英。远山横。不尽飞云自在行。

该词下注云："此词梦中所作。"作品总写梦境，却处处写实景，虚实结合，更突出了梦中的飘忽感：梦境本是迷离的，写空落无人的长亭，却衬以生长的草木、凋落的春花以及啼鸣的黄鹂；背景是静默的远山，却衬以流动的白云，动静结合，更显出内心的落寞。沈宜修继承了李白、李贺、陆游以来纪梦诗词的创作传统，但是又特具女性词人的鲜明个性，它不像李白纪梦诗的纵恣飘逸、李贺纪梦诗的怪诞奇幻、陆游纪梦诗的金戈铁马，而是更加接近于北宋多情才子晏几道的纪梦词风。她的《忆王孙》词其三所云："小梦无端过断桥"，即如晏几道《鹧鸪天》词中的"梦魂惯得无拘检，又踏杨花过谢桥"，显得悠渺缠绵、神奇飘忽。

不过，沈宜修的纪梦词更多的是抒写梦醒之后的凄凉，《忆王孙》词其二写道：

> 风吹晓梦别关山。斜月人归窗影残。蝶怨蜂愁春意阑。隔雕栏。露湿飞花绿雨寒。

梦醒时分，斜月映窗，春意阑珊，露湿飞花，寒意逼人，"残"、"怨"、"愁"、"寒"这些字眼的运用，都渲染出清冷孤寂的闺阁环境，也流露出词人凄迷失落的心绪。同调词其十又云："梦觉纱窗月半钩。影悠悠。依旧王孙桂树留。"通过对往日情事的追忆，抒发物是人非、触景伤怀的愁苦。她的《踏莎行》词二首同样借助梦境的描写，表达对于远隔天涯的夫君的思念之情。其二写道：

> 梦断心灰，诗成泪滴。欲寻再梦难重觅。云山历历望中迷，无穷烟树连天碧。　客舍云深，他乡路隔。难教夜夜长相识。天涯只为梦无凭，参横月落茫茫黑。

这首词较之其《忆王孙》组词，意思更加显豁，情蕴越发凄楚，通过自然景致的苍茫阴郁、内心世界的直接剖白，真切地表达出美梦难凭、心灰意懒的伤离怨别之苦，产生了深浓沉痛的抒情力度。

四

在世事沧桑的磨难中，沈宜修百感交集、思绪万千，创作了大量的感怀词，表达出人生衰残之叹、相思怨别之苦、痛悼亲人之悲。

她有不少词作通过寂寞春愁的抒写，流露出似水流年、美人迟暮的喟叹。其《虞美人·立春》词写道：

> 东风已上堤边柳，雪意还依旧。画罗彩胜学裁新，不道闲愁又送许多春。　　年华只是侵蓬鬓，花信何须问。待看双燕几时来，犹忆杏花长对月徘徊。

在东风拂柳、春回大地的美好时节，词人却闲愁丛生，滋生出青春暗换、年华易逝的感伤。在其他诸多咏春词作中，也屡屡抒发出“锦瑟年华已半尘”（《忆王孙》其四）、“春事阑珊可怨嗟”（《浣溪沙·和仲韶寄韵》）、“闲愁闲闷何时歇”（《忆秦娥·春愁》）、“无端不断闲烦恼”（《蝶恋花·感怀》）等等光阴荏苒、似水流年的惆怅。

沈宜修的十首《乌夜啼》词，则通过对萧瑟秋景的描绘，抒写出人生凄凉的悲绪。词前序言详述创作缘起：“井梧未坠，如悲宋玉之秋。堤柳犹垂，已动繁钦之思。幽花弄影，散丽藻以参差；壁月飞辉，荡青蘋而潇洒。于时星河凝碧，耀流火于阶前；露气霏微，湿芳枝于檐畔。北书之来雁无闻，南苑之啼莺正暖。桂香半冷，欲传捣练之情；松韵偏清，可诉寒蛩之怨。有愁难遣，聊尔云焉。”这些词作刻画女主人公“无聊独向栏干倚”的孤寂情态，表达“愁城日日随人锁”、“半生忽自凄悲”的愁绪，引发出“往事不胜悲”、“人事古今非”、“人事何如昔日”的无限慨叹。他如《如梦令·寒夕》、《江城子·重阳感怀》、《满庭芳·感怀》、《金菊对芙蓉·暮秋》等词作，也都通过对萧瑟秋景的描摹，流露出往事如烟的凄迷、人生衰残的悲怆之感。

为了排遣内心的郁苦，词人寄情于物，但是又往往触景生情，愈益伤怀，其《菩萨蛮·月夜闻筝有感》词于霜月之际，闻筝静伫，抚今追昔，“唤起暗愁生，花寒无限情”，由此抒发出“往事不堪提，空余旧迹迷”的悲楚。而其“吐壶击破心灰折，旧游回首西风冽”（《菩萨蛮·咏怀》）、“世间莫问是何非”、“不须重论古今时”（《浣溪沙·偶成》）、“古古今今，朝朝暮暮，如何参透”（《水龙吟》）、“从今后，凭他风月，暮暮与朝朝”（《满庭芳·感怀》）等咏怀词句，笔触更加沉重，意态越发悲怆，充分表露出沈宜修人生怨愤之叹。

钱谦益《列朝诗集》称：“仲韶（叶绍袁字）少而韶令，有卫洗马、潘散骑之目。宛君十六来归，琼枝玉树，交相映带，吴中人艳称之。”[1]叶、沈二人皆出自名门，才貌相配，情深意笃。叶绍袁在写给沈宜修的祭文中追忆道：“我之与君，伦则夫妇，契兼朋友。……仲长统之琴樽，不孤风月；陶元亮之松菊，共赏烟霞。或披古人载籍之奇，或证当世传览之异……或与君言量薪数米，尘腐皆灵；或与君言不死无生，玄禅非远。谭言微中，咨嗟相许，鄙中垒《左传》之读，陋惠姬《女诫》之垂者也。”[2]对文学的共同爱好，使他们之间形成了志同道合、相敬如宾的夫妻关系，也为子女营造了一个具有浓郁文艺氛围的清雅和谐的家庭环境。钱谦益在《列朝诗集·闰集》卷十一《沈宜修传》中，对叶氏一门的风雅之盛赞赏有加：“宛君与三女相与题花赋草，镂月裁云。中庭之咏，不逊谢家；娇女之篇，有逾左氏。于是诸姑伯姊，后先娣姒，靡不屏刀尺而事篇章，弃组纴而工子墨。”

但是，沈宜修婚后生活却受到婆婆的严加管束。叶绍袁之母冯太夫人爱子心切，望子成龙，逼使叶绍袁长年埋头苦读，即使新婚燕尔，“仍读书司马公家”[3]。此后三十年间，叶绍袁为了求取功名而南北漂泊，夫妻之间聚少离多，忍受长相分离的痛苦。沈宜修只得寄情于诗，抒写相思别绪。秉性严苛的婆母偏又不喜欢她的文墨之好：“恐以妇诗分呫哔心，君因是稍拂太宜人意。君既不敢违太宜人，又惘惘然恐失高堂欢也，清宵夜阑，衫袖为湿”[4]。非但如此，冯太夫人甚至命婢女暗中窥探她是否在房内作诗，“云‘不作诗’，即悦；或云‘作诗’，即仳仳形诸色，君由是益弃诗”[5]。沈宜修在如此的精神重压下，内心的苦闷可想而知。其弟沈自徵在《鹂吹集序》中记载了沈宜修身处叶家的难堪处境：“姑冯太夫人年高，姊严事之。……每下气柔声，犹恐逆姑心。迨复夫儿女林立，姑少有不怿，姊长跪请罪，如此终身。”[6]生活在婆母的阴

---

① 钱谦益：《列朝诗集小传》，第 753 页，上海古籍出版社 2008 年版。

② 叶绍袁：《百日祭亡室沈安人文》，《午梦堂集》，第 211 页，中华书局 1998 年版。

③ 叶绍袁：《叶天寥自撰年谱》，《午梦堂集》，第 827 页，中华书局 1998 年版。

④ 叶绍袁：《亡室沈安人传》，《午梦堂集》，第 225 页，中华书局 1998 年版。

⑤ 叶绍袁：《亡室沈安人传》，《午梦堂集》，第 226 页，中华书局 1998 年版。

⑥ 叶绍袁：《午梦堂集》，第 17、18 页，中华书局 1998 年版。

影之下，而且还得疲于应付繁重不堪的家务，忍受穷愁生活的煎熬，沈宜修抑郁寡欢，悲苦难诉，只得将满腔相思愁苦倾诉在与叶绍袁的鸿雁传书当中。其《浣溪沙·暮春感别》词写道：

芳草连天不耐芟。柳丝无力系征帆。垂条空折手纤纤。

人去河梁生寂寞，燕归帘榭自呢喃。可堪对酒湿青衫。

暮春季节，芳草连天，柳丝无力，丈夫即将征帆远行，词人空折垂条，无可奈何，设想到别后的寂寞景况，更加深感空闺独守的凄苦。在与丈夫遥隔天涯的岁月里，沈宜修用诗词抒愁写恨，表达相思离别之苦。其《花心动·忆别》词下片写道："却恨无端薄劣。萦损尽柔肠，百回千折。晓色入帏，怅别匆匆，别语何曾共说。而今徒有魂旋绕，争知人心空切。只赢得、悠悠黯然愁结。"非常形象地展现了作者魂牵梦绕、愁肠百结的凄楚情态。此外，她的《鹊桥仙·七夕》、《蝶恋花·七夕》、《满庭芳·七夕》等词作，都不约而同地借用牛郎、织女七夕相会的故事，抒写夫妻相别、不得相聚的无限惆怅："人间惆怅负佳期，枉目断、乘槎去杳"（《鹊桥仙》）、"遥忆难堪归去路，明朝愁杀残机坐"（《蝶恋花》）、"肠断鲛绡帕上，休回首、枉自魂惊"（《满庭芳》）。

沈宜修对子女、弟妹同样感情深挚，也创作了不少离别相思之词。其《菩萨蛮·元夕后送别长女昭齐》词下片云："帘前今夜月，明晚伤离别。到得看花时，依然愁独知。"流露出对于长女叶纨纨依依牵挂的母爱之情。在同辈亲友中，她与同为才女的表妹张倩倩多相唱和，其《浣溪沙·时往金陵，赠别张倩倩表妹》词以乐景衬哀情，流露与闺中密友"别离无奈思依依"的断肠之悲。此外，"樽酒话愁长，相看各断肠"（《菩萨蛮·赠张倩倩表妹》）、"盈盈一水同吴越，愁看东风吹歇"（《桃源忆故人·思倩倩表妹》）、"漫思量、花前旧约，空惆怅、虚负芳期"（《玉蝴蝶·思张倩倩表妹》）、"怅旧恨惊心，闲愁蹙黛，带减罗衣"（《忆旧游·感怀思张倩倩表妹》）等词句，也都表达出对于张倩倩绵绵不尽的思念之意。

小女叶小鸾、长女叶纨纨的相继夭亡，更给沈宜修带来沉重的精神打击。她有四阕《水龙吟》词悼念亡女，蕴含无限绝望悲楚之叹。其中词序有云："庚午秋日，余作《水龙吟》二阕。儿辈俱属和，书之扇头。今又经三载，偶简箧中扇上之词宛然，二女已物是人非矣。可胜肠断，不禁泪沾衫袖。”作品喟叹往事如烟：“雪絮吟残，梨花梦杳，伤心千古”，痛惜香消玉殒：“向风前搔首，彩云易散，不尽泪痕千缕”，更加感发出人世沧桑空幻的悲怆。她对雪触怀，感伤才女已逝、风情难再：“谢娘何处去，辜负因风句。莫把旧诗看，空怜花正寒。”（《菩萨蛮·对雪忆亡女》）其《忆秦娥·寒夜不寐忆亡女》词写得越发凄厉感人：

> 西风冽。竹声敲雨凄寒切。凄寒切。寸心百折，回肠千结。
> 瑶华早逗梨花雪。疏香人远愁难说。愁难说。旧时欢笑，而今泪血。

在西风凄紧、雨雪交加的寒夜当中，作者凄切惆怅，肝肠寸断，抚今追昔，无限感伤。结末两句今昔强烈的对照，突显出亲人已杳、往事成空的沉痛悲悼，余味无穷，感人至深。

五

沈宜修的“鹂吹词”作为明清闺秀词的代表，具有秀雅婉丽、沉静蕴藉的艺术特色。

叶绍袁在《亡室沈安人传》中追述沈宜修“生平不解脂粉，家无珠翠，性亦不喜艳妆，妇女宴会，清鬓淡服而已”①。相应地，沈宜修词的遣词造语也秀丽清雅、婉约柔美。例如《浣溪沙·闺情》词中“风前花落思悠悠”、“轻香浅梦画屏幽”，巧妙地化用了南唐中主李璟“风里落花谁是主，思悠悠”（《摊破浣溪沙》）、秦观“西城杨柳弄春柔”（《江城子》）、“淡烟流水画屏幽”（《浣溪沙》）等词句，构成一幅清幽婉雅的画面，没有出现任何带有力度的字眼，但是“悠悠”、“轻柔”、“细”、“淡”、“寂”、“轻”、“浅”、“幽”这些词汇的大量使用，自然营造出幽寂轻约的抒情氛围，由此流露出词人的凄恻愁绪，于浅淡纤秀的笔致中显出柔美圆转的

---

① 叶绍袁：《亡室沈安人传》，《午梦堂集》，第228页，中华书局1998年版。

韵味。另如其同调词(春思萦人引线添)同样是以幽寂柔丽之景,渲染典型的闺阁环境,情景之间妙合无垠,表达出春思萦绕的缠绵之意。

沈宜修词的意境创造,善于将情、景、事、理等多重要素有机融合,呈现出沉静蕴藉的韵致。其《点绛唇》词其三写道:

> 往事堪悲,断魂最是风光好。又弹别调。再续应休了。待欲抛开,忍见双欢笑。清灯悄、黄花愁老。恨逐西风晓。

词人追怀往事,抚今追昔,往日的情事越欢乐,今日的痛楚越强烈。作品巧妙运用景物与情感之间的正面烘托,以及今昔对照中的反面映衬,越发真切地抒写出深浓的愁怀。另如《忆秦娥·晓起》词上片描绘秋日清晨闺阁景象:芳草缀露、花阴寂寂、鸟声鸣啭、残月挂枝,所有的景物都于静寂的氛围中渗透着清冷落寞的色彩。下片转而抒写词人相思盼归、音信杳然的惆怅。结末两句"一江秋怨,乱烟愁织",寓情于景,格调衰飒悲怆,越发深切地表露出郁苦愁怨之情。

14. 叶纨纨诗词的伤心境界

一

叶纨纨(1610—1632),子昭齐,明代吴江著名女词人沈宜修长女。父叶绍袁与母沈宜修婚后五载方育纨纨,“初生之女,爱逾于男”①。父亲为其择字昭齐,即希望她昭明才德,见贤思齐。纨纨不仅长得眉目清秀,而且自幼天姿聪慧,富有才情。钱谦益《列朝诗集小传》闰集称:“其相端妍,金辉玉润。生三岁,能诵《长恨歌》,十三能诗。书法遒劲,有晋风。”清人盛枫《嘉禾征献录》卷五〇亦云:“纨少慧,尽传其家学。长而韶秀,光可以鉴。”

纨纨的祖父叶重第有一旧室,室外植梨花数株,老干苍枝,为祖父当年亲手所栽。纨纨与侍女曾居住于此旧屋中,其父赐名曰“芳雪轩”。纨纨高兴地写下了四首七律《梨花》,其一云:“亚粉濛茸透泊融,盈盈流雪缀芳丛。窗前长锁三春月,林下相寻一径风。梦对池塘春草碧,香飘庭榭暮烟中。新来几阵黄昏雨,门掩愁消玉镜中。”少女时期的叶纨纨,与弟弟、妹妹环绕在父母膝下,尽享家庭闲雅和煦的文化熏陶,洋溢着无忧无虑的青春才情,其《玫瑰花》诗写道:“晓余初日映霞姿,鲜艳看来

① 叶绍袁:《祭长女昭齐文》,《午梦堂集》,第278页,中华书局1998年版。

谁似斯。寂寞小庭春去后，倚风含笑索新诗。”在她的笔下，显露出“少年不识愁滋味”的林下风流气息。

然而，叶纨纨的人生命运随着不幸婚姻的到来，发生了根本的转变。纨纨的祖父叶重第与同乡袁黄结为挚交，曾经将自己的儿子寄养在袁家十年之久，待到将儿子接回家后，为其取名为“绍袁”，意即不忘袁家的抚育之德。叶绍袁与袁黄之子袁俨情同手足，友谊深厚。早在绍袁长女纨纨未至周岁时，袁俨即上门议亲，遂结为儿女亲家。天启六年(1626)，已任广东高要知县的袁俨从千里之外催促叶绍袁提早操办婚事。十月，纨纨嫁入袁家。七年(1627)春，袁俨回吴江接家人同往岭南。从没远离父母的纨纨回娘家告别，全家老小都沉浸在烟水远隔的别离之痛中。母亲沈宜修写下《送别长女昭齐》诗六首，其二云：“绣阁盈盈十八年，风烟粤岭一朝前。清光难逐天边月，欲回平安托素笺。”流露出对即将远行的爱女依依难舍的牵挂之情。远行途中，叶纨纨思乡心切，愁绪万端，船行至浙江富春江严子陵钓台时，她写下七绝《暮春赴岭西途中作》二首，面对“烟树重重”、“云山叠叠”的苍茫景象，耳听“杜宇声声”的断肠之声，自然引发出“不知何日是归日”的凄切愁怀。

但是，令纨纨没有想到的是，当船行浙江青溪时，任性倔强的丈夫竟然执意不肯随父亲远赴岭南，纨纨只得随夫返回吴江。对此，作为岳父的叶绍袁后来提及女婿身为人子而不愿尽孝、畏途之苦而弃亲不顾的行径，颇有微辞：“我又讶汝婿忍二人之长征，一身翘然，独驾归舲，何无屺岵之恋。”[①]这也正可暴露出纨纨之夫自私冷漠的秉性。

叶纨纨婚后的诗词创作，满怀悲绪，满纸愁言。其生前所作均收入《午梦堂集》，名《愁言》，又名《芳雪轩遗集》，计有诗作 95 首、词作 47 阕。叶绍袁在《愁言序》中直言不讳地指出：“我女自十七结缡，今二十有三岁而夭，七年之中，愁城为家。”[②]纨纨弟叶燮也说：“我伯姊归于了凡(袁黄号)先生之孙，不意有天壤之憾，抑郁而卒。”[③]由此可见，纨纨

① 叶绍袁：《祭长女昭齐文》，《午梦堂集》，第 278 页，中华书局 1998 年版。
② 叶绍袁：《午梦堂集》，第 237 页，中华书局 1998 年版。
③ 叶燮：《午梦堂诗抄序略》，叶绍袁《午梦堂集》，第 1093 页，中华书局 1998 年版。

的诗词作品愁情恨语触目皆是："遇节惊时变，怀愁对景长。伤心聊泛酒，日暮更徘徊"（《午日感怀》）、"草谢伤心色，云飞故国情。病中消短梦，愁里过浮生"（《病中》）、"独倚画鸾愁日暮，半笼金鸭怯寒生。闲思心事暗伤情"（《浣溪沙·春恨》）、"梦觉情踪无处问，闷在心绪最难描。殢人残病恨今朝。"（同调词其三）在《全明词》所收录的叶纨纨 50 首词作中，出现"憔悴"、"惆怅"、"断肠"、"寂寥"、"愁绝"、"闲愁"、"伤心"之类字眼的抒愁作品就有 43 首，占到总数的 86%，充分表明其词作的主要内涵，就是抒写由于婚姻不幸所引发的人生孤寂之愁，普遍带有韶光易逝、美人迟暮的惆怅悲怨。在这样的词作中，常常表现出夫婿形象的"缺席"；古典诗词内常见的夫妻离别相思题材，在她的词中难觅踪迹，表现出姻缘不谐的女性苦闷幽怨之怀。她不愿提及自己婚姻的不幸，更不会明言责怨夫婿的鄙俗昏聩，只能默默忍受青春消逝的寂寥感伤。崇祯五年（1632）四月，纨纨身染疾病，一直咳嗽不止。就在这年春天，贴身侍女绣瑶突然得病身亡，使纨纨倍觉伤心，其《悼婢绣瑶》诗追忆两人相依为命的生活经历："数载依依共晓昏，薰衣笼畔最温存"，更加感受到自身寄居夫家、孤苦伶仃的凄寂。

二

在苦闷的人生遭遇中，叶纨纨无法排遣内心的愁绪，越发感受到人生空幻、世事苍茫之悲，屡屡抒发出深沉的慨叹："茫茫春梦谁知道，绿杨一霎东风老。自恨枉多情，浮尘长苦憎"（《菩萨蛮·感怀》）、"烟波多少事，难作归山计。秋浪拍堤寒，浮生共渺漫"（《菩萨蛮·秋思》）、"尘世堪嗟，流光难倚。浮生冉冉知何似"（《踏莎行》）、"叹人生世上，无端忽忽，空题往事搔首"（《水龙吟》）。而其两阕《满江红》词结句所咏"听秋声、萧瑟夜蛩清，心如死"、"听塞鸿、嘹唳砌蛩清，心如死"，都直接倾诉出"心如死"的衰残绝望之叹，表明作者已心灰意懒、了无生趣，给人以强烈的精神震撼！

叶纨纨对现实尘世无可流连，于是归心佛道，寻求离尘出世的解脱之道。她日诵《金刚》、《楞严》诸经、大悲神咒，以此涤荡“凡心”，忘怀“世情”；在诗词当中也流露出向往仙道、隐居绝俗的意愿。其《菩萨蛮》词写道：

凭君莫问烟霞路，悠悠总是无心处。人世自颠狂，空惊日月忙。　　萋萋阶下草，日日阶前绕。切莫系闲愁，闲愁无尽头。

作者勘破人世颠狂的虚幻不经，追寻忘却闲愁的无心境界。由此，她不断探求超凡脱俗的精神寄托：“白云何处是仙家”（《浣溪沙》）、“何日遂平生，相携上玉京”（《菩萨蛮·感怀》）。在《踏莎行·暮春》词中，她描摹自己痴心修佛的情状：“昼长人尽掩重门，《楞严》读罢花阴转”，又展现出归心禅悦后清思朗然的美妙感受：“清思幽然，尘情尽遣。一帘幽霭东风晚。数声啼鸟欲黄昏，满阶月影澄澈见。”在如此清幽的境界中，实现了内心的洒脱澄澈。

叶纨纨还善于通过咏物词的创作，表露心性情趣，寄托精神追求。其《三字令·咏香扑》词专咏古代女性日常用品香扑，显示出少见的香艳活泼的笔调。下片写道：“兰浴罢，衬香纤。扑还拈。添粉艳，玉肌妍。麝氤氲，香馥郁，透湘缣。”充分调动视觉、嗅觉等五官感受，展现了闺房之内香气馥郁的旖旎风情，饶富轻艳华美的韵致。《浣溪沙·新竹》词细描新竹娟秀清丽的风姿，赞美其幽雅脱俗的气质，同时也寄寓着词人自身孤洁自高的人格追求，别具一番清雅风味。《踏莎行·秋海棠》词同样是以极其细腻的笔触，刻画秋海棠的嫣然风韵，并且以花自喻，既自矜于清秀可人的绰约芳姿，又展现出神清气远的高雅情怀。《玉蝴蝶·咏柳》词又寓情于物，抒写离愁别绪。结末写道：“向园中、但伤郁郁，看陌上、莫怨盈盈。黯心惊。千丝万缕，总是愁生。”盈盈春柳牵惹出千丝万缕的郁郁愁绪，成为倾吐词人内心悲怨的典型意象。

二

在孤寂冷落的婚后生活中，叶纨纨常常追忆起与往日故乡亲人朝夕相处、诗词酬唱的美好时光，流露出强烈的怀乡思亲之情。其《百字令·秋怀》词写道：

> 秋光潇洒，正清江收潦，芙蕖写颊。扇影辞人凉入苎，叹故国经时别。月皎风凄，梦回花谢，多少乡情切。凭高对酒，幽怀几度凄结。　　无奈窗户萧条，闲情冷落，篆缕消金鸭。客梦悠悠何日了，旧恨新愁万叠。病骨支离，年华屡换，罗袖长啼血。可怜双鬓，应知一夜堪镊。

作品刻画词人憔悴病弱的形貌、遭逢不幸的处境，以及凄冷幽寂的情怀。旧恨新愁层层叠叠，她更加热切地思念故乡亲人，希望在人生的衰残之年，得到家乡亲人温情的慰藉。

出于内心的骄傲，也受到传统妇德教育的熏陶，为了维护叶、袁两家数代以来的世交情谊，叶纨纨每次回家省亲，都是强颜欢笑，从不向人透露自己遇人不淑的婚姻悲剧。她不愿让亲人为自己烦恼生忧，也不肯展示内心的脆弱与伤痛，在隐忍温厚的外表下，体现出孤高自赏的个性。不过在其《菩萨蛮·和老母赠别》词中，仍然不由自主地流露出内心的郁苦。纨纨以凄楚的曲调表达痛别慈母的难舍之情，也预感到“匆匆苦岁月，相聚还相别。肠断月明时，后期难自知”的悲剧结局。此后三妹叶小鸾的猝死，彻底破灭了她的生活信念，最终走上了不归之路。

叶纨纨与三妹叶小鸾情感深挚，自幼起即常相诗词唱和，纨纨对这位“眉目如画，宛然玉人”①的妹妹爱护有加。崇祯五年（1632）十月十六日，是叶小鸾许嫁昆山张立平的大喜日子。纨纨还创作了七古《送琼章妹于归》，既夸赞小妹“倾国倾城自绝群”的风华绝代、“雪句裁成出众中”的过人才情，又追忆姐妹俩“秋床共被听风雨”的亲密往事，更表达了“惆怅于今各自分”、“绵绵别恨欲牵衣”的满腔离绪。诗歌最后告诫道：“可怜此去应欢笑，莫为思家空自愁。”既是由衷的美好祝福，又藉此自况，渗透着自身不幸婚姻所带来的伤心隐痛。

---

① 沈自徵：《祭甥女琼章文》，叶绍袁《午梦堂集》，第363页，中华书局1998年版。

就在叶家忙着为小鸾置办嫁妆时，小鸾却于张家催妆之夕突然病倒，且于出嫁前五日遽然病逝。噩耗传至袁家，叶纨纨闻讯大恸，所有的人生哀苦都在此时集中迸发、宣泄了出来。两日后，纨纨归家哭妹，抚着妹妹的灵床潸然泪下，却再也哭不出声。悲痛已极的纨纨身心交瘁，终于病倒在父母身边。病中她写下十首哭妹诗，寄托无限哀思，同时也预感到自己将不久于人世。七十天后的十二月二十二日，纨纨在母亲怀中念佛而逝，终年 23 岁。

纨纨病逝后，其夫对其身后事竟然不闻不问，叶绍袁在《昭齐三周祭文》中以悲愤之笔直斥其无情无义："汝夫妇缘悭，不但生前可怨，而身后更可伤矣。自壬申腊尽，汝辞人世，越岁寒食、中元，不见汝婿来麦饭村酤一奠汝也。一期再周，不见汝婿来纸钱梵呗一荐汝也。萧然一榇，尘凝穗冷于父母之家，不见汝婿来一迎汝归，或新阡，或旧垅谋入土也。一年如是，三年亦如是也。呜呼哀哉！"①

叶纨纨以秀外慧中的姿质，却不幸嫁给了如此绝情寡义之徒，注定其婚姻生活的辛酸苦楚。她只得以诗词创作来抒写内心的凄寂愁苦，流露念家思亲之情，同时也藉此寄寓清高幽雅的气质，保持孤洁自守的精神追求。其词作有别于沈宜修词的秀雅温婉、叶小鸾词的神奇灵幻，而是集中倾诉了不幸婚姻境遇下女子的满腔愁怨，具备很强的感染力。她的作品在感情表达的细腻真挚、意境创造的清幽冷寂等方面，都形成了自己的特点，显示出鲜明的艺术个性和风格。

---

① 叶绍袁：《午梦堂集》，第 723 页，中华书局 1998 年版。

15. 叶小鸾词的青春咏叹

一

叶小鸾(1616—1632),字琼章,又字瑶期,叶绍袁、沈宜修第三女。生才六月,因家贫乏乳,过育于舅氏沈自徵家,舅母张倩倩精心抚育。小鸾自幼聪颖,舅氏口授《万首唐人绝句》及《花间》、《草堂》诸词,不数遍,即朗然成诵,终卷不遗漏一字。张倩倩不止一次地向沈宜修盛赞小鸾的灵异,以为日后当齐班、蔡,绝非寻常者可比。

小鸾十岁归家,甚得父母关爱。她尚在襁褓中已是"眉目如画,宛然玉人"[①]。长大以后更是美艳动人,母亲沈宜修称其"鬒发素颜,修眉玉颊,丹唇皓齿,端鼻媚靥,明眸善睐,秀色可餐。无妖艳之态,无脂粉之气。比梅花,觉梅花太瘦,比海棠,觉海棠少清。故名为丰丽,实是逸韵风生,若为有韵致人,不免轻佻,则又端严庄靓"[②]。小鸾不但清秀绝美,而且禀赋超群,"与母初寒夜坐,母云:'桂寒清露湿。'(小鸾)即应云:'枫冷乱红凋。'"众人皆喜其敏捷。她"十二岁,发已覆额,姣好如玉人,工诗,多佳句。十四能弈,十六善琴。能模山水,写落花飞蝶,皆有

---

① 沈自徵:《祭甥女琼章文》,叶绍袁《午梦堂集》,第363页,中华书局1998年版。

② 沈宜修:《季女琼章传》,叶绍袁《午梦堂集》,第202页,中华书局1998年版。

韵致"[①]。因此,其母沈宜修曾对小鸾云:"汝非我女,我小友也。"[②]然而,如此美慧的小鸾,却于婚前五日猝然辞世,年仅十七岁。她的离奇夭亡,结束了一段年轻敏感的少女优美清雅,同时又内含隐忧的生命。

沈宜修《季女琼章传》详细记载了小鸾之死的全过程:

> 九月十五日,粥后,犹教六弟世倌暨幼妹小繁读《楚辞》。即是日,婿家行催妆礼至,而儿即于是夕病矣。于归已近,竟成不起之疾。十月十日,父不得已,许婿来就婚,即至房中,对儿云:"我已许彼矣,努力自摄,无误佳期。"儿默然,父出,即唤红于问曰:"今日何日?"云:"十月初九。"儿叹曰:"如此甚速,如何来得及?"未免以病未有起色,婿家催迫为焦耳。不意至次日天明,遂有此惨祸也。[③]

小鸾十一岁时由父母许字昆山张立平,十七岁那年本已卜于十月十六日完婚,然小鸾则于婚前五日而卒。小鸾无力抵抗婿家的催迫,同情父母的处境,默默忍受着俗世的安排,然而内心充满着郁苦,带着极大的青春遗憾离开了人世。"亡后七日,乃就木,举体轻软。母朱书'琼章'二字于右臂,臂如削藕,冰雕雪成,家人咸以为仙去未死也"[④]。小鸾去世后,其作品由父亲叶绍袁辑为一集,名《返生香》,收词 36 调 90 首,而以小令居多,集中展现出一位聪慧敏感的少女纯美细腻的精神世界。

二

叶小鸾"最不喜拘检,能饮酒,善言笑,潇洒多致,高情旷达"[⑤]。作为一位多才少女,自然流露出灵动活泼的青春个性。其《满宫花·咏游春女》词描绘春天"日融和,花媚妩。粉蝶摇枝娇舞"的自然景象,表现

① 钱谦益:《列朝诗集小传》闰集,上海古籍出版社 1982 年版。
② 沈宜修:《季女琼章传》,叶绍袁《午梦堂集》,第 203 页,中华书局 1998 年版。
③ 沈宜修:《季女琼章传》,叶绍袁《午梦堂集》,第 203 页,中华书局 1998 年版。
④ 钱谦益:《列朝诗集小传》闰集,上海古籍出版社 1982 年版。
⑤ 沈宜修:《季女琼章传》,叶绍袁《午梦堂集》,第 203 页,中华书局 1998 年版。

拾翠寻芳女子自由欢快的心绪,给人以和暖温煦的美好感受。《浣溪沙·早春》、《浪淘沙·春景》等词同样描摹春天景象:“梨蕊几时飘弱韵,柳条如欲荡柔情。隔墙何处按歌声”、“杨柳弄柔黄,缕缕纤长。海棠风醉艳红妆”,观察极其细腻,而且寓情于景,渗透着词人轻盈柔丽的韵致。《点绛唇·咏采莲女》词回忆与邻伴昨宵莲塘扁舟,“影共莲花乱”的甜美往事,其中的情趣颇具李清照《如梦令》(尝记溪亭日暮)词的风味,展现出活泼洒脱、缠绵清约的青春气息。

元宵之夜,叶小鸾渲染“画楼春弄东风软,灯山处处笙歌满”的喧腾热闹,以及“侯家醉丽华”(《菩萨蛮·元宵无月》)的富贵气象;七夕佳节,词人描摹举家欢聚的场景:“婀娜。人坐。佳时瓜果,气朗长空。”(《河传》)饶富爽朗欢快的情调。其《踏莎行·紫薇花》词细致刻画紫薇花的动人芳姿:“细剪胭脂,轻含茜露。芳菲百日浓辉聚”、“翠叶笼霞,琼葩缀雾。湘帘影卷猩姿雨。”尽显轻盈缥缈、娇艳欲滴之美。在《浣溪沙·同两姊戏赠母婢随春》词中,则又描摹婢女随春娇媚可人的姿态:

> 欲比飞花态更轻。低徊红颊背银屏。半娇斜倚似含情。
> 嗔带淡霞笼白雪,语偷新燕怯黄莺。不胜力弱懒调筝。

作品通过色彩词语的渲染,不仅刻画了随春的外在形貌,更加逼真地传写出女主人公娇羞含情的心理神态。

与一般人家闺中女儿不同的是,叶小鸾“性耽松石,志癖烟萝,俭素能甘,繁华独厌”①。她笃信禅理,性喜雅静,沈宜修称其“每日临王子敬《洛神赋》,或怀素草书,不分寒暑,静坐北窗下,一香炉相对终日。余唤之出中庭,方出,否则默默与琴书为伴而已。其爱清幽恬寂有过人者”②。她受到家庭文化环境的熏陶,从小就沉浸在诗意书香的气息和高山流水的情韵之中,养成了内在气质精神上的“洁癖”。

叶小鸾善于描摹静谧清幽的景致,例如《浪淘沙》词写道:

> 薄暮峭寒分,罗篝香焚。粉墙留影弄微曛。一缕茶烟和梦煮,

---

① 叶绍袁:《祭亡女小鸾文》,《午梦堂集》,第369页,中华书局1998年版。
② 沈宜修:《季女琼章传》,叶绍袁《午梦堂集》,第203页,中华书局1998年版。

却又黄昏。　　曲曲画湘文，静掩巫云。花开花落负东君。赚取花开花又落，都是东君。

作品描绘薄暮时分闺房之内夕照留影、茶烟轻袅的清寂画面，词人静看花开花落，内心幽雅而恬适。此外，其《菩萨蛮·春日》词渲染春日的闲淡静寂："博山香欲烬，风透纱窗冷。四望寂寥寥，闲阶花影摇。"同调词则又表现出初秋时分的清幽萧索："轻云流影急，秋入平芜色。塞雁几曾还，一江烟水寒。"这些词作均通过清冷画面的描摹，折射出作者宁静雅逸的个性精神。

沈宜修和叶氏姊妹都喜好歌咏梅花，但小鸾笔下的梅花诗词总有一股孤傲之气："幽姿偏耐岁寒开，寄语东君莫浪猜。最是雪中难觅处，几回蜂蝶自空回。"(《梅花》其五)幽姿素心的寒梅，是趋慕繁华的蜂蝶所无法理解的，它只能在霜雪当中孤芳自赏。这"天生瘦骨"、"仙质亭亭"的梅花，恰似词人高情旷逸、玉骨冰肌的精神写照。小鸾病故前所作《杨花》诗云："春来却疑雪，点点送春归。岂若瑶台下，琼葩伴月飞。"字里行间充满着超尘脱俗的内在气韵。其父叶绍袁评价道："本咏杨花，而思及瑶台雪月，高情挺上，仙则仙矣。一清彻骨，冷气逼人，岂是享年之道？"小鸾《清平乐·命红于折秋海棠花》词也着力渲染萧瑟秋意中海棠花的独特风标：

断烟撩乱，霁景穿庭院。草色苔痕添一半，染得秋光堪玩。
流苏帐晓花开，海棠几蕊簪来。昨夜熏笼香冷，新寒多上妆台。

词人欣赏秋光染照下清冷静寂的景象，插戴刚刚开放的海棠花蕊，体现出清雅幽静的气质。其《蝶恋花·兰花》词更寄情于物，下片写道："自道全无脂粉气。笑杀春风，红白匀桃李。幽谷芳菲谁得比，猗猗独寄琴声里。"幽谷当中全无脂粉气的兰花形象，恰正寄托着词人高洁幽雅的品性。

受到仙道思想的影响，叶小鸾许多词作都体现出超尘脱俗、遁世游仙的意愿。例如《浣溪沙·书怀》词写道：

几欲呼天天更赊。自知山水此生遐。谁教生性是烟霞。

屈指数来惊岁月，流光闲去厌繁华。何时骖鹤到仙家。

词人有感于岁月如梭，宣称自己厌弃繁华、性本爱烟霞，并且期待有朝一日得道成仙。其《浪淘沙·秋怀》词下片也说："身世一浮鸥，岁月悠悠。问天肯借片云游。袅袅乘风归去也，直上瀛洲。"同样表达了对仙界生活的神往。她的组词《鹧鸪天·壬申春夜梦中作五首》则通过梦境的描写，较为集中地反映了作者"一卷《楞严》一炷香，蒲团为伴世相忘"的日常生活状态，抒发"何事营巢日日忙"的人生悲叹，流露出自己强烈的仙隐理想："飘飘似欲乘风去，去住瑶池白玉台"，并且还痴情想象得到了仙人的盛情接待："骑白鹿，驾青螭。群仙齐和步虚词。临行更有双成赠，赠我金茎五色芝。"在如此美妙的神仙世界里，作者忘却了俗世的烦恼，获得了内心的欢乐和自由。对此，其母沈宜修《返生香集》跋语表达了疑惑："自壬申起岁，便有遗世之思。此词得之梦中，尤奇。疑其前身一山中修炼羽流，然何以此生忽作美丽女子？若云尘根未断故尔，又何以将结缡而逝，更不了情缘？事殊不可解。"①

三

作为心清善静、遁世求仙的闺中女子，叶小鸾又时常感受到现实俗世的无奈纷扰，以其敏感的心性，越发滋生出人生的哀感。其《踏莎行》（萱草缘阶）词表现作者在清凉的景物背景中，愁绪难消，百无聊赖，深切地体会到"世事浮云、人情飞絮"的无奈感伤。其《蝶恋花·立秋》词中亦云："流水年华容易老。秋月春花，总是知多少。"更加明白地抒写出似水流年的青春怅惘。

在叶小鸾的许多词作中，都展现出柔弱凄寂、慵倦愁郁的抒情主人公形象，如"坐久还慵立，眠多愁梦烦"（《后庭花破子·夜思》）、"几番无力倩风扶，绿窗时掩闷妆梳"（《浣溪沙·春思》）、"自是幽情慵卷幌，不

① 叶小鸾：《返生香词》，《午梦堂集》，中华书局1998年版。

关春色恼人肠”(《浣溪沙·初夏》)、“昼眠微醒觅残魂。强起亭亭临镜看，重整双云”(《浪淘沙·春闺》)、“妆台人倦思难穷。斜簪玉，低照镜鸾中”(《小重山·晓起》)等，而《凤来朝·春日书怀》词则非常形象地刻画出闺中女子闲静清冷的生活环境，及其孤寂无聊的精神状态：

> 小院闲无事。步花阴、嫩苔雨渍。弄明光、几叠琴弦腻。曲槛畔、情何似。　　静对圣贤书史。一炉香、尽消梦思。翠幙外、东风起。不觉又、欲瞑矣。

词人小院徘徊，弹琴遣怀，梦思缠绕，形影相吊，自己的青春都在这袅袅升腾的炉烟之中悄然逝去，作者的内心黯然神伤。

叶小鸾特别注重描写春愁秋怨之情。其《蝶恋花·春愁》词感叹春花的匆匆凋零，引发责怨之意，最后只得将一腔愁绪寄托于迷蒙柳絮，随风而起，四处飘散：“便向西园飘柳絮，不能飘散愁千缕”。因此清人陈廷焯评叶小鸾词云：“词笔哀艳，不减朱淑真，求诸明代作者，尤不易觏也。”[①]他如《生查子·送春》、《浣溪沙·春暮》、《浣溪沙·春闺》、《踏莎行·闺情》等等伤春词作，也都抒发出诸如“一瞬春光最可嗟”、“空教芳草怨年华”、“不禁憔悴一春中”、“送春总是无情绪”、“向人犹作愁春语”等等悲情愁绪。她还将这伤春意绪寄托于对春花的咏叹，其《虞美人·看花》词写道：

> 栏干曲护闲庭小，犹恐春寒悄。隔墙影送一枝红，却是杏花消瘦旧东风。　　海棠睡去梨花褪，欲语浑难问。只知婀娜共争妍，不道有人为伊惜流年。

作品以较为流利的语言，抒发出惜花感春的惆怅。其同调词其二下片亦云：“昨宵细雨催春骤，枕上惊花瘦。东君为甚最无情，只见花开不久便凋零。”都与李清照《如梦令》(昨夜雨疏风骤)词堪称同调，不过较之李词，更多青春消逝的无奈悲愁，情感表达越发显豁沉痛，意境创造也愈加清冷凄怆。

---

① 陈廷焯:《白雨斋词话》卷三，第58页，人民文学出版社1959年版。

叶小鸾的悲秋词画面更加萧瑟衰飒，意绪越发凄楚悲凉。其《阮郎归·秋夜》词写道：

风飘黄叶怆辞枝，楼前处处飞。闲来无闷亦凄其，方知秋气悲。　　堪叹处，可怜时，倚栏空自知。徘徊魂梦欲何依，沉吟黯黯思。

风飘黄叶，秋气萧飒，作者倚栏沉吟，凄怆悲叹，感受到孤苦无依、人生衰残的惆怅。他如《诉衷情令·秋夜》"萧萧瑟瑟，恻恻凄凄，落叶声乾"、《减字木兰花·秋思》"流水残霞，断送西风入鬓华"、《虞美人·残灯》"怆然一夜漫凝思，恰似去年秋夜雨窗时"、《踏莎行·秋景》"断云飞尽碧天长，数枝烟柳斜阳瘦"等词句，也都通过萧瑟秋景的描摹，抒写出凄恻感伤、美人迟暮的人生情怀。

即便在传统佳节的欢快气氛里，叶小鸾也深切感受到节序如流、青春易逝的怅惘。其两首《如梦令》词描写"辛未除夕"的景况，既交代了"雁唳西风天际，槛外梅花香细"的自然环境，又表达了时光流逝、岁月荏苒的慨叹："一岁空怜如梦"、"守岁何如别岁"，折射出作者郁苦不乐的心绪。《临江仙·端午》词虽然渲染端午佳节热闹的风俗民情，但是结末两句"萧萧烟雨外，还锁楚江愁"，揭示出词人心灵底色的阴郁、内在意绪的悲凉，为整首词作确立了清冷渺远的基调。

作为一位天性聪慧、多愁善感的少女词人，叶小鸾的挚爱亲人普遍遭遇的婚姻悲剧，不断地困扰着她青春的心灵，促使其逐渐产生了对于俗世婚姻的恐惧感、厌倦感。首先，自小抚育小鸾的舅母张倩倩富有文才，却与同为才士的舅舅沈自徵琴瑟不谐。此后，沈自徵北走塞上谋生，倩倩"索居岑寂，兴怆怀人，感'飞蓬'之叹，赋'采绿'之章，恹恹抱病，忽忽多愁"[①]，年仅三十四岁辞世。其词句"情悰依旧和谁说，眉山逗锁空愁绝"（《忆秦娥》）、"不恨天涯人去远，三生缘薄吹箫伴"（《蝶恋花》）等，都流露出命薄缘悭、孤苦无依的悲楚。第二，其母沈宜修虽然与叶绍袁伉俪情深，无奈婆母管束严苛，令她不得不处处谨慎、忍气吞

① 沈宜修：《表妹张倩倩传》，叶绍袁《午梦堂集》，第206页，中华书局1998年版。

声;而且由于丈夫长年在外,她不仅要饱尝分离相思之苦,还要全力操持繁重家务,“求衣营食,不遑宁处”[①],其婚后生活正如叶绍袁所言:“俯仰三十年,忽忽如瞬,前后诸境,尽若此尔,有几日开颜快意者耶!”[②]第三,其长姊叶纨纨所嫁非人,饱尝天壤王郎之恨,对姐妹情重的叶小鸾而言,更具感同身受的痛楚。以上三位女性婚姻生活中的不如意,使原本天真烂漫的叶小鸾对未来夫婿的品行、婆家生活的环境、婚后家务的牵累等等方面,都产生了本能的恐惧和厌倦,因为担心重蹈覆辙而忧心忡忡,在人生的精神退缩中走上了夭亡之路。其词作虽然没有直接抒写对于婚姻生活的畏惧和恐慌,但是大量伤春悲秋题材词的涌现,恰正反映了她始终欲求解脱而不得的无奈和痛苦。

四

叶小鸾词精致细腻、柔美婉约,受到人们的普遍赞誉。与其同时代的才女黄媛介在《读叶琼章遗集》中称:“词则情深藻艳,宛约凝修,字字叙其真愁,章章浣其天趣。成风散雨,出口入心,虽唐宋名人亦当避席。”[③]陈廷焯则认为她的地位当在宋代著名女词人朱淑真之上:“闺秀工为词者,前有李易安,后则徐湘苹。明末叶小鸾,较胜于朱淑真,可为李、徐之亚。”[④]陈维崧《妇人集》亦云:“吴江叶进士三女:长昭齐、次蕙绸、三琼章,俱有才调。而琼章尤英彻,如玉山之映人,诗辞绝有思致。”[⑤]其词作在设色、语言和意境创造等方面都显示出鲜明的艺术个性。

首先,较之沈宜修、叶纨纨等人词作色彩的清冷阴寂,叶小鸾作品

---

① 叶绍袁:《百日祭亡室沈安人文》,《午梦堂集》,第 210 页,中华书局 1998 年版。

② 叶绍袁:《亡室沈安人传》,《午梦堂集》,第 227 页,中华书局 1998 年版。

③ 黄媛介:《读叶琼章遗集》,《彤奁续些》卷上,《午梦堂集》,第 603 页,中华书局 1998 年版。

④ 陈廷焯:《白雨斋词话》卷五,第 134 页,人民文学出版社 1959 年版。

⑤ 陈维崧:《妇人集》,王英志《清代闺秀诗话丛刊》,第 14 页,凤凰出版社 2010 年版。

内则时常带有亮丽的色泽。例如“薄卷红绡，断霞西角斜阳远”（《点绛唇·暮景》）、“杨柳弄柔黄，缕缕纤长。海棠风醉艳红妆”（《浪淘沙·春景》）、“红馥馥，绿萋萋。桃花杨柳共山蹊”（《鹧鸪天》）、“春梦朦胧睡起浓。绿鬟浮腻滑、落香红”（《小重山·晓起》）等等词句，都描绘出色彩鲜明的画面，给人以明丽清朗的感受，这也符合闺中女儿单纯活泼的本性。然而，叶小鸾又往往运用冷暖色彩的对照并举，造成人们视觉上的冲击，例如“莲香有水红妆倩，竹粉无风翠影停”（《鹧鸪天·夏日》）、“池塘碧浸芙蓉面，莲房怨粉惊团扇”（《菩萨蛮·初秋》）、“散闲愁、流红泛去，消酒困、湿翠飞粘”（《玉蝴蝶·春愁》）等。这种写法类似于中唐诗人李贺《雁门太守行》等诗作，运用浓墨重彩的词汇，宣泄出作者壮怀激烈的情感。它不仅丰富了画面的色彩，而且突破单一的视觉基调，通过不同色彩的对置，隐喻着矛盾复杂的内心世界，收到了含蓄蕴藉的抒情效果。

其次，叶小鸾词语言清新流丽，不事雕琢，具有轻倩颖秀之美。《兰皋集》评之曰：“琼章不欲作艳语，故词格坚浑，无香奁气。”[①]例如《鹧鸪天·春怀》词写道：

> 日上花梢睡未醒，绣衾香暖梦留人。依依柳眼天边碧，淡淡山眉镜里青。　　无意绪，惜娉婷。缘阶芳草伴愁生。东风吹梦知何处，空听流莺槛外声。

作品抒写闺中女主人公的郁闷闲愁，但是没有使用沉痛拙重的字眼，而是以清雅柔丽的笔触表达出淡淡感伤之情。词中“依依”、“淡淡”描形绘态，笔法轻灵；首尾又以“梦”字遥相呼应，使得整篇作品都笼罩在空灵幽缈的境界之中。叶小鸾词多追步秦观，其《千秋岁》（草边花外）词即用秦观同调词（水边沙外）格韵；此词的用笔、意境则与秦词《浣溪沙》（漠漠轻寒上小楼）颇有异曲同工之妙。

叶小鸾词又有造语新警的特点，如其《南柯子·秋夜》词云：

> 门掩瑶琴静，窗消画卷闲。半庭香雾绕栏干。一带淡烟红树、

① 冯金伯：《词苑萃编》卷七引，唐圭璋《词话丛编》，第1926页，中华书局1986年版。

隔楼看。　　云散青天瘦，风来翠袖寒。嫦娥眉又小檀弯。照得满阶花影、只难攀。

陈廷焯《词则》中曾特别拈出该词“云散青天瘦”五字，赞之曰“新警”。全词词眼当为“瘦”字，因为它传神地点出了秋气清远、秋意萧瑟的特质，也折射出词中女主人公凄寂清苦的心境。叶小鸾与宋代著名女词人李清照一样，都擅长在词作中大量使用“瘦”字，如“断云飞尽碧天长，数枝烟柳斜阳瘦”（《踏莎行·秋景》）、“兰畹香清，湘筠影瘦，翠阴遮遍”（《水龙吟》）、“想江头木叶，纷纷落尽，只余得、青山瘦”（《水龙吟·秋思》）、“慵嫌金叶钏，瘦减香罗带”（《千秋岁》）、“昨宵细雨催春骤，枕上惊花瘦”（《虞美人》）等，都通过物态的刻写，渗透着作者孤寂凄怆的心绪。

其三，叶小鸾善于描绘静谧的画面，创造出情景交融的意境。例如《点绛唇·夏日雨景》词写道：

竹径深深，流云晓度罗帏静。雨丝几阵，满地桐花冷。　　湿翠侵眉，纤晕苍苔影。看无尽。绮屏人映，一片潇湘景。

作品细描夏日雨中庭院之景，充满着宁静清幽的气息。词人凝神伫立，人在画中，细腻地体味着苍苔湿翠所传递出来的清寂之感，情景之间妙合无痕，创造出清雅缥缈的词境。

16. 徐灿词的易代之悲

一

清初闺阁词人的代表人物徐灿（约 1617—1698 后）[①]，字湘苹，又字明霞，号深明，长洲（今江苏苏州）人，为明光禄丞徐子懋次女。徐灿有较好的家学渊源，其祖姑徐媛"多读书，好吟咏，与寒山陆卿子唱和。吴中士大夫望风附影，交口而誉之。流传海内，称吴门二大家"[②]。她"幼颖悟，通书史，识大体"[③]，为徐子懋所钟爱，后嫁浙江海宁望族陈之遴为继室。崇祯十年（1637），陈之遴考中进士，授翰林院编修，买得拙政园作为夫妇俩在苏州的别墅。次年，陈父中丞公陈祖苞"坐失事系狱，饮鸩卒。帝怒祖苞漏刑，锢其子编修之遴，永不叙"[④]。直至顺治二年（1645），清兵下江南，陈之遴迎降，以善于谄媚阿谀、贿赂营私而青云直上；八年，官至礼部尚书；九年，调户部尚书，授弘文院大学士。三年后，陈之遴因结党罪遣戍；次年（1656），以原官发配盛京（今辽宁沈阳）

① 赵雪沛：《关于女词人徐灿生卒年及晚年生活的考辨》，《文学遗产》2004 年第 3 期。

② 钱谦益：《列朝诗集小传》，第 751、752 页，中华书局 1959 年版。

③ 陈元龙：《家传》，见程郁缀《徐灿词新释辑评》，中国书店 2003 年版。

④ 张廷玉：《明史》卷二四八，第 6425 页，中华书局 1974 年版。

居住，徐灿随行。同年十月，朝廷复命回京入旗。十五年(1658)，陈之遴又因贿结内监罪论斩，从宽免死，家产籍没，全家流徙盛京。康熙五年(1666)，陈之遴卒于戍所。十年(1671)，圣祖出巡，徐灿上疏乞归骨。据《杭郡诗钞》云："相国(指陈之遴)之谪，(徐灿)同徙辽左。七年，相国殁，诸子相继摧折。康熙十年，圣驾谒陵，夫人跪迎道左，引咎陈情，疏请先臣归骨，遂荷赐。"南返后，徐灿皈依佛门，晚号紫言。

徐灿诗词兼工，善画观音大士像，著有《拙政园诗集》二卷、《拙政园诗余》三卷。《拙政园诗余》有乾隆三十三年耕烟馆刻本，光绪二十一年南陵徐氏小檀栾室汇刻闺秀词本，又附录一卷，乾隆嘉庆间吴氏刻拜经楼丛书本，词凡 99 首。陈之遴《拙政园诗余序》作于顺治七年(1650)，正值其仕宦显达之际，故此词集收录作品基本反映了徐灿中年以前的生活感受和创作情况。此后她有再出续作之意，惜其不久即屡遭变难，远谪边地多年，竟致夫死子殁，故"自塞外称未亡，即停吟管，不留一字落人间矣"①。

二

陈之遴在《拙政园诗余序》中简要概括了徐灿的人生遭遇与词风演变：

> 自通籍去国，迨再入春明，不及一纪，而人事变易，赋咏零落若此，能不悲哉。湘苹长短句得温柔敦厚之意，佳者近宋诸家，次亦楚楚，无近人语中凄惋之调，盖所遇然也。湘苹爱余诗愈于长短句，余爱湘苹长短句愈于诗，岂非各工其所好耶。

徐灿与陈之遴常相唱和，相互倾慕，陈在词中将徐比作谢道韫："咏絮看花二十春，人间双戏紫霄人。"(《浣溪沙·次韵湘苹》)徐灿在《满庭芳·

---

① 陈赓笙重编、陈德锦校刊：《海宁渤海陈氏宗谱》卷二七，民国七年(1918)海宁渤海陈氏刊本。

丁丑春贺素庵及第》词中也称扬夫君"冰肌雪骨，文彩翩然"，为其考中进士倍感骄傲。然而随着陈之遴入京为官，他们只得鸿雁传书，倾诉衷肠，徐灿《拙政园诗余》与陈之遴《浮云词》内的和韵之作层见叠出，统统流露出夫妻之间离别相思的愁苦。徐灿《蝶恋花·每寄书素庵不到有感》词表达出对丈夫的殷切思念，以及音信难通的怅惘和落寞，"倚遍栏干无意绪"、"尽日恹恹如梦里"，别后的生活显得恹恹无绪、索然寡味。其《永遇乐·寄素庵》词上片追忆当初离别之际的依依难舍："别去叮咛，传来芳信，频寄锦书休绝。倩东风、吹向天涯，悄悄把，离愁说。"下片则描摹自己离别之后身形憔悴、黯然神伤，并且借江梅、寒月、笛声、黄昏组成凄迷冷落的环境氛围，来烘托离别的愁情，最后写道："问今宵、多少凄凉，枕棱衾缺。"越发真切地表达出形单影只、孤枕难眠的愁苦。在与丈夫离别的日子里，她抑郁寡欢，相思成病，并且强支病体写作了《临江仙·病中寄素庵》词：

> 病枕不知寒日午，起来愁雪弥漫。玉红笺纸腻双鸾，恹恹半息，强写个平安。　　几日离愁愁未了，今朝又上眉端。叮咛春老且为欢。熏风虽软，莫便试轻纨。

词中没有缠绵悱恻的情语，有的只是家常用语，在女主人公轻声细语的叮咛倾诉中，愈发真切地展现出对于丈夫的一往深情。

崇祯十年(1637)陈之遴通籍后，徐灿曾与夫婿在北京度过一段非常美好的生活。陈之遴在《拙政园诗余序》中记载道：

> 丁丑(崇祯十年)通籍后，侨居都城西隅，书室数楹，颇轩敞。前有古槐垂阴如车盖，后庭广数十步，中作小亭，亭前合欢树一株，青翠扶苏，叶叶相对，夜则交敛，侵晨乃舒。夏月吐华如朱丝，余与湘苹觞咏其下，再历寒暑，闲登右小丘，望西山云物，朝夕殊态。时史席多暇，出有朋友之乐，入有闺房之娱。湘苹所为诗及长短句，多清新可诵。

文中的"合欢树"是他们夫妻感情的见证和象征。此后徐灿仍然恋恋不忘这一段高雅、美满的生活经历："记合欢、树底逡巡。曾折红丝围宝髻，携幼女，坐斜曛”(《唐多令·感旧》)、“合欢树下留连，当时曾向君家道。悲欢转眼，花还如梦，那能长好。”(《水龙吟·次素庵韵感旧》)

但是，在陈之遴、徐灿看似幸福婚姻生活的背后，却潜藏着鲜为人知的隐痛。陈之遴变节降清，身居高位，这与徐灿的民族气节、家国观念形成鲜明的矛盾。出于礼教、感情的因素，她只得隐忍缄默，跟随丈夫宦海浮沉。与此同时，陈之遴沉迷于世俗声色的及时行乐：“劝君折取及芳菲，正是彭城歌管拥虞兮”(《虞美人·咏虞美人花》)、“老来行乐苦无多，便是冰天雪夜肯轻过”(《虞美人·雪夜》)。他放荡不羁，琵琶别抱，移情别恋，另纳侍妾。徐灿在《忆秦娥·春感次素庵韵》词中以“半春香暖，竟成抛撇”的景物变幻，寓示自己横遭冷落和抛弃的凄凉，最后慨叹“旧恩新宠，晓云流月”，悲怨情爱之无常、忠贞之无凭。其《蝶恋花·咏事》词也道出了相似的隐痛：

点就迎郎双笑靥。近日人来，真个归期绝。尽日无言心自咽。春枝洒满寒鹃血。　女伴强来相解说。侬不相思，怎把相思歇。留取罗裙香几摺。何时教看啼痕叠。

作者热忱迎接将归的丈夫，却陡然遭到对方不再归来的决绝，内心充满着无限绝望和凄凉。她只得默默无言，被迫接受这一残酷的现实，并且还自欺欺人地为丈夫的移情别恋开脱：“蝶不恋花花恋蝶。弃绿怜红，不是他心劣。一种深情情独切，无情只爱同心结。”(《蝶恋花》)尽管她遭受到“弃绿怜红”、“分钗可惜妆台老”(《惜分钗·春闺》)的不幸命运，仍然为丈夫辩护：“不是他心劣”，并且反复表白自己痴心相随的意愿。从这样一位女性故作“豁达”的表情背后，折射出封建礼教对于女性心灵造成的巨大束缚，也隐含着作者内心莫诉的幽怨悲楚。

徐灿与丈夫寓居都城，感怀明末动乱，抒发怀念故乡、羁旅天涯、欲归不得的悲叹。其《一斛珠·有怀故园》词采用景物对比的手法，表达出身处燕台的词人怀想故园之情，下片追忆江南故园的秀美画面：“雪里枝枝红意早。窗俯碧河云半袅。绣幕才搅，一枕梅香绕”，渗透着作者的一往深情；“吴侬只合江南老”恰正倾吐出徐灿归老江南的强烈愿望。此外，《惜分钗·旅怀》词留恋江南美好景致：“记江南。熟吴蚕。

芍药开时，花满澄潭。”《洞仙歌·梦女伴》词刻画梦中江南女伴温婉可人：“见绿窗、女伴笑靥迎人，低宝髻，斜倚瓶花小儿。”字里行间都渗透着作者的怀想眷恋之情。她的《唐多令·感怀》词更加深切地抒发出客居幽州的苦闷：

> 玉笛送清秋，红蕉露未收。晚香残、莫倚高楼。寒月羁人同是客，偏伴我，住幽州。　小院入边愁。金戈满旧游。问五湖、那有扁舟。梦里江声和泪咽，何不向，故园流。

作品感怀动荡纷乱的时世，倍觉客居北地的凄寒，怨叹身不由己的无奈，寄情于缥缈梦境，渗透着羁旅天涯的浓郁乡愁。其《念奴娇·初冬》词同样抒发了苍茫的归乡之思：“眼前梦里，不知何处乡国”、“燕山一片，古今多少羁客。”

她还将思乡之情具象化为对于鸿雁的歌咏。其《谒金门·闻雁》词上片写道：“愁渺渺。禁得者番秋老。云外南鸿音均好。羡它归甚早。”作者闻雁伤情，触发起雁归人不归的无奈和怨恼。《满江红·闻雁》词开头亦云：“既是随阳，何不向、东吴西越。也只在、黄尘燕市，共人凄切。”作者表面问雁，实则自叹羁居北地的凄切。另如“暂飞乡梦，试看归鸿，也算忘忧”（《诉衷情·暮春》）、“雁声和梦落天涯。渺渺濛濛云一缕，可是还家”（《浪淘沙·庭树》）、“低阁垂杨罢舞，窥帘归雁成行。梦魂曾到水云乡”（《临江仙·闺情》）等词句，也都寓情于物，借助梦境和归雁的描写，表达出悠远深挚的故土乡思。

清人周铭《林下词选》评价徐灿“诗余得北宋风格，绝去纤佻之习。”朱祖谋《彊村语业》卷三《望江南·杂题我朝诸名家词集后》则概括了徐灿词的精神意蕴：“双飞翼，悔杀到瀛洲。词是易安人道韫，可堪伤逝又工愁。肠断塞垣秋。”徐灿抒写亡国之痛的词作确实体现出苍凉悲怆的风格特征。其《踏莎行·初春》词写道：

> 芳草才芽，梨花未雨。春魂已作天涯絮。晶帘宛转为谁垂，金衣飞上樱桃树。　故国茫茫，扁舟何许。夕阳一片江流去。碧云犹叠旧河山，月痕休到深深处。

作品上片以初春柔丽之景，反衬词人漂泊天涯的羁旅愁绪，并以"金衣飞上樱桃树"隐喻陈之遴降清求荣。故而谭献《箧中词》卷五云："兴亡之感，相国（指陈之遴）愧之。"下片直接抒发江山易主、故国茫茫之悲，渲染出物是人非、凄迷萧瑟的情感氛围。陈廷焯《白雨斋词话》卷五评之曰："既超诣，又和雅，笔意在五代、北宋之间。"①

明清易代之际，徐灿满怀家国之痛，《咏虞美人花》诗表现了她坚贞不屈的气节："残花不共霸图终，怨色枝枝未肯东。有血宁从垓下洒，至今风雨浅深红。"她曾经规劝陈之遴隐退山林，保全名节，其《秋日漫兴》诗即云："共挽鹿车归旧隐，几浮渔艇散秋怀。霜风扫尽烟霞况，愁见龙城叶满阶。"又《答素庵西湖有寄》诗曰："从此果醒麟阁梦，便应同老鹿山门"，"寄语湖云归岫好，莫矜霖雨出人间。"然而陈之遴却不听规劝，变节仕清。徐灿只得曲意随顺，寓居北地，其内心充满着抑郁无奈的悲怨。其《风流子·同素庵感旧》词追忆甜美往事，慨叹今日凄凉，抒发人生萧瑟之感，结末两句"悔煞双飞新翼，误到瀛洲"，一"悔"一"误"，道出自陈之遴仕清以来充斥在徐灿内心无以言说的悔恨和难堪。

她的不少吊古词作同样渗透着亡国之痛，其《永遇乐·舟中感旧》词即云：

> 无恙桃花，依然燕子，春景多别。前度刘郎，重来江令，往事何堪说！逝水残阳，龙归剑杳，多少英雄泪血？千古恨、河山如许，豪华一瞬抛撇。　白玉楼前，黄金台畔，夜夜只留明月。休笑垂杨，而今金尽，秾李还销歇。世事流云，人生飞絮，都付断垣悲咽。西山在、愁容惨黛，如共人凄切。

作品化用诸多历史典故，感慨江山依旧、物是人非的千古遗恨，笔调苍茫悲壮，情感深沉凄楚，即如谭献所谓"外似悲壮，中实凄咽，欲言未言"②。另如"戈船千里，降帆一片，莫怨莲花步"（《青玉案·吊古》）、"翡翠楼前，胭脂井畔，魂与落花飘"（《少年游·有感》）等词句，都透过

---

① 陈廷焯：《白雨斋词话》卷五，第133页，人民文学出版社1959年版。
② 谭献：《箧中词》卷五，《半厂丛书》刻本。

金陵怀古的题材，抒发出对于南明王朝腐败祸乱、终至覆灭的咏叹，充满着历史兴亡之感。因此，俞陛云《吟边小识》卷二概括其感怀家国的情怀及其词作内涵，指出：

> 素庵相国虽两朝冠剑，湘苹则时有故国之思，其《少年游》词云："夜来明月，依然相照"，"何物似前朝"。《踏莎行》词云："碧云犹叠旧山河，月痕休到深深处。"《青玉案》词吊南都云："戈船千里，降幡一片，莫怨莲花步。"皆有哀思之音。尝与素庵在合欢花下联吟，赋《水龙吟》词云："悲欢转眼，花还如梦，那能长好。"劝其引退。而素庵恋位，致不以功名终。管夫人《渔家傲》词劝赵承旨早归，同一高朗之怀。

三

徐灿词的艺术成就在明清闺秀词人中具有很高的地位。陈维崧《妇人集》评之曰："才锋遒丽，生平著小词绝佳。盖南宋以来，闺房之秀，一人而已。其词娣视淑真，姒畜清照。"①吴衡照《莲子居词话》卷四亦云："徐湘苹夫人《拙政园词》，清新独绝，为闺阁弁冕。同时如商媚生、朱远山，弗逮也。"②陈廷焯也推赏其词"宛转娴雅，丽而不佻，足以并肩李易安，俯视朱淑真"③，并称："国朝闺秀工词者，自以徐湘苹为第一"，"闺秀工为词者，前则李易安，后则徐湘苹。"④论者多将徐灿词与李清照词加以比较，独特的生活经历、身世感受，以及明清易代之际的文化氛围，都使得徐灿之词呈现出有别于李清照词作的艺术风貌。

徐灿词作内多歌咏"春"、"花"、"雨"等意象，由此映衬出伤怀悲怨的人生感受。其《卜算子·春愁》词写道：

---

① 陈维崧：《妇人集》，王英志《清代闺秀诗话丛刊》，第 13 页，凤凰出版社 2010 年版。

② 吴衡照：《莲子居词话》卷四，唐圭璋《词话丛编》，第 2467 页，中华书局 1986 年版。

③ 陈廷焯：《云韶集》卷二二，南京图书馆藏清钞本。

④ 陈廷焯：《白雨斋词话》卷五，第 134 页，人民文学出版社 1959 年版。

小雨做春愁，愁到眉边住。道是愁心春带来，春又来何处。
屈指算花期，转眼花归去。也拟花前学惜春，春去花无据。

作品上片叠用“春”、“愁”二字，渲染出浓重的惜春悲绪，下片又连续使用“花”字，借春花的凋零，慨叹青春的消逝，同时又隐喻着深沉的无可挽回的家国之痛。《鹊桥仙·梅花》词下片采用同样的写法表达惜花之情：“惜花还住，羞花欲去，去住总教花怨。护花双袖惹清霜，怕风妒、花魂成片。”作者着力护花，却无法阻止落英缤纷、花魂成片的凄惨结局，字里行间充满着势单力薄、无力回天的悲怨。他如“草草花花满泪丛”（《捣练子·春怨》）、“惜花未许春归去”（《采桑子·春宵》）、“恰无聊、问取花枝，人长闷，花愁否”（《水龙吟·春闺》）等词句，也都采取以情观物、寓情于景的写法，哀叹人生之可悲，抒发深浓的愁绪。

徐灿笔下的“雨”景，显得格外的清冷凄寂。其《南乡子·秋雨》词云：

秋气试寒初，一片乡心点滴间。滴到湘江多是泪，珊珊。染得无情竹也斑。　　百和夜烧残。唤起征鸿行路难。梦里江南秋尚好，般般。皎月黄花次第看。

作者寄居北国，于秋气瑟瑟的雨夜梦归江南，在绵绵秋雨的环境氛围中，一切景致都渗透着词人内心的凄楚悲怨。他如“一春风雨和愁滴”（《采桑子·春宵》）、“如何三五雨潇潇，偏滴助愁萋草”（《西江月·十五夜雨》）、“几日愁风和恨雨，乡梦教留住”（《醉花阴·风雨》）、“满枕潇潇今夜雨，人共孤灯语”（《虞美人·有感》）等词句，也都通过潇潇风雨的渲染，流露出愁肠百结之情。

叶嘉莹先生在《历代名家词新释辑评丛书》序言中论及徐灿，指出：“徐灿为清初之著名女性词人，评者多以李清照为拟比，其才情虽不及李氏之馨逸，然而徐氏词中所写的兴亡之感，其悲慨苍凉之致，则为李氏之所无，为女性词之意境做出了极大开拓。”[①]徐灿词与李清照词相较，休现出三个方面的差异：

---

① 程郁缀：《徐灿词新释辑评》，中国书店 2003 年版。

首先，徐灿词的境界更为扩大。她经历了离乱之苦、易代之悲，身世之感与家国之恨交织在一起。在其词作当中，题材内容得以拓展和丰富，在传统离别相思、春秋感怀、闺阁闲愁的题材基础上，又填制了大量抒写天涯羁旅、吊古伤今、亡国之悲的作品；特别是描写寄居北国之词，借助北方萧瑟苍茫的景物刻画，营造出有别于李清照词作温婉细腻的另一种风格特质。

其次，情感表达更加沉郁、痛楚。检览徐灿的词集，99 首作品中就有 53 首写到愁，“愁”字在其作品内总共出现了 67 次之多。徐灿创作的八首《如梦令》组词与李清照同调词作相比，一改李词活泼轻灵的韵致，而是充斥着惆怅苦涩的情调，诸如“花似离颜红少，梅学愁心酸早”、“昨夜雨添春重，滴到眉端愁动”、“贪看枝头红动，飞到愁边如共”、“栏槛半帘垂，晓镜春愁将共”、“魂断，魂断，花也为人长叹”等词句，都以凝重凄楚的笔触，传递出孤寂落寞的心绪。其《声声慢·感怀》词与李清照同调词（寻寻觅觅）相比，语意表达更加沉痛，尤其是上下片结末所写：“此际也，不销魂断尽，肠儿还续”、“试看取，古今来、嵇啸阮哭”，充满悲怆感人的力量。与李清照较多地抒写时代变迁中个人、家庭变故之悲不同，徐灿诸多词作站在一定的历史高度，直接描写明清易代之际的时代剧变，倾吐强烈的黍离之悲、亡国之恸。而且，由于在忠于民族气节与恪守妇道从夫之间存在着尖锐的矛盾，在其内心深处始终存在着莫大的无奈和悔愧，这些复杂难言的心绪寄托在词作当中，都增强了作品的深度和厚度。

第三，笔法雅致而豪壮。与李清照词作天然爽朗的风格特征相比，徐灿词作则显示出明清闺秀词人典型的婉雅精致的艺术风貌，章法结构繁丽多姿，语言表达文雅锤炼，以此来体现幽约雅致的“词心”。其《踏莎行·饯春》“试将杯酒饯春愁，从今别向修蛾绕”，通过细腻的面容刻画、痴情的动作描写，传递出难以排遣的一片春愁；《浣溪沙·春闺》“数点落花春寂寂，一庭芳草雨纤纤。不须春病也恹恹”，采用情景交融的方式，映衬出深浓的伤春意绪；《南唐浣溪沙·十五夜》“月似美人慵欲睡，晕横波”，则以新颖别致的比喻，形象展现出月色之美。不过，其易代之后的词作风格沉雄悲壮，笔力遒劲刚健，即如吴骞《拜经楼诗话》

所云："（徐灿）多历磨难，忧愁怫郁之思，时时流露楮墨间。"由此所写词作显示出迥异流俗的豪迈气质，即如《永遇乐·舟中感旧》词所叹："逝水残阳，龙归剑杳，多少英雄泪血。千古恨、河山如许，豪华一瞬抛撇"，笔力如椽，气势磅礴；"世事流云，人生飞絮，都付断猿悲咽"，取譬精炼，感慨沉痛。她还多择用女性词人较少涉足的《满江红》、《念奴娇》等长调词牌，其中诸如"叹当年、富贵已东流，金瓯缺"、"到而今、空有断肠碑，英雄业"（《满江红·感事》）、"燕山一片，古今多少羁客"（《念奴娇·初冬》）等词句，都抒写出慷慨激切之情。严迪昌评之曰："这样的词，不要说陈之遴《浮云集》中两卷诗余难作比并，就是置之当时词坛上也无愧为杰出之作。……徐灿运笔阔大处不逊男子，但心细如发处则又有女中才人的独到之境。"[①]徐灿擅用叠字句法，与李清照一脉相承，体现出女性词人细腻婉约的风格特征；精通音律，"缉商缀羽，不失分寸，尝为《饮酒读骚图》，自制乐府，名曰'乔影'，吴中好事者被之管弦，一时传唱，遂遍大江南北"[②]。与此同时，她又能博采众长，"所爱玩者，南唐则后主，宋则永叔、子瞻、少游、易安，明则元美"[③]。如其《南唐浣溪沙》三首明显学习南唐中主李璟《摊破浣溪沙》词调，《一剪梅·送春》又与南宋蒋捷同调词（一片春愁待酒浇）情韵相近，饶富男性词人洒脱豪宕的气质特性。由此可见，徐灿多方吸收前代词人的成功经验，形成了刚柔相济、清朗高洁的创作品格，具备不可复制的精神内蕴和艺术价值，在女性词史上占有独特的地位。

---

① 严迪昌：《清词史》，第 543、544 页，江苏古籍出版社 1990 年版。

② 张德瀛：《词徵》卷六，唐圭璋《词话丛编》，第 4188 页，中华书局 1986 年版。

③ 陈之遴：《拙政园诗余序》，徐灿《拙政园诗余》，《拜经楼丛书》本。

17. 清初案狱与江南词坛

一、顺治科场案阴影下的江南词人悲剧

有清一朝立国以来，满族统治者为了笼络汉族知识分子，恢复科举取士的制度，目的是使“读书者有出仕之望，而从逆之念自息”（《清世祖实录》卷十九）；但是又设置严密的文网，无情打击广大士子的科举热情。顺治十四年（1657）发生的“科场案”，即是朝廷利用对科场营私舞弊的惩办，造成了江南文坛的阴霾。

顺治十四年丁酉科顺天（今京津地区）乡试发榜后，物议沸腾。顺治帝审出同考官李振邺赃证有据；吏科给事中陆贻吉与居间博士蔡元禧、进士项绍芳及行贿中试举人田耜、邬作霖，并皆属实。七人俱着立斩，家产籍没。同案犯王树德等二十五人从宽免死，与上述七人父母、兄弟、妻子流徙尚阳堡（今辽宁开原东）。顺天乡试舞弊被揭发后不久，工科给事中阴应节奏参江南主考官方猷弊窦多端，以联宗的缘故，取中少詹事方拱干之子方章钺。御史上官铉又奏参江南同考官龚勋出闱后被诸生所辱，事涉可疑；举人程度渊情弊昭著，应详细磨勘。顺治帝见奏，将主考方猷、钱开宗和十八名同考官全部革职；令刑部派遣差役将主考、同考以及中试举人方章钺等迅速押解来京，严行审讯。在顺治帝的严旨催促下，方猷、钱开宗被正法，妻子、家产籍没入官。同考官十八

人，除已死之卢铸鼎外，全部处绞。举人方章钺、张明荐、伍成礼、姚其章、关兰友、庄允堡、吴兆骞、钱威等八人，各责四十板，家产籍没入官，父母、兄弟、妻子流徙宁古塔（今黑龙江海林）。科场案还蔓延及河南、山东、山西各省，产生了广泛的社会影响，诸多文人才士的命运遭到了极大摧折。

吴兆骞（1631—1684），字汉槎，江苏吴江人。少负隽才，吴伟业以与华亭彭师度、宜兴陈维崧有“江左三凤凰”之称，为慎交社眉目。清顺治十四年（1657）中举，罹科场之狱。据蒋良骥《东华录》卷八记载，江南科场案发生之后，顺治帝谕令复试，凡南北中式举子，悉覆试于瀛台，命二书、一赋、一诗，试官罗列侦视。堂下列武士，锒铛而外，黄铜之夹棍，腰市之刀，悉森布焉。又每一举人命满洲护军二员持刀夹两旁，与试者惴惴其慄，多不能下笔。兆骞因此不得终卷，遂锒铛下狱，十六年（1659）出塞，遣戍宁古塔二十三年。康熙二十年（1681），兆骞因顾贞观、纳兰性德等相救，得生还。

其著《秋笳集》备述戍居宁古塔的荒寂生活，以及漂泊游子思念故乡的愁苦心情。例如“独对他乡酒，犹披昨岁衣。故山扬子外，漂泊未成归”（《径僻》）、“甲冷朝逾响，笳寒夜不鸣。兼裘犹恐薄，愁杀寄衣情”（《雨雪》）、“风野喧征骑，霜笳引别愁”（《送人西行》）等。他的《秋笳词》，今存仅三首，亦抒其边塞羁愁。例如《生查子・古意》词云：

> 秋高紫塞风，阵阵衔芦雁。盼断别时音，尘暗书难见。　昨岁灞桥头，折柳看如线。又是玉关春，絮卷天涯远。

作品名为古意，实为自慨，以塞外凄凉景致，抒写漂泊天涯、乡书难达的愁绪。

其《念奴娇・家信至有感》词写道：

> 牧羝沙碛，待风鬟、唤作雨工行雨。不是垂虹亭子上，休盼绿杨烟缕。白苇烧残，黄榆吹落，也算相思树。空题裂帛，迢迢南北无据。　消受水驿山程，灯昏被冷，梦儿中叨絮。儿女心肠英雄泪，抵死偏萦离绪。锦字闺中，琼枝海角，辛苦随穷戍。柴车冰雪，七香金犊何处。

作品首先化用《汉书·苏武传》、李朝威《柳毅传》典故，表现词人身陷绝域、归期无望的凄苦。他只得寄情于景，表达出远隔万里的乡关之思。下片托情于梦，流露出期盼与妻子早日团聚的心愿。康熙二年(1663)，其妻葛氏出关省夫，和吴兆骞含辛茹苦地共同生活了十余年，在戍所生一子四女，直到经友人多方解救得以白首同归。该词对边地恶劣生活环境的描写，语悲意惨，动人心魄。郭麐《灵芬馆词话》卷二云："吾乡吴汉槎，以事戍宁古塔，所传《秋笳集》，悲凉抑塞，真有崩云裂石之音。其得家信《百字令》(即《念奴娇》)一词云(略)。与升庵'易求海上琼枝树，难得闺中锦字书'同一凄怨。"[①]郭则沄《清词玉屑》卷一亦评之"语出至情，故当独擅"[②]。

吴兆骞与妹文柔情意深挚，其《采桑子·寄妹》词云："缟綦义烈人谁似，淡月寒梅。寂掩罗帷。生受黄昏盼紫台。　遥知枫落吴江冷，白雁飞回。锦字难裁。一片红冰熨不开。"遥想远方亲人情态，抒写怀乡思亲的浓烈情致。其妹吴文柔《谒金门·寄汉槎兄塞外》词曰："情恻恻，谁遣雁行南北？惨淡云迷关塞黑，哪知春草色。　细雨花飞绣陌，又是去年寒食。啼断子规无气力，欲归归未得。"开头以问句顿入，抒发兄妹南北分离的愁苦；更以江南之明媚春光对比塞北之荒凉关隘，流露出"欲归归未得"的无奈、凄怨。

吴兆骞的命运悲剧引发出诸多挚友的同情和怜悯。吴伟业送吴兆骞出关，曾写有《悲歌赠吴季子》一诗，中有句云："人生千里与万里，黯然销魂别而已。君独何为至于此，山非山兮水非水，生非生兮死非死。"情意绵长，沉痛感人。无锡人顾贞观与吴兆骞少年时即有深厚的交谊。兆骞遣戍宁古塔后，贞观《声声令》词写道："香笺晚垒，翠黛朝弯。燕霜那忽点云鬟。伯劳飞燕，禁骨肉，恁摧残。盼九天、为妾赐环。　甚日生还。酒泉郡，玉门关。燕颔小妹上书难。麻衣似雪，泪潸潸背人弹。本意儿身作木兰。"其词前小序云："松陵吴汉槎夫人出关，令妹昭质以孤孀远送。芝麓龚公，盛称为缟綦义烈，因赋此词，并寄汉槎。"作

① 郭麐：《灵芬馆词话》卷二，唐圭璋《词话丛编》，第1536页，中华书局1986年版。
② 郭则沄：《清词玉屑》卷一，民国二十五年(1936)自序自刊本。

者慨叹吴氏一家身遭祸乱、骨肉分离的痛苦，表达出深重愁绪。为了营救朋友，顾贞观曾两度入京，向纳兰性德求援，希望他帮助吴生还归关内，初未允，后见《金缕曲》二首，乃有谋归汉槎之意。顾贞观《金缕曲》二首写道：

其一

季子平安否。便归来、平生万事，那堪回首。行路悠悠谁慰藉，母老家贫子幼。记不起、从前杯酒。魑魅择人应见惯，总输他、覆雨翻云手。冰与雪，周旋久。　　泪痕莫滴牛衣透。数天涯、依然骨肉，几家能够。比似红颜多命薄，更不如今还有。只绝塞、苦寒难受。廿载包胥承一诺，盼乌头、马角终相救。置此札，兄怀袖。

其二

我亦飘零久。十年来、深恩负尽，死生师友。宿昔齐名非忝窃，只看杜陵穷瘦。曾不减、夜郎僝僽。薄命长辞知己别，问人生、到此凄冷否。千万恨，为兄剖。　　兄生辛未吾丁丑。共些时、冰霜摧折，早衰蒲柳。词赋从今须少作，留取心魂相守。但愿得、河清人寿。归日急缮行戍稿，把空名、料理传身后。言不尽，观顿首。

二词之前有题云："寄吴汉槎宁古塔，以词代书。丙辰冬，寓京师千佛寺，冰雪中作。"作品以词代信，第一阕从汉槎写起，备述其远戍荒塞之苦，并且发出掷地有声的金石誓言："廿载包胥承一诺，盼乌头、马角终相救。"表明自己不管遇到多大困难和阻力，一定要实现营救汉槎归还的诺言，披肝沥胆，感天动地。第二阕则慨叹自己身世飘零的凄凉，唤起彼此间的感情交流，推己及人，关怀备至，一片赤诚之心溢于言表。该词跋云："二词容若见之，为泣下数行。曰：'河梁生别之诗，山阳死友之情，得此而三。此事三千六百日中，弟当以身任之，不俟兄再嘱也。'余曰：'人寿几何？请以五载为期。'恳之太傅，亦蒙见许。而汉槎果以辛酉入关矣。附书志感，兼志痛云。"纳兰性德所作《祭吴汉槎文》亦曰："自我昔年，邂逅梁溪。了有死友，非此而谁？《金缕》一章，声与泣随。我誓返子，实由此词。"这两首词语言平易，如叙家常，但是至情至性，感人至深。陈廷焯《白雨斋词话》卷三云："华峰《贺新郎·寄吴汉槎宁古塔以词代书》两阕，只如家常说话，而痛快淋漓，宛转反复，两人心迹，一一如见，虽非正声，亦千秋绝调也”，“二词纯以性情结撰而成，悲之深，慰之至，丁宁告戒，无一字不从肺腑流出，可以泣鬼神矣。”①谢章铤《赌棋山庄词话》卷七亦评之曰：“浓挚交情，艰难身世，苍茫离思，愈转愈深，一字一泪。吾想汉槎当日得此词于冰天雪窖间，不知何以为情！”②

除了吴兆骞以外，江南才士丁澎、孙旸亦罹科场案难，遣戍尚阳堡。清初“西泠十子”之一、浙江仁和人丁澎《扶荔词》中的长调慢词倾诉迁谪塞上的悲凉慨叹。其《贺新凉·塞上》写道：

> 苦塞霜威冽。正穷秋、金风万里，宝刀吹折。古戍黄沙迷断碛，醉卧海天空阔。况毳幕、又添明月。榆历历兮云槭槭，只今宵、便老沙场客。搔首处，鬓如结。　羊裘坐冷千山雪。射雕儿、红翎欲堕，马蹄初热。斜弹紫貂双纤手，捣罢银筝凄绝。弹不尽、英雄泪血。莽莽晴天方过雁，漫掀髯、又见冰花裂。浑河水，助悲咽。

作品上片尽显塞上苦寒之景、边塞生活环境之恶劣，由此衬托苦寂悲怆之情。他只得借酒浇愁，醉卧沙场，但是潦倒难耐之悲愈加深重。下片描写作者独坐毡帐的奇寒感受，抒发英雄失意、壮志难酬的无限悲慨。结末两句以声传情，传达出幽咽凄苦的愁绪。绝望、凄凉、悲壮，字字泪血，流露出对清廷借科场案迫害知识分子的控诉。

常熟人孙旸顺治十四年(1657)罹科场之祸，在康熙七年(1668)被“恩准”提前放还。他著有《折柳词》，又名《蔗庵词》，流露出放归故里的复杂心绪。其《木兰花慢·送陆义山请假归里》词表现出文人遇蹇后的离心倾向：

> 秋风生乍浦，香稻熟，紫螯肥。任嫩擘黄芽，甜分红柰，不换莼丝。柘西。旧时鸥鹭，白苹边、几度怨归迟。昨日陈情天上，宵来梦到渔矶。　霏霏。薄雪一些儿，为尔洗尘缁。想贺监风流，烟波诗景，未许人知。漫疑。终南捷径，只山云、堪与说心期。高卧

① 陈廷焯：《白雨斋词话》卷三，第66、67页，人民文学出版社1959年版。

② 谢章铤：《赌棋山庄词话》卷七，唐圭璋《词话丛编》，第3414页，中华书局1986年版。

不闻朝请，随他月落乌啼。

词人得以生还江南，享受故乡风味，对功名利禄早已心灰意懒，放情高卧，无欲无求。

陈维崧族叔陈卫玉也与吴兆骞一样“廿年苦语三更尽”地流放宁古塔。吴兆骞《秋笳集·戊午二月十一日寄顾舍人书》中提到过陈卫玉：“阳羡陈卫玉，善谐笑，工围棋，亦嫣秀可喜，弟时与之弈。”陈维崧有《贺新郎·弓冶弟万历省亲，三年旋里，于其归也，悲喜交集，词以赠之，并怀为玉叔暨汉槎吴子》词，备述关外流人“犹记离乡年尚少，牧羝羊、北海双双叟”的悲惨情貌，及其子弟家族“万里寻亲逾鸭绿，险甚黄牛白狗”的艰辛苦楚。陈维崧表弟曹亮武的《南耕词》又有《贺新郎·陈卫玉舅以事徙塞外二十年矣，弓冶表弟曾万里省亲。闻有损赎之诏，复破产而行，词以送之》一词，详述万里寻亲故事，也表现陈卫玉“年少离乡今头白，怆穷边、失却江南话”的凄苦悲怆，更可见出科场案对江南才士的沉重精神打击。

二、奏销案与江南词坛

“奏销案”(又称逋粮案)是清初发生的一起影响重大的政治事件。顺治十八年(1661)，“江宁巡抚朱国治疏言：苏、松、常、镇四府并溧阳县，未完钱粮文武绅衿共一万三千五百一十七名，应照例议处；衙役人等二百五十四名，应严提究拟。得旨：绅衿抗粮，殊为可恶，该部照定例严加议处”(《清世祖实录》卷三)。孟森《心史丛刊初集》列《奏销案》专题特指出：此“特当时以故明海上之师，积怒于南方人心之未尽帖服，假大狱以示威，又牵连逆案以成狱也”。清朝统治者借题发挥，凡列名于欠册的秀才、举人、进士，全被革去功名出身，现任官员则降一级调用；并对他们进行无情的精神打击，致使其斯文扫地。董含《三冈识略》记载，“悉列江南绅衿一万三千余人，号曰抗粮。既而尽行褫革，发本处枷责，鞭扑纷纷，衣冠扫地。如其探花(叶方蔼)欠一钱，亦被黜，民间有‘探花不值一文’之谣”。奏销案对人文荟萃的江南词坛实在是一场深重的劫难。诸多词人受到牵连，革职丢官，被迫退居家乡，内心的愤懑无法宣泄，词风亦发生了根本性的转变，呈现为悲怆激荡的整体风貌。

清初云间词人周茂源、张渊懿、田茂遇、董俞、彭师度，皆罹奏销案坐废乡里。田茂遇《水调歌头·逆旅》词即抒写出人生扰攘之悲：

> 逆旅过客耳，攘攘欲何之。无端燕鸿队里，怪我去留痴。寒暑中间历尽，风雨长途愁绝，潦倒鬓成丝。尘隙乾坤阔，尽看白驹驰。
>
> 较输赢，争巧拙，辨雄雌。疆场一彼一此，此事我能知。漫傲关河行李，莫忘江乡春信，花月总差迟。在家贫亦好，记取稼轩词。

词人历经世事沧桑，参透人生荣辱，终归于家乡山水，哦咏性情。董俞的词作抒写“从前好景都辜负，总为儒冠误”（《虞美人》）、“憔悴损朱颜，屈指韶华鬓忽斑”（《南乡子》）的人生失意之悲，表达“羁思茫茫，且对繁花醉一场”（《减字木兰花》）、“窗外子规啼不住，真个不如归去”（《清平乐》）的羁旅归思，展现自己凄寒荒寂的孤独处境：“细雨扁舟，寒灯古寺，一个愁人。”（《柳梢青》）其《念奴娇·述感，和彭羡门韵》写道：

> 英雄已矣，把吴钩抛却、唾壶敲碎。痛哭穷途同阮籍，难乞步兵佳尉。白日黄鸡，催人老去，几度中山醉。龟毛兔角，叹浮名何年遂。　　梦魂不到春明，读书卖卜，潇洒君平肆。落日江亭闲岸帻，赢得持螯斫鲙。故国青山，美人黄土，往事徵于鬼。桃笙豹枕，算人生惟有睡。

词人喟叹“英雄已矣”、人生失志的悲绪，只得流落江湖，忘怀世事。彭师度亦多抒“但是年华如驶，寂寞到如今”（《水调歌头》）、“孤客况、夜眢如年，暮愁增发”（《满江红》）的孤寂愁怀，流露出“凭栏忽忆家园好，人隔蓼花秋”（《锦堂春》）、“归梦乍离枕上，窗前又听落叶，早是动归心”（《水调歌头》）的怀归家乡之情。

毗陵词人邹祗谟在谒选待授职时罹奏销案，王晫《今世说》即称其

"会有蜚语中之者，一日散万金立尽"①。他的《丽农词》早年以艳词小令闻名，遭遇奏销案打击后，纵横意气受到极大压抑。其《满江红·己丑感述》词慨叹"滚滚红尘"的可悲，斥责"山鬼狐威帝以虎，小人猿化妻于獭"、"老滑钱刀方作横，少年姜桂何能辣"的世态炎凉，词人呼天抢地，狂醉击柱，怒发冲冠，宣泄出愤世嫉俗的悲叹。"毗陵四子"之一黄永亦因奏销案而黜罢，他的《溪南词》中年以后由倩丽转为清劲峭拔，透露出郁勃之气。其《沁园春·悲秋》词写道：

> 宋玉言之：春女多思，秋士多悲。况零风细雨，乍停还续，蛩声雁影，到处相随。四壁萧萧，孤灯落落，纵有高怀那处开。除非是，且登山涉水，打马飞杯。　醉时屡舞回回。看云气漫空白日颓。似江魂销罢，黯然欲别，潘愁尽处，如送将归。人事萧条，天公做作，长笑微吟泪暗垂。还自问，这黄花红叶，干汝谁来。

此词抒写作者退归家乡后面对秋景的悲伤情怀。词人上片由宋玉《九辩》引出"悲秋"主题，通过萧瑟秋景的渲染，抒发"登山涉水，打马飞杯"这样心有不甘却又无可奈何的复杂情感。下片表现满腹秋愁，抒发了宦海浮沉、落拓失意的牢骚。他"长笑微吟泪暗垂"，只得独自长笑，独自微吟，黯然垂泪！

董元恺于顺治十七年（1660）中举，次年即罹奏销案被黜。尤侗《苍梧词序》评之曰："董子以兰陵佳公子，为名孝廉，忽遭诖误，侘傺不自得，于是西出秦关、东走粤峤，登大梁之城，泛小孤之渚；过咸阳吊祖龙之陵，入乌江哭重瞳之庙，陟夫椒问吴王之故宫，眺邺台寻魏武之遗迹，则有兴亡如梦，慷慨余哀者矣……故以抑塞磊落之才，使飞扬跋扈之气；以嵚崎窈窕之遇，抒缠绵凄怆之怀。其为词也，或取诸骚焉，或取诸子焉，或取诸史焉，或取诸赋与诗焉，或取诸书与画焉，无不有也，无不似也，岂非哀乐过人，一往有深情者乎？"董元恺的词作倾注了遭受废黜之后的激昂悲慨之情，如《永遇乐·过虎牢关用辛稼轩韵》云：

> 千古崤关，是英雄、战守纷争处。废垒寒沙，荒原宿草，精灵自

---

① 王晫：《今世说》卷四，《丛书集成初编》本。

来去。汜水滔滔，河流滚滚，日夜何曾少住！把当年、袁曹刘项，一样销沉龙虎。　有恨兴亡，无端成败，赢得横鞭指顾。西去荥阳，东来嵩渚，险设成皋路。风响鸣环，霜飞断镞，隐隐犹闻金鼓。惊心问、长陵抔土，今犹在否？

词人游历所经，西起崤关，东下虎牢，目力所及，尽见古战场废垒寒沙、荒原宿草的凄冷景象，历史的沧桑与人事的兴亡一齐涌上心头，感发逝者如斯的深重喟叹，营构“兴亡如梦，慷慨余哀”的意境。

阳羡词人任绳隗本为擅咏旖旎风情的才子，自奏销案开革功名后，词风突变，专意于长吟短歌以陶写郁勃之情。其《昼锦堂·述怀》词记录他当时罹案后的复杂心态：

少小才华，平生志气，竟欲催倒江东。可叹一钱遗累，身世飘蓬。金鸡孤悬云日里，玉环双串梦魂中。从今后，一片热肠，都交酒政诗筒。　疏慵。半窗月，三径草，香清茶熟帘栊。那管求田问舍，是处冬烘。摊书昼卧黄梅雨，围棋坐隐落花风。吾心乐，常是侧身怀古，醉里称翁。

词人追忆当年的少年才华、倜傥意气。可叹遭受奏销案打击后，备尝身世飘蓬、颠沛流离的辛酸。“从今后，一片热肠，都交酒政诗筒”，正是在这罹难后绝意进取的寥落心态。为了排遣愁绪，他只得忘怀尘俗，归心隐逸。其《醉落魄·新丰歌》词“飘零堪厌”，抒发对飘零生涯的厌倦，也表达出“萧关茅舍悲书剑”的人生失志之悲。他的《凤凰台上忆吹箫·题表弟金沙史远公画册》词流露出对于同遭废黜命运的表弟史鉴宗的同情：

北苑寒烟，东皋枯树，惟君独自兼之。况青堂佳句，首首题词。犹记骚坛酒社，吾与汝、伯仲相师。今何在，凭谁唤转，画手吟髭。

凄凄。这回去也，纵泪尽西州，那得君知。看卷中白雪，画里乌丝。但见平沙落雁，空引起、宋玉秋思。愁深处，晓风夜月，肠断天涯。

史鉴宗，字绳远，号远公，顺治八年（1651）中举，曾官南陵县（今安徽宁国)教谕,奏销案被黜。著有《青堂词》一卷。任绳隗《青堂词序》云:“其歌耶其哭耶,远公之喜耶乐耶;其吊古耶其望远耶,远公之哀耶怨耶;其托物耶其本意耶,远公之兴耶比耶?”。其《少年游》词追忆少年狂游,抒写“二十年来,京华如梦,白发已三千”的人生失志之悲;《鹧鸪天》词则又借景抒情,流露出“伤心不用频传语,久向江头听杜鹃”的羁旅穷愁。任词作于鉴宗去世之后,“愁深处,晓风夜月,肠断天涯”,悼念逝者,抒发天人两隔的凄凉,同时也悲叹自身命运多舛。徐喈凤《摸鱼儿·哭同年史远公》词同样悲慨好友“溘焉先去”,他睹物思人,倍感凄凉:“检箧内、诗词字画存无数。细思何故。岂忒煞聪明,既招人忌,更复遭天妒”。念及至此,词人悲楚万端,“那禁泪如雨”!

徐喈凤,顺治十五年(1658)进士,官云南永昌推官。“以本籍奏销降调”,即退归家乡。其《荫绿轩词》特多痛定思痛的警悟之语,如《青玉案·警悟》词“范韩事业曾相慕,不道蹉跎竟迟暮”,慨叹壮志未酬、岁月蹉跎之悲。于是他只得溪头垂钓,领悟到名利空幻的实质:“梦中名利,醉中声色,直到而今悟。”《大江东去·闻雁》词通过“如诉如嗟,似呼似应”的雁声嘹唳,抒发出“几处关山名利客,都被凄音唤老”的人生凄苦之悲。其《宝鼎现·甲寅中秋》写道:

> 冰轮东岭乍涌,光浸轩墀如水。集童冠、当轩促坐,酒政宽严藏妙理。看柏竹、影横斜入席,芳桂森森交翠。须趁此、良宵纵饮,莫负嫦娥娟丽。　　坐闻画角城头起。叹无复、当年歌吹。况楚越、干戈格斗,料只有、风声鹤唳。这明月、历古今无异,总照流亡罗绮。更几处、空闺怅望,十二朱栏遍倚。　　洗盏重斟,念秋半、西风将厉。怕胧胧庭树,做出秋声动地。便对月、早图沉醉,方是高人计。任玉露、寒透罗衣,还鼓南楼兴味。

作品以明月无新旧古今之异,对照人事有穷通悲欢,由赏月时的听觉描写引发出时间、空间上的感慨,隐含作者的身世家国之悲。为了忘忧解愁,词人早图沉醉,流露出远离尘嚣的意绪。整首词作尽显作者慷慨悲凉、心事浩茫之情,颇致沉郁顿挫的境界。

概而言之,奏销案阴影下的江南才士抒发人生悲叹,内心失落、忧郁、悲愤，表现出对于清廷统治的离心倾向。他们一反花前月下、儿女情长的旖旎风调，而是遥承稼轩词风的传统，以深厚拙重的笔调发摅沉郁悲愤的情致，潜藏着江南文士的幽泣意绪与不屈灵魂，形成清初江南词坛的独特风貌。

18. 论清代扬州词坛

一

刘永济《词论》指出:“文艺之事,言派别不如言风会。派别近私,风会则公也。言派别,则主于一二人,易生门户之争;言风会,则国运之隆替,人才之高下、体制之因革,皆与有关焉。盖风会之成,常因缘此三事,故其变也,亦非一二人偶尔所能为。”[①]清代扬州词坛,名家荟萃,风云际会,形成填词唱和的繁盛局面,对清词整体风格的演进具有鲜明的示范和引导作用。

扬州,古称广陵,清初辖高邮、泰州、通州、江都、仪征、泰兴、兴化、宝应、如皋九邑,府治在江都。早在清初时期,徐石麒、范荃、罗煜皆隐于扬州北湖,把酒赏花,啸傲溪山,填词抒发易代之悲,嘉庆五年(1850)吴康辑刻其词为《北湖三家词》。顺治十七年(1660),王士禛赴任扬州推官,在短短的五年时间里,把众多遗民、布衣、贰臣、新贵团结在自己身边。他们交往频繁,诗词唱和,编纂词集,议论品评,使得扬州成为当时文坛的中心。扬州文士对王士禛的了解,始于顺治十四年(1657)。他与诸名士游济南大明湖,作《秋柳》诗四首,“太息萧条景物非”、“只今

① 刘永济:《词论》卷上,第49页,上海古籍出版社1981年版。

憔悴晚烟痕”等诗句，借秋柳的凄清萧瑟，感慨故物飘零、盛衰无常；“新愁帝子悲今日，旧事公孙忆往年”，更能触发起明清易代之际汉族知识分子的故朝之思、亡国之痛。因此，《秋柳》诗的问世，引起广大文士的情感共鸣，大江南北竞相唱和。

王士禛到任扬州后，主动与江南遗民文士频繁接触。他仅用一年时间，就结识常州遗民邹祇谟、董以宁、黄永等人，拜会金陵遗老丁胤、纪映钟、林古度，并委托丁胤，向前辈诗坛盟主钱谦益再三致意。他还亲赴如皋，问候冒襄、冒褒兄弟，得到冒氏兄弟的敬重，并且专程寻访当地穷困潦倒的布衣诗人邵潜，更加赢得了广泛的声誉。这些举动，都使得江南众多文士对这位礼贤下士、年轻儒雅的官员刮目相看、推崇备至，也就自然汇聚在其周围，成就了一番文坛盛况。“这是清初第一次形成的规模大、阵容广、自觉性高的声势盛壮的词的创作中心”①。

在词的创作方面，王士禛与江南文士多有唱和，其中比较大规模的唱和活动主要有两次。第一次是在顺治十八年(1661)，扬州女子余韫珠为王士禄绣须菩提像，为王士禛绣高唐神女、洛神、西施浣纱、杜兰香四图，王士禛为赋《题余氏女子绣浣纱洛神图二首》，并填《浣溪沙·西施》、《解佩令·洛神》、《望湘人·柳毅传书》三词咏之，邹祇谟、彭孙遹、陈维崧、董以宁、彭孙贻诸人皆有和作。这些词作均属香艳体风格，既可看出其词作受到云间派影响的痕迹，也体现出王士禛词作偏重婉约的风格倾向。

第二次唱和活动是在康熙元年(1662)六月十五日，王士禛与袁于令、杜濬、丘象随、蒋阶、朱克生、张养重、刘梁嵩、陈允衡、陈维崧、王又旦等人修禊红桥。王士禛先作《浣溪沙》三阕，诸人和之。袁于令继成一阕，王士禛及众人和之。这些词作后来编辑为《红桥唱和集》。王士禛《红桥游记》详细记载了当日填词盛况：

出镇淮门，循小秦淮折而北，陂岸起伏多态，竹木蓊郁，清流映带。人家多因水为园，亭榭溪塘，幽窈而明瑟，颇尽四时之美。拏

① 严迪昌：《清词史》，第50页，江苏古籍出版社1990年版。

小艇，循河西北行，林木尽处，有桥，宛然如垂虹下饮于涧，又如丽人靓妆袨服，流照明镜中，所谓红桥也。游人登平山堂，率至法海寺，舍舟而陆，径必出红桥下。桥四面皆人家荷塘，六、七月间，菡萏作花，香闻数里，青帘白舫，络绎如织，良谓胜游矣。予数往来北郭，必过红桥，顾而乐之。登桥四望，忽复徘徊感叹。当哀乐之交乘于中，往往不能自喻其故。王、谢冶城之语，景、晏牛山之悲，今之视昔，亦有然耶！壬寅季夏之望，与箨庵、茶村、伯玑诸子偶然漾舟，酒阑兴极，援笔成小词二章，诸子倚而和之。箨庵继成一章，予亦属和。嗟乎！丝竹陶写，何必中年？山水清音，自成佳话。予与诸子聚散不恒，良会未易遘，而红桥之名，或反因诸子而得传于后世，增怀古凭吊者之徘徊感叹，如予今日，未可知也。

此次词作唱和，立足红桥这一易于触景伤怀、感发历史兴衰的特定地点，面对以前朝遗民为主体的唱和对象，王士禛的《浣溪沙》词作延续其《秋柳》、《秦淮杂诗》的情感内核，流露出怀古伤今的悲绪，其一、二词写道：

北郭清溪一带流。红桥风物眼中秋。绿杨城郭是扬州。
西望雷塘何处是，香魂零落使人愁。淡烟芳草旧迷楼。

白鸟朱荷引画桡。垂杨影里见红桥。欲寻往事已魂销。
遥指平山山外路，断鸿无数水迢迢。新愁分付广陵潮。

二词均以清新流利之笔，描摹眼前如画风景，并由此引发出思古之幽情，产生出淡淡的“新愁”。此词“欲寻往事已魂销”所传递出来的今昔之感，最能获致同行遗民的情感认同和共鸣，袁于令、杜濬、丘象随等人均予以唱和，表达出“平山堂上古今愁”（杜濬）、“当年王业此中销”（袁于令）、“隔江愁听《后庭花》”（蒋阶）、“繁花自古不禁秋”（朱克生）的惆怅悲绪。不过，王士禛作为一位得到江南文士普遍尊敬的文坛新领袖，其崇高地位的取得，不仅在于自身出色的文学创作，更由于他以地方官员的身份主动结交江南文士，并且在通海案、奏销案的处理上积极庇佑“江南故人”，还被朝廷罚俸禄一年，因此赢得了江南文士的感恩和崇仰。虽然王士禛官扬期间，年仅三十岁左右，而与其常相往来的冒襄、陈维崧、董以宁、黄永、邹祗谟、袁于令、张养重、彭孙遹等人均较之年长许多，但是他们也都乐于汇聚在其周围，足见其在当时文坛的影响力；就连前辈诗坛领袖钱谦益、吴伟业也对王士禛赞许有加，更加奠定了其当今文坛盟主的地位和声望。他所填制的怀古伤今诗词，注重表现风雅格调，隐含世易时移的盛衰之悲。此类作品具备很大的多元解读空间，既不直接表达故国之思，惹来新朝统治者的猜忌和打击，又能够引发起亡明遗老的好感和共鸣，进一步得到他们的鼓吹和支持。事实上，王士禛作为一名清朝青年官员，其内心的时代感怀虽然不能说存在伪饰的成分，也是受到整体文学风气熏染的自然流露，或是立于红桥这一特定地点的怀古模式所决定，他的内心没有前朝遗民的真实体验，也便以风雅格调取代了沉痛的故国之思，淡化了民族之悲。相比而言，同行者王又旦的《浣溪沙·红桥怀古，和阮亭韵》词则更多几分吊古伤今的凝重情味：

几簇渔航映碧流。群凫野浦叫清秋。隋家宫阙是扬州。山外寒烟封旧恨，亭前暮雨滴新愁。何人吹笛酒家楼？

作品从暮色苍茫中的渔航起笔，渲染萤火映照野塘的凄寂，字里行间渗透着对“扬州十日”悲惨记忆的慨叹。如今的扬州酒肆笙歌，繁华依旧，人们似乎已完全忘却了那一段刻骨铭心的亡国史，作者独立在寒烟、暮雨中，倍感惆怅，寄托了无限哀思。此词情透纸背，较之王士禛原作，更多悲楚凄恻之音。

康熙四年(1665)，王士禛入京任职，曹尔堪、宋琬等一批出仕清廷却又迭遭狱祸的词人汇聚扬州，他们与前朝遗民以及惨遭清初科场案、通海案、奏销案等冤狱的江南文士，同声相应，同气相求，表达出“同是天涯沦落人”的人生悲慨。五年(1666)秋十月，众多词人宴集红桥韩园，赋《念奴娇》词，押“屋”字韵，是为“广陵唱和”，后编刻为《广陵唱和词》。参与者有：孙金砺、宋琬、曹尔堪、王士禄、谈允谦、陈维崧、李云田、沈泌、宗元鼎、冒襄、陈世祥、邓汉仪、范国禄、季公琦、孙枝蔚、程邃、汪楫等十七人。此后的一个月中，他们在不同的地点，因为不同的原因，采用相同的词调，相互次韵，酬唱赠答，形成了一道独特的词坛景观。

此前一年夏，曹尔堪、宋琬、王士禄三人刚刚摆脱囹圄之难，在杭州西湖相聚。他们各填八首《满江红》，词作结集为《三子唱和词》。这次唱和活动后来被称为"江村唱和"。当时杭州遗民词人徐士俊在《江村唱和词》序言中揭示他们词作的精神实质："盖三先生胸中各抱怀思，互相感叹，不托诸诗，而一一寓之于词，岂非以诗之谨严，反多豪放，词之妍秀，足耐幽寻者乎？"[①]次年，曹、宋、王三人又将"江村唱和"的悲郁带到了扬州。龚鼎孳在《广陵唱和词序》中说："余惟自昔名人胜士，放废屈抑，往往作为文词以自表见。即或流连香粉，称说铅华，类宋玉之繁靡，等陈思之绮旎，要其厥指所托，非属苟然，忠爱之怀，于斯而寓，则又不仅歌场舞榭，擘轴题笺，仅作浅斟低唱柳七之伎俩已也。"[②]他们择用适于表达慷慨激越之情的《念奴娇》词调，抒写身世之感，流露出对于时局的惶恐和无奈，不满与悲愤，并且承袭了稼轩词中所蕴含的人格意识、豪宕风格。曹尔堪《念奴娇》词写道："平山堂下，但寒烟衰草，旅愁千斛。亭馆谁家新位置，画里朱栏金屋。赖此醇醪，一浇块垒，顿解唐衢哭。二难四美，我侪豪举相续。"面对寒烟衰草的萧瑟景象，词人意绪苍茫，只得借酒浇愁，慷当以歌，忧愤万端。其词句"途穷已惯，觉步兵多事，等闲长哭"（《念奴娇·广陵旅居感兴，奉寄施愚山少参、程周量舍人、彭羡门进士》），反用阮籍途穷恸哭的典故，表达自己屡经摧折、命运多舛的可悲；"万事成空，半生云尔，欲数更难卜。……幸恕故态狂奴，祢衡拔剑，长啸呼琴牧"（《念奴娇·寄怀纪伯紫之蓟门，杜茶村之淮阴》），表现对于世事难料的无奈，最后只得故作笑傲烟霞的旷达，实则蕴含内心的郁勃悲楚。此外，陈世祥送别陈维崧时所说："醉里乌乌歌老骥，声咽唾壶如木。湖海飘零，胡琴空碎，此意非君独"（《念奴娇·送家季、其年归阳羡，用顾庵柬、西樵、其年长调先成韵》），表达出文士共有的身世愁怨；季公琦《念奴娇·席罢呈散木、汝受，次学士韵》词写道：

① 曹尔堪等：《三子唱和词》，康熙四年（1665）刻本。

② 孙金砺：《广陵唱和词》，康熙留松阁刻本。

男儿身手，向风尘燕市，合鸣哀筑。白发忽从愁里长，往事云烟过目。酒不销忧，贫难作达，书悔教儿读。人生到此，羞弹长铗无肉。　　阅历屈贾伤心，蒉蒩小草，偏是工谗菊。幸尔与君同襆被，岁晏未登船屋。乐过千春，无忘今日，冷淡僧厨粥。何须谢傅，中年陶写丝竹。

作品把广陵词人比作慷慨悲歌的燕赵壮士，合鸣哀筑，白发徒生，面对国家的沦亡、时事的沧桑，悲屈难诉，情何以堪！只得在遗民同道的诗词酬唱中，获致精神的相契、情感的共鸣。汪楫评此词兼有"东坡词思，稼轩词论"[①]，实则是以表面的豪壮、旷达，表达内心的凄楚愤激。

陈宗石《湖海楼词序》评述陈维崧词风之变，指出："方伯兄（指陈维崧）少时，值家门鼎盛，意气横逸，谢郎捉鼻，麈尾时挥，不无声华裙屐之好，故其词多作旖旎语。迨中更颠沛，饥驱四方，或驴背清霜，孤篷夜雨，或河梁送别，千里怀人，或酒旗歌板，须髯奋张，或月榭风廊，肝肠掩抑，一切诙谐狂啸，细泣幽吟，无不寓之于词。"[②]在顺治十八年和康熙元年、五年的扬州三次大规模唱和活动中，陈维崧均参与其间，他的词作风格呈现出明显的差异。在王士禛主持的雅集唱和中，他的词作迎合王氏格调，尚属婉约绮丽的特质；即便在其怀古题材的《浣溪沙》和作里，也不乏"且拚沉醉牧之楼"的旖旎风情。康熙五年秋，陈维崧落第回广陵，深感人生失意之悲，对词体也产生了新的认识："丈夫处不得志，正当如柳郎中，使十七八女郎，按红牙拍板，歌'杨柳岸、晓风残月'，以陶写性情。吾将以秦七、黄九作萱草忘忧耳。"[③]他改变了以往词为"艳科"、"小道"的鄙薄态度，而将其作为抒写内心情性的主要工具。故此，在广陵唱和中尽情倾泻出激昂悲愤之情、抑郁不平之气。其《念奴娇》词写道：

仆何为者，是东吴愁客、最能击筑。记得阿奴年少日，曾直高

① 孙金砺：《广陵唱和词》汪楫评语，康熙留松阁刻本。

② 陈维崧：《湖海楼词》，《清名家词》本。

③ 宗元鼎：《乌丝词序》，康熙留松阁本。

人品目。甚矣吾衰，时乎不再，二语那堪读。朱门列戟，此中何限粱肉。　　幸遇衮衮群公，怜而召我，共看东篱菊。我意亦思归去耳，聊葺溪干破屋。行乞歌场，为佣屠肆，也觅三餐粥。安能谿刻，矫廉长效孤竹。

作者展现自身的人生历程：当日年少时得到高人赞赏，如今却岁月蹉跎，一事无成，表达出英雄无用、穷途末路的悲叹。面对人生的困境，作者顿感命运抉择的彷徨。这样的词作采取稼轩"以文为词"的创作方法，情感的抒写慷慨凄凉，如同"拓残金戟，吹裂铁龙"[①]。

二

明人谢肇淛言及徽州和山西商贾时云："富室之称雄者，江南则推新安，江北则推山右。"[②]明清以来，徽州商人已经形成人数众多、势力较大的一大商帮，尤其在两淮盐场，徽商已为业界执牛耳者。大批业盐徽商寓居扬州，使得扬州成为商业繁华、经济富庶的都市。正如陈去病所云："徽人在扬州最早，考其时代，当在有明中叶。故扬州之盛，实徽商开之，扬，盖徽商殖民地也。"[③]雍乾时期，以"扬州二马"为中心的官员、徽商、文士有机结合，产生了良性刺激、互动关系，形成中国文学史上一个相当独特的现象，推动了文学创作的繁盛局面，并且呈现出雅俗共赏、庄谐互现的风格特征。

清代前期，扬州依据水陆交通之利，经济迅速恢复。《两淮盐法志·杂记》称："维扬天下一大都会也，舟车之辐辏，商贾之萃居，而盐荚之利，南暨荆、襄，北通漳、洛、河、济之境，资其生者，用以富饶。"众多徽州盐商寄居扬州，促进了该地的富庶繁华，"商人多治园林庖厨，传教歌

① 孙金砺：《广陵唱和词》冒襄评语，康熙留松阁刻本。
② 谢肇淛：《五杂俎》，第74页，上海书店2001年版。
③ 陈去病：《五石脂》，第309页，江苏古籍出版社1985年版。

舞以自侈"[1]。《歙县志》言及徽州歙县籍盐商,曰:"在昔盐业尤兴盛焉。两淮八总商,邑人恒占其四,各姓代兴……彼时盐业集中淮扬,全国金融几可操纵,致富较易,故多以此起家,席丰履厚,闾里相望,其上焉者,在扬则盛馆舍、招宾客、修饰文采。"[2]徽商凭藉富足的资财,在扬州修建了诸多私家园林,仅据李斗《扬州画舫录》卷四所载,就有马曰琯"行庵"、陆钟辉"让圃"、方士倢"蜀泉"、汪玉枢"南园别墅"等四处。此外,还有程梦星扩建的"篠园"、汪懋麟筑建的"爱园"、黄晟兄弟所筑"黄园"、郑侠如兄弟所筑"休园"。著名盐商江春所建园林更是遍及扬州,仅《扬州画舫录》卷十二所载,就有随月读书楼、秋声馆、江家箭道、水南花墅、深庄、是园、康山草堂等处。由此可见,徽商对于扬州园林文化的兴盛,起到了重要作用。

在众多扬州徽商当中,马曰琯、马曰璐兄弟"小玲珑山馆"的文酒之会,在雍乾时期扬州文士的汇聚、扬州文化的发展等方面,具有标志性的意义。马曰琯、马曰璐兄弟为寄居扬州的徽籍盐商,合称"扬州二马"。其祖籍徽州祁门,承祖业业鹾于扬。兄马曰琯(1688—1755),字秋玉,号嶰谷、沙河逸老。诸生,候选知州。著有《沙河逸老小稿》,卷六为《嶰谷词》。弟马曰璐(1695—1769后),字佩兮,号半查、半槎、南斋。国子生,候选知州。著有《南斋词》三卷。兄弟二人于乾隆元年(1736)荐举博学鸿词,皆不就。家有丛书楼,藏书甲大江南北,研习经史文集,旁逮金石书画,并擅清才。又筑"小玲珑山馆",礼遇寒士,多善举义行,与四方名士结韩江吟社。"小玲珑山馆"又名"街南书屋",始建于雍正初年,包括"看山楼"、"红药阶"、"透风透月两明轩"、"七峰草堂"、"清响阁"、"藤花书屋"、"丛书楼"、"觅句廊"、"浇药井"、"梅寮"等十二景。梁章钜曰:"邗江旧迹,以小玲珑山馆为最著。"[3]伍崇曜亦云:"维扬园林甲天下,小玲珑山馆尤著,所谓地以人传者欤?"[4]"扬州二马"于此宴集

---

① 谢延庚:《光绪江都县续志》,清光绪十年(1884)刻本。

② 石国柱等:《歙县志》卷一,民国铅印本。

③ 梁章钜:《浪迹丛谈》卷二,中华书局1981年版。

④ 伍崇曜:《南斋集跋》,马曰璐《南斋集》,《丛书集成初编》本。

四方文士，搜罗奇文秘籍，营构出浓郁的人文风雅气息。《甘泉县续志》即曰："马曰琯、曰璐并博学工诗，好客，筑室街南，为宴集之地。酷嗜古书，海内奇文秘简，不惜重价购求，所藏书画碑版，甲于江南北。延馆四方名流，日为文酒之会。凡缙绅往来之有文望者，咸纳交恐后，寒士挟一艺至，亦必不失其意去。昆仲既倾心风雅，同里诸才彦又相应和，敦槃递主，觞咏无虚，数十年邗江胜概，不减顾阿瑛玉山草堂也。其后丛书楼遗书，进呈备采者，多至七百余种。""小玲珑山馆"的文化影响力，吸引了大批文士蜂拥而至，"方闻有道之士过邗沟者，以不踏其户限为阙事……勾甬全吉士祖望、吴兴姚文学世钰、钱塘厉徵君鹗、陈布衣章……皆天下士也，恒主其家，登堂拜亲，申论古义，言泉浚发"①。

置身于雍乾时期扬州文化生态圈的文士身份多元而复杂，既有如丁敬、陈撰、陈章、姚世钰、厉鹗、陆锡畴、方世举等布衣寒士，也有如全祖望、杭世骏、胡期恒、程梦星、陆钟辉、张四科等弃官或罢官文人；既有以"扬州二马"、方士庶、方士倢为代表的业盐商人，也有以"扬州八怪"为代表的民间画家诗人，还包括以卢见曾为典型的在任官员。他们友善互动，彼此支持，盐商、官方、民间三方之间形成积极的文化交流与亲和，推进了整体文化的繁荣发展。关于扬州盐商对古代文化典籍的倾心保护、对布衣寒士的无私资助、对文化事业的全力推动，盐商、官员、文士之间如此紧密的合作，确实是中国文学史上一个值得特别关注的现象。瑞士学者雅各布·布克哈特在《意大利文艺复兴时期的文化》中论及十五世纪人文主义思潮时，重点分析了佛罗伦萨美第奇家族柯西莫、洛伦佐在当时文化领袖的地位："一个处于柯西莫地位的人——大商人兼党派领袖，还有一切思想家、作家和研究家在其左右，论出身他在佛罗伦萨人中首屈一指，论文化他是意大利人的翘楚——像这样的一个人实际上已无异于是一个君主了。认识到柏拉图哲学是古代思想界最美丽的花朵，以同样的信念感悟友人并从而在人文主义集团本身的内部促进了另一种更高的古典文化的复兴，这种特殊的荣誉是属于

① 杭世骏：《封太恭人马母陈氏墓志铭》，《通古堂集》卷四六，《续修四库全书》本。

柯西莫的。”[①]他的孙子洛伦佐也是柏拉图哲学的忠实信奉者，“围绕在洛伦佐周围的一群著名学者由于这种对于一个更高尚的唯心主义的哲学的热情而团结在一起，并卓然超出一切其他这类集团之上。只有在这样一个团体里边，一个像皮科·德拉·米朗多拉那样的人才会感到幸福。但关于这个集团，值得大书特书的恐怕是它虽则崇古，却不失为意大利诗歌的神圣庇护者，而一切从以洛伦佐为中心的这个集团所放射出来的光辉中没有比这个更强烈的了”[②]。美第奇家族聚合当时一大批优秀思想家、文学艺术家，不仅形成了规模庞大的文化集团，而且引领着时代精神，有力地推进人文主义思潮和文艺复兴道路。与此相类，雍乾之际的扬州徽商对于文化精神的传承、文艺人才的庇佑，同样功不可没。梁启超在《清代学术概论》中即敏感地揭示出扬州徽商对文艺所起到的作用：“然固不能谓其于兹学之发达无助力，与南欧巨室豪贾之于文艺复兴，若合符契也。”[③]雍正十二年(1734)，马曰琯独立兴建梅花书院，延聘姚鼐等博学名流主讲于此，成为当时扬州学术文化传承发扬的重要基地。《扬州画舫录》卷三云：“安定、梅花两书院，四方来肄业者甚多，故能文通艺之士萃于两院者极盛。”[④]

李斗称：“扬州诗文之会，以马氏小玲珑山馆、程氏篠园及郑氏休园为最盛。”[⑤]其中，尤以马氏“小玲珑山馆”影响最巨，“四方名士过邗上者，必造庐相访，缟纻之投，杯酒之款，殆无虚日，近结邗江吟社，宾朋酬唱，与昔时圭塘、玉山相埒”[⑥]。雍正十二年(1734)冬，“扬州二马”集王岐、余元甲、汪埙、厉鹗、闵华、汪沆、陈皋、金农于“小玲珑山馆”唱酬。

---

① 雅各布·布克哈特著、何新译：《意大利文艺复兴时期的文化》，第215页，商务印书馆1996年版。

② 雅各布·布克哈特著、何新译：《意大利文艺复兴时期的文化》，第216页，商务印书馆1996年版。

③ 梁启超：《清代学术概论》，第56页，上海古籍出版社1995年版。

④ 李斗：《扬州画舫录》卷三，第66页，中华书局1960年版。

⑤ 李斗：《扬州画舫录》卷八，第180页，中华书局1960年版。

⑥ 陈章：《沙河逸老小稿序》，马曰琯《沙河逸老小稿》，乾隆二十三年(1758)刻本。

乾隆八年(1743)重阳,又集邗江诗社厉鹗、张四科、闵华、陆钟辉等十四人,于行庵赏菊赋诗;逾月,叶震初为之绘《九日行庵文宴图》。厉鹗《九日行庵文宴图记》追叙当日盛况:"乾隆癸亥九日,积雨既收,风日清美,遂约同人,咸集于斯,中悬仇英白描陶靖节像,采黄花,酌白醪为供,乃以'人世难逢开口笑,菊花须插满头归'分韵赋诗,陶陶衎衎,觞咏竟日。既逾月,吴中写真叶君震初适来,群貌小像,合为一卷,方君环山补景,命曰:'九日行庵文宴图'。"①十月,马曰琯从金陵移古梅,植于山馆,程梦星、汪玉枢、厉鹗、陈章、全祖望、张四科等十五人皆有诗和。十二年(1747)秋,"扬州二马"又与厉鹗等数十人雅集于是园,各有诗作,此后沈德潜为诸诗人合题唱和诗集《韩江雅集》欣然作序。

在扬州频繁的文酒之会中,涌现出一大批活跃的文学才俊,留下了不少优秀文学作品。其中尤以长期寓居"小玲珑山馆"的浙籍词人厉鹗最为知名。厉鹗(1692—1752),字太鸿,又字雄飞,号樊榭,又自号南湖花隐,浙江钱塘(今杭州)人。少孤,家贫,发奋读书,康熙五十九年(1720)举人。其后十年,两赴京闱不第。乾隆元年(1736)被荐博学鸿词试,又报罢,设馆授徒以养母。后客居马氏"小玲珑山馆"近三十年,与"扬州二马"并同乡陈章、陈撰等人结社酬唱,影响遍及大江南北。著有《樊榭山房全集》,其中包括词集八卷。其词以幽隽著称,陈廷焯评云:"幽香冷艳,如万花谷中,杂以芳兰,在国朝词人中,可谓超然独绝者矣。"②厉鹗的后半生基本上都寓居在"小玲珑山馆",取得了丰硕的学术成果。《国史文苑传》有云:"鹗搜奇嗜博,馆于扬州马曰琯小玲珑山馆数年,肆意探讨,所见宋人集最多,而又求之诗话、说部、山经、地志,为《宋诗纪事》一百卷、《南宋院画录》八卷,又著《辽史拾遗》、《东城杂记》、《湖船录》诸书,皆博洽详赡。"非但如此,他的文学创作也取得了很大成就,"所著《樊榭山房集》二十卷,幽新隽妙,刻琢研炼。尤工五言,取法陶、谢及王、孟、韦、柳,而别有自得之趣。兼长诗余,擅南宋诸家之

① 厉鹗:《樊榭山房集·文集》卷六,第780页,上海古籍出版社1992年版。
② 陈廷焯:《白雨斋词话》卷四,第82页,人民文学出版社1959年版。

胜。”[1]作为浙西词派的后期领袖，厉鹗在扬州也创作了不少词作，最早应属填制于雍正二年(1724)的《菩萨蛮·马佩兮梅花卷子寓骑省之戚征予赋此》，此后朋友之间诗词酬唱不辍。尤其值得关注的是，厉鹗利用“小玲珑山馆”的典籍资源校勘重要词选《草堂诗余》。他曾于雍正八年(1730)在苏州山塘书肆中觅得《草堂诗余》朱彝尊家藏本，但憾于朱本上卷姓氏多有遗落。及至十一年(1733)，因马氏兄弟新购元本《草堂诗余》三卷，厉鹗乃据此校补。其《草堂诗余跋》云：“雍正癸丑中冬廿二日，在广陵小玲珑山馆得新购元刻《草堂诗余》三册，增入赵功可三首，李太古三首，复校定数十字，始称善本，为之快绝。”正是在如此惺惺相惜的和谐文化氛围中，厉鹗安心学术，畅情吟咏，引领了雍乾时期扬州词坛风气之盛。在厉鹗词风影响下，乾隆前期扬州词坛先后涌现出江昱、江昉、张四科、郑沄等著名作家。江昱《梅鹤词》情趣平淡，江昉《练溪渔唱》清远蕴藉，张四科《响山词》清空婉雅，郑沄《玉勾草堂词》苍凉有骨，皆体现出浙派词风的后期流变，而郑燮的《板桥词》则“风神豪迈”、“别有意趣”，展现出迥异时流的个性风采。雍正十三年(1735)项䌹刻印周密所撰《绝妙好词》七卷，乾隆八年(1743)程梦星辑刻《广陵唱和集》四卷，也都推动了扬州词坛的繁兴局面。

乾嘉以降，扬州词坛风气消歇，不过也有一些词作紧密联系社会风云，表现时世变迁的感慨。1840年鸦片战争爆发，邓廷桢被诬削职，次年远戍伊犁。他于雪中登上扬州瓜洲镇南城上的大观楼，创作了《水龙吟》词。作者纵览扬子江头雾霭迷蒙，烟水障目，内心充满抑塞郁苦；怀想“蛟台往事，耀弓刀、舳舻天际”，与林则徐虎门禁烟，亲率士卒、战舰击退英军，如今只落得“低迷鱼艇，模粘雁字”的凄惨命运。因此，他不由得感叹：“算夔巫万里，金焦两点，谁说与、苍茫意？”倾吐出忧思难解、报国无门的悲愤。咸丰初年，太平军与清兵激战扬州，整座城池衰乱之象惨不忍睹。蒋春霖《扬州慢》(野幕巢乌)词秉承姜夔同调词(淮左名都)的传统，刻画扬州城“月黑流萤何处，西风黯、鬼火星星”的惨状，抒发出“过沧桑一霎，又旧日芜城”、“劫灰到处，便司空、见惯都惊”的无限

① 厉鹗：《樊榭山房集》附录一，第1728页，上海古籍出版社1992年版。

感叹。其《淡黄柳》词写道：

寒枝病叶，惊定痴魂结。小管吹香愁叠叠。写遍残山剩水，都是春风杜鹃血。　　自离别。清游更消歇。忍重唱，旧明月。怕伤心、又惹啼莺说。十里平山，梦中曾去，唯有桃花似雪。

该词作者自序云："扬州兵后，平山诸园皆成榛莽，为赋数词，以寄哀怨。诒园索稿，作此谢之，悲从中来，更不能已。"作品极力渲染扬州兵后萧瑟衰残景象，渗透着词人感时伤事、触目伤怀的时代悲慨。赵彦俞《潇潇雨》（咿哑停）词亦刻画扬州城内"今夜冷于秋"的峭厉氛围，流露出"一样严城柝，敲碎心头"的肃杀之气和凄苦心情，字里行间笼罩着动荡时世的阴影。

扬州走过它繁花似锦的岁月，也必将伴随着封建末世的到来，走向它的暮秋。龚自珍早在《己亥六月重过扬州记》中就发出感慨："今扬州，其初秋也欤？"已经察觉到它的衰征。许多清朝后期的扬州词咏中，同样充斥着伤春悲秋的愁绪。王敬之《陌上花·春尽扬州旅次，倚写闷怀》词即借助典型的扬州文化意象，抒写人生孤寂、韶华已逝的惆怅。道光二十九年（1849）秋，词人许宗衡与友人雨中泛游扬州瘦西湖，在湖舫饮酒，后作《百宜娇》（倚帽愁烟）词，描绘眼中所见一派荒寂景象："远树遮楼，望中人杳，落叶满天残恨。"作者抑郁惆怅，借酒浇愁，却又百感交集，忧思难遣。"荒园废冢，怕此后、莺声难问"，昔日的繁华与美好一去不返，无限绝望凄怨溢于言表！黄燮清《高阳台·平山堂下废园》词同样歌咏废园的荒芜："黄金销尽繁华歇，有流莺、代诉荒凉。"由此而吊古伤今，抒发无限感怀："烟花休忆南朝事，便寻常池塘，也历沧桑。"整首词作采用今昔对照的写法，表达繁华衰歇、人世无常的喟叹，为清词中的扬州歌咏增添了浓重的感伤情调。

三

扬州，是中国古代文化的鲜活标本。它的一草一木，都见证着千年

历史的沧桑巨变,引发无数文人词客的伤情感怀。尤侗在为彭孙遹所作的《延露词序》中指出:

诗以余亡,亦以余存。非诗余之能为存亡,则诗余之人存亡之也。……盖维扬佳丽,固诗余之地也!……故登芜城,宜赋西风残照;吊隋苑,宜赋金锁重门,过玉钩斜,宜赋晓星明灭;上二十四桥,问吹箫玉人,宜赋衣染莺簧;载酒青楼,听竹西歌吹,宜赋并刀如剪;进雷塘,观八月潮,宜赋玉虹遥挂。岂惟平山栏槛,让文章太守挥毫独步哉?……今以彭子之才,江山助之,折大堤之杨柳,对官阁之梅花。选楼公子,盥手装书;殿脚夫人,画眉捧砚。宜其提辛攀李,含柳吐秦,与红杏尚书、花影郎中平分风月。则维扬固诗余之地,而彭子乃诗余之人也。有其地,有其人;有其人,有其词。[①]

清词中的扬州歌咏,形象地展现出扬州历史长河中多元文化意象的丰富内涵。

扬州城山青水秀,许多文人词客流连于此,歌咏其宜人风景。吴绮的两首《望江南》词分别描摹“画桨船头荷叶大,玉箫桥上柳花轻”的清秀之美,“锦瑟两行倾玉碗,红灯千影照珠鬟”的歌吹之乐。程庭所作《忆江南》词八首也从多个角度展现出扬州之清丽风景(“芳草平堤凡蹀躞,珠帘画舫隐娇娆”)、美味佳肴(“莼菜滑匙供紫蟹,鲥鱼腻箸荐朱樱”)、丝竹之音(“锦瑟慢调鹦鹉曲,金铃低护牡丹芽”、“羣笛吴儿翻别调,清歈赵女谱新声”、“绣阁晓寒倾琥珀,湘帘夜雨响琵琶”)。杜诏笔下的扬州景象则显得更加缥缈,其《扬州慢》词下片写道:“望中隐约,是琼楼、天上非耶。渐闪闪灯光,层层塔影,散落红霞。为听竹西歌吹,箫声里、明月谁家。把珠帘高卷,夜深还拨琵琶。”字里行间流露出清雅文士的格调韵致。

然而,许多文士在欣赏扬州美景的同时,也会不由自主地触发起有关扬州城历经沧桑的文化记忆,引逗出芜城怀古之叹。清初词人余怀《望海潮·广陵怀古》词写道:

---

① 彭孙遹:《延露词》,《四库全书》本。

邗沟波浪，竹西歌吹，二分无赖扬州。水涨雷塘，草荒萤苑，春风廿四桥头。天子号无愁。到玉钩斜畔，拂拭吴钩。杜牧三生，空传薄倖在青楼。　江南江北闲游。正当垆贳酒，揽镜披裘。一片雄心，千年劫火，珠帘漫卷风流。王气黯然收。看蜀冈飞翠，曲港环湫。满目残烟衰草，肠断广陵秋。

作品化用了大量历史故事、诗句典故，追叙扬州城曾经的风情旖旎，喟叹王气消歇、风流云散，结末只以萧瑟之景收束，抒写出沉痛的怀古伤今之情。董元恺《扬州慢·扬州感旧》词也由"记昔日、珠帘锦缆，茱萸湾口，豆蔻梢头"的繁华记忆，一转而为"萋萋衰草，更伤心、郁郁长楸。纵甲第櫜弓，中原拜表，白骨荒丘"的现实惨状，盛衰沧桑的慨叹格外悲楚。此外，陈聂恒的《二郎神·扬州》词也抒发出怀古之悲："芜城路。吊不尽、繁华如许！"同样是咏史怀古，释大汕的《阮郎归·过芜城》词则写得别具风致：

月明凉夜共吹箫。罗衣绣带飘。牧童犹艳说隋朝。平芜廿四桥。　寒露下，苇萧萧。风声急暮潮。绮罗平作野花消。邗江漫放桡。

作品虽然也着力描绘清冷萧瑟的景象，却能以方外人士的心胸，超越沉重的嗟叹，择用流畅爽朗的节奏韵律，创造出潇洒放达的格调。

广大文士在吊古伤今、感慨时世的同时，也自然联系到自身命运的坎坷，表露出天涯羁旅之愁。苏州词人尤侗在其《梦扬州》词中，不仅依用秦观同调词韵，而且也同当年秦观一样，表达出强烈的思乡之情："纱灯万点归何处，枉断肠、锦瑟帘钩。平白地，扬州梦醒，恼乱苏州。"溧阳人彭桂填制了十首《双调望江南》词，皆为客居广陵、自叹漂泊、思乡怀家之作，其中"未有生涯怜孺子，更无方法报山妻。索饭向门啼"、"自作鹧鸪江外客，难寻蝴蝶梦中家。无奈此天涯"、"七尺剑磨人未试，十围柳种我何堪。日日望江南"诸语，形象逼真地抒写出词人怀才不遇、岁月蹉跎的孤苦，以及对家乡亲人望眼欲穿的思念和无以为报的愧疚。徐釚的《满江红·广陵旅感》词则写得格外沉痛：

十里芜城，风景异、漫天飞雪。叹半载、蹇驴皂帽，空弹长铗。雁字不传云外信，梅花正忆窗前月。望乡关、咫尺路偏迷，堪呜咽。　画虎志，终销歇。雕虫手，遭摧折。笑寒宵拥被，鹿裘如铁。世态何须防面冷，丈夫原不因人热。看热肠、清泪几销磨，英雄血。

词人化用前人典故，慨叹世态炎凉、世路坎坷、怀才不遇、壮志销磨，空有一腔热血却无英雄用武之地。作品笔力千钧，格调悲壮，产生了强烈的抒情效果。

在清词的扬州歌咏中，诸多词人往往注目于蜀冈、平山堂、红桥、迷楼、隋宫、雷塘、隋堤、休园、韩园等典型景色，抒写出各具内涵和魅力的清词佳作。

蜀冈位于扬州城西北，是扬州最古老、最知名的丘陵小山。王安石有《蜀冈》诗云："城郭千家一弹丸，蜀冈拥肿作蛇蟠。眼前不道无苍翠，偷得钟山隔水看。"吴王夫差曾于此建筑最早的扬州城池——邗城，隋炀帝曾经建有最为奢侈的宫苑——迷楼，唐代高僧鉴真讲经的大明寺坐落于斯，北宋大文豪欧阳修也在这里修造了平山堂。清代词人登临蜀冈、平山堂，往往发思古之幽情，抒写历史沧桑之感喟。康熙二年(1633)清明节，王士禛填制了《望远行·蜀冈眺望怀古》词：

江楼昨夜，闻哀角、潋滟斜阳将暮。淮南水驿，故国长亭，一带迷离烟树。秋月春花，岁岁天涯孤客，赢得壮怀如许。最难禁常是，梅天丝雨。　谁语。独上蜀冈骋望，见乱柳、栖鸦无数。板渚人稀，玉钩梦杳，不记离宫何处。忆自吴王僭窃，阿游幸，几度芜城堪赋。但井栏风急，精灵来去。

此词以哀角斜阳、迷离烟树之景，触发天涯孤客的悲绪，盛衰兴亡的感慨、个人身世的寂寥，都透过萧瑟景致的刻画，自然隐现而出，显得深沉蕴藉、清冷苍茫。邹祗谟、董元恺皆和韵酬唱，同样抒写出"屈指兴亡多少，只柳影莺声无数"(邹祗谟《望远行》)、"算江山都付，一天烟雨"(董元恺《望远行》)的江山兴亡之叹。此外，郭士璟《惜秋华》词由登蜀冈而兴起对于隋朝灭亡的叹惜。其下片结尾写道："千年恨锁离宫，止泪花、冷魂轻掉。长啸。看江山、一松萝茑。"笔触冷峭，寄情于物，意蕴的表达尤显沉痛。

清代词人歌咏平山堂，较多集中在对于欧阳修《朝中措》（平山栏槛倚晴空）、苏轼《西江月》（三过平山堂下）两首词作的追和。吴绮《朝中措》（画楼秋色映遥空）、陈维崧同调词（我来吊古傍隋宫）、孙枝蔚同调词（平山人昔对晴空）、彭桂同调词（江南江北碧天空）、杜首昌同调词（一天云气散遥空）、王士禛同调词（平山堂外又东风）、汪懋麟同调词（平山旧迹已成空）、郑熙绩同调词（碧天如洗草连空）、朱经同调词（平山堂上已成空）等词作，或慨叹旧迹颓败，或感发世事沧桑，但是都共同表达出对于昔日“文章太守”的追怀和崇敬。彭桂《西江月》（莫吊参军赋后）、顾彩同调词（山隐重重远树）、朱经同调词（暮霭青浮壁上）等词，则都抒写出“风流太守种垂杨，阅尽今来古往”、“朱栏碧槛奈何空，多少游人如梦”、“南朝往事一朝空，回首烟花似梦”的历史空幻之感。此外，宫鸿历所作《念奴娇·登平山堂》词怀古伤今，别具风神：

> 蘼芜衰尽，蜀冈外、隐隐平原无际。大业三分花月夜，尘闬依然扑地。笑指江南，晓峰如簇，掩映杯中翠。闲云卷去，青山一派如洗。　　犹忆隋代离宫，直栏横槛，囷囷称靡丽。并辇欢娱如不足，多少翠环珠佩。曾几何时，粉销香黯，滴尽昭容泪。春风杨柳，欧公别有佳致。

词人登楼远眺，昔日繁华的扬州城尽收眼底；隋代离宫的穷奢极欲，到头来只不过一场梦幻而已。最后结穴于欧阳修风神佳致，增添了文人雅意。整首词作写景、怀古、抒情有机结合，笔力遒劲，格调潇洒，多元展现出平山堂景点所包涵的历史文化底蕴和雅士文学的内在气质。

对于隋代兴亡的感怀，更为集中地表现在隋宫、隋堤、迷楼、雷塘等特定景象的咏叹。早在唐代，李商隐《隋宫》诗即追忆隋炀帝当日“春风举国裁宫锦，半作障泥半作帆”的奢靡无度，转而哀叹“于今腐草无萤火，终古垂杨有暮鸦”，更加突显出时世沧桑的无情。清人吴绮在《太常引·隋宫吊古》词内，于“春到野田迟”的荒寂道路中，寻觅大业年间的“垂杨几枝”；面对“苔藓绿遗碑”的斑驳颓败，流露出伤情词客的无限惆怅。王士禛《丑奴儿令·隋堤》词追怀隋炀帝巡幸扬州的盛大排场，下片则由古及今，“故国寒潮，一曲清江柳万条”，以景结情，蕴含着往事如烟、转眼成空的深沉喟叹。

隋炀帝曾于扬州蜀冈建有迷楼。唐人冯贽《南部烟花记·迷楼》载，“迷楼凡役夫数万，经岁而成。楼阁高下，轩窗掩映，幽房曲室，玉栏朱楯，互相连属。帝大喜，顾左右曰：‘使真仙游其中，亦当自迷也。’故云。”宋人贺铸《思越人》词曰：“红尘十里扬州过，更上迷楼一借山。”清人徐昂发《扬州》诗亦称：“裙缫禹穴千年茧，镜拥迷楼万朵花。”清词中的迷楼之咏则更多凄楚感伤、怀古伤今的情调。彭桂《锦缠道·迷楼吊古》词写道：

> 旧址迷楼，秋草墓田堆里。望斜阳、乱鸦飞起。隋皇宫殿何年矣。只有闲花，剩学裙拖紫。　　忆当日宸游，翠华沉醉。说凭肩、东宫遗事。化残烽一炬阿房，任摩挲镜畔，好颈留无计。

作品由荒寂之景写起，兴发出盛衰无常之感；并且通过强烈的今昔对照，深刻反思隋炀帝沉醉荒淫、身死亡国的可悲命运，表达了作者叹惜、感伤之意。郭士璟《满江红·迷楼吊古》词同样追怀往日的风光无限：“帝子风流，肯不道、隋家第一。可知是、迷楼百尺，古今难匹。”如今却是“萤苑草，谁人拂。只离宫桃柳，旧堤曾密”，抚今追昔，不啻天壤之异！董元恺《迷仙引·访迷楼故址》词首先探问“迷楼何处”，下片写道：“往事浑无据，莫问离宫路。蔓草寒烟，已耕断隋皇古墓。纵昔日、明珰翠羽。被东风添上，数抔黄土。”又以蔓草寒烟的荒寂，渗透旧迹难觅的惆怅，进一步增添了往事堪悲的情感力度。

雷塘位于扬州城西北，又名雷陂，隋唐时为风景胜地，明人夏完淳《大哀赋》即称：“扬州歌舞之场，雷塘罗绮之地。”唐武德五年(622)，改葬隋炀帝于雷陂南平冈上。唐人罗隐《炀帝陵》云：“君王忍把平陈业，只博雷塘数亩田。”雷塘至宋代已湮废，清人郑燮《扬州》诗之二即云：“廿四桥边草径荒，新开小港透雷塘。”释宏伦《满江红·雷塘》词描绘雷塘旧迹的荒寂：“见野棠风老，乱红堆积。宫缆牙樯悲逝水，铜麟绣瓦埋荒棘。”彭桂《踏莎行·雷塘》词也在“年年春草芜田绿”的雷塘旧址，发思古之幽情：“堤上三千，院中十六。一抔何处埋香玉。当年来梦与司花，芳魂都向雷塘宿。”历史的沧桑，盛衰的剧变，都一并寓于这寂寥无声的荒棘芜田之中。

红桥为扬州著名的风景名胜，许多文人墨客宴集于此，创作出不少写景抒怀的佳作。朱彝尊《红桥》诗即云：“春芜小雨满城隈，茅屋疏篱两岸开。行到红桥转深曲，绿杨如荠酒船来。”郭士璟的《相思引·红桥四调》不仅描摹“两岸人家花竹低，红桥吹滑柳梢泥”的清丽风景，而且渲染“曲曲花源近浅沙，红桥素女棹穿花”的旖旎风情。邹祗谟《偷声木兰花·红桥即事》词着力刻画“水碧迢迢，溪北溪南出画桥”的自然美景，以及“堤畔人家，风细秋千影半斜”的和平宁静的生活场面。彭桂《小重山·红桥》词写道：

> 曲绕城湾绿柳村。红桥帘影外、易斜曛。荷花十里美人魂。莲舟唱，溅水湿罗裙。　　沽酒尽王孙。栏干频醉倚、晚霞痕。归来歌吹寂黄昏。无聊梦，斜月与平分。

词人于红桥沉醉赏景，沽酒酩酊，花月香魂、莲舟歌啭令其流连忘返。作品写景与抒情融为一体，构成优美陶醉的艺术境界。

红桥常为文人词客宴集之所，不少词作真实记录了此番热闹喧阗的景象。其中尤以王士禛担任扬州推官时期组织的红桥修禊最为繁盛。宗元鼎创作了一组《念奴娇》词，详细记载了红桥修禊活动的风雅盛事。其中一阕写道：

> 宵来城外，共嵇阮、把臂深林咏竹。自古江南多好景，凉月轻风满屋。观画围棋，谈庄说易，雅意琴樽绿。诗狂酒态，不劳修饰边幅。　　谁为领袖群英，丰神高迈，朗朗如行玉。同预黄公垆畔者，半是旧游相熟。携妓登临，放情丘壑，亹亹千年续。土山非远，广陵一片溪麓。

作者刻画雅集领袖的高迈丰神，清雅文士如同竹林七贤一般把臂深林的诗狂酒态，充分展现出自由潇洒的精神气度。其同调词上片亦云：“王公潇洒，客江南、啸咏频怜好竹。随处筼筜皆可饮，何必笙歌华屋。十五桥中，红桥最好，桥下波偏绿。吴山楚水，翠容如展绡幅。”更加描绘文士们红桥泛舟、优游啸咏的旷达意趣。陈维崧《念奴娇·红桥园亭宴集》词同样反映当日宴集盛况："霜红露白，借城南佳处、一餐秋菊。更值群公联袂到，夹巷雕鞍绣轴。一抹红霞，三分明月，此景扬州独。"如此雅士萃集、热闹非凡的景象，确实令人神往！

王士禛于康熙元年(1662)六月十五日的红桥泛舟修禊期间，填制了《浣溪沙》(北郭清溪一带流)、(白鸟朱荷引画桡)两阕，袁于令、杜濬、张养重、陈允衡、陈维崧等人皆倚而和之。袁于令继成一首(郭外红桥半酒家)，众人亦和之。此后，余怀同调词(才到红桥泪欲流)、周在浚同调词(曲曲江潮入夜流)、(帝子风流那问家)、(万顷烟波倚画桡)等，皆依和王、袁词韵而作，不仅表明红桥宴集影响之大，而且诸多雅士共同创作红桥怀古的词作，都为风光旖旎的红桥景致增添了兴亡盛衰的历史沧桑之感。此外，沈雄《金缕曲·红桥感旧》词中"帝子纷华如梦里，剩作名流残福"、"劝酒征歌谁得似，任空梁、燕把香泥啄"诸语，写尽繁华如梦、物是人非的凄凉，故而抒发了"后不如今宁似昔，只芜城、一赋尤难读"的无限悲怆。

不少词人驻足红桥，感旧伤情，抒写出人生漂泊示意之悲。徐釚《少年游·过红桥感旧，用柳屯田韵》词写道：

> 绿杨丝里隐红桥。帘幙记曾挑。狂似樊川，情如白傅，斗煞小蛮腰。　　年来漂泊心情改，犹自梦江皋。万点离愁，一行清泪，都上木兰桡。

词人追忆风流轻狂的青春往事，喟叹天涯漂泊的不幸命运，字里行间蕴含着无可奈何的深浓感伤。陈聂恒《醉花阴·题红桥酒家》词中，"好个断肠天，休说黄花，日也凄凄瘦"、"谁在小红楼，卷上珠帘，看杀人依旧"，也通过离别相思的传统题材，表达出作者无法排遣的人生悲绪。

扬州的诸多私家园林也留下了许多写景抒怀之作。例如徽商郑侠如兄弟四人皆以筑园相竞，其中尤以郑侠如休园最为知名。据李斗《扬州画舫录》卷八记载，郑侠如"国初辞归休园，园在流水桥畔。……园宽五十亩，南向。在所居住宅后，间一街，乃为阁道而下行如坂，坂尽而径，径尽而门，门内为休园。先是住宅后有'含英阁'、'植槐书屋'、'碧厂耽佳'、'止心楼'诸胜。园中有'空翠山亭'、'蕊栖'、'挹翠山房'、'琴啸'、'金鹅书屋'、'三峰草堂'、'语石樵'、'水墨池'、'湛华卫书轩'、'含清别墅'、'定舫'、'来鹤台'、'九英书坞'、'古香斋'、'逸圃'、'得月居'、'花屿'、'云径绕花源'、'玉照亭'、'不波航'、'枕流'、'城市山林'、'园隐'、'浮青'诸胜。中多文震孟、徐元文、董香光真迹。'止心楼'下有美人石,楼后有五百年棕榈"①。郑侠如优游于此,内心感到无比惬意,其《满江红》(暑雨连朝)词下片刻画暑雨之后徜徉园林的情状:"山水影,楼中漾。嘤鸣鸟,枝头唱。对一丘一壑,欲顿家酿。问水偶乘书画舫,登山也策葡萄杖。叹人间、迷梦几时醒,邯郸状。"丘壑清明,鸟语花香,词人登山临水,忘怀世情烦恼,内心澄澈明净,得到了精神上的极大享受。他的《霜天晓角·休园自警》词下片更加直白地表露出自己的放逸情怀:"知足知止。万事循天理。毋作福先祸始。不忮求、忘誉毁。枕流洗耳。左右皆图史。开径但延三益,君子交、淡如水。"山水园林的陶冶,令人澄观静虑,望峰息心,追求无欲无求、知足知止的人生境界。

在清朝扬州府辖域内,如皋冒襄水绘园无疑是一个文士萃集、唱酬不辍的风雅胜地。冒襄(1611—1693),字辟疆,别号巢民,如皋人。崇祯十五年(1642)副榜贡生,当授推官,会乱作,遂不出。与桐城方以智、宜兴陈贞慧、商丘侯方域并称"明末四公子"。"襄少年负盛气,才特高,尤能倾动人。尝置酒桃叶渡,会六君子诸孤,一时名士咸集。酒酣,辄发狂悲歌,訾詈怀宁阮大铖。……甲申党狱兴,襄赖救仅免。家故有园池亭馆之胜,归益喜客,招致无虚日,家自此中落,怡然不悔也。襄既隐居不出,名益盛,督抚以监军荐,御史以人才荐,皆以亲老辞。康熙中复以山林隐逸及博学鸿词荐,亦不就"②。冒襄庇佑了诸多遗民故友的后辈才俊读书于水绘园,如安徽戴重之子戴本孝兄弟,方以智之子方中德、中通兄弟等,其中尤以陈维崧最为典型。作为"明末四公子"之一陈贞慧之子,陈维崧早在崇祯十二年(1639)即于金陵随父拜识了冒襄。及至顺治十一年(1654)秋,陈维崧游南京,晤冒襄长子冒嘉穗(字谷

① 李斗:《扬州画舫录》卷八,第180页,中华书局1960年版。
② 赵尔巽等:《清史稿》卷五〇一,第13851页,中华书局1977年版。

梁),其《赠谷梁》诗即云:"甲午之秋我三十,台城城下一逢君。"当时冒襄亦在南京,陈从之游。冒襄怜之,以囊中装相赠。陈维崧深为感激,其《赠冒巢民先生》诗中有云:"甲午河亭记值君,吾父飘零已老矣。怜余辄解囊中装,感恩泣下故人子。"十三年(1656),陈贞慧病卒。次年,陈维崧与戴本孝、方中德等晚辈诗人往访卧病金陵的冒襄,即与其订下水绘园读书之约。从顺治十五年(1658)至康熙五年(1666),陈维崧大部分时间寓居在水绘园读书,其间创作了大量写景抒情的诗词佳作。其《夜行船》词写道:

> 兰桡轻点春流碧。蘸垂杨、丝丝无力。百顷簟纹,一泓香黛,人在短篷吹笛。　更爱月华墙上白。影娥池、水禽飞拍。醉吸玉鳞,狂呼霜兔,可认骑鲸仙客。

该词小序曰:"月下泛舟水绘园,同冒巢民先生赋。"作者以细腻的笔触,描摹水绘园静谧柔丽的景致,同时也流露出词人优游其间、自由疏旷的意趣情态。陈维崧曾经随冒襄游历金陵、扬州等地,拜谒文坛名宿,更与扬州推官王士禛结为莫逆之交。康熙四年(1665),王士禛专程抵如皋看望冒襄、邵潜等当地文士。三月三日上巳,王世禛、冒襄、陈维崧、邵潜、毛师柱、许嗣隆、冒嘉穗、冒丹书修禊水绘园。陈维崧作五古《水绘园三月三日歌》,其他诸人均有诗作,录为《水绘庵乙巳上巳修禊诗》。士禛属其年序之。次日,杜濬至,不及与会,作《水绘庵乙巳上巳修禊诗序》,语云:"三吾修禊……王贻上兴酣落笔,笑傲沧州,不必言矣。一时和者,若冒巢民之工力悉敌,邵潜夫之老笔纷披,陈其年之璧合珠联,毛亦史之云散霞采,许山涛之山水清音,巢民令子谷梁、青若之笔飞墨舞,触目琳琅,以视昔日兰亭说传,自大哉。"形象展现了水绘园修禊唱和的热闹场景。

顺治十五年(1658)末,陈维崧初至如皋水绘园,得到了冒家上下的竭诚欢迎。冒襄爱其才,进声伎以适其意,遣歌童徐紫云伴其读书,遂昵之。钮琇《觚剩》卷二《吴觚中》记载:"其年未遇时,游于广陵,冒巢民爱其才,延至梅花别墅。有童名紫云者,儇丽善歌,令其执役书堂。生一见神移,赠以佳句,并图其像,装为卷帙,题曰:'云郎小照'。适墅梅盛开,生偕紫云徘徊于暗香疏影间。巢民偶登内阁,遥望见之,忽佯怒,呼二健仆缚紫云去,将加以杖。生营救无策,意极彷徨,计唯得冒母片言,方解此厄。时已薄暮,乃趋赴老宅前长跪门外,启门者曰:'陈某有急,求太夫人发一玉音。非蒙许诺,某不起也。'因备言紫云事。顷之,青衣媪出曰:'先生休矣,巢民遵奉母命,已不罪云郎。然必得先生咏梅绝句百首,成于今夕,仍送云郎侍左右也。'生大喜,摄衣而归,篝灯濡墨,苦吟达曙。百咏既就,亟书送巢民。巢民读之击节,笑遣云郎。"冒襄略施计策,既警诫了陈维崧的娈童之癖,也催迫他专心文事正业;而陈维崧一夜之间咏梅百首,不仅显示过人才华,更可见出对于紫云的情意。康熙五年(1666),陈维崧北上京城,私带徐紫云同行,两人关系殊洽。他在青跎寺遇到冒丹书,托其向冒襄致歉,表达自己私带歌童之事的内心愧疚。紫云入京后,京城胜流争欲聆其佳音,北部歌儿多摹其唱腔,京邑剧风为之一变。龚鼎孳应陈维崧之请,为作《云郎口号四绝句》,其一云:"春风丝管扬州路,曾见秦箫最少年。今夕云郎来对酒,长安花月更婵娟。"

康熙十一年(1672)冬,陈维崧回到水绘园,怅怀旧事,感慨万千。《如皋冒氏丛书·水绘庵二子诗·(冒嘉穗)寒碧堂诗辑》陈维崧序云:"壬子腊月,重过东皋,夜宿谷梁宅后小楼下,怆怀旧日,夜分不寐,口占二绝,诗曰:'十载曾经宿此楼,烛波潋滟袅梁州。如今遍觅听歌处,只在帘根槛角头'、'断粉零朱板不全,白头重上此楼眠。凭谁啼醒扬州梦,多谢栖乌似昔年。'"其词作《齐天乐·重游水绘园有感》同样表达出故地重游的凄凉之感:

> 园丁不认曾游客,嗔人绕廊寻玩。红板桥倾,绿杨楼闭,谱出荒寒一段。看棋柯烂。算往事星星,酒旗歌馆。深悔重来,不来也省鬓毛换。　　风前又成浩叹,说此间萝屋,有人羁绊。恨极卖珠,缘悭捣药,赢得啼鹃频唤。扁舟畋园。只皓月魂归,清江目断。今古劫灰,付日斜人散。

此时的水绘园,非复往日的花红柳绿、莺歌燕舞,而是呈现一派衰残萧索的景象,越发令人滋生出往事如烟、人生无常、岁月蹉跎的浩叹。

康熙十八年(1679),陈维崧荐应博学鸿词科,试列一等,授翰林院检讨,与修明史。虽然此时的陈维崧早已名满京华,但是其内心却有屈志难伸的抑郁惆怅,故而屡屡表达出强烈的思友念乡之情。其《望江南·寄东皋冒巢民先生并一二旧游十首》追忆水绘园内小三吾亭"隔水红墙春冉冉,拍波绿箬雨苏苏"的临水清姿,得全堂"几缕椒鸡闲说饼,半罂花落静焚香"的静谧幽雅,湘中阁"万点水花笼夜碧,半岩火树落春红"的闲逸清丽。其八云:"如皋忆,往事倍盈盈。水郭题名新怅望,板桥话别旧心情。双鬓可怜生。"较为显豁地抒发出追怀往事、故园难返的惆怅。当年夏,陈维崧致书冒襄云:"昔游历历,旧事明明,水绘朝烟,瑶池夜鱼,都萦怀抱。侄以麋鹿之性,甫入樊笼,不觉神魂错莫。俟诸冗稍闲,略有就绪,然后再觅绿鳞,细陈丹悃。东皋旧好,时切怀思,虽阡陌都非,朋从已换,而酒旗歌板,往事难忘。纵使辽鹤难归,蜀鹃已化,犹当盼行云以结想,托流水以通辞。相邀片语,俟我三年,老伯其许之乎。"[①]中秋后,冒襄接获此信札,私讶不祥,讵意三年竟成妖谶。该年秋,许容返如皋,陈维崧为其题《说篆》册子兼送别,并呈冒襄父子兄弟及其他旧游,诗中有云:"东皋我昔游,不死须仍访。"在陈维崧人生的最后三年,频以诗札致冒襄,追怀往事,情意缱绻;闻冒丹书被冒氏族人所创,更是悲不自胜。《同人集》卷九《哭陈其年太史倡和诗》冒襄诗之十三曰:"懒漫成癖性,遥怀诗札添。真情前事恋,古意薄无嫌。日影花砖丽,阋墙杀气严。两年关切至,从此付廉纤。"下有原注:"其年自一札拜官后,三年诗札频来,追怀旧雨,详询学诗同人。闻操戈入市,丹儿被创,则呼抢痛流,行间侧理,俱凝血泪,坚定重过。痛哉痛哉,今安在哉。"二十一年(1682)五月初七,陈维崧病卒于北京。七月十五中元节,冒襄率二子及诸孙祭祀其年于定惠寺,以泪和墨作悼诗二首,后又作十八首,以抒哀痛之情。冒嘉穗、冒丹书皆有诗作,表达手足伤逝的悲楚。明清易代之际,陈、冒两家遗民义士的通家之好,成就了陈维崧水绘园读书的宝贵经历。长辈冒襄的古道热肠,精神引导,精心呵护、培育与提携,使陈维崧很快崭露头角,终成大器。因此,水绘园对于陈维崧的

① 陈维崧:《与冒辟疆书》,冒襄《同人集》卷四,清两江总督采进本。

成长功莫大焉，在清代诗词发展史上成为一个独特的地标。此外，如皋人许嗣隆的《水调歌头》（云影分初夏）、《情余春慢》（细麦垂花）、《夏初临》（麦气含风）、《莺啼序》（老矣英雄）等词作，也都形象描摹水绘园清美景致，表现了文人词客觞泛吟咏之乐。

清代词人的扬州歌咏，还较多注目于高邮露筋祠，创作了不少怀古咏叹之作。露筋祠，位于高邮市南三十里，俗称仙女庙。据王象之《舆地纪胜》记载："露筋祠去城三十里。旧传有女夜过此，天阴蚊盛，有耕夫田舍在焉。其嫂止宿。姑曰：'吾宁处死，不可失节。'遂以蚊死，其筋见焉。"①后人因号露筋女，为立祠以敬祀之。宋人欧阳修《憎蚊》诗云："虽微无奈众，惟小难防毒。尝闻高邮间，猛虎死凌辱。哀哉露筋女，万古仇不复。"明人袁宏道《过露筋祠》诗曰："铁索界黄沙，石羊吹古道。下有露筋祠，荒螭卧深草。"清人王士禛的《再过露筋祠》诗云："翠羽明珰尚俨然，湖云祠树碧于烟。行人系缆月初堕，门外野风开白莲。"以清雅的风景，展现独特的神韵，流露出对于守节烈女的颂扬之意。朱经《菩萨蛮·过露筋祠》词着力描绘荒寂的景象："雁行横野水，碑没荒烟里。"作者徘徊其间，无限感怀："寂寞已伤情，况闻钟磬声。"越发渲染出此地凄冷幽怨的情感氛围。王度《水龙吟·露筋祠》词悲叹露筋女悲惨而亡的命运："半夜蚊雷，冰销玉碎，香魂难返。"同时高度歌赞其坚贞守节的精神意志："比侍中沥血，常山截舌，千秋后，真堪羡。"董元恺《七娘子·过露筋祠》词也称誉其为巾帼典范："五夜冰心，千年玉骨。几人巾帼如卿者。"陆求可的《朝中措·露筋祠》词则更加全面地展现出露筋女气节的后世影响：

> 红颜筋露大名留。一夕便千秋。湖畔岿然祠庙，行人南北凝眸。　今朝舣棹，蚊雷不聚，遗恨悠悠。笑杀同行阿嫂，随人锦帐风流。

作品通过与同行阿嫂的对比，突显露筋女节操千古流芳，致使如今南北行人于此追怀往事，凝眸凭吊，抒发出无限叹惋和遗恨。高邮的露筋祠

---

① 王象之：《舆地纪胜》卷四三，第469页，江苏广陵古籍刻印社1991年版。

如同苏州虎丘的真娘墓一样，成为文人墨客讴歌古代女子贞节情操的典型意象。

四

纵观清代扬州词坛的价值和地位，我们发现由于它独特的水陆交通和经济条件优势，南来北往的文人萃集于此，王士禛、陈维崧、厉鹗等词坛大家优游其间，引领了清代前后不同词风的汇聚和交流，并且随之产生的辐射作用，影响着清代词风的演进历程。

顺、康时期的扬州词坛，王士禛主盟一时。他词学云间，崇尚晚唐，以《花间》、《草堂》为正宗。正如谢章铤《赌棋山庄词话》卷八所云："阮亭沿凤洲、大樽绪论，心摹手追，半在花间。"①其《赌棋山庄词话续编》卷三又称："昔陈大樽以温、李为宗，自吴梅村以逮王阮亭，翕然从之，当其时无人不晚唐。"②这样的词学观念不仅体现在其词论《花草蒙拾》，以及对于他人词作的评点中，也具体反映在其自身词体创作当中。他填制于顺治十八年（1661）的《浣溪沙·题余氏女子绣浣纱图》、《解佩令·赋余氏女子绣洛神图》、《海棠春·闺词》等词，皆为歌咏美女、婉约柔丽之什，体现出云间词风的鲜明特质。而且，秉承其神韵诗学的理论主张，王士禛诸如《浣溪沙》（北郭清溪一带流）、《望远行·蜀冈眺望怀古》等咏史怀古词作，更多地带上了主体疏离的清雅风味。围绕在王士禛身边的众多词人，普遍通过红桥修禊等活动，积极唱和王词，也创作了大量风情旖旎的词篇，进一步渲染出此际扬州词坛清丽雅逸的风韵。事实上，当时的广陵本籍词人，如"红豆词人"吴绮（字园次）、陈世祥（字善百）、宗元鼎（号梅岑）等人，词风也偏言情绮艳，正如邹祗谟《词衷》所云："广陵诸子，善百、园次巧于言情，宗子梅岑精于取境。然宗固是艳

---

① 谢章铤：《赌棋山庄词话》卷八，唐圭璋《词话丛编》，第 3426 页，中华书局 1986 年版。

② 谢章铤：《赌棋山庄词话续编》卷三，唐圭璋《词话丛编》，第 3530 页，中华书局 1986 年版。

才，刻意避香奁语，岂畏北海无礼之呵耶？”①

此际扬州词坛在词籍文献整理方面，也取得了很大成就。王士禛与邹祗谟联名合编了大型词选《倚声初集》，支持流寓维扬的安徽休宁人孙默汇刻《国朝名家诗余》，成为研究清词必不可少的文献资料。孙默以一介布衣的身份，四方奔波访求名家词集，先后刊刻邹祗谟《丽农词》二卷、彭孙遹《延露词》三卷、王士禛《衍波词》二卷、曹尔堪《南溪词》二卷、王士禄《炊闻词》二卷、尤侗《百末词》二卷、陈世祥《含影词》二卷、陈维崧《乌丝词》四卷、董以宁《蓉渡词》三卷、董俞《玉凫词》二卷、吴伟业《梅村词》二卷、梁清标《棠村词》三卷、龚鼎孳《香严词》二卷、宋琬《二乡亭词》二卷、黄永《溪南词》二卷、陆求可《月湄词》四卷，以及程康庄《衍愚词》一卷，为《国朝名家诗余》（又名“十六家诗余”，实际是十七家），是迄今所知清代最早的一部规模宏大的词作总集。邓汉仪《十六家词序》云：“人各一编，咸矜秘帐，流通都市，裒集为艰。黄山孙子无言以穷巷布衣，留心雅事，每有佳制，务极搜罗，如饥渴之于饮食，甚至命舟车、裹粮糗，不惮冒犯霜露，跋涉山川以求之。故此十六家之词，皆其浮家泛宅，殚力疲思而后得之者……今日域中作者林立，十六家之外，宁无岸然杰异，堪树词场之赤帜者？而无言曰：吾方以鸣始也！十六家倡之于前，自此而数十家而百家，兹不其先声也欤？而无言之于词学之理与体也，信可谓劳苦而功高者矣！”这段评论非常形象地展现出孙默搜罗、汇刻众家词集之艰辛，也高度赞扬了他在清初词史上的突出贡献。

及至王士禛离开扬州之后，邹祗谟、董元恺等一大批身遭科场案、奏销案冤狱的文人寒士聚集扬州，他们的词作非复往日的缠绵绮丽，而是充斥着命运的悲苦、精神的抑郁，格调苍凉凄怆、沉痛激楚，“稼轩风”由此风靡词坛。陈维崧等阳羡词人流连扬州，目睹前辈遗民词人的身世遭际，感受时世变迁的空幻无常，个人的思想、情感发生根本的转折，词风由早年的风华靡丽转为慷慨悲凉，对于阳羡词派风格的形成起到了重要的精神引领作用。

---

① 邹祗谟：《远志斋词衷》，唐圭璋《词话丛编》，第 658 页，中华书局 1986 年版。

雍、乾时期，扬州官员、盐商、文人构成良好的合作关系，大批文士投靠儒雅盐商，衣食无忧，潜心创作。不少浙籍词人长期寓居扬州，其中尤以浙西词派后期领袖厉鹗最为知名。浙派词风的清雅格调就如同当年姜夔优游扬州那样，在数百年后又觅到了异代知音，在扬州扎下了根。厉鹗词的风调趣味正是扬州儒雅盐商和官员趋尚倾慕的精神境界。

与此同时，扬州与常州近在咫尺，不少常州词人与厉鹗时有交往，有意识地学习其词法、格调，这对于日后常州词派的出现也具有内在精神意趣上的共通性。因此，清代的阳羡、浙西、常州诸词派之间，并非壁垒森严、互不相干，其实在清词的演进过程中，往往通过一些代表人物的引领、示范，或者某种外在媒介的勾连、触引，彼此之间形成交融、渐变的关系，而扬州在其间，充当了一个至关重要的“中转站”、“集散地”，不仅自身“演出”了一场又一场风云萃集的精彩好戏，而且在清词发展中起到了重要作用。

19. 论清代常州词坛

常州是清代词学重镇，所谓清季三大词派——阳羡词派、浙西词派、常州词派，常州独占其二，足以见出其在清代词体创作和理论建构中的突出贡献和地位。常州词坛风云际会、风气远播，引领着整个清代词学的发展方向，并对近代以来的词学观念产生了深远影响。

一、阳羡词派的精神实质

常州古称毗陵，清初即已出现邹祗谟、陈维崧、董以宁、黄永以古文辞并称的“毗陵四子”。以他们为代表的常州才士，醉心填词，互相酬唱切磋，形成了规模颇大、声势日隆的毗陵词人群。邹祗谟《远志斋词衷》指出：

> 余向序阮亭词云：“同里诸子，好工小词，如文友之儇艳，其年之矫丽，云孙之雅逸，初子之清扬，无不尽东南之瑰宝。今则陈、董愈加绵渺，二黄益属深妍。更如庸庵之醇洁，风山之超爽，卓人之精腴，介眉之隽练，公阮之幽峭，紫曜之鲜圆，陶云之雅润，赓明之秀濯，含英咀华，彬彬可诵。词虽小道，读之亦觉风气日上。”①

---

① 邹祗谟：《远志斋词衷》，唐圭璋《词话丛编》，第659、660页，中华书局1986年版。

这是邹祗谟对毗陵词人群各家风格的整体展示和点评，足以见出当日常州词坛创作的繁盛。清初常州词坛诸如邹祗谟、董元恺、任绳隗、史鉴宗、徐喈凤、黄永、龚百药等人，皆身陷"奏销案"，遭受罢黜官职、开革功名的命运打击。在他们的词作当中，往往流露出抑郁沉痛的秋士之悲。邹祗谟《苏武慢·述怀》词上片追述青年时代纵横万里的远大志向："吹箫吴市，卖药咸阳，有个英雄在里。三千粉黛，百万樗蒲，笑杀庸庸余子。问书生、肯向商山，谩学餐芝黄绮。"他不甘心庸庸碌碌，要当盖世英雄，却在冷酷的现实中屡遭打击，壮志成灰，"到归来、细数繁华，不过梦中而已"。其《凤归云·偶作》词亦云："颓然坐废，曾消得、蛮触功名，邯郸滋味。"充满着万事成空、恍然如梦的悲怆。此外，董元恺《满江红·怅怅词》"企脚琵琶天际想，伤神丝竹中年恶"、"舌在徒成开口笑，途穷耻作雍门哭"，感慨遭逢不偶的凄楚；黄永《卜算子·有感》"那个邯郸道上行，仆仆何时醒"，表现奔波仕途者汲汲以求却沉迷自失的可悲，"多少园亭没主人，道不如归去"，道出退隐乡里、独守心灵的志趣。

武进人孙自式，字衣月，号风山。顺治四年(1647)进士，授翰林院检讨。顺治十二年(1655)，顾念家乡民困，自请为本地县令，顺治帝目之为"狂疾"，给以牛黄丸勒令退职回乡"养病"。其《西江月·九日》词写道：

> 身世飘飘落叶，生涯泛泛孤舟。客心未冷已成秋，况是凄凉重九。　何处砧声村曲，谁求笛响楼头。十千沽酒欲消愁，不奈愁多于酒。

词人悲叹身世飘零、羁旅天涯，于重阳佳节倍增思乡之情。他借酒消愁，却愁多于酒，更加突显出凄苦愁绪的浓烈程度，沉郁顿挫中别饶蕴藉之致。

尽管受到政治环境的影响，清初常州词人表现出命运不济的悲慨，然而其主体创作风格还是沿袭云间婉丽词风，显现出旖旎可人的风情。邹祗谟早年与董以宁以艳词小令闻名，"文酒之暇，河倾月落，杯阑烛暗，两君则起而为小词。方是时，天下填词家尚少，而两君独矻矻为之，放笔不休，狼藉旗亭北里间”①，“常与文友取唐人《尊前》、《花间》集，宋人《花庵词选》，及《六十家词》，摹仿僻调将遍”②。邹祇谟《丽农词》多描美人各种情态，其咏青溪遗事画册的《菩萨蛮》组词，分别描摹乍遇、弈棋、私语、迷藏、弹琴、读书、潜窥、秘戏、寄书、夏闺等各种闺中举止，“庚寅夏作”的《惜分飞·本意》组词十六首，以及顺治七年(1650)与任绳隗唱和所作“十索词”，都呈现出婉媚侧艳的词风，正如王士禛所评：“名士悦倾城，由来佳话。才人误厮养，自昔同怜。程村《惜分飞》词凡四十余阕，无不缠绵欲绝，动魄惊心。事既必传，人斯不朽。正使续新咏于玉台，不必贮阿娇于金屋也。”③

邹祇谟、王士禛合编《倚声初集》，网罗明末清初“五十年来荐绅、隐逸、宫闺之制，汇为一书，以续《花间》、《草堂》之后，使夫声音之道不至湮没而无传，亦犹尼父歌弦之意也”④。《倚声初集》体例以小令、中调、长调排列，小令10卷，录词1116首；中调4卷，录词364首；长调6卷，录词434首。全编共选词人460余家，词作1914首。该编卷帙繁富，实开清初词选喜尚鸿编巨帙的风气；其影响甚巨，即如汪懋麟《棠村词序》所云：“本朝词学近复益盛，实始于武进邹进士程村《倚声集》一选。”邹祇谟在《倚声初集序》中追叙唐五代、北宋词的创作风格：“‘恼公’、‘懊侬’之曲，‘金荃’、‘兰畹’之编，其源始于‘采荇’、‘弋雁’，其流浚于美人香草，言情之作，原非外篇。揆诸北宋，家习谐声，人工绮语。”充分肯定了言情绮丽词风的本色价值。“必欲以庄辞为正声，是用‘尚书’、‘礼运’而屈‘关雎’、‘鹊巢’也”，则强调闺思情爱具有与政治情怀同样重要的意义，而词体恰恰以其独特的艺术个性，流露出情爱世界的感情魅力。这些主张都体现了清初词坛尊“花草”、崇香艳的整体风格取向。

董以宁《蓉渡词》素以香奁艳词著称，陈廷焯《词则》评之为“词中之妖”，郭麐《灵芬馆词话》卷二称其词“淫言媟语，不免秀铁面所呵”⑤。

---

① 陈维崧：《任植斋词序》、《湖海楼文集》卷二，清光绪刊本。
② 邹祇谟：《远志斋词衷》，唐圭璋《词话丛编》，第643页，中华书局1986年版。
③ 冯金伯：《词苑萃编》卷十八引，唐圭璋《词话丛编》，第2130页，中华书局1986年版。
④ 王士禛：《倚声初集序》，《倚声初集》，顺治大冶堂刻本。
⑤ 郭麐：《灵芬馆词话》卷二，唐圭璋《词话丛编》，第1534页，中华书局1986年版。

他的《画堂春·夏日课婢》组词八首，分别描摹婢女掌书、浣葛、浇花、晒药、烹茶、挥扇、侍浴、拂簟等等日常生活情态，其间充斥着诸如“淡红帕袜映酥胸，微样轻容”、“半晌劳挼澡豆，几回羞倚栏干”、“臂痕人讶细纹留，今夜拚休”等等既丽且淫的词句。《沁园春》组词七首，分别咏美人额、美人鼻、美人齿、美人肩、美人乳、美人背、美人膝，呈现出细腻香艳的情味；《苏幕遮》组词十首，又分别刻画帘外听堕钗声、花间听弹指声、窗下听咳声、回廊听鞋底声、屏边听浴声、楼前听骰子声、房中听唤婢声、灯下听剪刀声、隔帏听梦魇声、帐畔听流苏响声，从听觉描写的角度，表现闺中女子的不同情状，也隐晦地传写出男女幽会的情事和心态。他的《荷叶杯·相逢曲》“恰逢小妹乍回头。羞么羞，羞么羞”，《忆江南·叩叩词》“堂下每迎花底笑，人前私向镜中看，可许一生拚”，《醉公子·赋艳》“偷看合欢书，憎侬问起居”，《菩萨蛮·生拚》“心肠毕竟软，渐褪罗襦半”等等词句，也都描摹香艳情事，显示着鲜明的花间风味。

董元恺《苍梧词》亦多情爱之作。其《东坡引·赍婢祠》组词七首，分别借手镜、剪刀、琢针、纽扣、漆枕、藤席等物象的赋咏，表达闺中女子睹物思人、离别相思的情意。《字字双·欢情》、《薄命女·有约》、《醉花间·密怨》、《醉红妆·灯夜纪艳》等词，也都从不同的角度刻画密约幽会的忐忑，风流纵恣的欢畅。

由此可见，清初常州词坛仍旧承袭云间的影响，表现出对“花间”、“草堂”香艳婉丽风格的偏嗜。

陈维崧的词作原本多为柔媚侧艳之词，然而时代的变迁，身世遭际的遽变，使其词由早年的绮靡侧艳，一变而为中年《乌丝词》的困顿悲凉，再变为晚年词作的“气魄绝大，骨力绝遒”①，取得丰硕、辉煌的创作成就。蒋景祁《陈检讨词钞序》介绍了陈氏词风演进的轨迹：

> 其年先生幼工诗歌，自济南王阮亭先生官扬州，倡倚声之学，其上有吴梅村、龚芝麓、曹秋岳诸先生主持之，先生内联同郡邹程

① 陈廷焯：《白雨斋词话》卷三，第71页，人民文学出版社1959年版。

村、董文友，始朝夕为填词，然刻于《倚声》者，过辄弃去，间有人诵其逸句，至哕呕不欲听，因励志为《乌丝词》。然《乌丝词》刻而先生志未已也。向者诗与词并行，迨倦游广陵归，遂弃诗弗作。伤邹、董又谢世，间岁一至商丘，寻失意返，独与里中数子晨夕往还，磊砢抑塞之意，一发之于词。诸生平所诵习经史百家古文奇字，一一于词见之。如是者近十年，自名曰《迦陵词》。

陈维崧四弟陈宗石在《湖海楼词序》中采用文学化的语句，更加形象地展现出陈维崧人生遭际和词风之变：

伯兄之词富矣，伯兄之遇穷矣。方伯兄少时，值家门鼎盛，意气横逸，谢郎捉鼻，麈尾时挥，不无声华裙屐之好，故其词多作旖旎语。迨中更颠沛，饥驱四方，或驴背清霜，孤篷夜雨，或河梁送别，千里怀人，或酒旗歌板，须髯奋张，或月榭风廊，肝肠掩抑，一切诙谐狂啸，细泣幽吟，无不寓之于词。甚至里语巷谈，一经点化，居然典雅，真有意到笔随、春风化物之妙。盖伯兄中年始学为诗余，晚岁尤好之不厌，或一日得数十首，或一韵至十余阕，统计小令、中调、长调，共得一百四十六调，共词一千六百二十九阕……自唐宋元明以来，从事倚声者，未有如吾伯兄之富且工也。

陈维崧《迦陵词》推尊词体，以词并肩“经”、“史”，摈弃词为“小道”、“艳科”的传统观念，继承《诗经》和白居易新乐府精神，在创作中敢“拈大题目，出大意义”①。他的词作大量抒写民生遭际，感慨百姓疾苦，如《贺新郎·纤夫词》写道：

战舰排江口。正天边、真王拜印，蛟螭蟠钮。征发棹船郎十万，列郡风驰雨骤。叹闾左、骚然鸡狗。里正前团催后保，尽累累、锁系空仓后。捽头去，敢摇手？　稻花恰趁霜天秀。有丁男、临歧诀绝，草间病妇。“此去三江牢白又，雪浪排樯夜吼。背耐得、土牛鞭否？”“好倚后园枫树下，向丛祠、亟倩巫浇酒。神佑我，归

① 谢章铤：《赌棋山庄词话》卷八，唐圭璋《词话丛编》，第3423页，中华书局1986年版。

田亩。”

康熙十二年(1673)十二月，吴三桂发动叛乱，耿精忠、尚可喜纷纷响应。清王朝派遣顺承郡王勒尔锦为宁南靖寇大将军，与吴三桂隔长江对峙。清兵征派拉船的纤夫，此词即写当时清兵强征夫役带给人民的灾难。上片渲染捉船抓佚的紧张情势，下片着力刻画一位丁男与草间病妇临歧诀别的场景，流露出生离死别的愁苦。这样的作品颇具杜甫“三吏”、“三别”的意蕴，渗透着作者对广大人民的深切同情。其《南乡子·江南杂咏》六首，描写由于水灾、瘟疫，加之官府迫害，江南农民毁屋破家、无以为生的悲惨景象，堪与白居易的《新乐府》、《秦中吟》相比。

陈维崧深受父辈遗民义士的精神濡染，在词作中往往流露出追怀故国的感慨，如其《夏临初·本意》词所云：

> 中酒心情，拆绵时节，瞢腾刚送春归。一亩池塘，绿阴浓触帘衣。柳花搅乱晴晖。更画梁、玉剪交飞。贩茶船重，挑笋人忙，山市成围。　　蓦然却想，三十年前，铜驼恨积，金谷人稀。划残竹粉，旧愁写向阑西。惆怅移时，镇无聊、掐损蔷薇。许推知、细柳新蒲，都付鹃啼。

该词小序介绍：“癸丑三月十九日，用明杨孟载韵。”“癸丑”即康熙十二年(1673)，上推三十年，正是明朝亡国的甲申(1644)；而三月十九日，则是明崇祯帝自缢于煤山的忌日。陈维崧值此时日填词追哀。作品描写一片暮春景致，作者面对春景，却陡然追思三十年前的铜驼旧恨，兴起浓郁的悲郁愁怀。结末一句融情于景，以声传情，将所有的暮春美景“都付鹃啼”，涂抹上深浓的凄楚情致。另如《尉迟杯》(青溪路)词感慨南明政权灭亡，抒写家国之痛。上片追忆昔日南京青溪、秦淮河风光旖旎的盛况：“覆舟山畔人家，麾扇渡头士女。水花风片，有十万、珠帘夹烟浦。泊画船、柳下楼前，衣香暗落如雨。”下片则由昔转今，描绘近日荒凉景象。结末三句“想胭脂、井底娇魂，至今怕说擒虎”，化用南朝陈代灭亡的典故，寄寓着对南朝覆灭的无限伤怀。其《沁园春》(十万琼枝)词也是借徐渭文《钟山梅花图》，追怀昔日钟山梅花的盛况和南京“夹岸亭台，接天歌板”的升平景象，由此更加突显出今日南京城的荒凉冷落，亡国之悲愈益沉痛。

陈维崧命运多舛，世路坎坷，故其词中颇多怀才不遇的悲歌、客子飘零的哀叹。其《月下笛》（今夕何年）词借写月下吹笛，感怀身世，表现中年浪游江湖的酸楚彷徨："到如今、漂流路歧，西风落叶无相识。"其《城头月·秋月感怀》词更为真切地抒写出作者颠沛流离的命运之悲：

> 西风吹得冰轮淡，桂影平于簟。深巷疏砧，严城哀柝，做出秋声惨。　月中一片朱旗闪，粉堞青霜染。万里关河，百年身世，倚幌听更点。

作品上片写秋月、秋声，逼出一个"惨"字。下片进一步渲染夜色苍茫肃杀，由此抒发出词人的人生悲叹。"万里"两句，化用了杜甫《登高》"万里悲秋常作客，百年多病独登台"，概括了广阔的空间和漫长的时间，表明作者的痛苦无处不在，无时不在。结末一句化自杜甫《月夜》"何时倚虚幌，双照泪痕干"诗句，展现词人孤寂无聊的情态，进一步抒写出词人愁肠百结的内心世界。《满江红·秋日经信陵君祠》词吊古伤怀，"我讵不如毛薛辈，君宁甘与原尝亚？"以当年信陵君手下富有才能的毛公、薛公来自比，希望得到君王的赏识和重用；然而却命运不济，怀才不遇，故而他又以侯嬴自况，身世之恨、不平之气喷薄而出："叹侯嬴、老泪苦无多，如铅泻。"《法曲献仙音·咏铁马》词下片写道："想多年、战场猛气，矜蹴踏、万马一时都哑。流落到而今，踠霜蹄、寄人篱下。潦倒余生，尽闲身、蛛丝同挂。又西风唤起，仍旧酸嘶中夜。"词人由题咏铁马，联想到驰骋疆场的战马，追怀其当年的强健威猛，如今却垂垂老矣，潦倒余生。其实，这里恰正寄寓着作者天涯沦落、寄人篱下的身世悲戚。结末一句充满酸楚的人生况味，同时也隐含着词人不甘屈服的精神意志。《醉落魄·咏鹰》词同样咏物言志，抒发出壮志难酬的悲壮襟怀："男儿身手和谁赌？老来猛气还轩举。人间多少闲狐兔？月黑沙黄，此际偏思汝。"倾吐出词人壮怀激烈、猛志犹存的气概。此词以豪情抒悲愤，陈廷焯评之为"声色俱厉，较杜陵'安得尔辈开其群，驱出六合枭鸾分'之句，更为激烈”[①]。

陈维崧词的主体风格雄劲豪放，他自诩“烦君铁绰板，一为洗秦芜”（《和荔裳先生韵亦得十有二首》之六）。朱彝尊称其“擅词场、飞扬跋扈，前身可是青兕？”（《迈陂塘·题其年题词图》）此后揭示陈词师法稼轩的评论层出不穷，如孙尔准《论词绝句》云：“词场青兕说髯陈，千载辛刘有替人。罗帕旧家闲话在，更兼蒋捷是乡亲。”王煜《迦陵词钞》评语曰：“沉雄壮阔，秾丽苍凉，合称转世青兕。清初词家，断为巨擘。”[②]蒋兆兰《词说》也高度评论陈词发扬苏辛词风的突出贡献：“清初陈迦陵，纳雄奇万变于令慢之中，而才力雄富，气概卓荦。苏、辛派至此可谓竭尽才人能事，后之人无可措手，不容作，亦不必作也。”[③]陈维崧填制《贺新郎》、《满江红》词调都达一百数十首，雄劲苍茫，老辣霸悍，即如吴梅《词学通论》所说：“即苏、辛复生，犹将视为畏友也。”[④]他的《贺新郎·秋夜呈芝麓先生二首》其一写道：

> 掷帽悲歌发。正倚幌、孤秋独眺，凤城双阙。一片玉河桥下水，宛转玲珑如雪。其上有、秦时明月。我在京华沦落久，恨吴盐、只点愁人发。家何在？在天末。　　凭高对景心俱折。关情处，燕昭乐毅，一时人物。白雁横天如箭叫，叫尽古今豪杰。都只被、江山磨灭。明到无终山下去，拓弓弦、渴饮黄獐血。《长杨赋》，竟何益？

作者沦落京华，凭高感怀。上片横空而起，以“悲歌发”三字领起全篇，引发古都凭吊之情，沦落飘零之恨，去国离乡之思。下片以凄寂苍茫之景，唤起怀才不遇的悲绪，词人内心的孤愤喷薄而出，雄健苍劲的词句将感情的抒发推向顶峰，充分显示出沉雄豪壮的风格。

陈维崧的小令词也同样充满着爽利壮伟之气，如《南乡子·邢州道上作》词写道：

---

① 陈廷焯：《白雨斋词话》卷三，第 74 页，人民文学出版社 1959 年版。

② 王煜：《清十一家词钞》，上海正中书局民国 36 年(1947)铅印本。

③ 蒋兆兰：《词说》，唐圭璋《词话丛编》，第 4632 页，中华书局 1986 年版。

④ 吴梅：《词学通论》第九章，第 115 页，上海古籍出版社 2006 年版。

秋色冷并刀，一派酸风卷怒涛。并马三河年少客，粗豪，皂栎林中醉射雕。 残酒忆荆高，燕赵悲歌事未消。忆昨东声寒易水，今朝，慷慨还过豫让桥。

词人行经邢州道上，缅怀荆轲、高渐离、豫让等古代燕赵慷慨悲歌之士，内心的崇仰之情油然而生。作者思接古今，借景抒情，赋咏三河年少客的粗犷、豪迈，实则流露出自身豪情万丈的精神追求。他还常常通过诸如“悲风吼，临洺驿口，黄叶中原走”（《点绛唇》）、“话到英雄失路，忽凉风索索”（《好事近》）、“怪底烛花怒裂，小楼吼起霜风”（《清平乐》）、“空墙老骥，喷霜猛气难歇”（《念奴娇》）等词句中粗豪字面的使用，创造出剽悍有力的抒情效果。所以，陈廷焯评之云：“蹈扬湖海，一发无余，是其年短处，然其长处亦在此。盖偏至之诣，至于绝后空前，亦令人望而却步，其年亦人杰矣哉！”[①]“陈迦陵兕吼熊啼，悍然不顾，虽非正声，不得谓非豪杰士”[②]。

康熙十年（1671），陈维崧与阳羡词人吴本嵩、吴逢原、潘眉合作编纂《今词苑》。他所作的《词选序》（一作《今词苑序》）是一篇价值很高的词学论文。该序首先批评贵诗而贱词的时尚，表彰“东坡、稼轩诸长调又骎骎乎如杜甫之歌行与西京之乐府也”，具有崇高的文学价值。接着，通过对多种文学体裁的综合考察，进一步指出：“盖天之生才不尽，文章之体格亦不尽。上下古今，如刘勰、阮孝绪以暨马贵与、郑夹漈诸家所胪载文体，谨部族其大略耳，至所以为文不在此间。”但不同体裁的艺术本质、创作规律都是一致的，都应当“穴幽出险以厉其思，海涵地负以博其气，穷神知化以观其变，竭才渺虑以会其通”。由是观之，则“为经为史，曰诗曰词，闭门造车，谅无异辙也”。作者是从推尊词体的立场出发，强调不同文学体裁的共通特性，由此消弭诗词地位的差距。他还对当日词坛汲汲于《花间》一路、以致词风纤弱不振的现象提出批评，为此才致力于编纂《词选》，以矫时弊，扭转创作风气。他最后强调：“选词

① 陈廷焯：《白雨斋词话》卷三，第72页，人民文学出版社1959年版。

② 陈廷焯：《白雨斋词话》卷四，第90页，人民文学出版社1959年版。

所以存词，其即所以存经存史也夫。”再度表明其不薄词道、推尊词体的主旨。这些词学主张，在清初具有振聋发聩的震撼力量。正是在陈维崧理论主张和创作实践的指引下，他的身边汇聚了任绳隗、徐喈凤、史惟圆、万树、曹亮武、陈维岳等一大批志趣相投、词风相近的词人群体，形成了著名的阳羡词派。他们普遍表现出对于稼轩豪放词风的追求。徐喈凤在《词证》中自述：“余素不读词，亦不作词。壬寅冬自滇南归，访邹程村于远志斋，见几上有《倚声集》，展而读之，其中有艳语焉，足以移我情也；有快语焉，足以舒我闷也；有壮语旷语焉，足以鼓我气而荡我胸也。遂跃然动填词之兴。及拈题拟调，语多径率，不能为柔辞曼声。”其《荫绿轩词》中多有清刚劲急之调，如《青玉案·警悟》词云：

> 人生得失无凭据。看富贵，浮云度。使尽机心空自误。花开还谢，月圆还缺，总是天然数。　　范韩事业曾相慕，不道蹉跎竟迟暮。且向溪头垂钓去。梦中名利，醉中声色，直到而今悟。

词人有感于人生得失无据、岁月蹉跎，抒写出痛定思痛的喟叹和警悟，隐含着壮志成灰的悲楚。其《宝鼎现·甲寅中秋》词不堪“秋声动地”，“便对月、早图沉醉”，实则寄寓着沉郁悲凉的感慨，深得稼轩词之风味神髓。

史惟圆与陈维崧论交三十年，其《蝶庵词》呈现出早年柔曼词风向后期恢奇狂逸风格的转变。他的《念奴娇·自寿》词介绍了自己的人生经历和精神追求：

> 粗豪意气，忆当年、蚁视中原人物。年少雕虫矜小技，便欲请缨天阙。排突金门，驱驰玉塞，徒有冲冠发。荒鸡夜叫，迢迢魂梦飞越。　　谁念暗换年华，依然潦倒，啮草根求活。赢得秋霜明镜里，一緉芒鞋闲客。雨棹烟帆，酒旗戏鼓，流落无人识。冷清清地，夜窗扑尽残雪。

作品上片追叙词人当年意气风发、驰骋万里的生活经历，充满英雄豪宕之气。下片联系如今的潦倒流落，展现秋霜满头的苍老形象和萧瑟孤凄的环境，但是“啮草根求活”的生活状态，又流露出词人笃志弥坚的精神气度。他的《沁园春·黄鹤楼》词描写登高望远，吊古伤今，排遣怀才不遇者胸中的郁闷，将个人际遇融入人世沧桑，心潮起伏转化为词作内在气势的跌宕，显得沉郁顿挫，雄健有力。值得注意的是，由于任绳隗、史鉴宗、徐喈凤等人受到"奏销案"的打击，被迫退居乡里，他们的词作在抒写命运悲怆的同时，也流露出人生隐逸的情怀；与此同时，他们也不同程度地受到宋末阳羡遗民词人蒋捷的影响，饶富疏朗清旷的气韵。曹贞吉《摸鱼儿·寄赠史云臣》词内将史惟圆与蒋捷后先并提，亦即点出二者在创作风格上的内在呼应。万树的《贺新郎》(曲尚屯田柳)、《摸鱼儿·记渔人语》等词，也都体现出疏放爽利的词风。

清初阳羡词派在词学文献方面的成就，除了前述陈维崧等人编纂的《今词苑》之外，尚有万树所编《词律》二十卷和蒋景祁编选的《瑶华集》。《词律》共收录唐宋金元词 660 调，1180 余体。万树校订平仄音韵、句法异同，确定规格，足称精严详备。在康熙《钦定词谱》问世前，它是词体最详、资料丰富、考订最细的一部词谱。《四库全书总目》评之曰："唐宋以来，倚声度曲之法久已失传，如树者，固已十得八九矣。"① 俞樾《词律拾遗序》亦云："词学之衰久矣。……至万氏出，而规矩先民，张皇幽眇，为词家功臣。"蒋景祁所编选的《瑶华集》二十二卷，选录词人 507 家，词作 2467 首，上起明末，下迄当世，凡六七十年间词家无不取之，翔实地反映出康熙前期百派汇会、分流竞秀的词坛盛况。卷首蒋氏《刻瑶华集述》三十八则，述清初词坛史事并论词，甚有价值。《一氓题跋》评之曰："差足备顺康一代之典型，颇足观览。继《明词综》而后之《清词综》一系列选本皆远逊之。"严迪昌先生亦高度评价他的词学贡献，指出："如果说陈维崧以其创作实践宏开一派作风，万树编著《词律》梳理词的音韵格律，廓清词体词律的紊杂现象，那么蒋景祁以其出色的选政而堪称阳羡的三鼎足之一。"②

综而言之，以陈维崧为领袖的阳羡词派，推尊词体，重意尚情，远师苏辛，抒写悲慨健举、萧骚凄怨之音，流露出清初南方汉族文士的家国

① 永瑢等：《四库全书总目》卷一九九，第 1828 页，中华书局 1965 年版。
② 严迪昌：《清词史》，第 217 页，江苏古籍出版社 1990 年版。

之痛、身世之悲。清代词学中兴，阳羡词派实导夫先路，具有不可磨灭的功绩。

二、清代中叶的抒情词风

清代中期乾隆年间，常州词坛涌现出黄景仁、洪亮吉、赵怀玉、史承谦等著名词人。他们的词作抒发"盛世悲音"，突显抒情特色，在继承阳羡豪放词风的基础上，体现出风格的转变。

黄景仁（1749—1783），字汉镛，一字仲则，自号鹿菲子，江苏武进人。他一生困顿，英才早逝，是"乾隆盛世"时期遭际凄惨、心哀神苦的典型人物。他自叹"一身堕地来，恨事常八九"（《冬夜左二招饮》）、"十有九人堪白眼，百无一用是书生"（《杂感》），放言无忌地倾诉心头的怨愤："我曹生世良幸耳，太平之日为饿民。"（《朝来》）尽显出孤独凄寂的幽怨形象："千家笑语漏迟迟，忧患潜从外物知。悄立市桥人不识，一星如月看多时。"（《癸巳除夕偶成》二首之一）其诗以真性情、真才气卓绝一世，包世臣《齐民四术》评之曰："乾隆六十年间，论诗者推为第一。"①他的《竹眠词》格调激楚，如猿啼鹤唳，秋气弥深；"小令情辞兼胜，慢声颇多楚调，岂以有诗无幽、并豪士气，而于词一泄之耶！"②其词凄怆悲凉，备述人生悲楚，如《沁园春·壬辰生日自寿，时年二十四》词云：

> 苍苍者天，生我何为？令人慨慷。叹其年难及，丁时已过；一寒至此，辛味都尝。似水才名，如烟好梦，断尽黄虀苦笋肠。临风叹，只六旬老母，苦节难偿。　　男儿堕地堪伤。怪二十、何来镜里霜？况笑人寂寂，邓曾拜衮；所居赫赫，周已称郎。寿岂人争，才非尔福，天意兼之忌酒狂。当杯想，想五湖三亩，是我行藏。

唐代诗人李贺慨叹才高命蹇的悲哀："长安有男儿，二十心已朽"（《赠陈

① 包世臣：《齐民四术》，《安吴四种》清道光木活字本。

② 张德瀛：《词征》卷六，唐圭璋《词话丛编》，第 4184 页，中华书局 1986 年版。

商》)、"我当二十不得意,一心愁谢如枯兰。"(《开愁歌》)黄景仁值此青春年岁,也抒发出遭逢不偶、困顿流离的可悲,字里行间充斥着颓丧凄楚之意。另如《买陂塘·归鸦》词上片描写黄昏时分归鸦情状,"带一片斜阳,万古伤心色。暮寒萧淅",渲染出苍茫凄寂的感情氛围。下片借物抒怀,"几丛枯木惊霜重,我是归飞倦翮",借鸦自喻,隐含词人历经坎坷、屡遭打击和挫折的悲苦,流露出惴惴不安的心情;结末数句"旧巢应忆。笑画角声中,暝烟堆里,多少未归客",由乌鸦的有巢可归,反衬作者飘泊流离的怨苦心境,展现出一代才人沉沦不遇的萧瑟意绪。《南浦·泊镇海》词描摹波涛海浪的浩荡声势、恢宏气象,追思当年东南沿海的警烟烽火、沧桑变幻,结末两句"叹萧条身世,海天空处独衔杯",则又由古及今,抒发天才词人飘零身世的萧条,只得借酒浇愁,愈益渲染出沉痛悲楚的内心世界。在《谒金门》词中,词人登上古城墙的楼头,远眺萧瑟春寒笼罩下的苍山景象:"城上苍山看似梦,风凄山欲动。"内心充满着凄凉瑟缩的悲绪。他步下城楼,摘下一枝野梅,"折到胆瓶添水供,水寒花骨痛"。如此冰寒入骨的词句令人神凄肠断!

黄景仁的生平、性格及诗歌风格同李白颇有相似之处,洪亮吉《黄君行状》称其诗"见者以为谪仙人复出也"。他二十三岁赴安徽太平,作《太白墓》等诗。次年三月上巳,安徽学政朱筠会宾客于采石太白楼,赋诗者数十人,景仁最年少,作《笥河先生偕宴太白楼醉中作歌》数百言,坐客惊叹,皆辍笔。不久,他依据此诗主要精神和洪亮吉韵填制了《贺新郎·太白墓和稚气存韵》,写道:

> 何事催人老?是几处、残山剩水,闲凭闲吊。此是青莲埋骨地,宅近谢家之朓。总一样、文人宿草。只为先生名在上,问青天、有句何能好?打一幅,思君稿。　　梦中昨夜逢君笑。把千年、蓬莱清浅,旧游相告。更问后来谁似我?我道才如君少。有亦是、寒郊瘦岛。语罢看君长揖去,顿身轻、一叶如飞鸟。残梦醒,鸡鸣了。

作者面对宿草萋萋的李白墓,想到自己所景仰的大诗人虽然才华盖世,却一生坎坷失志,最终抑郁孤寂地死葬于此;又联系自身的不幸遭际,不禁百感交集,痛苦万端,内心充塞着无限悲凉与愤慨,正如其《太白楼醉中作歌》所云："身后苍凉尽如此，俯仰悲歌亦徒尔。"

黄景仁《竹眠词》中颇多咏物之作，描摹大煞风景的枯败物象，由此折射出凄寒文士的逆反情绪。其《迈陂塘·蝙蝠》词以异端自居，表现蝙蝠的生存状态，"羞他鸡犬相共。寄人檐下须臾事，且耐冷嘲闲讽"，宣示词人超凡脱俗、离群索居的处世态度；结末写道："人间无用。便老尔千年，明砂抛尽，不值一钱重。"则又流露出作者怀才不遇、横遭贬弃的深沉慨叹。他的《金缕曲·观剧，时演〈林冲夜奔〉》词歌咏林冲夜奔、官逼民反的儿女英雄恨，抒发出同声一恸的悲怆，由此也渗透着作者与现实社会离心逆反的情绪。

史承谦乃阳羡望族史孟麟后裔，行辈属史惟圆曾孙一代。他高才不遇，坎坷终生，其《小眠斋词》特多人生感遇的悲慨。万之蘅《小眠斋词序》评之云："碧天似梦，名士则岁岁离忧，青草如袍，王孙乃年年失意。"其《一萼红·桃花夫人庙》词写道：

> 楚江边。旧莓痕玉座，灵迹自何年？香冷虚坛，尘生宝靥，千秋难释烦冤。指芳丛、飘残清泪，为一生、颜色误婵娟。恩怨前期，兴亡闲梦，回首凄然。　　似此伤心能几？叹诗人一例，轻薄流传。雨飒云昏，无言有恨，凭栏罢鼓神弦。更休题、章台何处，伴湘波、花木暗啼鹃。惆怅明珰翠羽，断础荒烟。

桃花夫人庙位于湖北黄陂县东。桃花夫人即春秋时息国国君的夫人息妫，据《左传·庄公十四年》记载，因蔡哀侯向楚文王盛赞息夫人的美貌，楚文王遂灭息国并将息夫人掳入楚宫，后来息夫人虽在楚国生育二子，但始终未开口讲话。楚王追问其故，答曰："吾一妇人而事二夫，纵弗能死，其又奚言？"这一凄苦哀婉的故事，引发历来文人骚客的同情悲叹。词人描摹眼前桃花夫人庙的荒凉冷落，"千秋难释烦冤"、"恩怨前期，兴亡闲梦，回首凄然"，借息夫人红颜薄命的凄惨，抒写自己身不由己、任人摆布的无奈遭际，在"无言有恨"的喟叹中将咏史与感怀融合为一，流露出与桃花夫人同病相怜的人生凄苦之怨。

乾隆时期的常州词人较多沿袭阳羡词派的风格取向，表现出对于苏辛豪放风调的尊崇。洪亮吉词风奇崛，富有勃然生气。他私淑陈维崧，在《满江红·陈其年先生填词图为伯恭学士赋二首》中吟咏道："卅载填词，香一瓣，敬酬阳羡"，"竹垞老，梅村叟；招玉叔，携红友。且不知秦七，何论黄九？棐几暂停三寸管，新腔已落千人口。羡当年、风月最清华，谁能又？"表明自己学词的门径。他的词作多以匪夷所思之笔，抒写狂狷放浪的情怀，如《唐多令》词云：

真气本无前，豪情忽欲颠。一百番、沉醉酣眠。乱摘九天星与斗，权当作，酒家钱！　寥廓约顽仙，踏红云种田。待秋成、岁月三千。拟钓六鳌沧海去，虽不饱，且烹鲜。

洪亮吉的《更生斋诗余》由《机声灯影词》和《冰天雪窖词》两部分组成。《机声灯影词》乃其"少日所作"；而《冰天雪窖词》则是嘉庆三年(1798)自北京乞假南归途中所作数十阕，加上嘉庆五年(1800)从新疆伊犁遇赦回乡后"时时作之"的新篇结集而成。此词见于《冰天雪窖词》，是他饱经宦海浮沉和人世沧桑之后的晚年作品。作者直抒胸臆，自剖心迹，发泄狂狷耿介之士不满世俗的牢骚愤懑。他借酒浇愁，癫狂放浪，并且幻想大醉之后升天为仙，尽享任情耕种渔猎的自由意气。这样的游仙词想象浪漫奇特，风格阳刚豪放，真得稼轩、迦陵词的精神内蕴。洪亮吉在《北江诗话》中表述自己对四时风景的赏爱："余最喜观时雨既降，山川出云气象，以为实足以窥化工之蕴"，"余于四时，最喜二月，以春事方半，百草怒生，万花方蕊，物物具发生气象故也"[1]。他的《水调歌头·自吴江常熟回舟欲至娄上作》词即表现出生气勃勃的浩荡风景：

偶厌玉虚住，屈作世间人。人生谁最快意？良夜与良辰。我欲花开地下，更使水流天上，耳目一番新。倘荷化工允，宁俱俗流嗔！　又谁愿，朝列阙，叩群真？百年三万多日，卧足几回伸？九野分铺列宿，五岳填平四海，从此罢扬尘。万事等闲耳，无鬼亦无神。

此词作于1802年，是词人上书言事，获罪远戍，九死一生，退归乡里的

---

① 洪亮吉：《北江诗话》卷一，第1、12页，人民文学出版社1983年版。

第二年。上片开头两句，追忆自己曾任翰林院编修，“在上书房行走”，就像身居玉虚、名列仙班，如今却退居乡里、迁谪人间。面对人生的坎坷，作者浮想联翩，放情雄旷，创造出神奇浪漫、清明朗润的太平世界理想境界。此外，其《木兰花慢·太湖纵眺》词同样纵情想象，神游天外：“龙威丈人何在？约空中、同凭玉栏干”、“有上界神仙，乘风来往，问我平安。”狂逸之气酣畅淋漓。

赵怀玉的词集《秋籁吟》亦多清朗疏旷之音，其《貂裘换酒·为张仲冶题〈雪中狂饮图〉》词写道：

> 醉亦寻常有。怪寥寥、古今数字，独传人口。西蜀东吴天万里，忽共尊前奋袖。却正是、长安雪后。僵卧碎琼呼不起，看繁星、历乱如棋走。此乐也，世能否？　　丹青早入长康手。叹图中、几番离合，未堪回首。迁客夜郎今已返，君尚癫狂依旧。更笑我、病还强酒。宁可荒坟浇一盏，胜向它、丞相车茵呕。身外事，尽刍狗。

这是一首题画词。画作者张仲冶即诗人、画家张问陶，画的内容应为张问陶与友人洪亮吉雪中狂饮的情景，词人为之题画，抒发狂放不羁、超尘脱俗的情怀。作品化用大量典故，形象描摹画中饮客酣畅淋漓、意气风发的神态，“更笑我、病还强酒”，联系自己的身世遭际，以自嘲的形式借酒抒怀，实则隐含着无限激愤之意。他的《双调江城子·舟夜》词同样抒写人生愁绪：“十年潦倒任天公，路重重，事匆匆。弹指春情，多寄雨声中。”他只有借酒浇愁，一醉方休：“只有金尊长醉倒，消不尽，气如虹。”慷慨悲郁之气喷薄而出。周仪暐《秋籁吟序》评之云：“颉颃晏、范，出入秦、苏，销稼轩激楚之音，摒梦窗浮懵之色，促拍短吟，长言永叹，莫不风雨和于节，丝竹赴于心。”①

史承谦的《小眠斋词》在继承阳羡慷慨悲壮词风的基础上，增添了幽凄清雅、潜气内转的意蕴，融合阳羡、浙西两家特色，呈现出词体艺术取向的演进和转变。他的《解佩令·登大别山》词登临远眺，尽览青山

① 赵怀玉：《秋籁吟》，《清名家词》本。

江湖景象，俯仰视角富于变化，“寓纤秾于闲雅之中，流逸韵于楮墨之外”①。

三、常州词派的时代印记

清代嘉庆以后涌现的常州词派是继浙西词派之后一个具有很大势力和影响的词派。该派以《词选》为旗帜，前有乾嘉之交的张惠言、张琦兄弟倡导，以恽敬、丁履恒、左辅等文士为其羽翼；中经嘉道间的董士锡、周济引端申义，大畅其绪；后又有同光年间的谭献、庄棫、冯煦等为其后劲；至清末民初，王鹏运、郑文焯、况周颐、朱孝臧“四大家”再度振起，前后笼罩清代词坛达一百多年。

同清代前期的阳羡、浙西词派相比，常州词派具有特别鲜明的理论色彩。在其演进的过程当中，又不断地自我修正、补充、完善，终于构成一个内涵丰富、完整自足的理论体系。常州词派的兴起，反映了清代中期以来词论家的理论自觉，标志着词学理论批评进入总结性阶段。

常州词派的理论深深植根于常州地域的“寒士”文化传统，渗透着“感士不遇”的意绪；乾嘉之后国势的衰颓，更激发起广大文士强烈的“忠爱之忱”。这两个重要的精神质素，促使常州词派努力推尊词体，提高其独特的抒情文学的地位。

词体的产生有赖于近体诗与隋唐燕乐的结合。它在最初本是一种消遣文学，起到娱宾遣兴、赏心悦目的作用。但是由于“词为艳科”的题材规范，也由于诗乐结合所导致的乐主诗从，文学意味的消解，词体与“经国大业”的诗文相比则自惭形秽，被宋人目之为“小道”、“末技”，难以跻身正统文学之列。与此同时，宋词也开始出现了雅化的趋向。从苏轼的“以诗为词”、周邦彦的“以赋为词”，到姜夔的“以诗法入词”，都力图改变词体俗艳的性质，提高词的品调。但是由于音乐的牵制，社会上所流行的仍是“类皆率俗”的艳词。宋亡之后，词乐坠失，词不再是音

① 陈廷焯：《白雨斋词话》卷四，第 91 页，人民文学出版社 1959 年版。

乐文学，其创作环境、创作动机和内容都产生了变化，这使其又可能成为具有独特地位的纯文学。宋以后的作者没有正视词体性能的转变，仍然沿袭传统的创作方法，时有鄙俚亵狎之作。这样的作品既不应歌，又见弃于正统文学，更无补于政治教化，必然受到统治阶级的排斥而失去社会基础，因此出现了明代以来词作中衰的局面。清代词学家鉴于元明词坛的教训，力图利用词作为纯粹案头文学的抒情特征，适应新的社会审美需求，自觉地表现重大的社会内容和独特的情感世界。清初以来，词人们就积极发起了尊体运动，欲将词体置于正统文学的殿堂。曹尔堪、陈维崧、朱彝尊、汪森等人相继否定了词为“小技”、“诗余”之说。常州词派在此基础上，更加深刻地阐述了尊体理论，进而推动了清代词学的真正形成。

历来尊体论者为了推尊词体，大都强调诗词之异，李清照主张词“别是一家”即是如此。陈维崧认为各体文学并无高低贵贱之别，“天之生才不尽，文章之体格亦不尽”，力求打破鄙视词体的传统偏见，为词争得了与经史、诗文同等的地位。清代更多的词论家则罗列诗词之同，借诗体之尊来推尊词体。这其中，又有不同的方法和途径：

一是在词的起源问题上做文章，力图将词的体式接源或并行于诗体，以显示其历史之悠久和“家世”之不凡。早在宋代苏轼提出“词为诗裔”之后，宋人就开始将词体与古诗相接。如王炎说：“今之长短句，盖乐府曲之苗裔也。”[①]张侃说：“以予考之，（乐府）乃赓载歌，薰兮解愠，在虞舜时，此体固已萌芽。”[②]及至清代词论，对于词的起源问题，则是众说纷纭。清初西陵词人毛先舒将词与《诗经》和“高文典册”相提并论。纳兰性德在《填词》一诗中，指出词继承《诗》、《骚》传统，抒写忧患精神，其思想蕴涵与“风之旨”相一致。词的参差长短、换头转韵的形式早在《诗经》里已经存在，与近体诗相比，词起源的历史更加悠久。浙西派的朱彝尊、汪森等人也从长短句形式的悠远历史来抬高词的“身价”，否定词为诗余的定论。常州词派在推断词与诗骚关系时，则更加注意

① 王炎：《双溪诗余自序》，《双溪诗余》，南京图书馆藏清抄《宋金元明十六家词》本。
② 张侃：《拙轩词话》，唐圭璋《词话丛编》，第189页，中华书局1986年版。

内在精神的传承。张惠言在《词选序》中指出:“其缘情造端,兴于微言,以相感动。极命风谣里巷男女哀乐,以道贤人君子幽约怨悱不能自言之情,低回要眇,以喻其致。盖诗之比兴,变风之义,骚人之歌,则近之矣。”他在《序》文的结尾又说:“今第录此篇,都为二卷。义有幽隐,并为指发,几以塞其下流,导其渊源,无使风雅之士惩于鄙俗之音,不敢与诗赋之流同类而风诵之也。”①这些言论旨在说明词的文体功能和文体地位,足以与《诗》、《骚》、汉赋等正统文学相近、相通,以其独特的体式技巧表达出重大的政治内容。由此而下,周济进一步提出了“诗有史,词亦有史,庶乎自树一帜”②的论断;陈廷焯更明确地指出:“风骚既息,乐府代兴,自五、七言盛行于唐,长短句无所依,词于是作焉。词也者,乐府之变调,风骚之流派也。”③风骚是诗词的源头,温柔敦厚则是诗词共同追求的风格境界,由此推尊出词体的价值。

另外一部分词论家侧重于从音乐的角度,来驳斥词为“诗余”的偏见。汪森《词综序》曰:“古诗之于乐府,近体之于词,分镳并骋,非有先后;谓诗降为词,以词为诗之余,殆非通论矣。”④常州词派对此问题进一步提出辩驳。谭献说:“词为诗余,非徒诗之余,而乐府之余也。”⑤此说表明了这样一个意向:词体近雅,应从纤巧侧艳中走出来,继承乐府歌诗关注时事的传统精神,提高词的意格。晚清四大词人之一的况周颐对“诗余”的诠释较谭献走得更远。他认为:“诗余之‘余’,作赢余之‘余’解。唐人朝成一诗,夕付管弦,往往声希节促,则加入和声。凡和声皆以实字填之,遂成为词。词之情文节奏,并皆有余于诗,故曰‘诗余’。世俗之说,若以词为诗之剩义,则误解此‘余’字矣。”⑥他不仅不认为词是诗的低等附庸,而且认为在表情达意及节奏韵味方面有独擅之处,词是具有特殊品位的文学样式。

---

① 张惠言:《词选序》,唐圭璋《词话丛编》,第1617、1618页,中华书局1986年版。
② 周济:《介存斋论词杂著》,唐圭璋《词话丛编》,第1630页,中华书局1986年版。
③ 陈廷焯:《白雨斋词话》卷五,第129页,人民文学出版社1959年版。
④ 汪森:《词综序》,朱彝尊、汪森《词综》,上海古籍出版社1999年版。
⑤ 谭献:《复堂词录序》,唐圭璋《词话丛编》,第3987页,中华书局1986年版。
⑥ 况周颐:《蕙风词话》卷一,唐圭璋《词话丛编》,第4406页,中华书局1986年版。

二是在词的言情问题上做文章，力图将它与诗的言志相通，以得出“诗词一理”和诗词同科的结论。常州词派在初创之时，重于政治功利而轻于艺术审美，这一特征恰与诗学批评领域原则的复振相关。可以说，儒家诗教在乾嘉时重新大行于世，是当时词学领域一个最为重要的导引和制约因素。温柔敦厚的儒家诗教作为雅文学观念的核心，经过千百年的历史积淀，与传统的政治观、道德观相融合，已经“内化”为广大文士学士的灵魂。在儒家传统深厚的江苏，文人学士对诗教原则再三致意。到乾隆中期，长洲（今江苏苏州）人沈德潜成为诗坛领袖，创立了格调派。他热衷于“中正和平”的义理阐发，并把诗教提高到诗歌批评的根本和至尊地位：“仰溯风雅，诗道始尊”，“温柔敦厚，斯为极则。”[1]他重视用诗表现具有社会政治内涵的情志，以《风》、《骚》为诗歌创作的典范，确认了中国古代诗歌的优秀传统，提倡比兴寄托的艺术表现方法。风气所及，乾隆时几种较有影响的诗学论著，如赵执信《谈龙录》、翁方纲《石洲诗话》、洪亮吉《北江诗话》均重政教功能，轻艺术审美，构成了乾隆诗坛的批评主潮。张惠言等常州派词人将儒家的诗教作为其论词的理论基石。他们所提倡的复古、尊体、兴寄、意内言外、寄托等观念，都折射出鲜明的正统诗教色彩，体现了讽谕时政、批评现实的诗学精神。

由于有清一代普遍推尊词体，故而对词体提出了不少规范。毛先舒在《丽农词序》中指出，邹祗谟“射策中，甲科中，更不得意，其缠绵侘傺之思，不能不于词发之”。这是“不平则鸣”说在词论中的应用。陈维崧强调抒情写恨，寄寓亡国之思，他在《炊闻卮语序》中评价王士禄云：“王先生之穷，王先生之词之所由工也”，“故其所遇最穷，而为词愈工。”[2]这是“穷而后工”说在词论中的应用。常州词论尤其注重对词作精神的追求。张惠言在《词选序》中即给词以明确的界定：“词者，盖出于唐之诗人，采乐府之音以制新律，因系其词，故曰‘词’。‘传’曰：‘意

① 沈德潜：《说诗晬语》卷上，第186、191页，人民文学出版社1979年版。
② 陈维崧：《王西樵炊闻卮语序》。

内而言外谓之词。'"①用"意内而言外"来释词，实始自宋末元初陆文圭的《词源跋》，其用意是抬高词体。这里面，"意内而言外"引自汉儒孟喜的《周易·系辞上传》，后来许慎《说文解字》沿用其说，可见它本是文字学上的诠释。而张惠言引用儒家典籍来为本被轻视的一种文学体裁"正名"，其用意当然不问可知。他所标举的"意"，也就是"诗之比兴，变风之义，骚人之歌"。他将追求词的内在意蕴放在首位，突出词的表意性。常州词派在批评实践中，一般不特别关心词篇的格律、声韵、技巧等具体艺术特点，而是始终贯穿"务求其意"的批评原则，将释义作为评赏的要义，从而共同体现出重意的倾向。对意格的追求，也就是对人格的追求。这是强烈的经世意识和政治热忱对词学理论的投射，对轻靡饾饤词风的扭转具有积极意义。

常州词派对创作主体的道德修养也提出了较高的要求。况周颐认为："词之为道，智者之事。"②他明确地指出：学词如同研经习诗一样，是人们求知探真，成为智者君子的途径之一；同时，唯有智者君子才有可能笃好而精于词学。由此他在《词学讲义》中要求词人"必须有天分，有学力，有性情，有襟抱"，进一步发展了常州词派固有的学人之词的审美倾向。

有清一代的词论，为了批驳明词的浅俗香软，大都提倡雅正的理论。常州词派以前，浙西词派尤以"雅正"作为选词和创作标准。常州词派同样尊雅，但是两者的区别是非常明显的。首先，浙西派所尊崇的"雅"，主要是指词人纯正的情感和意念，寄寓排除俗态的清高志性；常州派所尊崇的"雅"，则更多地带有鲜明的道德伦理性和深刻的忧患意识。浙西派追求"醇雅"的艺术境界，是清空幽隽，婉雅淡冷；常州派标举的"雅正"主张，则创造出诸如"沉郁温厚"、"重拙大"这样的艺术境界，为千年词史涂抹上特别浓重的落日余晖。

---

① 张惠言：《词选序》，唐圭璋《词话丛编》，第 1617 页，中华书局 1986 年版。

② 况周颐：《蕙风词话》卷一，唐圭璋《词话丛编》，第 4405 页，中华书局 1986 年版。

四、闺秀词人的创作成就

清代常州词坛涌现出一批创作成绩卓著的才媛词人，仅阳湖、武进二县的妇女诗词集，在清代便达 126 种。徐珂《近词丛话》指出："毗陵多闺秀，世家大族，彤管贻芬，若庄氏、若恽氏、若左氏、若张氏、若杨氏，固皆以工诗词著称于世者也。"[①]常州闺秀词人中以庄盘珠最负盛名。她字莲佩，庄有钧女，举人吴轼室。其《秋水轩词》多闺中唱酬之作，题材不外抒写春愁秋怨、离别相思之情。李佳评其词"娣视易安，非寻常闺秀所能"[②]，王蕴章《燃脂余韵》卷二更加高度推赏其词的价值和地位："有清中叶以后，闺阁倚声，不得不推苏之庄（盘珠）、浙之吴（藻）为眉目。《秋水》一编，艺林传播。"[③]庄盘珠体弱多病，多愁善感，哀伤厌世，吴德旋《庄莲佩小传》评之曰："其诗多幽怨凄丽之作，大抵似昌谷。"卒时年仅 25 岁。其《浪淘沙·双峰书屋海棠盛开，作小词以志感》词写道：

> 梦断小红楼，宿雨初收。闹晴蜂蝶上帘钩。一院海棠春不管，侬替花愁。　吟赏记前游，转眼都休。风前扶病强抬头。知道明年人在否？花替侬愁。

作者触景生情，因花怜人，强自挣扎，对自己的青春深具不祥的预兆，即如《红楼梦》中林黛玉的《葬花词》所云："尔今死去侬收葬，未卜侬身何日丧？侬今葬花人笑痴，他年葬侬知是谁？"她的《探芳讯·络纬》词因物赋情，运笔空灵，以多种修辞手法，含蓄抒写出女词人因秋夜络纬之声而引发的情愁离思。"乱愁谁漾千千缕，争把秋心织？便无愁，也自听他不得"，表达出词人心中如千丝万缕般的复杂愁绪，难以消释。这

① 徐珂：《近词丛话》，唐圭璋《词话丛编》，第 4221 页，中华书局 1986 年版。

② 李佳：《左庵词话》卷上，唐圭璋《词话丛编》，第 3122 页，中华书局 1986 年版。

③ 王蕴章：《燃脂余韵》卷二，王英志《清代闺秀诗话丛刊》，第 695 页，凤凰出版社 2010 年版。

深夜秋虫的鸣叫令人心烦意乱，凄寒入骨，不忍足听，王蕴章评之“铁画银钩，力透纸背”①，李佳亦赞赏其“咏物妙在不即不离，自无呆相”②。其《踏莎行·奉答大兄寄示京口怀古词》“白日西驰，大江东注，朝朝暮暮相逢处”、“莫将词句掷寒涛，多情恐惹蛟龙怒”，气势纵放，苍莽深沉，词境清旷俊爽，王蕴章评之云：“豪情壮采，遂可与左杏庄（左辅号）‘掷与巴江流到水，切莫回头’一唱，把臂入林。”③她的更多词作富有女性词人体物深微、刻画细腻的特色，如其《苏幕遮·柳絮》词写道：

> 早抽条，迟作絮，不见花开，只见花飞处。绕砌萦帘刚欲住，打个盘旋，又被风吹去。　　野棠村，荒草渡，离却枝头，总是伤心路。待趁残春春不顾，葬尔清池，恨结萍无数。

作品上片专咏春日庭院里满天飘飞的柳絮，寄托自己漂泊无依、不由自主的人生遭遇。下片进一步抒写作者心中的感伤情愫，结末更以柳絮化萍描画饮恨抑郁而终的女子，包蕴着深沉复杂的悲怆意绪。

阳湖人左昂之女左锡璇、左锡嘉姊妹雅擅词作。左锡璇，字芙江，武进观察袁懋绩继室。她幼受赉于张孟缇，工诗词，画宗南田，亦秀润有法。丁绍仪《听秋声馆词话》评之曰：“芙江夫人工书娴绘事。适袁讱庵观察，琴鸣琴应，致相得也。……夫人寓闽中，拮据支持，其遇有甚难堪者。然茹荼集蓼中，不废笔墨。”④为词多刻画愁绪，于工丽中时显苍劲之气。著有《碧梧红蕉馆词》一卷。左锡嘉，字韵卿，又字冰如、小云，号浣芬，锡璇妹，华阳道光甲辰进士、吉安知府赠太仆寺卿曾咏继室。九岁失恃，育于叔母，有左家孝女之称。生性淑婉，聪颖过人，幼工绣谱，喜诗书，亦善画花卉，宗恽寿平没骨法，而设色鲜丽，笔力犹劲，能自成一家。咸丰间，曾咏殁于太平军次，锡嘉扶柩归葬，自写《孤舟回蜀

---

① 王蕴章：《燃脂余韵》卷二，王英志《清代闺秀诗话丛刊》，第 695 页，凤凰出版社 2010 年版。

② 李佳：《左庵词话》卷上，唐圭璋《词话丛编》，第 3136 页，中华书局 1986 年版。

③ 王蕴章：《燃脂余韵》卷二，王英志《清代闺秀诗话丛刊》，第 696 页，凤凰出版社 2010 年版。

④ 丁绍仪：《听秋声馆词话》卷十二，唐圭璋《词话丛编》，第 2728 页，中华书局 1986 年版。

图》，为时所称。诗多感慨之辞，亦处境使然，浑厚处直逼汉魏。著有《冷吟仙馆诗余》一卷。

常州词派代表人物张琦之女张缁英(字孟缇)、张𦈡英(字纬青)、张纶英(字婉𬘓)、张纨英(字若绮)姊妹皆精于诗词创作，各具特色，包世臣评之云："纬青幽隽，婉𬘓排奡，若绮和雅。"[1]张缁英，常熟吴廷轸妻。吴廷轸官至刑部员外郎，缁英曾随居京师，与女诗人沈湘佩、施淑仪交往甚密，互相唱和。缁英体弱多病，常经月卧于床褥，而勤读不辍，镜台、妆匣、衾枕边均堆积书籍。读书遇不得其解，日夜沉思，晨起时辄顿然有悟；关心国事，尝与沈善宝"论夷务未平，养痈成患，相对扼腕"[2]。钻研诗艺，朝思暮想，笔耕不辍，"所言凡读诗则如入诗中，为诗则如心游身外。身所未历之境心能历，言所未达之情心能会之。故其诗多得于梦寐者"[3]；"缠绵悱恻不失于愚，属词比事，必达其志"[4]。著有《澹菊轩词》一卷。沈善宝谓其"词笔秀逸，得碧山、白云之神"[5]。张纶英著有《绿槐书屋诗初稿》二卷、《附录》五卷，冯桂芬《张婉𬘓夫人诗集序》评其诗词"不苟作，作辄精诣。尤长五言，得陶、谢神髓。……多家庭骨肉敦勖思勉劳苦之篇。蔼然孝弟友爱，缠绵悱恻，自肺腑流出。词洁而体清，力遒而骨峻。当其得志，倏然神会。读至《纪梦》四章，萧然草莱之中乃有此怀抱，岂寻常巾帼人也"！

王采薇(1753—1776)，字薇玉，一字玉瑛，王光燮女，孙星衍室。她姿质清弱，貌端性柔，能诗词，每于春日静夜，辄取李后主《浪淘沙》(帘外雨潺潺)词，按笛吹之，至"流水落花春去也，天上人间"，闻者欷歔。山斋有桐桂古柏，冬寒月皎，对影萧瑟，或出户闲吟，或焚香开卷论说史

① 包世臣：《艺舟双楫》，《安吴四种》清道光木活字本。

② 沈善宝：《名媛诗话》卷八，王英志《清代闺秀诗话丛刊》，第487页，凤凰出版社2010年版。

③ 张英：《澹菊轩词后序》，张曜孙《阳湖张氏四女集·澹菊轩诗初稿》附，清同治七年(1868)刊本。

④ 包世臣：《艺舟双楫》，《安吴四种》清道光木活字本。

⑤ 沈善宝：《名媛诗话》卷八，王英志《清代闺秀诗话丛刊》，第487页，凤凰出版社2010年版。

事，颇有识见。既得疾，终夕咳嗽不止，自疑将不起，为诗词多凄楚之音。袁枚在为其所撰墓志铭中评其诗作“哀感顽艳，丁当清逸”，洪亮吉亦称其诗如“断绿零红，凄艳欲绝”。著有《长离阁诗集》一卷。刘琬怀，字撰芳，一字韫如，刘嗣绾姊，虞朗峰室。其家园中有红药数十丛，台榭参差，栏干曲折，常与诸昆仲及同堂姊妹聚集其间，分题吟咏，填有长短词六十阕，名“红药栏词”。著有《补兰词》。董琬贞（1776—1849），字双湖，号蓉湖，董潮孙女，汤贻汾妻。娴雅通文，工诗词，尤善画梅。尝于岭南画墨梅寄赠远在九江的汤贻汾，系以《卜算子》词以代家书，写道：

折得岭南梅，忆着江南雪。君到江南正雪天，未是梅花节。
画了一枝成，没个人评说。抵得家书寄与看，瘦到珊珊骨。

作品情意缠绵，凄楚可怜。汤贻汾依韵相和，王蕴章评之曰：“客窗吟讽，何减秦嘉、徐淑之赠答也！”①王朗，字仲英，王彦泓女。生而敏悟，诗词书画，靡不精工，与无锡顾贞立交往甚密。著有《古香亭词》。此外，吕采芝《秋笳词》、陆蒨《倩影楼词》、陆蓉佩《光霁楼词》、钱孟钿《浣青诗余》、钱湘《绿梦轩遗词》、唐韫贞《雨听轩词》、储慧《哦月楼诗余》等闺秀词集，也都展现出清季常州女性词坛的不俗创作成就。

① 王蕴章：《燃脂余韵》卷三，王英志《清代闺秀诗话丛刊》，第 703 页，凤凰出版社 2010 年版。

20. 顾贞立词的艺术魅力

一

顾贞立(1623—1699),出生于著名的江南文化家族,在浓郁的家庭书香氛围中,从小受到了很好的文学教育,亲友之间常相唱和,显示出雅擅诗词的特性。其弟顾贞观曾戏效杜甫《七歌》云:“有姊有姊号能文,长者曹昭次左芬。针神弟子尽北面,绣成卖作金缕裙。”顾贞立毫不掩饰自己对诗书生活的热情,《沁园春》词有云:“伴香浓琴静,百城南面,青编满架,湘轴成堆。”她屡屡在诗词中将自家亲友文学唱和比拟为六朝谢安家族的盛况,如“梦草池塘,拟重续、谢庭佳咏”、“愿重来、还补谢家吟,人无恙”(《满江红》)、“残粉飘梅,新黄染柳,谢家风景旧池塘”(《多丽》)、“琼花何必又飞来,眼前谁是谢家才”(《浣溪沙》)等。她曾经在《凤凰台上忆吹箫·寄纤月阁》词中夸赞旧日女伴诗词才华堪比谢道韫:“最忆兰闺道韫,承相念、著意相怜。”其实她也往往以道韫自比,早在其描写少女闲居生活的十一首《望江南》组词里,就刻画了“斗韵与飞笺”的酬唱韵事:“东亭好,最是可闲居。咏絮诗教鹦鹉念,簪花格使玉人书。积雪满庭除。”化用谢道韫《咏雪联句》中的“未若柳絮因风起”,表明清雅脱俗的情趣。她醉心于诗词创作,并且对自己的文学才华颇为自负:“人俱羡、长杨赋手,秋水篇章。”(《多丽》)在平日生活中,她总是“南唐佳句写裙边”(《浣溪沙》),“险韵词成新阕”(《百字令》),“好句飞来赓险韵,笔砚陶情”(《浪淘沙》),尽情享受诗词吟咏所带来的乐趣。由于对自身诗词才华的自矜自负,在其作品里面,往往流露出豪迈不羁的情怀。其《南乡子·雪》词化用魏晋名士王子猷雪夜泛舟访客的典故,虽然限于女性生活的拘束,作者不能随意放游山水,故而自嘲“潇洒应无我一流”;但是仍然豪气不让须眉,“诗满涛笺酒满瓯”,在诗酒唱酬的欢愉中表达出洒落胸怀和非凡情志。她的《卖花声》词总结自己十年诗词创作的感受:

> 潦倒振词场,南国消香。啼笺泪墨漫平章。今夜不堪重检点,满纸凄凉。　　十载费珍藏,一缕柔肠。玉台妆阁镇端详。他日相怜何处是,兰畹同扬。

该词序云:“承表妹录出拙稿,并留十年前诗词,赋此奉谢。”词人在十年的诗词创作中,倾注了丰富的生活感受,对这些饱含感情之作细加珍藏、反复玩味,充满着自珍自重的依恋之情。其《焚旧稿》诗更加表现出孤高自赏的个性:“临风把泪奠霞觞,几载闲愁一炬偿。何事忍教成蝶去,肯容流落俗人囊。”她之所以像黛玉焚稿一样烧其旧作,实则是为了守护清高孤傲的精神世界,显示出远离尘俗的林下风流。

二

似乎顾贞立就是一个为诗词而生的才女,其实在她的人生轨迹中,充满着种种不幸,由此彰显出其词凄寂肠断、孤愤难平的精神实质。

> 仆本恨人,那禁得、悲哉秋气。恰又是、将归送别,登山临水。一派角声烟霭外,数行雁字波光里。试凭高、觅取旧妆楼,谁同倚。
>
> 乡梦远,书迢递。人半载,辞家矣。叹吴头楚尾,倏然孤寄。江上空怜商女曲,闺中漫洒神州泪。算缟綦、何必让男儿,天应忌。

这是顾贞立创作的一首《满江红》词,词序曰:“楚黄署中闻警。”应为婚后不久随宦在外时所作。开头一句劈空而来，径直自称“恨人”，发摅出郁积于胸的无限悲苦之意。郭麐评之曰：“语带风云，气含骚雅，殊不似巾帼中人作者，亦奇女子也。”[①]顾贞立离开了温馨儒雅的书香家庭，离别了玉树琼枝的弟妹伙伴，在新的家庭里顿感无尽的冷漠与失望。李文媛为其《栖香词》作序云：“满纸凄凉，频问梅花之影；一庭沉寂，如参檐卜之禅。忧非萱草可忘，志岂幽兰能托。”[②]一位自由潇洒的少女，陡然陷入柴米油盐的繁琐生活内本已令人沮丧，所嫁非偶的懊恼尤其让人抱憾终身。她在《满江红》词里喟叹自己的不幸遭遇：“多病不堪操井臼，无才敢去嫌天壤。”刘义庆《世说新语·贤媛》篇记载：“王凝之谢夫人既往王氏，大薄凝之。既还谢家，意大不说。太傅（谢安）慰释之曰：‘王郎，逸少之子，人身亦不恶，汝何以恨乃尔？’答曰：‘一门叔父，则有阿大、中郎；群从兄弟，则有封、胡、遏、末。不意天壤之中，乃有王郎！’”[③]顾贞立诗才自比谢道韫，当然要求夫婿才华出众，能够与自己高山流水、琴瑟相和，而这样的标准在现实生活中往往是可遇不可求的，所以其结果也同谢道韫一样，遭遇到所嫁非人的深重失望。此外，其《满江红·忆远，时蓉滨北游》词中“问断肠、吟就是何题，长门句”，也隐现出空闺独守的凄凉。这对心高气傲的词人来讲，无疑是沉重的精神打击，因此其诗词创作里回避夫妻生活缠绵悱恻的刻画、离别相思的感情描写，传统诗词中对丈夫天涯思念的抒写在她的创作内严重缺位，完全变成了孤身一人的喃喃自语和郁郁寡欢。

带着多愁善感的郁苦，顾贞立独自体味着难言的凄寂和感伤。她的白天慵懒无绪，春思缭绕：“尽日帘垂懒上钩，无端春思在眉头。”（《浣溪沙》）翠楼凝望，徒增感伤：“晓日凝妆上翠楼，恼人春色遍枝头。”（《浣溪沙》）她的夜晚幽寂无眠、凄寒入骨：“翡翠离披妆未卸，独倚熏笼坐深夜”（《天仙子》）、“兀坐掩屏山，嘹唳雁声难听”（《如梦令·冬夜》）。她空房独守，愁思肠断，其《蝶恋花》词下片写道：“人静萧斋门独掩。无限

① 郭麐：《灵芬馆词话》卷二，唐圭璋《词话丛编》，第1537页，中华书局1986年版。
② 李佳：《左庵词话》卷下，唐圭璋《词话丛编》，第3151页，中华书局1986年版。
③ 徐震堮：《世说新语校笺》，第377页，中华书局1984年版。

愁思，半刻肠千断。欲出帘栊邀女伴，羞看镜里啼痕面。”伴随着长期的心情压抑，作者的青春容颜“都付与、镜中憔悴”（《雨中花 · 晓起》）。她在《菩萨蛮 · 孤鸾》词中又以孤鸾自比，表达出历经羁旅愁苦、依然顾影自怜的清高品性。

面对春光明媚的景致，词人反而抑郁寡欢，愁肠百结，其《南乡子》（蹙损远山眉）词因花起兴，触景生情，追忆少女生活的美好，抒发飘零薄命之悲，充满着往事不堪回首的无奈和凄凉。其另一首同调词情感表达更加凄怆：

> 消尽夜来霜，落木萧疏雁数行。一寸横波凝望处，潇湘。无限江山送夕阳。　羞说擅词场，总是愁香怨粉章。安得长流俱化酒，千觞。一洗英雄儿女肠。

该词小序曰：“壬子仲冬，同表妹张夫人小舟出西关，湿云连天，欲雨不雨，凄凉景况，黯然销魂。忆从前礼忏华藏，曾维缆于此，风和日暖，迥异斯时，弹指韶光，抑何速耶！”作者以冬日萧条衰飒的景象，引发出岁月流逝、人生落寞的感受，笔调豪宕有力，情致悲壮感人！

在婚后漫长的人生经历中，顾贞立随丈夫四处宦游，感受到人生飘零之苦：“又天涯羁旅，鬓丝零落”（《满江红 · 中秋旅泊》）、“去年今日，相对伤羁旅”（《百字令》），也产生了格外深重的年华消逝之悲。她在《重叠金》词里感叹道：“余生知已矣，弹指韶光去。有酒可忘忧，何难饮百瓯。”以借酒浇愁的方式宣泄人生衰残的悲哀。他如“笑浮生幻影，一场蕉鹿”、“光景尽随流水去，江山原是沧田海。算百年、三万六千场，休惊怪”（《满江红》）、“流光。迁移弹指，看几度梦中，沧海田桑”（《凤凰台上忆吹箫》）、“多少悲欢冷暖，黄粱熟、一笑茫然”（《满庭芳》）等词句，也都抒发了似水流年、浮生空幻的慨叹。

顾贞立晚年遭遇到家境贫困的危机，她悲叹道：“典尽难留嫁日衣”、“到如今、袖手任长贫，真堪哭。”（《满江红》）贫寒的生活没有消残词人的精神追求，她在残雪梅花的歌咏中，表达不甘沉沦的清雅心性：“傲骨自来贫亦好，丘壑仅供潦倒。”（《清平乐》）通过早春美景的描摹，显现出贫中见骨的意志：“锦帐香车安足羡，幽姿恰合长贫。”（《临江仙》)她的《沁园春》词更加全面地自剖身为家庭主妇的生活境况和内心感受：

> 掠鬓梳鬟，弓鞋窄袖，不惯从来。但经营料理，茶铛茗碗，亲供洒扫，职分当该。还谢天公深有意，便生就、粗疏丘壑才。将衰矣，斜阳日影，短景频催。　闲身不妨多病，且凭他位置，废苑荒台。伴香浓琴静，百城南面，青编满架，湘轴成堆。一缕茶烟和字煮，只数点、秋花手自栽。都休也，蝇头蜗角，于我何哉。

此时的顾贞立已从婚后自怨自艾的孤寂悲叹中走了出来，以平和的心境应付并不宽裕的家庭生活，而且认为这些衣食洒扫的琐碎之事实乃“职分当该”，自己勉力为之，把金榜题名的期望寄托在儿孙身上：“杏雨沾衣，曲江风暖，此愿知何日。老年莫负，花明柳绽时节。”(《念奴娇》)与此同时，她也努力地保持安贫乐道的精神追求，不懈地进行诗词创作的探索，精心营构出清雅闲淡的艺术氛围。她曾经在凄迷春雨里追怀少女时代遍游吴山楚水的踪迹，抒发风流云散、往事如烟的喟叹：“记少日游踪，楚水吴山曾遍。碧玉邻家，青溪小妹，几处欢娱堪恋。回首十年旧事，便与暮天同远。”(《望湘人·春雨》)然而到了晚年光景，她却能从悲怀感叹中解脱出来，流露出清远高旷的人生境界，其《沁园春》词下片写道：“清神犹余眼耳，便霜鬟雪鬓，任属形骸。与青溪小妹，飞笺索赋，孀闺病嫂，险韵同裁。痼癖烟霞谁得似，有疏影、孤山一树梅。江南梦，想群花未醒，雪里偏开。”在诗友频繁的酬唱中，词人的内心得到充实；她的精神意识恰如雪里红梅，凌寒独放，清雅高洁。

三

顾贞立是一位深情的词人，在其并不如意的人生当中，思念家乡、怀念亲友，往往成为感情寄托的最佳方式。其《满江红》词写道：

> 摘碎花魂，乡梦杳、拥衾还起。凄绝处、灯昏香烬，重门深闭。握管欲吟红雨曲，啼痕先把青衫渍。卸金钗、闲自拨炉灰，书愁字。

今古事，醉而已。死归也，生如寄。任旁人妒口，或怜或鄙。

啸傲久成衰凤侣，粗疏好与顽仙似。问从来、沦落孰如余，应无二。

该词小序云："春寒夜雨，不能成寐，复起拥炉命酒，陶然竟醉，赋此。"词人夜不能寐，思乡心切，由此生发出人生如寄、世路沦落的深重喟叹。她"无赖倚栏干，多少思乡意"（《卜算子·夜雨》），特别是在重阳佳节，登高望远，愁绪满怀："秋水伊人家万里，白云亲舍山重叠。是谁啼、红泪溅霜林，枫如血。"（《满江红·重九日》）

她不断追怀父母的恩情，抒发眷恋之情："漫凝眸。亲帏何处，旅里难留"（《玉蝴蝶》）、"逼忆亲帏天际远，思量"、"游子滞天涯，目断亲帏音信赊。"（《南乡子》）在这些词句当中，都流露出故乡难返、亲帏难见的无限怅触。顾贞立与胞弟顾贞观感情深挚，先后创作了多首词作表达对弟弟的思念和牵挂。顾贞观年二十余北游京师，以诗受知于大学士魏裔介，由此名噪京城。顾贞立创作了《满江红》词送别弟弟北行，词序曰："送梁汾（顾贞观号）弟北上，适中庭杏花盛开。"词中既表现了"千缕柳丝难挽住"的依依不舍之情、"风日长途珍护好"的谆谆叮咛，同时也借杏花的盛开预祝顾贞观此行博得功名："看明年、此际日边开，宫袍衬。"其《踏莎美人·送梁汾弟》词也夸赞弟弟的才华横溢："骊歌唱罢又重招，赢得倾城名士、拥兰桡。"此后，顾贞观长期为宦京城，曾经官至内阁中书，并馆纳兰明珠家，与明珠长子性德结成忘年交。在中秋明月的朗照下，顾贞立借词抒发出对弟弟深切思念之情："十载别离劳梦寝，半生词赋同凄怆。愿重来、还补谢家吟，人无恙。"（《满江红·中秋寄梁汾弟》）她还以词代信，夸赞北方胞弟的杰出文采，深情宽慰其离群索居的寂苦："身世原为客，何必叹离居。脚跟不用线系，天地本吾庐"、"故里莫回首，聊且托双鱼。"（《水调歌头·得华峰（顾贞观字）弟信，即用其书中语》）而当顾贞观说归不果时，她又在《如梦令》（说道残冬归矣）词中表达出无限的失望和懊恼。

顾贞立婚后对故园女伴的思念，往往融入更多抚今追昔、似水流年的人生感叹。其《踏莎行》词追忆当年与女伴闺阁斗妆、携手挑菜的快乐往事，反衬今日音书望断、人生聚散的悲凉，"夜月联床，晓窗同绣"与

“晕掩青灯，寒侵翠袖”的今昔画面对照，愈显此刻的孤寂惆怅。她在《百字令·秋雨怀表妹》词中“犹记双桨兰舟，催人灯火，携手凭肩处”，体现出彼此的亲密关系；而今却风流云散、天隔一涯，作者设想秋雨萧瑟之中的表妹必定同自己一样：“香冷闲窗，词成新调，应也愁无寐。”如此凄恻的景况令人黯然神伤，所以她最后慨叹道：“怎生消遣，黯然魂断天际。”徐釚《词苑丛谈》卷五记载：“（顾贞立）恒与王仲英相倡和。”[①]顾贞立在与王朗（字仲英）的唱和词作中，既展现了共有的“闺房林下，清神秀色”（《忆秦娥》）、“林下清神，阁中秀质，蛾眉领袖天然”（《满庭芳·寿王妹六十》）的高雅品性，也流露出“凄凉滋味，分付孤斟”（《眼儿媚·简王夫人仲英》）的辛酸苦楚。其《忆秦娥》词序曰：“鸡肋虽存，懒从人热，索居寂寂，惟王妹时令青衣顾问，兼承佳饷。”由此可见两人相通的心性感受，以及彼此慰藉的温暖关怀。顾贞立还有多首寄赠“纤月阁”的词作，虽然目前尚未知其人具体姓名，但可确定她必为顾氏平生最重要的知己之一。其《水调歌头·寄纤月阁》词以书信形式款款道出二人的相识、相交与别后的阻隔与怀念。作者不仅赞赏“纤月阁”女子“柔情侠骨”的精神气度，而且还着意表现“真解个中冷暖，一笑素心期”的情趣相投、相知相重的默契。作品最后写道：“笺短言不尽，神与暮云驰。”造成一种远境，显得情深意长，沉厚有味。

四

顾贞立填制了30余首咏花草词，较为全面地展现出词人体物细腻、格调清雅、寓情于物的创作特征。

首先，她用细腻的笔触，刻画海棠、牡丹等花卉的娇艳之姿，给人以美好的审美感受。她描摹黄牡丹的粉嫩初绽：“国花第一数姚黄，檀痕初晕新妆。娇莺啼午正芬芳，翠绕云裳。”（《画堂春·黄牡丹寄纤月阁》）刻画海棠花的娇艳欲滴：“露叶如啼花似笑，无限娇态”（《卖花

① 徐釚：《词苑丛谈》卷五，第87页，中华书局1985年版。

声》)、“擎露海棠娇欲语,欹斜。欲乞名师画着他。”(《南乡子》)这些作品都渲染了色泽亮丽、芳香四溢的热闹氛围,展现出词人对名花异卉的珍护赏玩。其《画堂春·咏十姊妹》词化用杨玉环姊妹承恩的故事,扣合蔷薇科十姊妹花嫣红娇媚、根蒂难分的特性。

不过,顾贞立咏花词更多选择诸如梅花、菊花、茉莉、水仙、兰草、翠竹等植物意象,着意表现清雅脱俗的精神追求。她笔下的梅花普遍具有清瘦孤洁的品质,其《玉连环·问梅影》词歌咏屏山倒映一枝“亭亭孤秀”梅花的倒影,她“问卿何事也颦眉,应是为怜人瘦”,惜花怜人,寄兴清雅;《点绛唇·雪后红梅》词刻画雪后红梅“琼瑶初褪,数点胭脂晕”的淡逸雅韵、“半卷湘帘,清影疏香映”的清冷幽趣;《金缕曲》(对月能闲坐)词则以新春佳节满城灯火的喧腾热闹,反衬清幽冷寂的意趣情怀:“看遍小屏风上画,只梅花、清瘦还如我。邀素月,成三个。”这就是梅花品质,梅花精神!其《浪淘沙》(曾向雪中开)词表达对梅花的深情呵护,其词序恰正揭示了作者的内心感受:“青衣从波浪中得梅花一枝,花泪盈把,谅不肯终随逝水,因留作莲台清供,赋此志感。”水中寒梅“花泪盈把”的伤逝,正是词人自己不幸命运的形象写照,所以其惜花护花之举,就是对自己清高孤傲人格追求的执着和坚持。此外,她歌咏茉莉花清高幽寂:“玉骨亭亭,似不屑、俗人为伍。堪怜处、愁怀莫释,芳心未吐。”(《满江红·茉莉》)表现翠竹的清芬品节:“轻雨洒松筠,林下风清浣俗尘。瘦影萧疏谁得似,幽人。翠袖天寒倚夕曛。”(《南乡子》)秋日的牡丹则又显示出别样的风采:“簇簇拥花王,齐齐浅淡妆。”词人借此流露出“吾意爱秋花”(《重叠金·秋牡丹》)的雅逸格调。其《百字令》词则将梅花、水仙、草兰三种意象打并一处,集中展现了词人的格调情怀:

> 东风一笑,又经年、耐尽冻云寒雪。秀骨未容轻位置,要占群芳第一。古驿书迟,深宫梦醒,香冷瑶阶月。孤眠纸帐,醉愁深浅时节。　那更玉笛惊吹,琼楼赋罢,独自临风立。桂叶双蛾慵未展,何待珍珠慰寂。九畹芳兰,凌波仙种,瑞可成三绝。栖香阁静,伴人冷淡踪迹。

该词小序云:“元宵前三日,觅得梅花、水仙、草兰三种,清芬满阁,恍入罗浮香梦，故赋此词。”作者化用大量典故，表现此三种意象的芳香幽雅品质，最后结穴为栖香阁内主人公娴静淡逸、远离尘嚣的情怀，写花写人，融为一体，营构出清雅高洁的精神境界。

顾贞立还通过花草意象的歌咏，表现人生衰残的悲凉，寄托自己的寂寞愁怀。其《卜算子·夜雨问梅花》“闲对梅花说断肠，窗外连宵雨”，引发出岁月蹉跎、人生孤寂的感伤，结末慨叹道：“静掩金铺老岁华，谙尽愁滋味。”《浣溪沙·秋红》词描摹秋海棠“百叶重台照眼明”的诱人芳姿，作者却深蕴人生衰飒的感受：“不似槿花愁日暮，仅留颜色待秋深。清霜浓露沁檀心。”花卉的刻画极其细腻，但是字里行间恰正充满着清冷幽寂的情韵。等到秋红凋零之后，词人的感伤越发浓烈，其《采桑子·咏秋海棠》词即云：“花时尽日垂帘坐，本是凄凉。花落还伤。花落人愁哭一场。”人生的许多郁闷愁苦最后都在惜花伤逝的怅然一哭中宣泄而出。《浪淘沙·萱草》词描摹萱草“一缕檀心开笑靥”、“嫣红媚紫一庭幽”的美妙景象，但是作者内心愁绪难以排遣，结末写道：“常展空仓桐叶咏，绝胜封侯。”实则隐寓着对丈夫天涯飘零、求取功名的忧愁和悔怨。她的《风中柳·惜海棠，并哭舍妹》词则将惜花与悼亡联系在一起，开头两句直抒胸臆：“看断肠花，真个柔肠断了。”睹物思人，肝肠寸断。作者胞妹的青春夭折，正像娇艳海棠凋零残败，让人无限感怀，引发出人生短暂的悲叹。

五

顾贞立词在艺术方面颇多创获，形成了富有个性魅力的风格特征，具体表现在三个方面：以词代信的形式创新，清幽缥缈的意境创造，劲直疏朗的表情方式。

顾贞观与吴兆骞感情深挚，其《弹指词》中填制了两阕《金缕曲》，遥寄宁古塔，抒发对于吴兆骞悲惨命运的深切同情，表达一定实现营救归还的诺言，一片赤诚关怀之心溢于言表；而且以词代信的形式创新，也使顾贞观赢得词坛声誉。其实，远在江南的顾贞立早已填制了多首书信体词，如《满江红·中秋寄梁汾弟》、《水调歌头·得华峰弟信，即用其书中语》诸词，均表达了对胞弟的深切思念和来日重逢的期盼。封建时代的闺阁妇女，婚后即与旧日女伴长相阻隔，只能通过书信的方式传递感情。顾贞立与王朗、"纤月阁"女子、故园女伴等人的交往，不仅只限于感情的沟通，而且更多文学创作的欣赏和交流，其《眼儿媚·简王夫人仲英》、《菩萨蛮·病中不寐，简故园女伴》、《减字木兰花·寄女伴》、《蝶恋花·寄纤月阁》等词作，均通过以词代简的形式，表达出文学知音之间的深厚情谊，以及诗词唱和的高雅格调。

顾贞立善于运用细腻的词笔，描绘出清幽雅致的景致画面，给人以美好的艺术享受。其《采桑子》(丝丝细雨盈盈泪)词歌咏雨中海棠的景致，微风、丝雨、淡烟，营造出清丽阴郁的环境氛围，海棠轻袅在清露之中，显露出格外幽雅的韵致，令人赏玩不已。《浣溪沙》(不道韶光二月中)词刻画春日景象，则以轻柔的笔触描摹春日月色朦胧、霏烟霏雾的清丽景致，烘托出词人慵散闲淡的心绪。她还通过梦词的形式创造出缥缈的词境，其《南乡子·纪梦》词写道：

> 昨梦到瑶京，仙女飞琼花下迎。曲径回廊香拂袖，闲行。满架琴书近画屏。　　绮阁剪银灯，彤管香奁细与评。独有桂花天上句，偏清。一洗春愁秋怨情。

词人发挥丰富的想象，虚构梦境中访游月宫的美好经历，作者与仙女的交流倒像是诗词知友之间的亲密酬唱。梦境的美好使词人"一洗春愁秋怨情"，获得了精神的愉悦。《沁园春·题美人笺》词则凭藉好友的信笺，设身处地地遥想对方闺阁相思的情态："携向碧窗妆镜侧，轻唤起、盈盈翠袖擎。"画面清丽优美，想象逼真形象。她还依据梦境，虚构出两种神奇的花草，并且创作了两首自度曲《桃丝》、《翠凌波》。词前序言用优美的文笔交代了填词的缘起："壬子九月二十一日，夜梦两仙子，烟鬟云鬓，雾縠霞绡，芬芳袭人，珊珊而来，光彩耀室。遗余草二株：一枝条碧红丝，非花非叶，纤纤可爱，不与垂柳似，云是'桃丝'；一枝翠叶浅深，如梧如菊，如桂如蕖，方圆斜整，种种可异，云是'翠凌波'。因其名遂各制一词记之。"由此可见，顾贞立对花草有着痴迷的钟爱，而且运用虚幻的想象,刻画仙境中的灵花异草,创造出真幻难辨、虚实相生的艺术境界。顾贞立还借鉴北宋词人张先词法,《玉连环·问梅影》、《清平乐·问海棠影》词着意描写花卉的幽姿倒影,产生了轻约飘忽的审美效果。

作为一位自负自傲却又遭遇不幸的词人,顾贞立词往往直接抒发内心的悲愤郁苦,从而形成了劲直疏朗的表情方式。其词不多作意象堆垛,而是以气驭词、直抒胸臆,表达出断肠、惆怅之意,产生直截了当、感染人心的抒情力度。她还善于运用重叠句式等形式,造成流畅疏朗的语序节奏,例如《一剪梅》词写道:

> 九十春光半已残。诗兴阑珊。酒兴阑珊。镜中憔悴不堪看。羞画眉弯。懒画眉弯。　　涩雨悭风特地酸。不许春闲。不许人闲。年年愁病苦相关。花也长叹。人也长叹。

作品利用"七四四"句群的重叠使用,造成了一唱三叹的表达效果。其《浣溪沙》词则大量使用叠字,描写早春景致:

> 剪剪轻寒冷画屏。深深庭院语流莺。星星残梦不分明。点点香泥营燕垒,丝丝细雨洒含英。垂垂杨柳漾轻盈。

词作每句都以带有轻柔意味的叠字开头,使得整首作品都笼罩在轻盈柔丽的氛围之中,生动地展现出早春季节的景物特性。

概而言之,顾贞立《栖香阁词》以其内涵丰富的词作,展现清雅脱俗的精神格调,抒写人生失意的悲绪。其词具有鲜明的艺术个性和浓烈的情感力度,在女性词史上占有独特地位和价值。

21. 贺双卿词的独特价值

一

贺双卿，初名卿卿，又名庆青，字秋碧，清乾隆五十四年(1715)出生于江苏金坛游仙乡丹阳里(即今江苏金坛薛埠镇)一个世代务农家庭。她生性聪慧，一心向学，可惜因家贫无法就读。其舅父在她家毗邻开馆授徒，双卿便趁机常于窗外偷听，暗中诵习，悉心揣摩，所学日进。她心灵手巧，善作女红，经常将所制刺绣物品拿到街上变卖，然后购买诗词书籍回家诵读。双卿自小学习书法，工小楷，字迹清秀端妍，能于桂叶之上书写《多心经》，乡里遂以“才女”誉之。

在18岁时，贺双卿经“媒妁之言”的撮合，嫁给了金坛绡山(今金坛方山)的周姓佃农为妻。周氏家境贫寒，租种张梦觇家十亩薄田，终年劳作，仍然难以糊口。其夫不仅比她大十多岁，其貌丑陋，而且嗜赌性暴；婆婆又极为蛮横凶悍，经常打骂虐待她。繁重不堪的劳作与郁闷难诉的愁苦，击垮了双卿的身体。她得了严重的疟疾，却无钱治疗，还要带病劳作，最终不幸夭折，死时年仅22岁。陈廷焯悲叹其不幸命运，说道：“双卿负绝世才，秉绝代姿，为农家妇，姑恶夫暴，劳瘁以死。生平所为诗词……其旨幽深窈曲，怨而不怒，古今逸品也。"①

作为中国文学史上出现的第一位农民女词人，贺双卿的田家词继承《诗经·豳风·七月》以来现实主义的创作传统，形象反映了佃农劳作的艰辛。双卿嫁到周家后，承担着繁重的农活和家务，到了农忙时节，更是辛苦异常："纤手生胝，指坼隐隐，时见血痕"②；即使疾病缠身，仍得带病劳作："强自登场，湿秉僵穗，落之扬之"③。尽管周家三口终年劳作，却还是衣不蔽体，食不饱腹，"日煮韭及芋以疗饥"④；遭逢天旱洪涝、年成不好的时候，更要忍受地主加倍的盘剥，不得不靠典卖为生。双卿的辛酸苦楚都渗透在其诗词创作当中，其《和梦觇》诗写道："风吹细雨湿柴扉，十亩溪田事业微。岁旱木棉花未发，杼寒梭冷倚空机。"通过织机蒙尘、织布无成的描写，尽显家境贫寒的惨状。为了交纳地主的新租，自己不得不变卖身上仅有的嫁裙："今年膏雨断秋云，为补新租又典裙。"（《和白罗诗》其二）其《浣溪沙》词即形象地展现出麦收季节劳作的场景：

暖雨无晴漏几丝。牧童斜插嫩花枝。小田新麦上场时。
汲水种瓜偏怒早，忍烟炊黍又嗔迟。日长酸透软腰肢。

该词上片点明麦收季节的景象，下片叙述自己忙里忙外的劳作，颇类于《诗经·卫风·氓》中女主人公"三岁为妇，靡室劳矣；夙兴夜寐，靡有朝矣"的情状。特别是结末一句描写腰酸入骨的感受，极其真切地表达出身心俱疲、难以支撑的情态。她的《孤鸾·病中》词更加细致地刻画出自己身受疟疾病痛的憔悴形象：

午寒偏准。早疟意初来，碧衫添衬。宿髻慵梳，乱裹帕罗齐鬓。忙中素裙未浣，褶痕边、断丝双损。玉腕近看如茧，可香腮还嫩。　算一生凄楚也拚忍。便化粉成灰，嫁时先忖。锦思花情，

① 陈廷焯：《白雨斋词话》卷五，第134页，人民文学出版社1959年版。
② 史震林：《西青散记》卷二，第78页，中国书店1987年版。
③ 史震林：《西青散记》卷二，第77页，中国书店1987年版。
④ 史震林：《西青散记》卷三，第13页，中国书店1987年版。

敢被爨烟熏尽！东畲却嫌饷缓，冷潮回、热潮谁问？归去将棉晒取，又晚炊相近。

据史震林《西青散记》卷二记载：雍正十一年(1733)农历九月末，“天晴甚和，农者刈稻方急。穜稑如堵，妇女空室登场，昏旦操作。双卿疟益苦，寒热沉眩，面杀然而黄。其姑愈益督勒，应稍迟，辄大诟。午后，寒甚而颤，忍之强起，袭重缊。手持禾秉，茎穗皆颤。热至，著单襦，面赤大喘。渴，无所得沸水，则下场，掬河水饮之。其姑侧目，冷言相诋。双卿含笑，不敢有言”①。又云：“一日饷黍迟，夫怒，挥锄拟之。双卿归，为词一首，调寄《孤鸾》。”②上片开头几句描写疟疾发作时全身发冷，双卿心烦意乱，无心梳裹；结末又交代冷热交替的痛苦煎熬，她却不得不重新投入到家务劳作当中。“玉腕”两句通过香腮与玉腕的对比，慨叹繁重的农事劳动已令其不得不面对粗糙生活的折磨。下片表达所嫁非偶、身遭不幸的残酷与无奈，更让她倍感伤心的是：粗糙恶劣的生活严酷地摧残着作者柔美的诗心灵性。陈廷焯《词则·别调集》卷六指出：“双卿之夫横戾暴虐，粗丑不堪，双卿无憎意。一日，饷耕迟，夫怒，挥锄拟之，乃为此词。缠绵凄怨，读一生凄楚之语，谁不为之呼天邪！”

贺双卿不仅要忍受艰辛劳作、清贫家境的愁苦，而且不时受到夫暴姑虐的摧残。其夫性情暴戾，污秽龌龊，满身狐臭，“垢腻积颐项，揉可成丸，劝之沐，则大怒，双卿不敢言”③。婆婆又非常凶狠，经常打骂虐待她。尽管如此，双卿始终忍气吞声，强颜欢笑。《西青散记》卷二记载道：“(双卿)嫁村夫，贫陋颇极，舅姑又劳苦之，不相恤。双卿事之善，意虽弗欢，见夫未尝无愉色，饥倦忧悴，言笑犹晏晏也。”④她对婆婆非常孝顺，虽然自己无以为食，“日煮薔及芋以疗饥”，却“私易米为粥进其姑”；对丈夫也百般体贴，尽管自己冬日衣着单薄，仍然“自脱其所袭缊，袭其夫”。该书卷三又载：“(其夫)冬日无事，抱瓦炉，啜白酒，醺然曝背

① 史震林：《西青散记》卷二，第79页，中国书店1987年版。
② 史震林：《西青散记》卷二，第80页，中国书店1987年版。
③ 史震林：《西青散记》卷四，第47页，中国书店1987年版。
④ 史震林：《西青散记》卷二，第35页，中国书店1987年版。

坐篱下。饥渴，则坐呼，使双卿奉饮食。双卿右捧盂，左执箸，进其夫。日稍寒，拨其炉曰：'寒乎？'则暖酒以饮之。"[①]吴震生由此慨叹道："爱其色，怜其才，感其情，敬其德者也。"[②]她的孝敬之行，已经成为当时邻里学习的典范，荆振翔"诵双卿词，辄呼其女屏后听之，令知双卿苦能孝敬，效之也"[③]。

由于贺双卿"具可怜可惜、绝世独立之姿，而生于穷山荒陋无人之地，不幸配一微文薄艺"[④]，故而引起当时文人的关注和同情，如史震林、赵闇叔、张梦觇、冯薇城、陈希古、段玉函等人，多次想接触她、了解她，其中以赵闇叔尤其痴情。他趁双卿出来洗衣，便朗吟其诗，等待对方应和。双卿"浣毕，俯首安行，阖扉而入，未尝不回眸也"，"每出，则俯首垂眸，不复他视"[⑤]。《西青散记》又载："双卿素自慎重，与言，勿应也"；"（别人）佯借双卿物，承之于手，双卿禁，曰：'止'。"[⑥]董潮《东皋杂钞》卷三亦云："有盐贾某，百计谋之，终不可得。以艳语投之者，骂绝不答，可谓以礼自守，胜于张红桥、姚日华多矣。"[⑦]

尽管贺双卿贞节自守，对丈夫、婆婆百依百顺，却始终难得欢心，尤其在疟疾袭来的时候，时常遭到他们的恶言冷语，甚至拳脚相加。其《薄倖 · 咏疟》词写道：

> 依依孤影。浑似梦、凭谁唤醒！受多少、蝶嗔蜂怒，有药难医花症。最忙时，那得工夫，凄凉自整红炉等。总诉尽浓愁，滴干清泪，冤煞蛾眉不省。　　去过酉、来先午，偏放却、更深宵永。正千回万转，欲眠仍起，断鸿叫破残阳冷。晚山如镜，小扉烟锁，佳人翠袖恹恹病。春归望早，只恐东风未肯。

据《西青散记》卷三记载，双卿身染疟疾，婆婆硬逼她去舂米，她正浑身

---

① 史震林：《西青散记》卷三，第 42 页，中国书店 1987 年版。
② 史震林：《西青散记序之前》，第 2 页，中国书店 1987 年版。
③ 史震林：《西青散记》卷四，第 32 页，中国书店 1987 年版。
④ 史震林：《西青散记》卷二，第 40 页，中国书店 1987 年版。
⑤ 史震林：《西青散记》卷二，第 73 页，中国书店 1987 年版。
⑥ 史震林：《西青散记》卷三，第 12 页，中国书店 1987 年版。
⑦ 董潮：《东皋杂钞》卷三，《丛书集成初编》本。

无力，抱杵而立。丈夫说她偷懒，将其推倒，杵压于腰。她忍痛复舂，不料没照顾到火炉上煮的粥，“火烈粥溢，双卿急，沃之以水。姑大诟，摰其耳环曰：‘出！’耳裂环脱，血流及肩，掩之而泣。姑举勺拟之曰：‘哭！’乃拭血而毕炊。夫以其溢也，禁不与午餐。”①受尽摧残的双卿，在芦叶上用粉笔写下了这首“咏疟”词。此作倾诉词人孤苦伶仃、病魔缠身，却丝毫无法得到婆婆、丈夫关爱的冤屈，反而遍尝他们无穷无尽的折磨。在这恶劣环境和深重疾病的双重压榨之下，她唯有希望能够早一点“盼望春归”，脱离苦海，但是“只恐东风未肯”，则又清醒地感受到现实的无情与无奈。此外，其《一剪梅》词也反映出她带病劳作、动辄得咎的苦状：

> 寒热如潮势未平。病起无言，自扫前庭。琼花魂断碧天愁，推下凄凉，一个双卿。　　夜冷荒鸡懒不鸣。拟雪猜霜，怕雨贪晴。最闲时候妾偏忙，才喜双卿，又怒双卿。

词中三次出现“双卿”，显示出作者的自怜、自重，但是她即便重病在身，仍然有干不完的家务，婆婆、丈夫的态度却总是喜怒无常，所以她抒发出遭逢抛弃、孤寂凄凉的无限怨叹。

二

在艰难时世当中，贺双卿默默忍受着尘俗社会的折磨，采用类似“日记体”的形式，刻画日常琐细生活，抒发出红颜薄命、情感失落的苦痛。她在《湿罗衣》词中刻画自我形象，以饱蘸泪水之笔，为自己勾勒出“手拈残花，无言倚屏”的孤寂画像。她揽镜自照，惊诧于消瘦的面容：“春容不是，秋容不是，可是双卿。”简直都认不出自己来，由此突显出身遭摧残命运的可悲。其《玉京秋·自题种瓜小影》词同样表现出作者“画中瘦影，羞人难闪”的憔悴情态，透露出无限郁苦之意。《二郎神·

① 史震林：《西青散记》卷三，第6页，中国书店1987年版。

菊花》词喟叹残菊的枯萎，实则以花自喻，流露出同病相怜的人生衰残之感，名为咏菊，实乃自悼。下片写道："生受。新寒侵骨，病来还又。可是我、双卿薄幸，撇你黄昏静后。月冷阑干人不寐，镇几夜、未松金扣。枉辜却、开向贫家，愁处欲浇无酒。"词人由自己身患疟疾的苦况，想到菊花的冷落、凋零，满怀愧疚之意。结末所云，痛心于自己辜负了菊花的一秋相伴，却因家贫无酒，难以祭奠一下花魂。这凄然一叹，包含着无可奈何的愁境。如果将此首咏菊词与李清照《醉花阴·重九》中的菊花自喻相比，则可见出人生处境、精神格调上的差异。李词下片所写："东篱把酒黄昏后，有暗香盈袖。莫道不销魂，帘卷西风，人比黄花瘦。"巧妙化用陶渊明《饮酒》诗歌典故，流露出典雅文人闲逸清旷的情趣格调，同时又通过优美画面的描摹、新巧比喻的运用，抒写出贵族女子空闺独守的寂寞，体现了上层社会女子的相思愁苦。贺双卿的咏菊词，则表达出社会底层妇女的命运悲叹，情致越发凄苦，格调更加沉郁。因此，陈廷焯《词则·别调集》评价道："卿性爱菊，植野菊于破盂，春爨皆对之，为此词，凄凉宛转，可以怨矣。总无一语落恒径，所以为高。低回留恋，我不忍卒读。此词绝厚，根于性情。"

面对人生的悲剧，贺双卿无能为力，只能默默忍受着命运的摆布和打击，即如其《双调望江南》词所云："染梦淡红欺粉蝶，锁愁浓绿骗黄鹂。幽恨莫重提。""欺"、"骗"二字包含极大的意蕴。她的内心深藏着难以言传的痛楚，抒发出往事堪哀、不忍回首的深情。她的诗词或用粉书于芦叶上、吉祥叶上、月季花叶上、芍药花叶上、金凤花叶上，或以胭脂写于手帕上。她写诗词不用笔墨，而用粉、叶，"以粉易脱，叶易败也"[①]，因此其创作目的不是炫技于人、以图嘉誉，而是抒发内心的郁苦，求得暂时的平衡。她经常通过对孤寂意象的歌咏，寓托自己的婚姻不幸、人生悲叹。其《惜黄花慢·孤雁》词写道：

> 碧尽遥天。但暮霞散绮，碎剪红鲜。听时愁近，望时怕远，孤鸿一个，去向谁边？素霜已冷芦花渚，更休倩、鸥鹭相怜。暗自眠。

---

① 陈廷焯：《白雨斋词话》卷五，第134页，人民文学出版社1959年版。

凤凰纵好，宁是姻缘？　　凄凉劝你无言。趁一沙半水，且度流年。稻粱初尽，网罗正苦，梦魂易惊，几处寒烟。断肠可似婵娟意，寸心里、多少缠绵。夜未阑，倦飞误宿平田。

据《西青散记》卷二记载："暮时，(双卿)左携帚，右挟畚，自场归，见归孤雁哀鸣，投圩中宿焉，乃西向伫立而望，其姑自后叱之，堕畚于地。双卿素胆小易惊，久疾益损，闻暗响，即怔忡不宁，姑以此特苦之，乃为《孤雁词》，调寄《惜黄花慢》。"[①]词人仰望天空，触景生情，为孤雁的命运担忧，"断肠"以下数句则以雁自喻，悲叹自己所托非偶、孤苦无依的命运。一个"误"字蕴含着无限悔恨和幽愤之意。陈廷焯评价曰："此词悲怨而忠厚，读竟令人泣数行下。"[②]《西青散记》卷三载："双卿谏其夫赌，夫怒，屏之爨室。倚薪而坐，对残灯泣焉，为《残灯词》。"[③]词云：

已暗忘吹，欲明谁剔？向侬无焰如萤。听土阶寒雨，滴破残更。独自恹恹耿耿，难断处、也忒多情。香膏尽，芳心未冷，且伴双卿。　　星星。渐微不动，还望你淹煎，有个花生。胜野塘风乱，摇曳渔灯。辛苦秋蛾散后，人已病、病减何曾。相看久，朦胧成睡，睡去空惊。

作者受到极大的委屈，独处昏暗的灶房内，凝视行将熄灭的残灯，兴起油尽灯枯、人生衰残的酸楚。在这残灯相照的冷寂环境里，词人无声地啜泣，形成了深挚入骨、涤荡肺腑的抒情力量。她在三寸芦叶上写给舅父的信中说："人皆以儿为薄命，儿命原非薄也。红楼淑女，绿窗丽人，沦没深闺者，世间不少。忆夜无欢，向春难哭，桃红遽夭，竹翠长贫，岂不期人歌泣哉！……诵菊花孤雁词者，无不谓双卿怨。双卿无德，诚不能不怨，怨而不忍厌其夫，双卿可自信也。昔小青不愿生天，惟思并蒂，儿则愿来世为男子身，参断肠禅，说消魂偈足矣！"[④]双卿透过个人命运

---

① 史震林：《西青散记》卷二，第 81 页，中国书店 1987 年版。
② 陈廷焯：《白雨斋词话》卷五，第 135 页，人民文学出版社 1959 年版。
③ 史震林：《西青散记》卷三，第 12 页，中国书店 1987 年版。
④ 史震林：《西青散记》卷三，第 9 页，中国书店 1987 年版。

的可悲，为天下所有不幸的女子抒发共同的慨叹，传递出深广的思想价值，正如她在《西青散记》卷三中感叹的那样："天乎！愿双卿一身代天下绝世佳人受无量苦，千秋万世后为佳人者，无如我双卿为也。"①其《摸鱼儿·谢邻女韩西馈食》词描写自晨至暮的时间变化，抒发由期待到失望，最后转为绝望的孤寒心境。其中"相思一线，向新月搓圆；穿愁贯恨，珠泪总成串"数语，表达出无限凄苦的相思之意。

为了排遣愁绪，贺双卿信奉佛教，自求解脱，其《春从天上来·梅花》词以梅花自喻，寄托清高品格，并且抒写自己的人生追求："与蝶招魂，替莺拭泪，夜深偷诵《楞严》。有伤春佳句，酸和苦，生死俱甜。祝花年，向观音稽首，掣遍灵签。"企图通过念经修福，积善行德，得到来世好运。正因为她融情入景、寄情于物，所以产生了感人至深的悲剧力量。正如李云绸所云："吾于菊花孤雁，见幽凉之境；于月魂滴艳，见明逸之姿；于燕饥蚕病，见温柔之性；于锦思花情，见灵秀之才"；又哭双卿曰："断剑依泉，残松卧壑，哭双卿命也；名花困雨，新月藏云，哭双卿貌也。珠不升渊，玉难离璞，哭双卿才也；梅情耐雪，菊意甘霜，哭双卿德也。"②

三

贺双卿的诗词富有才情，造语不落常套，显示出高雅的内在气质。其《春从天上来·饷耕》词写得精巧别致：

> 紫陌春晴，漫额裹春纱，自饷春耕。小梅春瘦，细草春明，春田步步春生。记那年春好，向春燕，说破春情。到于今，想春笺春泪，都化春冰。　　怜春痛春春几？被一片春烟，锁住春莺。赠与春侬，递将春你，是侬是你春灵。算春头春尾，也难算，春梦春醒。甚

① 史震林：《西青散记》卷三，第 7 页，中国书店 1987 年版。
② 史震林：《西青散记》卷三，第 67 页，中国书店 1987 年版。

春魔，做一春春病，春误双卿。

词人置身于春天大自然的怀抱中，句句含“春”，物物寄情，意态沉痛，神思空灵，将青春已逝、婚姻不偶、人生失落的绵绵愁怀宣泄得淋漓尽致。她为邻女韩西送别所作的《凤凰台上忆吹箫》则在李清照《声声慢》(寻寻觅觅)的基础上，一口气运用了二十余组叠词：

寸寸微云，丝丝残照，有无明灭难消。正断魂魂断，闪闪摇摇。望望山山水水，人去去，隐隐迢迢。从今后，酸酸楚楚，只似今宵。

春遥。问天不应，看小山双卿，袅袅无聊。更见谁谁见，谁痛花娇。谁望欢欢喜喜，偷素粉，写写描描。谁还管，生生世世，夜夜朝朝。

作品充分利用语句内部的粘合性能，“大珠小珠落玉盘”似地大量叠词连贯使用，颇具抑扬顿挫、如泣如诉之美，造成了跳脱、回环的抒情效果，深为陈廷焯《白雨斋词话》所称道：“其情哀，其词苦，用双字至二十余叠，亦可谓广大神通矣。易安见之，亦当避席”①，“《凤凰台上忆吹箫》一阕，叠至四五十字，而运以变化，不见痕迹，长袖善舞，谁谓今人不逮古人?”②秋梦《绮霞轩诗话》亦云：“连用四十余叠字，脱口如生，灵心慧舌，不让易安专美于前。”

贺双卿词在当时产生了很大的影响，得到了众多文士的交口赞赏。有的为双卿塑像：“面如月，影微缺，颜如雪，色微郁，梅花神兮莲花骨，锦绣为才玉为德，此谪降人也”③。赵阍叔“舟一日行二百里，叩舷而歌双卿词”；冯薇城捧读双卿词而“怅恍变色，气息俱沉，捧而玩之，不言者终日”④；怀芳子专门请画家张辅苍到绡山为双卿写真数幅，郑痴庵则悬双卿“浣衣图”于菊花之上，“出古鼎焚香，坐其旁，鼓《凄凉操》，欲以《孤雁词》谱琴”⑤；荆振翔亦称：“吾年二十，意犹昏忽，见诗文不喜，后

① 陈廷焯：《白雨斋词话》卷五，第136页，人民文学出版社1959年版。
② 陈廷焯：《白雨斋词话》卷七，第186页，人民文学出版社1959年版。
③ 史震林：《西青散记》卷三，第4页，中国书店1987年版。
④ 史震林：《西青散记》卷二，第76页，中国书店1987年版。
⑤ 史震林：《西青散记》卷三，第1页，中国书店1987年版。

诵双卿词,若肺腑顿易,觉洪荒以来,所有感慨,俱填满胸臆","寥渺生悲,寝食为减,昼抄《西青散记》,夜则诵双卿词不眠。地多竹树,徘徊竹间,拣新篁,以佩刀刻双卿诗词殆遍"①。

清人黄燮清评析道:"双卿词,如小儿女啾啾絮絮,诉说家常,见见闻闻,思思想想,曲曲写来,头头是道。作者不自以为词,阅者亦忘其为词,而情真语质,直接《三百篇》之旨,岂非天籁,岂非奇才!乃其所遇之穷,为古才媛所未有。每诵一过,不知涕之何从也。"②贺双卿词以下层社会妇女的身份地位,描写田家生活的艰辛、婚姻不幸的悲苦、情感失落的愁怨,在李清照、朱淑真女性词作的基础上,更增语朴情真的风貌特征,其价值正如康正果所云:"她们(指李清照、朱淑真)的情调代表了古代闺秀诗词的普遍倾向,这种'诗化的痛苦'与普通的劳动妇女在贫困而粗野的生活中经历的人生惨剧尚有很大的距离。在整个中国诗歌史上,也许只有清代女诗人贺双卿一人在她的作品中反映了下层妇女的悲惨世界。"③

① 史震林:《西青散记》卷四,第30页,中国书店1987年版。
② 黄燮清:《国朝词综续编》卷二二,《四部备要》本。
③ 康正果:《风骚与艳情——中国古典诗词的女性研究》,第336页,河南人民出版社1988年版。

22. 熊琏词的精神追求

一

熊琏(1759—?),字商珍,号澹仙,亦号茹雪山人,江苏如皋人。自幼许配同里陈遵,"遵旋得废疾。遵父请毁婚,琏坚不可,卒归于陈,慕德者贤之"[①]。熊琏雅擅诗词文赋、音乐丹青,作品有《澹仙词钞》四卷、《诗钞》四卷、《赋钞》一卷、《文钞》一卷,以及《澹仙诗话》四卷,是清代中期杰出的闺阁才女。

黄洙《澹仙诗文词赋钞跋》云:"澹仙少失怙,事母至孝,弱龄受书,能文章,胜男子。既长,学益进,归于陈夫子。伤其茶莒,兼以业中落,舅姑既下世,乃常归依其母,晨夕侍养,如未出室。"这段介绍概括了熊琏悲苦失落的一生经历,其中"伤其茶莒"道出了其婚姻生活的悲剧。作为一位平民女子,熊琏红颜薄命,一生贫寒,嫁给了身患"废疾"的夫婿,彼此之间也缺乏精神的沟通,即如袁枚《随园诗话补遗》卷四中称她"所天非解事者",法式善为熊琏的题诗里也有"宁似伯鸾偕德耀,难同徐淑寄秦嘉"之语,可见他们夫妻之间琴瑟不谐。虽然出于封建婚姻伦理的坚守,熊琏对其夫婿不离不弃,但是婚姻悲剧的阴影始终笼罩在她

① 徐乃昌:《小檀栾室汇刻闺秀词》第六集,清光绪二十二年(1896)刻本。

的心头，成为其人生悲剧的重要内容。

熊琏幼年失怙，得到了寡母含辛茹苦的慈爱和抚育；成婚后，虽然大家离母家不远，却时常令其产生“十里亦天涯”(《生查子》)的隔绝之苦；回想起慈母以前在“萱堂纺织抚丁零”(《鹧鸪天》)的感人身影，越发痛感深恩未报的歉疚焦虑。归家后，熊琏“贫不能给，半生依母弟居，以诗赋自遣”①。慈母得疾下世后，熊琏悲痛万分，据黄洙《澹仙诗文词赋钞跋》称：“母卒，澹仙和泪以血述母生平，为哀挽词十首，洙尝读之而不忍终篇也。”例如《百字令·忆母》词写道：

惊心触目，记去年此际，高堂痛苦。别后凄惶多少事，更与何人细数。大梦醒时，爱缘断否？竟忍飘然去。画图空挂，依依相对无语。　　便是海北天南，追寻有路，泉下知何许！血泪一笺谁与寄，风送纸灰如雨。望影摹声，疑踪问迹，梦里浑难据。魂招不返，五更凄断钟鼓。

此词当是词人在母亲逝世一周年忌日所作。上片描绘面对母亲遗像，追忆其弥留之际痛苦万分的情状、依依诀别的凄楚，倍感斯人已逝、形影相吊的孤寂。下片倾诉作者在慈母逝后血泪哭祭、招魂难觅的悲怆，情感激切，凄婉动人。她的另一首《百字令·书感》词也写得情味痴绝、撼人心魄：

终天抱怨，记床前执手，殷勤数语。频说掌中珠可惜，误使它年失所。生既伤心，死难瞑目，渺渺成今古。深恩未卜，何时能返乌哺。　　几回哭杀西风，泪残冷月，落魄身无主。泉下长瞑呼不醒，谁念儿家辛苦？事有千端，肠应百折，多少难言处。黄昏独立，灯前数尽秋雨。

作品上片细描慈母临终遗言，充满对生逢不幸的女儿难以割舍的伤心、牵挂之情，令作者愧疚万分；下片写词人于慈母逝后的无限伤怀，骨肉深情，肺腑之言，呼天抢地，感人至深！

---

① 恽珠：《国朝闺秀正始集》，清道光红香馆刊本。

在如此冷漠的人世间，熊琏倍感孤寂无助，于是通过伤春悲秋词作的书写，流露出沉痛的身世慨叹，创造出幽冷悲楚的境界。其《好女儿·春闺》词写道：

苔雨初干，窗日犹寒。独自凄凄无一事，但凝伫、空帘低徊。深院徙倚回栏。　　又是去年时候，魂欲黯，梦将残。怎有限时光无限怨，为杨柳情牵，桃花命薄，梅子心酸。

词人独处空闺，孤苦伶仃，凝伫空帘，深院低徊，悲叹时光流逝，愁绪满怀，红颜命薄，黯然心酸，字里行间充满着无限孤寂凄楚之意。他如"春去，春去，飘尽一溪红雨"（《如梦令·野桃》），也抒发出人生迟暮之感。她的词着力描写秋景、秋声和秋意，如《鹊桥仙·早秋》、《点绛唇·秋望》、《长相思·秋词》、《浣溪沙·秋况》、《浪淘沙·秋感》等，还描摹缥缈的秋梦、秋魂，如《鹧鸪天·秋梦》、《踏莎行·秋魂》等。她往往通过秋日荒寒萧瑟景致的刻画，渲染出衰飒凄寂的情感氛围，塑造出茕茕独立、愁绪万端的词人形象。例如《浣溪沙·秋况》词写道：

冷境谁将冷笔描？愁人百感鬓先凋。梦回一缕篆烟飘。荒砌风凄虫语碎，海棠红惨蝶魂消。催寒疏雨又潇潇。

整首作品以"冷"字为词眼，细腻描写梦回之际的凄冷感受，透过清冷荒寂的景物刻画，渗透着无限酸楚之意，营造出幽约凄迷的"冷境"。《浪淘沙·秋感》词同样通过惨切的秋景，抒写出词人深重的陡然惊秋之情和浮生穷愁之叹："催白少年头，第一穷愁，苍山不改水长流。滚滚浮生如梦里，驹隙弥留。"笔力雄健，思致悠远，丰富和深化了悲秋的内涵，也突破了传统闺秀悲秋词的俗套。

在身世咏叹之词中，熊琏努力超脱现实的苦难，往往流露出人生如梦的意绪，因此况周颐《玉栖述雅》称澹仙词"多了悟语"。其《金缕曲·偶成》词写道：

暮雨萧萧冷，背昏灯、掩卷徘徊，怆然思省。浮世悲欢同一梦，几个邯郸佳境。也休怨、黄粱催醒。闻道凄凉归觉路，把残钟断鼓留心领。诸想幻，太虚静。　　春光未远秋光近，怎禁它、雁背霜浓，芦花风紧。从古多情人易老，况是工愁善病，先白了飞蓬两鬓。彩笔生花浑艳绝，付文通只写千秋恨。今古事，凭谁问？

词人于暮雨昏灯的幽冷环境中掩卷思省，慨叹浮生如梦，世事虚幻，又感喟时光流逝，人生易老。如许人生的感触，都令"工愁善病"的女主人公身心交瘁，与当年留下《恨赋》的江淹抒发出千古会心的悲叹。她在《百字令·有感》词中，感伤世事，眉头紧锁，肝肠寸断，面对人生的坎坷，只得勉强高卧，随缘自慰。她"试问繁华春梦里，几个风流人物？花月凄凉，文章歌哭，今古无分别"，千古以来的文人豪士共同抒发出怀才不遇、壮志成灰的悲凉。结末两句"英雄眼冷，等闲白了华发"，笔力苍劲，情调凄怆，字里行间充满着词人抑郁不平之气。

二

作为一位富有才情的女性，熊琏面对悲惨的人生，时常表露出倔强和理性，在其词作中往往呈现出强烈的自我意识、不凡的自我期许。她的《凤凰台上忆吹箫·病中不寐》词写道：

灯昏斗帐，叶响空阶，虚壁风来枕底。正痛苦无端，凄然欲涕。种种旧恨新愁，都并在、五更钟里。怎禁它，梦又难成，起还未起。　　如此烁骨销魂，问弱息何堪，浮生有几？想落落乾坤，茫茫青史。多少锦绣心传，幸千古才人不死。且强自、拥被清吟，放怀高寄。

词人空闺独居，彻夜难眠，备尝旧恨新愁的折磨，感叹浮生短促之悲。然而"幸千古才人不死"，则流露出作者自矜自负的情怀，她索性"拥被清吟，放怀高寄"，突显出清超高迈的达人形象。同样的情感还见于其《金缕曲·抒怀》："百首新诗谁击节？付与自吟自叹。定有个、千秋青眼"、《满庭芳·题黄楚桥先生古春园图》："幸千秋不朽，只有文章"，对于自己的才华充满着自信、自豪，并且寄希望于千秋万岁的异代知己。

她还擅长将身世感慨打并入咏物词内，寄托自己的人格精神，如《祝英台近·残菊》词云：

> 酒樽闲，诗侣散，寂寞锁深院。冷蝶寻来，尚有几枝颤。可怜风紧霜浓，东篱秋老，愁杀个渊明无伴。　相思怨，眼前多少凄凉，空自付归雁。休说销魂，人瘦有谁管？趁它疏影残香，余情同诉，依旧把黄昏帘卷。

作品歌咏残菊，巧妙化用了陶渊明《饮酒》诗“采菊东篱下，悠然见南山”、李清照《醉花阴》词“莫道不销魂，帘卷西风，人比黄花瘦”等名句，既抒写出凄寂憔悴之苦，也表现了清高自守、不媚流俗的气韵格调。又如其《花心动·木香花》词描摹木香花生性萧散，甘居清幽僻静之地：“林下风情未远，纵富贵何辞，也甘贫贱”、“须知道，生来野性萧散”，保持不染尘俗的品质：“淡香飘向无人处”、“殿春芍药同时放，不羡它雕栏画槛”。词人以花自喻，流露出自己不慕容华、洁身自好的高尚情操。此外《金缕曲·牡丹》、《沁园春·题蒲塘女史邹怀洁画菊》、《满江红·秋蝶》等词作中，也通过体物写志的方法，形象地展现出作者的人生追求和精神气质。

尽管熊琏具备卓越的才识和过人的才情，但是逼仄的生活环境使她始终才无所伸，时时感受到来自社会、家庭的种种压力，承受着沉重的精神痛苦。因此她在《贺新凉·感怀》词上片开头写出百无聊赖的焦躁、激愤之举：“把卷无心读，已拚着、烧琴煮鹤，锄松砍菊。”作者之所以如此烦闷，是由于内心感到无限绝望，生发出红颜薄命的怨叹：“不是才人多挫折，自信生来薄福。”此外，其《忆秦娥·闲情》词中所云“天高有梦难寻觅，瑶琴一曲无人识”，也流露出知音难觅、无人共赏的悲哀。

严迪昌先生《清词史》评价熊琏词的情感世界，指出：“文人怀才不遇之悲愤，曾经有多少文字写它、表现它，熊琏以女性手笔竟能为之大挥清泪，这才真正印合着‘青衫红妆’、千古同悲之说了。”[1]熊琏以书画为伴，与志趣相投的男性文人酬唱赠答，形成师友关系，其中包括有句惊人而无钱使鬼的江片石，有壮志青云却才运冷落的黄楚桥，有文章绝世但穷愁潦倒的吴退庵，有醉心苦吟却孤苦伶仃的黄艮男，有才高命蹇的失路英雄吴梅原等等。在其《澹仙词钞》内，创作有题画赠答词三十首，描绘了众多男性文士的品性、才情，同时也表达出怀才不遇的悲凉。其《沁园春·题片石夫子独立图》词写道：

> 有句惊人，无钱使鬼，与水同清。望长空万里，萧萧暮景；荒原一带，浩浩秋声。胸里奇书，意中往哲，此外何妨影伴形。余何有，有奚囊锦灿，彩笔花生。　　词流从古飘零，惟挥洒千言舒不平。叹青云梦冷，才人薄命；红尘福浊，竖子成名。门掩疏灯，村丛黄竹，风冷霜高鹤自鸣。谁堪拟，似苍松独秀，皓月孤明。

这首题画词中的片石夫子，指熊琏的业师江干。作者称颂恩师德行高尚，文才出众；慨叹他飘零不遇，潦倒终生。结末歌赞其品格如同“苍松独秀”、“皓月孤明”，始终保持清高自守、不随流俗的节操。恩师逝世后，熊琏悲痛万分，其《满庭芳·追怀业师江片石先生》词抚今追昔，无限感怀：“斯文同骨肉，千秋师友，不语寒温。但相逢一叹，欲哭声吞。一自玉楼仙去，知音绝，没个评论。从今后，烟霞杖履，无复过柴门。”进一步抒发出先人已逝、知音断绝的无限悲楚，字里行间充满者深挚的悼亡之情。

其《沁园春·题徐湘浦世叔临江观弈图》词真切地描摹徐观政(即徐湘浦)临江观弈的神态，该词下片有云：“笑争心纸上，谁甘退后；旁观局外，我转偷闲。放眼高瞻，开怀远寄，万顷苍茫映碧天。披图画，知宦情如水，总付云烟。”透过弈棋的互不相让，联想到人世间的勾心斗角、劳心伤神，徐观政却冷眼旁观，寄心尘外，显得与世无争、潇洒旷放，展现出一位心胸坦荡、自甘淡泊的高士形象。又如小令《望江南·题黄楚桥先生独立图》刻画黄楚桥先生独立苍茫的悲怆形象，渲染出才高不

---

① 严迪昌:《清词史》，第550页，江苏古籍出版社1990年版。

遇、遗世独立的失意情怀。其中所云“今古才人都冷落，一腔歌哭付文章”，既是表现黄楚桥先生的人生悲叹，又将这份“冷落”之情扩展到古往今来所有怀才不遇的才人身上，进一步增强了感情抒发的深度和力度。词人自己也同这些命运坎坷的男性文士一样，遭受到贫穷落魄的悲剧命运，抒发出同声一气的哀怨悲愤。

熊琏还将对自己命运的哀叹，拓展到对封建时代女性共同命运的感伤。况周颐《玉栖述雅》记载她“有感悼词数十首，曰《长恨篇》，皆为金闺诸彦命薄途舛者作”①，并为之寄调《金缕曲》：

> 薄命千般苦。极堪哀、生生死死，情痴何补？多少幽贞人未识，兰消蕙杳荒圃！埋不了、茫茫黄土。花落鹃啼凄欲绝，剪轻绡、那是招魂处？静里把，芳名数。　　同声一哭三生误。恁无端、聪明磨折，无分今古。玉貌清才凭吊里，望断天风海雾。全未入、江郎《恨赋》。我为红颜聊吐气，拂醉毫、几按凄凉谱。闺怨切，共谁诉？

词人有感于广大女性备受折磨的悲惨命运并没有被书写、被重视，所以要“为红颜聊吐气”，为她们倾诉、呐喊；与此同时，她也是借他人之酒杯浇自己的块垒，尽情地倾诉自身内心的郁苦。她歌咏历史当中西施、昭君、虞姬的不幸遭遇，也哀悼过出身卑微、嫁后夭折的陈氏女（《百字令·吊陈氏女》），闻邻家女归宁别母悲啼而为之恻然（《满江红·邻女归宁未几别母悲啼闻之恻然》），又曾为富家女子的婚姻不幸而感慨（《沁园春·富家女嫁归海上风景之苦闻而感赋》）。她似乎成为了不幸妇女悲惨命运的代言人，在对她们表达深切同情之时，也流露出对于造成如此悲剧结局的封建制度的怀疑和否定。

况周颐在《玉栖述雅》中高度评价熊琏的高雅人品：“熊澹仙凛冰蘖之贞操，振金荃之逸响，一洗春波纨绮，近于朴素浑坚。”②她遭遇人生的诸多不幸，却能以高傲的才华期许、倔强坚韧的性格，比肩男性文士，

① 况周颐：《玉栖述雅》，唐圭璋《词话丛编》，第 4615 页，中华书局 1986 年版。
② 况周颐：《玉栖述雅》，唐圭璋《词话丛编》，第 4616 页，中华书局 1986 年版。

理性地思考人生的价值,流露出清超高远、独立不羁的人格追求,同时也抒发了才人命蹇的悲哀。她的词作较之古代大多数女性词人,显得更富力度,风格也愈发刚劲豪健,具有独特的个性和价值,正如况周颐所云:"(熊词)清疏之笔,雅正之音,自是专家格调。视小慧为词者,何止上下楼之别。"①

① 况周颐:《玉栖述雅》,唐圭璋《词话丛编》,第 4616 页,中华书局 1986 年版。

23. 庄棫词的艺术价值

庄棫(1831—1878),一名忠棫,字希祖,号中白,又号蒿庵,江苏丹徒(今江苏镇江)人。出身富贵门第,后家道中落,一生无功名。治《易》、《春秋》,兼通天文、历法,曾被曾国藩延至淮南书局,校勘经籍。著有《蒿庵遗稿》,词甲、乙稿等。其词与谭献齐名,朱孝臧合题二家词集云:"皋文说,沆瀣得庄、谭。感遇霜飞怜镜子,会心衣润贵炉烟,妙不著言诠。"[1]据此可知,庄、谭并为常州词派之后劲。

清季词坛派别林立。先由陈子龙、李雯的云间词人群,一分而为兰陵、扬州等四大词人群。这些词人群体皆宗法晚唐五代及北宋。而后康熙词坛兴起了宗法南宋的两大词派,即陈维崧领导的阳羡词派和朱彝尊领导的浙西词派,或得之于稼轩的豪放,或收益于白石之纯雅。这些风格的形成,扭转了明词淫艳鄙俚的陋习,提高了词品。及至乾嘉年间,张惠言、恽敬创立常州词派,推尊词体,讲求词的立意与寄托,标举婉而多讽、深美闳约的词风,使词由"艳科"、"小道",一变而成为抒发封建末代知识分子失落感伤意绪的重要媒介,提高了词的意格,使之具备了诗教的功能。常州词派经由周济、谭献、庄棫、陈廷焯、王鹏运、况周颐、朱祖谋等几代词人的共同努力,逐渐形成了独特的词学理论体系与创作风格,遂得以主盟晚清词坛。而庄棫在其间,继承了比兴寄托的词派传统,启发了陈廷焯沉郁敦厚的词学理论,并以自己的创作实践丰富

① 朱孝臧:《彊村语业》卷三,《彊村遗书》本。

了理论主张，具有独特的艺术价值。

词是一种软性文学体裁，由于自身参差、倚声的特点，以及历来被用以描写花前月下、歌咏男女性情的约定俗成，因而几乎成了浮花浪蕊、柔靡侧艳的代名词。要想全盘否定或改造词体固有样式来服务于纯儒诗教，这是难以想象的。常州词派正是着眼于词体婉曲的形式适于表现人物幽约怨悱情绪的特点，故而主张以香草美人、男女哀乐为词面依托，抒灵均之遗则，系世道盛衰之感慨，讽政教以谏得失，因而不失雅诗怨悱不乱的风度。这就是张惠言的"深美闳约说"。谭献则拈出"柔厚"二字以概括其审美经验与审美意识。所谓"柔"，就是要运用深微婉约、委曲以致其情的手法去表现优美、软媚的形象和意境。所谓"厚"，一方面指蕴藉深厚，重立意，求寄托；另一方面，指语言庄雅、敦厚而不流于雕琢破碎。因此谭献的"柔厚说"比之"深美闳约说"，便多出一份雅致来。况周颐的"重、拙、大"说，强调于烟柳斜阳之中，寄寓故国神思，抒写麦秀黍离之慨，进一步发展了常州词派学人之词的审美倾向。同样地，庄棫词论及其创作与上述理论互为犄角，异曲同工，并有多方面的展示。

张惠言《词选序》云："贤人君子幽约怨悱不能自言之情，低徊要眇，以喻其致。"庄棫亦承此"低徊要眇"的理论主张，认为词虽托志帏房，而意却眷怀君国。因此在他的词中往往通过精巧、软媚的外在形式，突现孤独的个体形象，抒发得失离合之感，构成了含而不露、令人寻味的沉郁风格。陈廷焯《白雨斋词话》评曰："究其（庄词）得力处，则发源于《国风》、《小雅》，胎息于淮海、大晟，而寖馈于碧山也。"[①]庄棫言情词，语汇、格律学于淮海、清真，明净轻灵如淮海，沉郁凝重学清真。他的词作擅以浅墨淡抹出一层晕染，如其《思佳客》词写道：

> 一曲歌成酒一杯，困人天气好亭台。沉沉春昼斜飞雨，寂寂闲门乱点苔。　　花几簇，锦千堆。落红成阵映香腮。不如却下帘儿坐，自看同心七宝钗。

① 陈廷焯：《白雨斋词话》卷五，第 114 页，人民文学出版社 1959 年版。

作品上片写景，首两句化自晏殊《浣溪沙》“一曲新词酒一杯，去年天气旧亭台”，而着一“困”字则倦怠之意顿生。接下来绘景即为落花、春雨、闲门、苍苔，点出意象之凄凉。下片写人，“落红成阵映香腮”，既含惜春之情，更有美人迟暮之感。末句写事，由观信物而添愁绪，则含蓄蕴藉、回环宛转。

又如《定风波》词云：

为有书来与我期。便从兰杜惹相思。昨夜蝶衣刚入梦，珍重，东风要到送春时。　　三月正当三十日，占得，春光毕竟共春归。只有成阴并结子，都是，而今但愿著花迟。

此词由情人的书信而展开遐想，显得缠绵悱恻。其中既有对情人的深挚关怀，又有对彼此相会的热切期待，更有对未来不测命运的难言忧惧。词人都欲明言而又止，暗含着不可不言又不可明言的情事。末句化用杜牧《叹花》诗典，设想对方“成阴结子”而忧虑怨抑不堪，“只有”、“都是”、“但愿”连用，极显其曲折顿宕之心境，可见其吞咽之情。所以陈廷焯评曰：“蒿庵词有看似平常，而寄兴深远，耐人十日思者，如《定风波》……暗含情事，非细味不见。”①

因此，庄棫从秦观、周邦彦的词中学到了外在表现的技巧和表达婉转情致的方法。而其目的，不止于此。填词言情为当行本色，而词家高手自能跳出一己之儿女私情，拓开一番境界。庄棫就往往在言情词作中暗抒个人意志，例如其《蝶恋花》四章，连缀成篇。起章蓄势，写一次偶然的男女邂逅却又无缘接近，“回头不觉天将暮”暗含着内心的怅恨之情，而“凝睇窥君君莫误，几多心事从君诉”声情酸楚，却又哀而不伤；似欲和盘托出心迹，终又无从诉情。次章逗出男女情事，青春的萌动（“握手匆匆难久恋”），羞怯的心理（“还怕人知，但弄团团扇”）以及美好的祝愿（“归时莫把朱颜变”），都烘托出女主人公初恋时的喜悦之情。三章写别后怨慕，用“帘前错唤金鹦鹉”的动作刻画，点出男女情事的陡转；以“百草千花羞看取，相思合有侬和汝”的心绪流露，点出女主人公

① 陈廷焯：《白雨斋词话》卷五，第121页，人民文学出版社1959年版。

绝望而又坚贞之心。末章终于分手，决然离去，下片末句“过眼芳华真太促，从今望断横波目”，天长地久之恨、海枯石烂之情，只以平和道出，愈益显出其内心幽怨的深切。此词明为言情，实质寓有词人自身屡为谗人所间的人生遭际与感慨，而以儿女私情、香草美人离合之思为外表，以掩饰内心郁闷的情愫，令人浑然不觉。

陈廷焯评庄棫词“匪独一代之冠，实能超越三唐两宋，与风骚、汉乐府相表里，自有词人以来，罕见其匹”①。此语虽推誉过重，亦指出了庄词意旨所归。在他的词中，总有落寞而略带惆怅的情调，也总有一个踽踽独立的抒情主人公形象来暗抒自已身世飘零、怀才不遇的喟叹，例如《相见欢》词所云：

深夜几处啼鹃，梦如烟。直到梦难寻处倍缠绵。　蝶自舞，莺自语，总凄然。明月空庭如水似华年。

上片开头围绕“梦”字起笔，月明之夜，独卧孤榻，风拂修篁，宁静幽雅。这时杜宇声声，好梦难寻，只有清风苦竹相伴，倍增失落惆怅之感。“缠绵”两字既是梦中情之缠绵，也是梦醒时分体味之缠绵，实则隐含人生变故的可悲，剩下的只是对往昔无尽的追忆；着一“倍”字，揭示了深刻的人生体悟。下片由寻梦转入抒情。前三句化用李商隐《锦瑟》“庄生晓梦迷蝴蝶，望帝春心托杜鹃”之意，独蝶作凄迷之舞，孤莺发啼血哀音。“自”是空自、自然之意。蝶、莺的自然之凄与词人无限的悲感、难言的冤愤通过一个“总”字勾连起来，正寄托了词人为青春易老而慨叹的复杂、微妙的心绪。情之所郁，积于心胸；而春花秋月，明艳依旧。末句在凄情已露的前提下，发出了一声释然的叹息。此句可分为两个层次，首先是“明月空庭如水”，皎洁的月光静照在空寂的庭园中，就像流水一般泻在花树之上，也映照在词人的鬓发上，像染上了一层素白的寒霜。正是在如此静穆的如水月华中，词人转入了人生的深味、哲理的玄思：“明月空庭如水似华年”。明月年年照芳芷，空庭残垣依旧，而青春不再；流水无情，逝者如斯，它寄予了词人万般无奈的感情，传达出人生

① 陈廷焯：《白雨斋词话》卷五，第114页，人民文学出版社1959年版。

短促的思想倾向。在这里，孤庭之空与孤心之空达成了一种契合，体现出词人沉重的寂寞感、失落感。一笔宕出愁绪，显得用意深远，故陈廷焯评其词“用意用笔，超越古今，能将《骚》、《雅》真消息，吸入笔端，更不可以时代限也”①。由此可见，庄词意承骚、雅精神，表现孤愤幽愁，独抒人生感慨，于花间、尊前之外，独标一番境界。这也类同于陈廷焯所提出的“忠厚为体，沉郁为用”词学主张，也就是在把温柔敦厚的诗教融汇于思想品质与创作实践中，利用词“体小”、“声哀”的特性，将郁积的哀怨情绪，借助幽深的意象、一唱三叹的方式表现出来。

庄棫词不乏个人身世之感的抒写，而更多的是表达麦秀黍离之慨，也就是“寝馈于碧山”。他尝云：“悟得碧山，而后可以穷极高妙。”②在创作中，也努力追求王沂孙质实、致密的风格，如其怀古词《高阳台》写道：

> 长乐渡边，秦淮水畔，莫愁艇子曾携。一曲《西河》，尊前往事依稀。浮萍绿涨前溪遍。问六朝、遗迹都迷。映玻璃，白下城南，武定桥西。　　行人共说风光好，爱沙边鸥梦，雨后莺啼。投老方回，练裙十幅谁题？相思子夜春还夏，到欢闻、先已凄凄。更休提，烟外斜阳，柳外长堤。

作品化用南宋词人诸典追忆金陵往事，吊古伤今之感今融入萧瑟景致之中：山青水碧，粉黛烟迷。末句更迭一层，尽写骀荡怨抑之境。此词与碧山词《长亭怨慢·重过中庵故园》词极写兴亡之叹，自是一脉相承。

庄氏身处封建末世，亲历沧桑之变，对过去那些音节激楚、怆怏郁伊，表现易代情绪的词作容易产生情感上的共鸣；而且他有意识地在创作中去追求一种与之相似的哀怨悱恻的艺术境界，因此他的一些怀古词更增添了一层忧国怀故的情绪，涂染上了南宋遗民词人失落凄凉的格调。故而他在《中白词》自序中云：“向从北宋溯五代十国，今复下求

① 陈廷焯：《白雨斋词话》卷五，第118页，人民文学出版社1959年版。
② 陈廷焯：《白雨斋词话》卷五，第115页，人民文学出版社1959年版。

南宋得失离合之故。”[1]概言之，庄词撷取众家之长，把灵均之遗则，五代十国之情事，北宋之疏淡雅洁，南宋之深情幽绪集于一身，并曲折地表现出来，抒发伤已之叹、怀古之情，体现骚雅文学的传统，实践了常州词派沉郁柔厚的理论主张。

相应于意格高远的主题追求，庄棫词尤喜言比兴寄托的艺术表现手法，他在《叙复堂词》中指出："夫义可相附，义即不深，喻可专指，喻即不广。”[2]意在强调词中寓意的模糊性，提倡词人以深隐含蓄的语言，借助香草美人、晓风残月等抒情形象（言外），将家国身世之感、磊落不平之气和丰富复杂的心理情绪（意内），自然和婉而不留痕迹地表现出来，达到意内与言外的水乳交融，这就形成了主题表现、审美意象的朦胧性。他运用比兴多为触景生情或因情取景，例如《思佳客》词整个上片皆写凄苦的春雨景致，下片人物也在景中映现，以伤景衬哀情，愈益酸楚。另如《浪淘沙》词写道：

> 衰柳暮栖鸦，楼畔残霞。珠帘半卷玉钩斜。只有个人帘外坐，今日谁家。　　旧事漫嗟呀，镜影窗纱。音书字字记无差。说不尽时抛却去，流水天涯。

此词诉男女情思？抑或抒人生感叹？不能确知其所指。词末言尽而意无穷，令人寻味不已。这样，词面意义与内在意旨之间存在着一定距离，外部形象与内在精神若即若离。而这种内外距离掌握得恰如其分，就收到了含蓄隽永、寄意深远的艺术效果。庄词由于强调意在笔先、以意逆志，因而着意寻找适于表达意绪的典型物象，缘情而布景，运用渲染、烘托的手法造成一种特殊的氛围，并且不断地进行时空的变换。如其《相见欢》词中啼鹃、春梦、独蝶、孤莺、明月、空庭这些意象，都是服从于主题表达而人为设置的时间上的变换和空间上的迁移，这就给人造成了一种迷离恍惚、应接不暇的感觉。

任何一种文学样式都有一个典雅化、形式化的过程，一旦它过于注

---

① 庄棫：《中白词》，《清名家词》本。
② 陈廷焯：《白雨斋词话》卷五，第 115 页，人民文学出版社 1959 年版。

重形式的追求，也便接近了自身艺术的寿终正寝。庄棫填词强调性情修养与学问积累，注重蕴藉深厚、情真理足，必然导致词向质实、致密的方向发展，具备学人之词的特点。庄词注重用典，例如《定风波》词中“为有书来与我期，便从兰杜惹相思”，词语化自楚辞“沅有芷兮澧有兰”、“山中人兮芳杜若”诗句，实又暗借《古诗十九首》“涉江采芙蓉，兰泽多芳草。采之欲遗谁？所思在远道”之诗意；“蝶衣入梦”又化用《庄子·逍遥游》“昔者庄周梦蝴蝶，栩栩然蝴蝶也”；“只有成阴并结子”，当然是引自杜牧《叹花》诗本事，也化用辛弃疾《摸鱼儿》“惜春常怕花开早”词句。他用典以隐藏本意，显得委婉悱恻，情韵华美幽雅，使词意更具普遍性、朦胧性、深刻性。这是为其比兴寄托的艺术追求服务的，但是用之过甚，自不免渐失本色，落入俗套，最终归为堆砌晦涩。

总之，庄棫注重比兴手法的运用，强调意内言外、意在笔先、以意逆志，讲求沉郁的风格，提高了词品，使之上承《骚》、《雅》，独抒个性，并且表现重大的政治社会感情。这样的主题追求和艺术表现是值得肯定的。但是他视比兴为至尊，过分地强调它，进而形成词的艺术表现及体制上的固定模式，又以这种模式为标准来衡量、批评其他表现风格与手法的作品，就不免失之片面。由于这些词所暗示或寄托的思想感情与其所赖以暗示或寄托的艺术形象之间的内在关联，被不同读者去附会寓意，作不同的理解和诠释，引导读者走进迷宫，这就使庄棫词从强调词的沉郁内容入手，醉心于隐约意义与词面意义的双重建构，而逐渐为符号化的内容、意象所束缚，终于步入形式主义的魔障。这是庄棫词的教训，也是常州词派的一大失处。

24. 金陵怀古词的文学生成及表现

一、历史记忆:六朝如梦王气终

钟山毓秀,扬子滔滔,潮打故国,凤去台空。古往今来,先后有东吴、东晋、南朝宋、齐、梁、陈、南唐、明初朱元璋和南明弘光朝、太平天国、中华民国等十余个统治政权建都于古城金陵,遂使之成为中国著名古都。但是这些王朝国祚短促,往日的风流随着雨打风吹去。人们不断地怀古追昔,向往故国的旖旎繁华,在历史的记忆片断中寻找沉痛的沦亡教训,这也使得金陵文化带有更多深厚的历史底蕴和沉稳典雅的风格。

"江南佳丽地,金陵帝王州。"(谢朓《入朝曲》)金陵古为吴国地,相传春秋末吴王夫差曾冶铸于此,因有冶城之称。公元前 473 年,越灭吴,范蠡于此筑土城,后世称越城。公元前 333 年,楚灭吴,设金陵邑。秦改金陵为秣陵。乐史《太平寰宇记》卷九〇"升州"条云:"《金陵图经》云昔楚威王见此有王气,因埋金以镇之,故曰金陵。秦并天下,望气者言江东有天子气,乃凿地脉,断连冈,因改金陵为秣陵,属丹阳郡。故《丹阳记》云:始皇凿金陵方山,其断处为渎。则今淮水经城中入大江,是曰秦淮。"①东

① 乐史:《宋本太平寰宇记》卷九〇,第 94 页,中华书局 2000 年版。

汉建安十三年(208),诸葛亮使吴经此,观察地形,评价曰:"钟阜龙蟠,石头虎踞,此乃帝王之宅"①。所谓金陵王气,正是指此地拥有长江天堑,三面环山,石头城虎踞大江之滨,如此雄伟险要的地理优势,天然具备成为政治军事中心的条件,适宜于此建立都城。建安十六年(211),东吴孙权将京城(今江苏镇江)徙治于此,翌年改称建业,依山临江筑城,后世称石头城,此后又于其东修筑建业城,在北部筑后苑城,后名台城。永嘉东渡,于此建立东晋;此后宋、齐、梁、陈均建都建康,史称南朝,与前之孙吴、东晋合称六朝,故金陵有"六朝古都"之称。公元589年,隋军攻陷建康,杨坚下令毁城,六朝古都化为废墟,仅存石头城,设蒋州。初唐王勃《江宁吴少府宅饯宴序》概括了金陵历史的兴衰:"蒋山南望,长江北流。伍胥用而三吴盛,孙权困而九州裂。遗墟旧壤,数万里之皇城;虎踞龙盘,三百年之帝国。关连石塞,地实金陵;霸气尽而江山空,皇风清而市朝改。昔时地险,实为建业之雄都;今日太平,即是江宁之小邑。"

东晋时期,金陵经济发展迅速,交通便利,商业繁荣,玄武湖、鸡鸣山、覆舟山一带辟为皇家园林区。王、谢等大族聚居于乌衣巷、朱雀桥一带,并均建有后园,日夜游赏。谢安与王羲之共登冶城,"悠然远想,有高世之志"②,诗人郭璞、孙绰,画家顾恺之、戴逵,书法家"二王",小说家干宝等均曾游居建康。齐、梁之际,建康已是拥有百万人口的全国最大城市,秦淮河沿岸大小市场百余处,街景繁阜,经济发达。海上交通便利,贡使商旅方舟万计,波斯、印度、日本、高句丽和东南亚诸国,均有商人、使者前来。梁武帝时,穷奢极欲,广建宫室城垣,且虔诚佞佛,城内外佛寺多达七百多座,杜牧《江南春绝句》即云:"南朝四百八十寺,多少楼台烟雨中。"陈代后主叔宝愈加放荡奢靡,大兴土木,广建寺观,筑临春、结绮、望仙三座高阁,饰以金玉珠翠,日夜与宠妃、狎客荒淫游乐,所作《玉树后庭花》曲,被后世视为亡国之音。但是公元589年,隋军攻陷建康,六朝古迹遭受到灭顶之灾。古城兴亡更迭、悲恨相续的历

① 张勃:《吴录》,《说郛》宛委山堂本。

② 徐震堮:《世说新语校笺》,第71页,中华书局1984年版。

史，最能警策后人。唐宋以来，金陵怀古题材诗歌大量出现。

怀古诗歌的实质在于通过前朝遗迹的观照，唤起人们的历史记忆，感发出兴亡盛衰、人世变幻的慨叹，正如元初方回《瀛奎律髓》卷八所云："怀古者，见古迹，思古人，其事无他，兴亡贤愚而已。"唐朝天宝年间，李白南游金陵，创作了堪与崔颢《黄鹤楼》争胜的七律《登金陵凤凰台》。凤凰台，在金陵凤凰山上，相传南朝刘宋永嘉年间有凤凰萃集于此山，乃筑台。诗人登台怅望，慨叹凤去台空，顿感六朝的旖旎繁华已一去不返！他在《金陵三首》中歌咏金陵"地即帝王宅，山为龙虎盘"的山川形胜，神往此地六朝"当时百万户，夹道起朱楼"的鼎盛繁阜，同时也发出了"亡国生春草，离宫没古丘"的深沉喟叹。如此的感慨，到了中唐刘禹锡的诗里，表现得更加强烈。他在《金陵怀古》诗里感慨："兴废由人事，山川空地形。《后庭花》一曲，幽怨不堪听。"诗人思接千古，总结出六朝灭亡的深刻教训：国家的兴亡，取决于现实人事，正是由于南朝君王凭恃长江天险，纵情声色享乐，最终导致了国家的灭亡。这样的卓识成为后人咏此古事的思想基调，王安石《金陵怀古》四首其二："天兵南下此桥江，敌国当时指顾降。山水雄豪空复在，君王神武自难双。"即由此化出。刘禹锡还创作了更为著名的《金陵五题》，同样将六朝的灭亡归咎于统治者的荒淫奢靡："万户千门成野草，只缘一曲《后庭花》。"其《石头城》、《乌衣巷》诸作都通过明月、燕子的依旧，反衬出现实景象的衰败，抒发出繁华易逝、故国萧条的凄凉之感。晚唐诗人许浑《金陵怀古》诗感叹六朝王气的消沉："玉树歌残王气终，景阳兵合成楼空"，并且以自然的永恒反衬出人世的沧桑巨变："英雄一去豪华尽，惟有青山似洛中。"唐汝询《唐诗解》评之曰："金陵本六朝建都之地，至陈主荒淫，王气由此而灭，故以玉树发端，遂言后主就缚景阳而戍楼空寂也。虽千官之冢树犹存，而六代之阙庭已尽，惟余石燕江豚，作雨吹风而已。然英雄虽去，而青山盘郁，足为帝都，徒使我对之而兴慨耳。"唐末诗人韦庄避乱来到金陵，凭吊六朝遗迹，抒发出更加凄凉的情感："江雨霏霏江草齐，六朝如梦鸟空啼。无情最是台城柳，依旧烟笼十里堤。"(《台城》)无限的历史空幻之感溢于诗间，无情的台城碧柳见证了人世间的沧桑巨变。

晚唐五代以来，金陵怀古词作不断涌现，并且形成了一个总结历史教训、抒写兴亡之感的文学创作体系。早在五代花间词人欧阳炯的《江城子》(晚日金陵岸草平)词作中，通过凄冷景象的渲染，触发了深沉的历史感叹："六代繁华，暗逐逝波声。"北宋张昪(一说孙浩然)《离亭燕》(一带江山如画)是宋词中吟咏"六朝兴废事"的最早作品，通过对金陵一带"风物向秋潇洒"的景物描绘，慨叹六朝如梦的感伤："多少六朝兴废事，尽入渔樵闲话。"作品格调凄楚，"极苍凉萧远之致"[①]。元朝白朴的《沁园春》词首先歌赞金陵的形胜气势："我望山形，虎踞龙盘，壮哉建康。"接下来，追忆六朝往事，展现出绚丽多彩、繁华安乐的画面；然而昔日的风流终归幻灭，留下来的只有荒凉、冷寂的断垣残壁。词人睹物伤情，忧愁倍增，抒发出无限感怀："长江不管兴亡，谩流尽、英雄泪万行。"

金陵虽然占据着天然的地理优势，拥有建国立都的帝王之气。但是金陵王气何以消沉？则又是颇值思索的问题。梁启超较早地从文化地理学的视角来探析南北国都的建制问题："(建都于北方者)其规模常宏远，其局势常壮阔，其气魄常磅礴英鸷，有俊鹘盘云、横绝朔漠之概"；"建都于扬子江流域者，除明太祖外，大率皆创业未就，或败亡之余，苟安旦夕者也。为其外在之现象所风动所熏染，其规模常绮丽，其局势常清隐，其气魄常文弱，有月明画舫、缓歌慢舞之观。"[②]王会昌更从军事学的角度认为金陵不适宜选作都城："自秦汉以来，中国民族斗争的主战场始终在黄河流域及其以北地区，北方游牧民族的南下，常常构成对中原王朝生死存亡的威胁。作为国家的政治、军事指挥中心，国都必须处在斗争的前线，这样才能信息灵通、及时决断、便于征战。由此看来，杭州和南京是不宜选作一个国家的政治中心的。"[③]不过古代的诗词作家，更多地从政治与道德的角度，咏叹王朝的兴衰成败，由此引发出无限感伤悲凉之意。北宋贺铸的《台城游》词上片写道："南国本潇洒，六代浸豪奢。台城游冶，襞笺能赋属宫娃。云观登临清夏，璧月流连长

① 况周颐：《历代词人考略》卷八，南京图书馆藏稿本。

② 梁启超：《中国地理大势论》，《饮冰室全集》第一册，第 81 页，中华书局 1988 年版。

③ 王会昌：《中国文化地理》，第 152 页，华中师范大学出版社 1992 年版。

夜,吟醉送年华。回首飞鸳瓦,却羡井中蛙。”词人用冷静的态度铺叙南朝陈后主叔宝骄奢淫逸的腐朽生活,陡接以国亡遭俘的悲惨结局,面对如此兴衰沧桑之变,不由得引发出繁华顿空的感慨。元朝许有壬的《水调歌头》(他山一卷石)同样着眼于陈代遗迹“胭脂井”,揭示统治者不恤民命、穷奢极欲而导致亡国的历史教训,从而得出了“甚矣色成荒”的兴亡之理。

二、现实咏叹:悲恨相续嗟荣辱

怀古并非简单意义上的发思古之幽情,其更为深刻的含义则是文人骚客凭藉对于古迹的咏叹,表达出现实时代背景下的政治感慨。中国文化自古即有尊古、托古的传统,文学创作也大多遵循着以古鉴今、借古讽今的思维定势,怀古文学正是依托此一模式,以眼前古迹为载体,抒发对于现实政治的感怀,并且利用历史来对现实作出裁判。金陵王朝的频繁更迭,留下深重的历史教训,“后之视今,亦犹今之视昔”(王羲之《兰亭集序》);对于前朝遗恨,“后人哀之而不鉴之,亦使后人而复哀后人也”(杜牧《阿房宫赋》)。因此,历代金陵怀古词均能映照各自时代的现实,尤其在国家沦亡之际,更加寄托着沉痛的异代之悲。

早在北宋前期,王安石即创作了著名的金陵怀古词《桂枝香》(登临送目)。作品从政治家的视角,对文人一味的吊古提出批评:“千古凭高对此,谩嗟荣辱。”他的怀古更加注目于叹今,认为对于六朝兴亡相继的事实不能“谩嗟”,而是要以古为鉴,汲取历史教训,免蹈灭亡覆辙,面对北宋前期现实政治的种种忧患切实加以变革,由此显示出作者政治家的远大胸襟和雄伟气概。

靖康之难以后,南宋朝廷偏安于江南,金陵成为紧邻前线的军事重镇。许多词人于此怀古伤今,或激愤,或悲慨,或深沉,或哀怨,表达出丰富的现实情怀。抗金名臣李纲《六幺令·次韵和贺方回金陵怀古鄱阳席上作》中“纵使岁寒途远,此志应难夺”,借怀古直接传达了自己抗战报国的政治主张和决不妥协的态度。爱国英雄辛弃疾的金陵怀古词则揭示出忠而见疑的遭遇和请缨无处的创痛。他的《念奴娇·登建康赏心亭呈史留守致道》词一开头就倾吐出满腔怀古悲叹:“我来吊古,上危楼、赢得闲愁千斛。虎踞龙蟠何处是?只有兴亡满目。”词人由历史遗迹的凭吊,引发出“报国欲死无战场”的千斛闲愁,淋漓尽致地抒发了英雄失路的沉痛悲慨。康与之的《菩萨蛮令·金陵怀古》则由金陵昔日龙虎地、今朝狐兔眠的沧桑巨变,进行深刻的历史反思,对于南宋小朝廷奉行逃跑主义和妥协政策发出扼腕之叹。时至南宋灭亡之际,金陵怀古词作更多沦亡之苦、黍离之悲。陈允平的《西河》(形胜地)虽然和韵周邦彦同题之作,却充满着“梦醒觉非今世”的悲绪,显得格外凄清迷惘。梁栋《摸鱼儿·登凤凰台》中“任北雪迷空,东风换绿,都付梦和醉”,破国亡家之苦痛彻心扉。此外,王奕《贺新郎》“底事轻抛形胜地,把笙歌、恋定西湖水。百年内,苟而已”、汪元量《莺啼序》“楚囚对泣何时已。叹人间、今古真儿戏”等,均深刻揭示了南宋亡国之因,也表达出山河破碎、神州陆沉的无奈与悲苦。

金陵怀古词的下一个创作高潮出现在清朝前期。广大汉族词人借古伤今,表达出对明王朝灭亡的深切悲痛和思索。朱彝尊《卖花声·雨花台》词写道:“衰柳白门湾,潮打城还。小长干接大长干。歌板酒旗零落尽,剩有渔竿。　　秋草六朝寒,花雨空坛。更无人处一凭栏。燕子斜阳来又去,如此江山!”雨花台是金陵名胜之地,早在明朝初期,诗人高启即于此抒发出四海一家、天下太平的豪放之音:“我今幸逢圣人起南国,祸乱初平事休息。从今四海永为家,不用长江限南北。”(《登金陵雨花台望大江》)然而往日的繁华转瞬即逝,词人朱彝尊所眼见的已是满目衰颓与荒凉,不由得引发出离乱兴亡之感、故国沦丧之思。他将内心沉潜的万般悲楚倾泻到结末“如此江山”四字当中,起到了震撼人心的作用。谭献《箧中词》卷二评之曰:“声可裂竹。”陈维崧《尉迟杯》(青溪路)追忆明代金陵的盛况,蕴藏着对故国的无限怀念,同时又以凄怆之笔表达繁华消歇的亡国之恨,恻恻兴亡之感见于言外。最后数句写道:“三更后、盈盈皓月,见无数、精灵含泪语。想胭脂、井底娇魂,至今怕说擒虎。”既是哀悼南明弘光朝的覆亡,也暗示着清军占领金陵后所带来的灾难。此番情感正如他在为吴应箕《留都见闻录》作序所言:“展

《东京梦华》之录，抚《清明上河》之图，白首门徒，清江故国，余能无愀然以感，而悄然以悲者乎？”

此外，归庄《锦堂春·燕子矶》笔力雄健，慷慨悲凉，“凭空怒浪兼天涌，不尽六朝声”，那长江怒浪淹没不了六朝的遗恨和哀怨之声，更淹没不了南明遗民的亡国之痛。余怀《桂枝香》（江山依旧）开头写道：“江山依旧，怪卷地西风，忽然吹透”，往日的繁华似流水一般黯然消逝，令人徒然怅惘，慨叹“霸业销沉，故园倾覆”，语调深沉而悲恸。彭孙贻《西河》（龙虎地）、宋徵舆《小重山》（春流半绕凤凰台）等词作，则透过秋雨苍苔笼罩之下六朝荒寂遗迹的描摹，将金陵瓦解剧痛、故宫黍离深悲谱入新词，倍增唏嘘怀旧、慷慨沉哀之感。孔尚任《鹧鸪天》（院静厨寒睡起迟）更加以枯树坏基隐喻故国沦亡，以无家的燕子来自比，抒发出南明遗民沉痛的黍离麦秀之悲，情文凄绝感人，与其戏剧名作《桃花扇》有异曲同工之妙。

由此可见，金陵怀古词在历史悲剧不断重演的过程中，它的情感厚度也在不断地累层和叠加，从而形成了悲恨相续、怀古伤今的创作模式，促使此类题材词的创作衍生出更为丰富的时代内涵和抒情深度。

三、哲理意蕴：秦淮烟月映沧桑

“人事有代谢，往来成古今。江山留胜迹，我辈复登临。”（孟浩然《与诸子登岘首》）金陵怀古词的创作除了咏叹历史兴亡、抒发现实感伤的内涵之外，又有许多词人透过金陵遗址的描摹，超越历史与现实的视阈，从人生哲学的高度，得到深刻的感悟。

北宋周邦彦的名作《西河》（佳丽地）追忆金陵南朝盛事，并且通过旧时月色、王谢燕子的永恒，衬托出物是人非、世事兴衰的沧桑，气韵沉雄，苍凉悲壮。这样的哲理思索，在元朝萨都剌、白朴、许有壬等词人的作品里，得到了充分的表现。萨都剌《满江红·金陵怀古》写道：

六代繁华，春去也、更无消息。空怅望、山川形胜，已非畴昔。

王谢堂前双燕子，乌衣巷口曾相识。听夜深、寂寞打孤城，春潮急。

思往事，愁如织。怀故国，空陈迹。但荒烟衰草，乱鸦斜日。《玉树》歌残秋露冷，胭脂井坏寒螿泣。到如今、惟有蒋山青，秦淮碧。

作品并不对具体的历史事件和历史人物作出政治或道德的评判，而是抒写出一种深重的历史失落感，也就是以自然宇宙的永恒不变，映衬出人生短促如过眼云烟的无奈和可悲。其《念奴娇·登石头城》将历史感慨与眼前景象融合在一起，体现对历史和人生的沉思与领悟，同样抒写出风云易散、青山常在的无限喟叹。此后清人吴绮《望海潮·金陵怀古》通过凭吊旧朝遗迹，抒发出“六朝往事难凭”的感叹；他又能从物是人非的苦痛之中，总结出更为理性的历史规律：“王气亦何曾。想东南自古，未补天倾。”直揭出金陵王气虚幻、悲恨相续的深刻原因。汪钧《满江红·清凉山晚眺》词中“天子惜多才子气，美人同受女人劫”二句，既讥讽南朝荒政亡国，也对荣华易逝、人生无常流露出深刻的悲悯和感伤；同时，整首词作又以山间明月千古长在、滚滚长江奔流不息，反衬出世事变幻的怅惘。这样的作品都是以宇宙的永恒反衬了文明的脆弱和历史的虚无，深化了怀古诗词的悲剧主题。

在如此短促的人生当中，如何选择自己的生活境界？元朝词人做出自己的回答。白朴《沁园春·金陵凤凰台眺望》词目睹六朝古都的盛衰巨变，不由得引发深沉喟叹：“扰扰人生，纷纷世事，就里何常不强颜”，面对着世事的变幻无常，词人努力寻求超脱尘网、闲云秋水般的人生境界。许有壬《满江红·次汤碧山清溪》上片写道：“木落霜清，水底见、金陵城郭。都莫问、南朝兴废，人生哀乐。载酒时时寻伴侣，倚栏处处皆楼阁。对溪云、试放醉时狂，浑如昨。”在登临怀古的词作里，作者顿感人世纷扰、功名富贵的无聊，不妨放达胸襟，追求怡情适意、抱朴守真的狂醉生活。这样的怀古意绪进一步影响到清人吴敬梓，他在《买陂塘》（石头城）词中深感“南北史，有几许兴亡，转眼成虚垒”，只得以退隐自守、放浪形骸为其人生归宿：“身将隐矣。召阮籍嵇康，披襟箕踞，把酒共沉醉。”在此类怀古作品中，词人也开始关注人在历史长河中的命运,给以人性的沉思和咏叹。白朴《夺锦标·清溪吊张丽华》独采南朝陈后主贵妃张丽华事,一反女色误国的传统观念,而是流露出对一位随着王朝覆亡而惨遭杀身之祸的美人的哀怜与同情,进而抒发出对于美好事物转瞬即逝的无奈和感伤,字里行间闪现着人性关怀的光芒。

四、审美境界:盛衰感怀倍销魂

金陵怀古词中的意象,大都带有衰飒、荒凉、凄迷、寥落的特征。广大词人在抒发怀古之思的时候,专门寻找较为冷清的物象,进行意境创造,悲凉的情感体验,使笔下的景致都带上黯淡凄冷的光环。在自然景物意象方面,词人多选择长江、秦淮河、青山、衰草、寒树、燕子、斜阳、月色之类的意象来构筑境界,有力地渲染荒凉的氛围;并且通过自然山水的永恒反衬社会人事的短暂,渗透着深沉的沧桑之感。在人文景观意象方面,词人多透过台城、石头城、乌衣巷、雨花台、凤凰台等历史遗迹的咏叹,揭示金陵故都的盛衰变迁,寄托着作者心中的悲哀和感伤。

历代词人登临石头城上,不由得怀想东吴孙权于此地依山筑城、虎踞龙蟠的雄伟气势,并且引发出类似于刘禹锡“山围故国周遭在,潮打空城寂寞回”(《石头城》)的萧瑟之感,例如“六朝旧事随流水,但寒烟衰草凝绿”(王安石《桂枝香》)、“石头城上,望天低吴楚,眼空无物。指点六朝形胜地,惟有青山如壁”(萨都剌《念奴娇》)等,寄寓着苍茫凄怆的怀古之叹。

与石头城的壮伟相比,乌衣巷意象的歌咏则更多对往昔风流繁华生活的留恋。乌衣巷原本是三国戍守部队的营房之地,因士兵皆身着黑色衣服,遂以得名。永嘉东渡后,大臣王导家族择居于此,从此乌衣巷成为王、谢等名门望族聚居之地。乌衣巷毗邻秦淮河,自古便是繁华的商业区,素有“十里秦淮”、“六朝金粉”之称。可以说,朱雀桥、乌衣巷与秦淮河恰正象征着六朝繁华、风流的士族生活。然而,如此富丽的景致经了刘禹锡《乌衣巷》的深沉咏叹,寄托出沧海桑田、物是人非的无限悲凉,引起后代词人江山兴废、往事如烟的感慨。如贺铸《台城游》:“访乌衣，成白社，不容车。旧时王谢，堂前双燕过谁家?”周邦彦《西河》:“酒旗戏鼓甚处市? 想依稀、王谢邻里。燕子不知何世，向寻常巷陌人家，相对如说兴亡，斜阳里。”周紫芝《水调歌头》:“王谢堂前双燕，空绕乌衣门巷，斜日草连天。”朱雀野草、乌衣斜阳、王谢旧燕这些意象，经过历代词人反复吟咏和不断点化，已经成为六代繁华稍纵即逝的象征，令人产生睹物思人、恍然若梦的迷惘和怨叹。

金陵怀古词中的台城意象，则成为南朝君王荒淫亡国的代名词。台城，故址在今南京市鸡笼山南、干河沿北，是六朝宫城。据王象之《舆地纪胜》卷十七记载，“台城，一曰苑城，即古建康宫城也。本吴后苑城，晋安帝咸和五年作新宫于此，其城唐末尚存。”①后人咏及台城意象，大多聚焦于陈代后主沉溺声色、酣歌宴游的奢华无度生活，导致朝政废弛，国破身亡。与之相关的“胭脂井”、“后庭花”等名词，也都成为后代文人墨客总结南朝悲剧命运和亡国教训的典型意象。

这些自然和人文意象经历了岁月的磨洗，统统映照出凄冷、荒寂的情感色彩，共同构成了抒发历史感慨的语汇表达系统，从而营造出金陵怀古词创作的鲜明“符号”，成为中国古代文学史中一道独特的风景线。

金陵怀古词的创作也较为集中地化用一些诗典和事典。例如周邦彦的《西河》(佳丽地)通篇隐括刘禹锡《石头城》、《乌衣巷》，以及古乐府《莫愁乐》、谢朓《入朝曲》诸作，用典巧妙，如同己出，因此陈廷焯《云韶集》评之曰:“此词纯用唐人成句融化入律，气韵沉雄，苍凉悲壮，直是压遍古今。金陵怀古词，古今不可胜数，要当以美成此词为绝唱。”萨都剌的《酹江月》(六朝形胜)则多处化用李白《登金陵凤凰台》的诗句和诗意，将登临、怀古、写景、抒情、议论熔为一炉，创造出更为深厚浑成的意境。金陵怀古词中类型化典故的运用，不仅可以增强思古之情抒发的厚度，而且通过诗典、事典的频繁出现，有效地还原历史的本相，给原本以抒情为主旨的词体增添了跨越时空的叙事因素，在古今对照的章法结构中更能突显出沧海桑田的悲凉。

见古迹，思旧邦，睹物伤情最常引出怀古之嗟。金陵怀古词作往往

① 王象之:《舆地纪胜》卷十七，第 202 页，江苏广陵古籍刻印社 1991 年版。

透过衰颓古迹的物质外壳，编织进词人自身的感触情怀、感伤情调。沈祥龙的《论词随笔》对此即有精到的论述："《榛苓》思美人，《风雨》思君子，凡登临吊古之词，须有此思致。斯托兴高远，万象皆为我用，咏古即以咏怀矣。"[1]例如王安石的《桂枝香·金陵怀古》词，由起首的"登临送目"笼罩全篇，作者心中笔底的景物，皆为目之所至的实录，进而触景生情，感发出深沉的借古鉴今的喟叹。但是，更多的金陵怀古词作则有意识地淡化具体的实际场景，而是以情驭景，突破笔下景物时空的距离，创造出俯察古今、大气包举的艺术境界。例如萨都剌的《满江红·金陵怀古》词，上片写"春去也"、"春潮急"等暮春季节的景象，下片则转写"秋露冷"、"寒螿泣"之类的残秋景象。作者因情设景，有别于王安石词即目感怀的写法，使得词作的艺术表现加以时间上的延伸和空间上的铺展，有效地增强了历史咏叹的深度。

历代词人登临金陵古迹，思接千古，浮想联翩，往往创造出虚实相生的艺术境界。白朴《水调歌头·清溪吊张丽华》词，上片借助想象和回忆，铺叙陈代宫廷的奢华逸乐："想当时、天子无愁，自古佳人难得"；下片则让笔墨回到现实环境，描绘张丽华身后的衰败和凄凉，诗情意绪在历史与现实、具象与幻象之中潜流，大大拓展了词作的表现空间。另如萨都剌《念奴娇·登石头城》上片"蔽日旌旗，连云樯橹，白骨纷如雪"三句，从现实写景转入历史想象，对往昔战争场景进行"故国神游"，然而发生在金陵的封建王朝又都是以战败灭亡而告终，作者不由得感发出"一江南北，消磨多少豪杰"的慨叹，所有的豪情壮气终归消歇，到头来都只不过是一场幻梦而已。顾贞观的《金缕曲·秋暮登雨花台》专咏张丽华事，上片以漫画式的笔触，虚拟陈后主口吻，让这位亡国之君一本正经地道出真实心理，俨然是一篇自供状："结绮新妆看未竟，莫报诸军飞渡。待领略、倾城一顾。若使金瓯常怕缺，纵繁华、千载成虚负。琼树曲，倩谁谱？"这里处处是反话正说，惟妙惟肖地描绘出陈后主丑陋无耻的神态，在极尽讽刺嘲笑的语调中，蕴含着深透的历史悲叹。此外，朱一是《二郎神·燕子矶秋眺》、田茂遇《巫山一段云·秣陵感旧》诸

① 沈祥龙：《论词随笔》，唐圭璋《词话丛编》，第4057页，中华书局1986年版。

作,也都是通过虚景与实景的有机结合,更加灵活深入地表达出词人登临怀古的意绪。

金陵有其兴衰荣枯两个侧面。每当盛时,真是冠盖往来,觥筹交错,轻歌曼舞,管弦不绝;而当其王朝没落之时,则又风流云散,梧院深锁,金钿委地,人去楼空。因此,金陵怀古词尤其常用古今对照的艺术表现手法,蕴含着词人强烈的盛衰、悲乐之感。例如陈维崧《沁园春》(十万琼枝)上片由钟山梅花的秀姿,追忆明朝宫城的繁丽:"夹岸亭台,接天歌板,十四楼中乐太平";下片则抒写"如今潮打孤城,只商女船头月自明"的凄清景象,今昔盛衰的沧桑巨变、繁华遽逝的深悲巨痛,通过上下片结构的顿挫对照之中,表现得格外深致感人。陈廷焯称赞此词:"情词兼胜,骨韵都高,几合苏、辛、周、姜为一手。"[①]另如周季琬《满江红·哀江南》词上片起首写道:"舞罢歌沉,问多少、黄金轻掷?"追述当年江南豪门商贾、繁华竞逐的情状,"罢"、"沉"二字,则点出了所有的富庶繁华如同烟消云散,终归幻灭。紧接着,词人描摹眼前的风光:"止遗得、荒烟数缕,斜阳半壁。万鼙哀声惊雁断,千家别泪如云湿。"不仅渲染出荒凉破败的自然景象,而且进一步描绘出哀鸿遍野、民不聊生的社会惨状。词人运用强烈的对比,真实揭示出明清之际的社会现实。

概而言之,金陵怀古词的创作,选择典型性的意象,化用前代诗典与事典,或触景生情,或因情设景,采用虚实相生的表现手法,运用古今对照的结构形式,表达出词人强烈的盛衰兴亡之感。金陵怀古词作为中国怀古文学的一个完整重要的创作体系,凭藉金陵历史文化的深厚积淀,显示出独特的思想内涵和艺术魅力。

---

① 陈廷焯:《白雨斋词话》卷三,第 77 页,人民文学出版社 1959 年版。

25. 论姑苏怀古词

古城苏州拥有五六千年的沧桑历史，人杰地灵，文化昌盛。它雅称姑苏，王符《潜夫论·边议篇》卷五有云："范蠡收债于故胥。"盖胥者，舜臣名，佐大禹治水有功，封于吴，故名其地曰故胥。历代转音为姑苏。古往今来，无数文人墨客徜徉于姑苏吴越兴亡之地，抒发怀古之情，感发历史盛衰之思，表达丰富复杂的人生慨叹。

一、阖闾霸业剑气开

公元前 11 世纪，泰伯、仲雍让王奔吴，断发文身，趋从荆蛮习俗；并且得到当地民众拥戴，筚路蓝缕，建立了"勾吴"小国，开始了吴国的历史。其后，直至公元前 585 年，泰伯、仲雍的第十九世孙寿梦即位，积极学习中原礼乐文化，发展军事，吴国才逐渐强大；到了寿梦之孙阖闾之时，吴国终于称霸于东南。阖闾重用孙武和伍子胥，不断增强国力，并且对南方强大的楚国发动了五次重大的战争。公元前 506 年，孙武率领吴国军队攻入楚国都城郢，楚昭王狼狈出逃。这是一段令苏州人引以为自豪的记忆，在阖闾雄霸东南的光荣历史里，折射出吴地人民的强健战斗激情和豪壮精神意志。后代文人亦将这份精神的怀想，投注到对于虎丘名胜的歌咏之中。虎丘山在苏州城西北九里，以丘壑奇特、景色秀丽、古迹众多而著称，素有"吴中第一名胜"之誉。虎丘山原名海涌山，因其形状如虎蹲伏，故称虎丘。另据袁康《越绝书》卷二所载，“阖庐冢，在阊门外，名虎丘。……十万人筑治之。取土临湖口。葬三日而白虎居上，故号为虎丘”。

“男儿何不带吴钩，收取关山五十州”（李贺《南园》其五），诗中的“吴钩”即为吴王阖闾时代盛产的锋利武器。吴王还拥有名剑“鱼肠剑”、“扁诸剑”，历史文献中即记载了吴人干将、莫邪炼钢铸剑的故事。虎丘山腰石壁上篆刻颜真卿所书“虎丘剑池”四字，据陆广微《吴地记》所载，“阖闾葬其下，以扁诸、鱼肠等剑各三千殉焉，故以剑池名地。两崖划开，中涵石泉，深不可测”，“秦始皇东巡，至虎丘，求吴王宝剑，其虎当坟而踞。始皇以剑击之，不及，误中于石，……剑无复获，乃陷成池。”虎丘剑池就成为历代词人咏史怀古的典型地标。清人吴绮《法曲献仙音·虎丘怀古和韵》词写道：

> 海涌峰头，舞残歌散，犹认旧家南国。金虎苍茫，玉鱼零落，短簿何堪收拾。只留取，荒台下，点剩生公石。　　今何日。叹时时、醉红低翠，尽意把、剑铁花磨蚀。搔首我重游，问何处、水犀遗迹。霸业销沉，又宁论、楼台金碧。但画船归后，凄然雨钟烟笛。

作品感怀阖闾时代雄强精神的衰颓、霸业销沉的可悲，字里行间充满着沉痛凄凉之意。陈维崧《贺新郎·虎丘剑池作》下片词亦云：“坏廊欹磴哀湍泻。望参差、雕栊黛阁，晶荧入画。故国江山还在眼，添了西风战马。又殿上、夜钟将打。雨蚀残碑名姓在，醉摩崖、汝是知音者。相对坐，草堪藉。”虽然是表达感伤之绪，但是更加富有遒劲力度，愈显悲壮的精神格调。此外，吴文英“问几曾夜宿，月明起看，剑水星纹”（《木兰花慢》）、余怀“问剑池明月，几见兴亡”（《望海潮》）等等词句，也都触景生情，流露出感怀千古之意。

苏州文化当中的豪壮之气，在苏州人看似柔静的气质中一脉暗承，到了时代动荡之际，这种叛逆的性格反而得到格外强烈的爆发。赵晔《吴越春秋》所载专诸刺王僚、要离刺庆忌等故事，即已讴歌了吴地英杰机智勇猛、壮怀激烈的侠义气概。秦朝末年，项梁、项羽避祸苏州，收罗吴中健儿，带领江东八千子弟，踏上了聚义反秦的英雄之路。明代后期，江南东林党人反对魏忠贤阉党横行天下，遭到阉党爪牙的疯狂迫害。熹宗天启七年(1627)，魏忠贤党羽抓捕东林党人周顺昌，激起了苏州市民暴动。苏州市民颜佩韦、杨念如、马杰、沈扬、周文元，带领民众展开营救周顺昌、驱逐阉党爪牙的斗争。暴乱被朝廷平息后，这五位市民英雄"激于义而死"，"然五人之当刑也，意气扬扬，呼中丞之名而詈之，谈笑以死。断头置城上，颜色不少变"(张溥《五人墓碑记》)。这五位普通的苏州市民，虽然生活在山青水秀、吴侬软语的江南之地，却又承传着远古吴地先民不屈不挠、顽强卓绝的精神血脉，明死生之大义，尽匹夫兴亡之责。阉党被铲除后，苏州人民在已拆除的魏忠贤生祠废基上，为五位义士修建"五人墓"，故址位于虎丘之东山塘街青山桥和渌水桥之间。无数文人墨客、英雄豪杰，扼腕墓道，抒发志士之悲。陈维崧《贺新郎·五人之墓，再用前韵》词写道：

> 古碣穿云罅。记当年、黄门诏狱，群贤就鲊。激起金阊十万户，白梃霜戈激射。风雨骤、冷光高下。慷慨吴儿偏嗜义，便提烹、谈笑何曾怕。抉吾目，胥门挂。　　铜仙有泪如铅泻。怅千秋、唐陵汉隧，荒寒难画。此处丰碑长屹立，苔绣坟前羊马。敢轻易、霆轰电打。多少道旁卿与相，对屠沽、不愧谁人者。野香发，暗狼藉。

作品追忆苏州市民暴动的英勇历程，表达对五人精神意志的无比崇仰，歌颂他们舍生忘死、大义凛然的坚毅气节，充满了奔放豪壮的情调。史唯圆《贺新郎·虎丘五人之墓》"千古专诸惭义勇，看纵横、彪虎奸谀怕"、王度《满江红·五人墓》"看凛然、大节直干霄，铮铮玉"等词句，都极力歌咏五人大气磅礴、果敢无畏的气概；程庭《满江红·五人墓》"奋臂起，无回想。捐身殉，非邀赏"，则又从更深的层面，揭示出他们激于义愤、义无反顾、忠贞捐躯、不图邀赏的崇高情怀，如此的精神气质必将感天动地、永存史册："慷慨成名留宇宙，联翩含笑归泉壤"。苏州文化也正是有了这样的精神传统，因而富有内在的风骨和气脉，延绵千秋，历久不衰。

二、夫差馆娃究可哀

在姑苏咏史怀古词当中，人们感慨最多的是吴越纷争的历史。吴楚战争期间，吴国强迫越国出兵攻打楚国，越国却拒绝接受命令。阖闾即派兵进犯越国，大肆劫掠，以示惩罚。吴越两国结下了深仇大恨。公元前496年，阖闾亲自率兵讨伐吴国，即位不久的越王勾践领兵迎战。结果轻敌的阖闾中了越军的圈套，吴师败绩，阖闾也受伤死在撤退的路上。

次年，其子夫差继位，时刻不忘杀父雪耻之愁，并且怀抱中原称霸的雄心壮志。公元前494年，夫差以伍子胥为大将，从太湖出发攻打越国，越国水师全军覆没。吴国军队乘胜追击，越王勾践屈辱求和。得胜而归的夫差将勾践夫妇和大夫范蠡三人囚禁在阖闾大坟旁边的石洞中，还让勾践从事奴仆之役。勾践忍辱负重，极尽谦卑恭顺，赢得夫差的怜悯和宽恕。三年以后，夫差终于释放勾践回国。勾践回国后，卧薪尝胆，励精图治，国力逐渐恢复和强大。

吴王夫差却不顾民生疾苦，对外东征西讨，穷兵黩武；听信谗言，残害忠良；纵情酒色，穷奢极欲。他宠幸越国送来的美女西施，在城南二十里的砚石山(今灵岩山)，建造了一座富丽堂皇的馆娃宫，日日与西施逍遥作乐；还大兴土木，扩建阖闾所造的姑苏台，耗尽了吴国的民脂民膏。公元前478年，勾践利用吴国发生灾荒、兵力单薄之机，发动了复仇进攻。吴国遭受沉重打击，大量国土被越国侵占。公元前473年，越国又利用大水的良机，从越来溪攻进了苏州，夫差于绝望之中伏剑自杀，吴国由此灭亡。吴国这一段兴亡盛衰的历史，标志着阳刚精神的隳沉，成为逸豫可以亡国、亡身的代名词，令无数文人登临古迹，感慨万千。

吴文英《八声甘州·陪庾幕诸公游灵岩》写道：

渺空烟四远，是何年、青天坠长星？幻苍崖云树，名娃金屋，残霸宫城。箭径酸风射眼，腻水染花腥。时靸双鸳响，廊叶秋声。

宫里吴王沉醉，倩五湖倦客，独钓醒醒。问苍波无语，华发奈山青。水涵空、栏干高处，送乱鸦、斜日落渔汀。连呼酒，上琴台去，秋与云平。

范成大《吴郡志》记载："灵岩山即古石鼓山，在吴县西三十里。上有吴娃宫、琴台、响屧廊。山前十里有采香径，横斜如卧箭云。"此词以神奇的想像兴起全篇，"幻苍崖"三句抒吊古之情，一"幻"字包含无限情事，人物霸业，皆一场梦幻而已。然后分别赋咏灵岩山众多遗迹，抒发了兴亡沧桑的怀古之思以及词人自身沦落不偶的慨叹，低回抑郁之中蕴含疏狂恣肆的豪气。结末三句自我排解，天高气爽，满眼秋色，如此高远的景象使词意更加疏朗空灵、遒劲有力。郭士璟《柳腰轻·响屧廊》词通过细腻的想像，表现当日西施缓步响屧廊的轻盈美好："千回廊下，六铢衣短，想像临波步款。看兰径、珠履无痕，听银砖、珮声不断。"吴潜《满江红·姑苏灵岩寺涵空阁》词通过古今盛衰的咏叹，抒发了历史空幻的悲戚之感："正使百年能几许，看来万事难描摸。问吴王、池馆复何如，霜枫落。"一切的喧闹与奢华，尽付苍茫幽冷的历史长河之中。此外，吴伟业《西江月·灵岩听法》、董元恺《玉女摇仙佩·吊馆娃宫》、万树《贺新郎·灵岩》、彭桂《满宫花·登灵岩山，访馆娃宫故址》等词作，也都通过灵岩山历史遗迹的咏叹，抒发出"千年脂粉剩铅华"、"千年霸业总成灰"的沧桑之叹、无限感怀。

姑苏台故址在苏州西南七子山北麓姑苏山上。袁康《越绝书》称："阖庐起姑苏台，三年聚材，五年乃成，高见二百里。"①夫差又在此基础上，建造了更为高大的宫殿。据《洞冥记》所载，台中立春宵宫为长夜之饮，造千石酒钟，又作天池，池中造青龙舟，舟内盛致妓乐，日与西施为嬉。吴国灭亡时，姑苏台被越兵焚毁。唐朝崔鹗在《姑苏台赋》中描述姑苏台遗迹："有台巍然，出于群山；荒基竣级，高彻云间。"李白的《苏台览古》诗则感发出无尽的孤寂和凄凉："旧苑荒台杨柳新，菱歌清照不胜

① 袁康：《越绝书》卷十二，第 83 页，上海古籍出版社 1985 年版。

春。只今惟有西江月，曾照吴王宫里人。”元人萨都剌《酹江月·姑苏台怀古》词写道：

倚空台榭，爱朱栏飞瞰，百花洲渚。云岭回廊香径悄，争似旧时庭户。槛外游丝，水边垂柳，犹学宫腰舞。繁华如梦，登临无限清苦。　　果见荒台落日，麋鹿来游，漫尔繁榛莽。忠臣抉目东门上，可退越来兵伍。空铸干将，终为池沼，掩面归何所。遗风千载，尚听侬歌白苎。

词人登台远眺，触景生情，顿觉繁华如梦；追怀往事，无限慨叹，充斥悲凉之意。吴文英《八声甘州》(步晴霞倒影)着力描摹姑苏台古迹的沧桑巨变，表达了“闲风月、暗销磨尽，浪打鸥矶”的无限悲凉；郁承烈《鹊踏花翻·姑苏台怀古》感叹“可奈遗迹全荒，吴宫如梦，花草迷官野”的荒凉冷落；顾彩《一萼红·吴苑》词同样抒发“霸业何存，繁华总逝，台址都荒”的现实无奈。与此相比，贺铸《水调歌头》词则另辟蹊径，“缥缈关山台观，罗绮云烟相半，金石压摐撞。痴信东归虏，闻道死心降”，批判夫差为勾践伪装忠信的态度所欺骗，终于放虎归山，身死灭国，进一步增强了咏史怀古词作的思想深度。

人们在对夫差骄奢淫逸、导致亡国表达责难的同时，对于忠臣伍子胥的惨死则给予了深切的同情。伍子胥，本名员，楚国人，因其父伍奢被楚平王杀害，避乱逃到吴国，得到吴王阖闾的重用，成为贤能之相。他重视水利，发展军事，在伐楚、伐越的战争中屡立功勋。晚年多次进谏夫差警惕越国的威胁，而夫差听信谗言，命其自杀。他临终前“告其舍人曰：‘必树吾墓上以梓，令可以为器；而抉吾眼悬吴东门之上，以观越寇之入灭吴也。’乃自刭死”。夫差闻之大怒，“乃取子胥尸盛以鸱夷革，浮之江中”①。吴地百姓崇敬他的忠烈，将其尸体捞救上来，埋在太湖胥口附近的胥山上，并且立祠纪念。清人王度《贺新郎·胥门怀古》词写道：

千古伤心处。极不平、伍员相国，属镂江浒。君父深恩皆未

① 司马迁：《史记》卷六六《伍子胥列传》，第2180页，中华书局1959年版。

报，愁说强吴覆楚。尤自恨、双眉如炬。响屟廊中人未醒，看水犀、十万乘潮渡。西日下，罢歌舞。　休夸扛鼎雄于虎。最难禁、包胥痴哭，夷光私语。越榭苏台俱寂寞，独惜五湖载去。戍楼上、云旗鼍鼓。无限孤臣亡国泪，打钱塘、八月涛声怒。应配享，芦中父。

作品以伍子胥的清醒对照夫差沉迷声色的昏聩，描绘出忠贞孤臣面对危局，心急如焚却又无可奈何的喟叹，字里行间充斥着无比怨愤不平之气。这不仅是对伍子胥精神的咏叹，更是对这个可悲复可叹的时代的感怀。

三、五湖倦客泛舟去

姑苏经历了吴越春秋，见证了王国的盛衰兴亡、战争的腥风血雨，面对波诡云谲的政治风云，令人产生厌倦仕宦、远离尘嚣的人生愿望。苏州历来不乏退隐山水、放达情怀的文人，于是涌现出一大批追念先贤、称道隐逸的咏史怀古词。《史记·货殖列传》记载，越国大夫范蠡"既雪会稽之耻，乃喟然而叹曰：'计然之策七，越用其五而得意。既已施于国，吾欲用之家。'乃乘扁舟浮于江湖，变名易姓，适齐为鸱夷子皮，之陶为朱公。"①范蠡功成身退，泛舟五湖，成为历代词人歌咏不辍的理想偶像。贺铸《水调歌头》词下片写道："范夫子，高标韵，秀眉庞。功成长往、有人同载世无双。物外聊从吾好，赖尔工颦妍笑，伴醉玉连釭。尽任扁舟路，风雨卷秋江。"据《越绝书》记载，范蠡佐越灭吴后，与西施同泛五湖而去。该词赞美范蠡儒雅潇洒的风度、过人的睿智，远离阴暗政治的算计和纷争，携得美人西施，扁舟独去，得到了生活的美满和精神的自由。吴文英《八声甘州·姑苏台和施芸隐韵》云："有谁招、扁舟渔隐？但寄情、西子却题诗。"陆求可《水调歌头·姑苏怀古》云："回首看西子，笑上五湖船。"郁承烈《鹊踏花翻·姑苏台怀古》亦称："五湖稳

① 司马迁：《史记》卷一二九《货殖列传》，第3257页，中华书局1959年版。

泛绿蓑烟，空台剩有斜阳射。”范蠡成为了退避政治、隐逸山水的精神象征。

西晋时期吴人张翰任职朝廷，目睹司马氏统治集团的内部矛盾日益激烈，准备急流勇退。他对同郡顾荣说：“天下纷纷，祸难未已。夫有四海之名者，求退良难。吾本山林间人，无望于时。”当时洛阳秋风渐起，张翰怀念家乡吴中菰菜、莼羹、鲈鱼脍等美味，感叹道：“人生贵得适志，何能羁宦数千里以要名爵乎！”[①]于是辞官归里，颐养天年。晚唐吴郡文人陆龟蒙，隐于松江甫里，少与流俗交往，日以读书论述为乐，朝廷以高士征召，他坚辞不就。陆龟蒙以其隐士超然的风度与洁身自好的行为，赢得了人们的尊敬。后人在横绝松江与太湖之间的长桥上立祠，以张翰、陆龟蒙配祭范蠡，名“三高祠”。宋程俱《三高堂诗序》云：“(俗)奔竞久矣，冀得守道自重，确乎不可拔。足以风百里而驱天下者，将矫浮俗而归之，庶几清节之为贵。”祝镒《三高祠序》也赞“三高”为“知幾君子”，因为他们懂得“成功之下，不可以久居；亡道之人，不可与久处；兵乱之世，不可以苟仕”。南宋苏州文人范成大曾撰《三高祠记》，给予三位乡贤高度评价，并且对他们共同的退隐归宿，表达了由衷的向往。在自身的诗词创作中，范成大屡屡化用范蠡、张翰的典故，流露追慕之意，例如“算五湖、今夜只扁舟，追千古”(《满江红》)、“天为谁、展尽湖光渺渺，应为我、扁舟入手”(《宜男草》)、“家世回首沧洲，烟波渔钓，有鸱夷仙迹”(《念奴娇》)、“谁唤行人去，石湖烟浪渔樵侣”(《惜分飞》)、“逍遥放浪，还他渔子，输于樵夫。一棹何时归去，扁舟终要江湖”、“水浮天处，夕阳如锦，恰似鲈乡。中有忆人双泪，几时流到横塘”(《朝中措》)等。

范成大晚年也选择了退隐山水的道路，而他的人生抉择又成为后人讴歌、崇仰的对象。他从乾道三年(1167)起，在苏州城西上方山麓的石湖之滨，开始营造石湖别墅。在这人生的晚境，诗人流连于石湖之滨的青山绿水之间，尽情享受恬淡闲适的退隐意趣，表达出舍弃荣辱、忘怀世事的人生态度。友人姜夔作《石湖仙·寿石湖居士》词，上片写道：

---

① 房玄龄等：《晋书》卷九二，第2384页，中华书局1974年。

“松江烟浦，是千古三高，游衍佳处。须信石湖仙，似鸥夷、翩然引去。浮云安在，我自爱、绿香红舞。容与。看世界、几度今古。”作品将范成大上接“三高”，看淡政治风云，享受山水之乐。范成大逝世后，石湖也成为后人咏史怀古的典型意象，例如“几曲蒹葭，一泓秋水，石湖烟霭茫茫”（顾彩《一萼红》）、“丞相祠湮，缑山冷月，玉笙吹杳”（徐媛《霜天晓角·石湖吊古》）等等。以上诗例皆已表明，恬淡退隐的追求在苏州文化的进程中一脉相承，已经成为一种“集体无意识”，体现出空灵旷逸的共同精神气质。

四、真娘墓前映苍苔

苏州是一座多情的城市，在剑戈纷争的英雄时代，总能涂抹上几许女性的柔情，这就为姑苏咏史怀古词增添了缠绵的色彩。

吴越战争当中的一个关键人物，就是越女西施。她被送至吴地，得到吴王夫差宠幸，最终导致吴国灭亡；其后跟随范蠡泛舟五湖。姑苏怀古词中，对于西施的态度是复杂的，既不直接责难其红颜祸水，也不对她大加赞美，而是将其作为咏史怀古的一个背景或道具，抒发历史沧桑之感，因此她是一个相对暧昧模糊的歌咏对象。清人董元恺《玉女摇仙佩·吊馆娃宫》词中写道：“麋鹿游时，鹧鸪飞处，国破西施一笑。”吴国灭亡之际，西施这“一笑”之中，包含诸多难言的况味：欣慰、心酸、迷惘……，当然也隐含着历史的无情与无奈。徐喈凤《桂枝香·姑苏怀古》词则超越一朝一代的兴亡，总结国家盛衰的经验教训，下片写道：“问昔日、吴宫美女。叹香消西馆，珠沉南浦。吴越兴亡，岂尽天公为主。前吴更有后吴矣，剩台基、寒蛑相语。独怜秋月，年年似镜，照人今古。”彭桂《满宫花·登灵岩山，访馆娃宫故址》词也从吴越先后灭亡的命运，超越红颜祸水的陈见，揭示历史沧桑的共同规律：“山河恨，沧桑事。不独东吴西子。夫差勾践旧楼台，都有鹧鸪飞起。”美女西施的出现，为吴越争霸的惨痛历史融入了温柔旖旎的色泽。

苏州怀古词中又往往通过对真娘墓的咏叹，表达无限叹惋、怜悯之情。真娘本为唐时吴地名妓,时人将她比拟为南朝苏小小,后投缳自尽,以死守身,葬于虎丘山剑池之西,行客题墓甚多。白居易《真娘墓》诗云:"真娘墓,虎丘道。不识真娘镜中面,唯见真娘墓头草。"清人董元恺模仿李贺《苏小小墓》形式,创作了《三字令·贞娘墓》词:

> 云悄悄,灯荧荧。雨泠泠。凭吊处,惜娉婷。烟为鬟,雾为鬓,归无形。　　幽篁碧,晚枫青。恨千龄。玉箫歇,寒蛩鸣。辛夷褥,芙蓉席,飞残萤。

作品通过凄冷意象的描摹,流露出对于青春生命消逝的同情之意,格调幽寂,意绪悲凉。吴文英《木兰花慢》词上片写道:"紫骝嘶冻草,晓云锁、岫眉颦。正蕙雪初消,松腰玉瘦,憔悴真真。轻藜渐穿险磴,步荒苔、犹认瘗花痕。千古兴亡旧恨,半丘残日孤云。"通过对真娘墓荒寂景象的刻画,寄托无限凄楚的情怀。王同祖《西江月》词则将真娘比作西汉和亲的王昭君,抒发感伤怜悯之意:"东风吹泪入重扃,为唤香魂教醒。"

综而言之,姑苏怀古词承载着苏州文明历程中的风风雨雨,包蕴着历史兴衰、沧桑巨变,折射着这座城市的文化传统和地域性格,为人们解读苏州提供了很好的素材,也为中国词学贡献出一束富含历史厚度和文化气质的艺术奇葩。

余论

江苏自古人杰地灵，文化繁兴，风流不辍。在千年词史的演进历程中，江苏“扮演”着非常重要的“角色”，作出了相当杰出的贡献。

早在晚唐五代时期，金陵文化笼罩下的南唐词盛极一时，呈现出有别于西蜀花间词风的江南儒雅格调。这样的风格直接影响着北宋广大文士词作的精神旨归和审美意趣，具备鲜明的示范引领作用。

宋、元时期的江苏词坛，王安石、苏轼、秦观、贺铸、周邦彦、辛弃疾、范成大、姜夔、吴文英、白朴、萨都剌等诗词名家萃集，带来了词体创作的繁盛局面；而且由于金陵、扬州、徐州、京口、苏州等地不同的地理环境、人文积淀，词人骚客吟咏于此，自然呈现出或清雅蕴藉、或风情旖旎、或豪壮悲慨等等不同的精神格调和艺术特质，从而形成风采各异的城市“审美名片”，丰富了宋、元江苏词坛的艺术世界。不同时代的词人通过对特定城市历史遗迹的咏史怀古，从历史、现实、哲理、审美等等不同的角度抒发感慨，创造意境，进一步增强了这些城市的精神内蕴和不朽魅力。

如果说宋、元江苏词坛主要有赖于寓居本地的“外籍”词人展示才艺的话，明清以来伴随着江南经济社会文化的全面繁荣和发展，苏籍本地词人大量涌现，云蒸霞蔚，流派纷呈，引领着中国词坛的风气走向。明代苏州地区经济发达，思想开放，对词体文学的创作产生了很大影响。一方面，苏州藏书文化兴盛，学术气氛浓厚，对词籍的大量整理和刊刻作出了很大贡献；另一方面，苏州才子诗词书画，样样精通，词作风格才情横溢，形象展现出明代江南词体创作的整体审美趋尚。

明清易代之后，江南词坛既深受云间词风的熏染，又出现了由时代使然的新变，婉约与豪放词风交替呈现。最先形成气候的，是康熙初年以扬州推官王士禛红桥雅集为号召的扬州词人群体唱和，以及《倚声初集》等重要词集的编辑、刊刻。不过，由于受到清初科场案、奏销案等案狱的打击，广大江南词人的内心充满着不与统治者合作的离心意绪，词风亦由王士禛倡导的风流清雅，一变而为悲慨豪宕，尤以陈维崧领导的阳羡词派最为卓著。她作为清季第一个重要词派，追慕稼轩词风，流露出清代前期广大江南词人遭逢不偶的家国、身世之悲。清季中叶，扬州词坛再度崛起，呈现出富商、官员、文人交流互渗的良好合作格局。以厉鹗为典型的浙西词人长期流寓扬州，带动了当地填词风气的兴盛，以及情趣格调的转变。乾嘉以降，国势日衰，以张惠言为代表的常州词派兴起，标榜"意内言外"、比兴寄托，讲求温柔敦厚、忠义之思。此一词学主张与乾嘉朴学风气紧密结合，深刻影响着晚清词坛的发展轨迹。

江苏词坛还涌现了一大批杰出的闺秀词人。不论是沈宜修的秀雅婉丽、叶纨纨的清幽冷寂、叶小鸾的轻倩颖灵，还是徐灿的悲慨苍凉、顾贞立的劲直疏朗、熊琏的刚劲豪健，都展现出明清以来闺秀词创作的新发展；而晚明秦淮歌姬词的特殊身份背景、内心体验和情趣风味，都具备独特的思想内涵和艺术价值。农民女词人贺双卿的红颜薄命、语朴情真，则更加为中国词史奉献出特具精神魅力的创作典型。

本书通过对上述论题较为全面的论析，力求将词体发展的历史主线与江苏地域特色、典型文化事件和代表作家作品的剖析有机结合，突出问题意识，更加系统、深细地揭示江苏词文化史中的典型现象和重要创作成就。当然，这是一个远没有完结的课题，还有许多有意味的问题值得更进一步的开掘和探索。我将继续努力下去，争取在这一条研究道路上想得更深，走得更远。